世界与人生

一位国际问题研究者的旅历与观感

楚树龙◎著

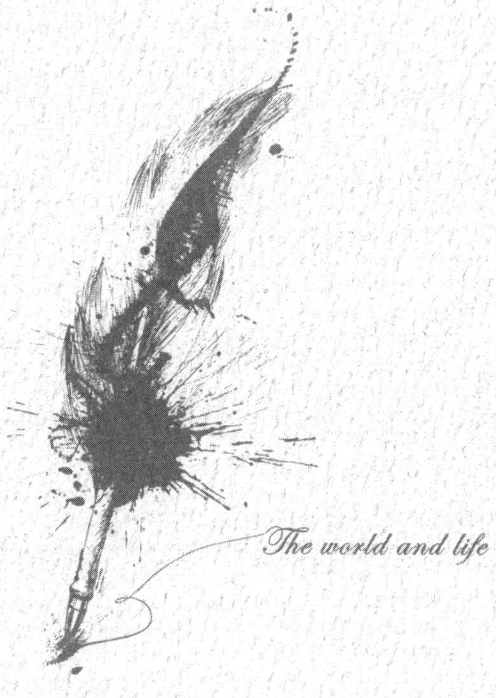

时事出版社
北京

图书在版编目（CIP）数据

世界与人生：一位国际问题研究者的旅历与观感/楚树龙著．
—北京：时事出版社，2019.9
ISBN 978-7-5195-0293-5

Ⅰ.①世…　Ⅱ.①楚…　Ⅲ.①散文集—中国—当代　Ⅳ.①I267

中国版本图书馆CIP数据核字（2019）第133262号

出版发行：时事出版社
地　　址：北京市海淀区万寿寺甲2号
邮　　编：100081
发行热线：（010）88547590　88547591
读者服务部：（010）88547595
传　　真：（010）88547592
电子邮箱：shishichubanshe@sina.com
网　　址：www.shishishe.com
印　　刷：北京旺都印务有限公司

开本：787×1092　1/16　印张：34.25　字数：490千字
2019年9月第1版　2019年9月第1次印刷
定价：128.00元

序

人们一直说，人生是来到世界的一趟旅行。在这趟旅行中，绝大多数人的长度差不多，现在世界人均寿命是70多岁。不同的是宽度、广度、深度。

绝大多数人能否延长自己的长度不太确定。比较能够确定、能够努力的是扩展人生的宽度、广度，体验人生的深度。

宽度、广度、深度很大程度上在于一个人一生的经历、阅历、观察、体验和思考。旅行、旅游、直接切身接触更广阔的世界是一个最直接的办法和方式。同时，在经历、接触世界的过程中，不断阅读、倾听、思考也是一种不可或缺的方式和方法。

阅历、对世界和人生的了解、认识、感知，有些是通过个人的直接经验、直接经历获得的，更多的是通过阅读、交流等间接方式获得的。

世界在于交流，人生在于交流。写书、出书、写文章、发表文章、讲话、发言等的目的是表达和交流。表达、诉说自己的经历、见闻、观感、思维和情感；交流自己的经历、见闻、观感、所思所想、各种情感、观点、看法等，以与别人交流，丰富彼此的人生和阅历。

笔者的个人特色是自己的专业、职业和经历。自1978年上大学以来，笔者3次大学学习都是与世界、与外国有关。本科学习英语语言文学，硕士时学习国际关系，博士在美国学习政治学，主要也是国际关系、国际政治。工作经历除8年在中国军队工作外，其他到目前为止30多年的经历也是有关世界的，专业观察、了解和研究外国和世界，包括7年多在国外的学习、工作和生活，11年在政府所属的国际问题研究机构，以及到目前为止18年在大学从事国际问题的教学与研究以及国内外交流活动。

因为工作和专业的性质及需要，在1976年第一次出国至今的32年中，笔者访问过世界199个国家中的100多个，超过世界国家和地区总数的一半；短期出国、出境300多次；在美国有近7年常驻的学习、工作和生活经历；国内34个省市自治区、特区中去过33个，到目前为止仅西藏还没有去过。有些国家、有些地方去过数次、数十次、百余次。

这些旅行、访问的经历和游历，加上笔者几十年来作为研究国际问题的专业人士的观察和思考，使笔者比国内外绝大多数人在世界走得多些，看得多些，感受可能多些，思考可能多些，对世界和人生的看法、观点有些。

把这些经历、观感、见闻、观点、看法、思考等写下来，发表出来，目的是与读者交流。交流对世界及中国的见闻、观察、观感、思考和观点，希望使读者对世界和中国的认识、对人生的了解、思考再多一点，再清楚一点。

这基本是一部平常的散文、随笔、游记集，是笔者到目前为止在国内外出版的12部著作中的两部非学术书集之一。书集分为两大部分，8个章节，225篇独立的小短文。

两大部分分别是在国内外旅行、访问的见闻及观感，以及笔者对世事、国事、社会和家事（主要是关于孙子辈孩子）的思考、观点和情感，纪事与抒情。

8个章节分别是美洲、欧洲、非洲、中东、俄罗斯中亚、南亚、东亚、中国等在世界的旅行见闻和感观，所见、所闻、所思、所想。第8个部分不是游记，不是旅行随笔，而是笔者几十年来对世界、中国、社会、家庭等一些世事、国事、家事的看法、观点和情感。次序和逻辑是由远至近。先写离中国最远的美洲，然后依次根据地理上与中国的远近及世界地理区划的欧洲、非洲、中东、俄罗斯中亚南亚、东亚；写完国外写国内，也是按距离由远至近，游历、观感，最后写笔者居住的北京；全书最后写自己的心灵，心中的感悟、思考和情感，心灵的旅行、履历、路程。

225篇短短文中，游历、观感的占篇幅的近3/4多，从第一篇到第174篇；关于对世事、国事、社会、人生的看法、思考和情感的占篇幅的1/4多，即从第174篇到第225篇的31篇。每篇的篇幅长短不一，短的有的二三百字，长的少数有三四千字。总的原则是有话则长，无话则短，说完想说的就行，自己没有约束，没有每篇一定要写多长或写多短的想法。

文集的目的还是交流，试图通过交流在世界和中国的经历，交流对世界、中国和人生的思考、观点、看法和某些情感，使读者增加对世界、中国、人生的感受、认识、了解和思考。

笔者真诚感谢时事出版社对本书写作、出版所提供的专业性、宝贵的、不可缺少的帮助，使本书能够与读者见面。也感谢笔者的家人、国内外的朋友、同事、同学与笔者一起经过、度过的长短时期不同的经历和时光，这是本书内容的源泉。

楚树龙

2018年夏于北京清华园

目　录

一、遥远的美洲

温哥华

温哥华、多伦多、渥太华是加拿大三个较大的城市，由西向东，基本是一字排开，在一个水平线上，是加拿大人口主要居住的地方，也是加拿大经济、政治、社会和文化中心城市。

温哥华在最西边，是加拿大位于西海岸、沿太平洋的城市。这个城市按中国的标准能算个中等城市规模，但很有风味，很有味道，很有特色。

特色是这个城市很美，很温和，很温馨。她的环境可分为三个部分：一是海湾东边的市区；二是海湾北边的高山；三是海湾南侧的不列颠哥伦比亚大学，简称 UBC。

市区是典型的北美大中型城市的样子。市中心几栋或十几栋高楼大厦集中在一起，一看就是市中心和主要商业及办公区了，是城市的标志，也是大中城市的象征。

除了这几栋高楼，温哥华市区不大，去过后留不下什么印象。从商业区向北和向南是主要居民区，很散，没有什么特别的方面。

市区北面的山很有特色，没记住山的名字，但挺高，在海边突兀而起。而且奇怪的是，它基本是座雪山，即使在七八月的夏天，山上的积雪也不融化，但坐电梯或乘揽车（忘记当时坐什么上去的），山上并不感觉太冷。

市区的西南就是 UBC，是加拿大最好的大学之一。从市区走路到 UBC 是 20 多分钟的海边路，有沙滩，夏天沙滩上游人不少，很热闹。UBC 是个美丽的校园，各种特色的建筑散落校园之中，与周围环境很和谐。校园内花草树木错落有致，像个大花园。走到校园北侧就到了海边。校园与下边的海面有十几米的落差，给人高高站在海上的立体感。向前就是数十平方千米的海面，海水平静，湛蓝；海的对岸就是那座雪山。所以，温哥华是现代城市，有美丽的大学校园，有大海，有雪山，几个景色有规则的排列一起，是世界各地少见的。

站在校园北边，身在郁郁葱葱的花草树木之间，望着眼前蓝色、平静的海湾，远眺高高矗立的雪山，立刻使人如梦如幻，不知是在地球还是在仙境。难怪当年加拿大主办亚太经济合作组织非正式首脑会议的会场就选在 UBC 校园。

温哥华华人很多，包括 1997 年前后不少香港人移居这里。因此不少华人把温哥华称作“香港华”，以表明这里的香港人多。据说华人人口目前占全市人口的 20% 多。温哥华的房子也较贵，也被称作是被中国人炒起来的。

UBC（不列颠哥伦比亚大学）校园内有个亚洲研究中心，称之为“刘中心”，估计是位刘姓人士捐助建立的，是座现代化的三层楼。楼的南侧有个小花园，花园的中心竖立着五块大石头，分别刻着中文“仁义礼智信”。看来竖立者认为这五个字代表着亚洲或中国文化。

笔者十几年前在这所大学讲学 8 天，校方将笔者安排在一所住处，是一层楼的宿舍，挺新和现代化的。但每间房只有约七八平米，房间内有间卫生间、一张单人床及被褥、一张桌子、一把椅子和一部电话机外，就再没有别的东西，连电视机都没有。吃饭也是去住处连接的食堂，每顿饭菜是固定有限的种类和数量，能吃饱。看来发达国家有些地方和方面一直刻意保持着清教徒式的简朴生活，这在北美一些大学中不少见，包括学生宿舍都没有电视，不允许学生喝饮料，包括可口可乐、茶及咖啡等。

渥太华

渥太华作为加拿大首都，与欧美国家很多首都一样，规模不太大，不是经济中心，甚至也不是文化、科技和教育中心，只是政治中心，功能不多，需要的人不多，所以城市就不大。不知道渥太华有什么著名大学，这在世界各国首都中是少见的。

但渥太华在加拿大算大城市之一了，因为加拿大人口少，大城市不多。渥太华与温哥华、多伦多等一起，在加拿大是最大一类城市。

渥太华与美国首都华盛顿相似，是比较温馨的城市。因为不大，没有多少高楼大厦，没有压抑感。同时，因为不大，去哪都较为方便，不用花太多的时间。很多时候可以不用乘坐任何交通工具，走路就行。

渥太华一大特色是她离法语区、法裔加拿大人集中居住的魁北克不远，连接魁北克。城市东边就有法裔加拿大人集中居住和活动的区域，商店、餐馆、酒吧等颇有法国味道。

渥太华城中有很宽的河，是渥太华河以及里多运河，静静地流淌，水质清晰，额外增添了渥太华安静的特色和感受。城市夏天温和，不炎热，因为地处较北。春夏各种花草树木遍布城市，把城市点缀得像个大花园，是个美丽、宜居的中等城市。

秋天，渥太华和加拿大各地一样，树叶色彩斑斓，层林尽染，具有典型的北方秋色，令人赏心悦目，犹如在西方的油画之中。

笔者第一次去渥太华是冬天。冬天的渥太华经常大雪纷飞，整个城市被白雪覆盖，一片银装素裹。记得那年与外交部的同事在渥太华市中心开完会，十几分钟回酒店的路真是一步一个脚印，只能一步一步的慢慢走，两人还要彼此搀扶，否则可能摔倒。

每当下雪，城市市政部门的铲雪车就开始工作，把大雪铲到路边，好让行人和车辆较为顺利地通行。当地加拿大人对我们说，由于雪多，渥太华市政部门每年的铲雪开支很大。这在世界的北方城市是无法避免的。

渥太华算是世界上最美丽、温馨、宜居和生活最好的城市之一，会给每个去过的人留下安静、愉快的印象。

多伦多

多伦多是加拿大最大、人口最多、最现代化的城市。多伦多在加拿大相当于纽约在美国。加拿大人经常这么比喻多伦多。

实际上，多伦多比照纽约，远不是一个档次上的城市。

首先，多伦多不大，面积、人口规模上远比不上纽约，也比不上上海、香港、首尔、新加坡、伦敦、巴黎等世界特大型城市。多伦多是个大城市，但谈不上是世界上特大型城市。它的面积、人口规模应该相当于世界特大型城市的下一级的城市，相当于中国的二三线城市的规模。

其次，它的标志性或著名的东西不多。纽约有成片的高楼大厦，有帝国大厦、世界贸易中心（新）、洛克菲勒中心、百老汇大街、自由女神像、时代广场等。多伦多有什么？有个电视塔，据说曾是世界最高建筑。但世界很多城市都有高耸的电视塔。高度看上去也差不多，样式也差不多，很难有什么特色和著名的地方。

多伦多可能是加拿大的经济中心、金融中心和商业中心。但由于加拿大国家经济规模相对不大，因此其影响也就不大。纽约、伦敦是世界金融中心，除了历史因素外，还因为美国经济规模百年多来世界第一，英国经济曾经世界第一、至今是前六七大经济体之一。而加拿大 2 万亿美元左右的经济规模基本在世界十名前后。国家经济的地位从长期上决定其企业、包括金融企业的地位。

走在多伦多市内，能感受到是个较大的城市。但很难感到多么热闹与繁华。因高楼不多，行人也不太多，著名的商店、街道基本没有，因此给人总有平平的感觉，留不下太强烈的印象。

恐怕加拿大地广人稀，人们性情温和，根本也没想给世界什么太突出、与众不同的东西和印象吧。

多伦多大学位于市中心，被很多加拿大人称作加拿大最好的大学。

与北美多数大学一样，多伦多大学没有围墙，但当你进入一些传统的、旧式的建筑之中，看到一片片草坪和一群群年轻人之后，你就知道进入大学区了。校园内有的地方也有大学的标志，如刻着校名的地方，或挂着学校的旗帜。各院系及办公楼前也有本院系的或办公楼的名字。

美国的主要地区

无论从经济、政治、科技，还是社会、文化、人口，各国都有几个主要地区或地区带，有的也叫城市群。

美国的主要地区大体上有5个：波士顿—纽约—费城—华盛顿为核心的东北部地区，是美国历史、经济、政治、文化的发祥地，也是美国最大的经济、教育、政治和文化中心区和主要地区；以西雅图—旧金山—洛杉矶—圣地亚哥为主体的西海岸或太平洋地区，是美国经济、科技、教育和文化（好莱坞）另一个中心；以芝加哥为中心的五大湖地区，是传统的美国农业和工业中心，包括美国汽车业主要在这里；以亚特兰大—佛罗里达为中心的东南方地区，是美国南方经济和文化中心；以休斯顿—达拉斯为中心的美国正南方，是后来崛起的美国经济、特别是能源工业中心和人口中心。

美国的经济、政治、教育、文化、科技基本是在五大地区展开。五大地区以外的地方作用有限，而且很多地方是美国的农业带。美国国土面积和中国相似，但人口不到中国的四分之一，因此，五大地区或城市带之外人口很少，很冷清，或者说安静。当然有些自然景点是比较吸引人的。

美国特色突出的城市

美国地域广阔，城市中有特色、有风味的主要是四个：纽约、华盛顿、旧金山和檀香山。

纽约是美国和世界大城市的代表和象征。纽约常驻人口不一定是世界城市中最多的，但来自美国国内外办事、旅游的外来人应是最多的。加上常驻人口，给人的印象是纽约街上人最多，连中国的北京、上海、香港、日本的东京等大都市都无法相比。

要说高楼多，那世界其他城市绝对无法与纽约相比。世界最高的楼和建筑可能不在纽约，但世界城市高楼最多、平均高度最高的肯定非纽约莫属。

华盛顿是美国和世界非常有特色的城市。它是首都，但更像个城市公园或公园城市。没有超过十一二层的楼房。城市平静、温和，像一位姑娘。

旧金山依山而建，依山傍海，城市在半坡上，层层向上，风情万种，像一幅画，规模适中。既不过于繁忙，又不十分平静。

檀香山是世界最大的洋（太平洋）中的一个岛的首府，城市不大，人口不多，商业也不多，不够繁华。她的特色是海，海水、海岸、海滩。世界上海滨、岛屿城市不少，但海水、海滩、沙子及气候最好的应属夏威夷，属于夏威夷檀香山。

很多国家，特别是较大的国家，大概都可以找到几座非常具有特色、风味、风情的城市，中国可能更多些。

美国的轮廓：东西特色

美国地形与中国有一些相似性，东低西高，东部是平原，西部是高原、山地。

但美国与中国一个主要不同是两边是海，是两洋国家。东边是大西洋，西边是太平洋。因此，美国西部不都是高原山地，沿太平洋海岸一带，由北向南有一条狭长的低地，主要是加州沿海地带，这一带是美国重要的农业产区，特别是蔬菜和水果产区。各地美国人吃的蔬菜水果有相当一部分来自这一狭长的太平洋沿岸地带。

但离开西雅图、旧金山、洛杉矶、圣地亚哥这一狭长地带向东开车两三个小时，就进入了高原、戈壁和山区。这片面积占美国 1/3 的广大地区基本上都是类似中国新疆南疆和西藏地区的山地、高原、戈壁，汽车在这一带行走，几个小时数百英里，沿途一片荒凉，没有多少绿色。

但除荒凉外，美国西部也有些有特色、令人感兴趣的地方，如位于科罗拉多州的科罗拉多大峡谷、内华达州拉斯维加斯赌城、加州旧金山和洛杉矶等大城市。

美国西北和中部是农业发达地区，是美国主要农产品产区，中部还被称作美国的“玉米带”，地势较平缓，美国最长的河流密西西比河流经这一带，世界最大的淡水湖群五大湖也位于这一地区。中部最大的城市是芝加哥，中间有圣路易斯，到中南边有休斯顿、达拉斯，都是中部的大城市。东部是美国传统地区，是政治、经济、教育、文化的中心地带，主要城市由北向南有波士顿、纽约、费城、巴尔的摩、华盛顿、亚特兰大等。虽然加州是美国人口最多的州，经济产值最大的州，拥有高科技中心硅谷和电影制作中心好莱坞，加州教育也较发达，著名大学有斯坦福、加州伯克利和洛杉矶大学等，但这些改变不了美国政治、经济、教育、文化的中心还是在东部地区的事实。

从经济上来说，纽约是美国、甚至是世界的经济中心。华尔街是美国、甚至是世界的金融中心，世界500强总部最多的地方，做生意的人说世界上1/3的商务合同是在纽约签订的，这是加州等美国任何其他地方所不能比拟的。

从教育上看，尽管美国其他地方也有些著名大学，但没有像东北部那么多、那么著名，哈佛、耶鲁、普林斯顿、哥伦比亚等都在东北部。文化上几乎所有的演出中心、著名的博物馆、主要媒体总部都在纽约、华盛顿、波士顿等东部城市。东部还是美国的历史中心。

所以，美国的地理、经济、文化、教育特色是东西两大洋，东西两大地区，中间隔着主要农业带和几个主要城市。这与中国政治、经济、科技、教育、文化、人口都全部集中在东部地区是不同的。这也是美国的特色、美国的轮廓，美国经济、政治、社会、文化的格局和版图。

笔者经常说，支撑现代美国的是西东两大力量，即西部的硅谷和东部的华尔街。美国的经济、实力这两者是两大支柱，即高科技和金融。中间是发达的农业带，也有些汽车等传统工业，西北部、南部开发出不少石油、天然气，包括页岩气。这是美国的经济和实力版图。

美国西部

一般中国人去美国或在美国生活，多数是在东西海岸，中部、南部地区，尤其美国西北部地区去的少。

2007 年，笔者在位于华盛顿的布鲁金斯学会作一年的访问学者期间，在华盛顿的美国“韩国社会”组织邀请美国国务院朝鲜半岛处处长和笔者两人前往美国西北部两州，向当地人讲解朝鲜半岛问题。“韩国社会”一名工作人员全程陪同我们并负责各种事务的安排。

当天早上，我们在华盛顿的杜勒斯国际机场飞往怀俄明州的怀俄明大学所在地。一上飞机，大家坐好、飞机快要起飞时就出现了一件较为奇怪的事：乘务员照例欢迎大家登机，介绍航班情况，离抵时间，然后说：“我们这班航班上有几名美国军人，让我们向他们表达致敬!”说完全体乘客鼓掌致敬。

后来笔者与同行的美国务院朝鲜半岛处处长谈起这件事说，笔者近 30 年在美国坐了数百次飞机，像这样单提美国军人并大家鼓掌致意的情形以前没经历过，这样“讲政治”“讲爱国”的情况倒有点像在朝鲜或中国，而中国飞机上也从来没出现这类“讲政治”、对军人表达致敬的情况，感到美国怎么了？比中国还讲政治，满奇怪的。那位年纪较大的美国处长也对此感到直摇头，并表达出对此嗤之以鼻的态度，认为是“9·11”后美国政治和社会右翼保守化的表现。

飞机经过三个小时的飞行抵达怀俄明瓦勒米市，下飞机后同行的“韩国社会”人员在机场租了辆越野车，拉着我们俩先到酒店，然后去吃午饭，下午在怀俄明大学向近百名听众讲演并回答问题。

这是笔者到美国西部一个小地方的经历。整个城市估计也就几万人，不如中国一个镇大，一半的地方是怀俄明大学。除大学里有些高楼外，整个城市没有多少超过两三层房的建筑。建筑也多数是民房。

晚上在一个餐馆兼酒吧兼打克郎棋的地方，看起来是当地最主要的餐馆和活动的地方之一了。印象最深的还不是餐食一般，没什么印象，而是看到餐馆、酒吧内三三两两的当地人的外观。中青年人居多，但个个衣着一般，看不到在美国东部习以为常的讲究的样子；特别是女人的头发好像都没有怎么梳理，不说灰头土脸的也差不多。看来这就是美国中西部小地方人的精神面貌了。也许人家本地人感觉挺好。民风淳朴。

在这个地方住了两天后，又开车几小时去了克罗拉多州的丹佛大学。丹佛是西部除加州之外最大的城市了，当然市容和人们的着装、发型、所表现出的精神状态与美国多数城市没有明显的区别，但比纽约、华盛顿、旧金山、洛杉矶等东西海岸繁华的大城市还是有些区别。

美国和世界各地一样，地区差异还是较为明显的。再发达的国家，各地也是有差异的，差异永远是存在的，只是人们怎么看待和对待这些差异。

所以，那些认为发达国家和地区，特别在信息和交通发达的地区差异不存在、不重要的想法和说法是完全不符合实际的，是走过多地、住过多地的人根本不能同意的，因为那不是事实，在世界各国都一样。

西部拉斯维加斯是个有特色的城市，是“世界娱乐之都”“结婚之都”“不夜城”。人口 30 万，但每年赌徒和游客有 2000 多万人。全球十大酒店这里占了 9 个，集中在长八千米的主干道拉斯维加斯大道上。米高梅大酒店有 5005 间客房，房间数世界第一。威尼斯人饭店人造的运河充满意大利的浪漫风情，在建筑内的河边的购物街拥有 70 多家店面。

去拉斯维加斯除了赌，观看各种演出也是一景。多是欢快的歌舞表演。此外，美国不少展览也在这里举办，如电子产品展等，这里也是美国的会展中心，可能是利用这里酒店多的便利。

美国关

进入任何国家的第一关，在机场办入境手续，就可以大体看出这个国家的一些基本状况。

美国的航空口岸很多。在首都华盛顿，进入美国的多数航班是降落在华盛顿附近属于弗吉尼亚州的杜勒斯国际机场。这天进入美国第一关、首都杜勒斯国际机场，200 多人等待，办外国人入境手续的窗口只有 4 个，每个效率都很低，因为这些官员根本不在乎你是否坐了十几个小时的飞机，是否疲劳，等的队伍有多长。他们在意的只是他们自己的时间、他们的工作时间、他们的舒服、他们的权力，包括不允许任何人在大厅打手机。在中国，一旦发现出入境等待的人多了，边检部门会立刻想法增加窗口，让乘客尽快通过，但美国边境部门（属国土安全部）对等待的乘客多少没有感觉，全不在意。也不能都怪他们，因为政府给予他们的职责是“把关”，把好外国人进入美国的关口，看这些人是否符合入境美国的要求。是否让入境的人尽快入境不是他们的工作职责和要求。

十几年来，正常情况下，白天美国机场入关的时间每人约等 30—60 分钟，中国现在基本是 15—20 分钟。美国其他地方效率不算低，但机场边检政府官员的效率真是太低了，是世界人员通关最久的国家之一。华盛顿地区的还不算最差，夏威夷檀香山国际机场等航空口岸更差，时间更长。

笔者去过世界上 100 多个国家。实事求是地说美国入境口岸的效率不是最低、时间不是最长的，基本上在世界中游水平。俄罗斯、以色列等国家效率要低得多，时间长得多。欧洲国家较快，一般十分八分就能过完。欧洲国家相对来说签证要严，取得签证后入境时查看并不太严格。

美国还有世界上其他所有国家都不具有的特点，即它只在入境时办手续，出境则没有任何手续，没有关口。看来美国只是控制入境，不管出境，谁要走就走，美国不在乎，它只在意有谁进来。这在世界是少见的，甚至是唯一的。

西雅图

人们熟悉的美国西部城市主要是旧金山和洛杉矶，西雅图不是很多人熟悉、去过的城市。笔者从 1986 年开始去美国，到 2018 年 32 年中，短期去美国 100 多次，在美国长期居住、学习、工作共近 8 年，从没去过西雅图。2018 年夏天与家人一起去那里旅游了 7 天。

没去之前，想象中的西雅图是座中型城市。但实际去了才看到、才知道西雅图不是座中型城市，而是座大城市，不论按美国标准、还是按中国及世界各国标准都是如此。其面积和气派不比费城、洛杉矶、芝加哥、旧金山小，远比波士顿、华盛顿等美国中大型城市大得多，气派得多。

西雅图城市规模绵延几个海湾，呈分散状，但又形成一体。中间的商业办公区是典型的美国城市样子，即十几座高楼组成，远处一眼就看到是市中心。西雅图的高楼大厦还不止在市中心，市区其他地方也有一些高楼等高层建筑。

西雅图很繁华、热闹。一是城市面积大，人口多；二是游客多。看来西雅图是美国人心目中一座著名旅游城市，游客很多，旅店较贵，旅游旺季时相对便宜的酒店一晚也要二三百美元；三是旅游景点较多。

著名的旅游景点有派克市场。这是一处旧式市场，离海边、码头不远，一字排开，有近 1000 米长。一条路两边是一个挨一个的商店，有水果、蔬菜店、咖啡店、海产店、工艺美术、玩具店等，游客很多，购物者很多。其中最著名的据称是“第一家星巴克”，很多人在门前拍照，门口总是排着有二三十米的长队，等待进去买一杯“第一家星巴克”店的咖啡。笔者等朋友也排了 20 多分钟，进里面买了咖啡和饮料等。里面没多少座位，人们是排队进去买完出来喝。

派克市场再往海边就是码头地带，是热闹的旅游区。码头区沿着海边有两公里长，主要是一些游船码头和餐馆等。这里紧接着大海，因此很多人来这里观赏大海、海湾，拍照，中午和晚上来这儿用餐。因此这里总是人山人海，一片繁荣热闹景象。

我们在码头头一天逛逛，拍照，观赏海景。订了家海鲜餐馆，要等待座位。拿了个电子呼叫器在海边等待，等呼叫器响起时走进餐馆，安排座位。这里的海鲜不便宜。当晚我们 5 人估计花了 400 美元左右。

海边的城市一般都是山坡型城市。因海边不会是平地，多是高于海面的山坡，因此海滨城市地势起伏，有立体感。建筑、花草树木在山坡上，与大海构成一幅绚丽的立体图像。

西雅图另一著名的景点就是建在市区西部的一座位于半山坡的观景台，也是公园。其实就是一处简单的观景台。站在这里可以看到整个西雅图海湾及市中心高楼区，视野很宽，很远。应该感谢当地市政府有这样的想法，为居民和游客建立这样一处简单的、但可以观赏整个海湾和市中心的观景台。

西雅图另一著名地方叫“西雅图中心”，不在市中心，而在市区西部的一个地方，是 20 世纪 60 年代为举办世博会而建的。中心有几座著名的场所：“太空针”“流行艺术博物馆”“少儿博物馆”“太平洋科技中心”，及一处演出广场和一处大草坪。我们住的酒店就在附近，所以去了几次这里。30 美元一张票上了“太空针”，其实就像世界各地的电视塔那样，上到五六百米高的地方看整个城市及附近地区，一览无余。

西雅图的美丽其实在海湾。太平洋在附近曲道进入西雅图地区，而且这里不仅一个海湾，而是有两三个海湾。西雅图就在这几个海湾之间，沿海湾而建。因此，这些海湾成为西雅图美丽的地方，西雅图可以说是“海湾之城”。开车去了几个海湾，包括华盛顿大学附近的海湾。站在海湾边，看海湾和四周，视野开阔，心域开朗，感叹无限。一些美国人在海湾边的海滩上晒太阳、看书、休息。

西雅图附近还有几座雪山，终年白雪皑皑，夏季也不例外。在西雅图各个地方几乎都能看到这些雪山。西雅图位于美国最高峰的落基山山脉北部，四周都是高山，是座有山有海的美丽海湾城市。

旧金山和纽约

旧金山和纽约是美国西、东海岸两大代表性的城市，也是美国非常有特色、有味道的城市。

上个世纪多数时间内，中国人到美国多数是从西海岸的两个城市入境，一个是旧金山，一个是洛杉矶，尤其是旧金山。所以在中国人的心目中，包括两岸三地的中国人，旧金山就特别有名。有人说："旧金山是美国最前卫、开放、自由、无拘无束的城市"。

上个世纪末开始，这一历史传统改变了。现在纽约取代旧金山，是中国人进入美国最多的口岸城市，在纽约居住、工作、访问的中国人大概也多于在旧金山或其他美国城市。

这种变化主要原因有两个：一是去美国的中国人多了，选择的地方、包括入境口岸也多了，对美国的了解多了；第二是中美两国间的航班大规模增加了。90 年代之前，中美间航空航线只有北京、上海到旧金山、洛杉矶、纽约，航班也少，人们没有多少选择。现在中美间有十几个城市、每天有几十个航班来往于两国各地之间，不仅是北京、上海和旧金山、洛杉矶和纽约。

但旧金山、洛杉矶一带和大纽约地区还是中国人进入美国、在美国居住和访问最多的美国城市。这两个地方吸引中国人，其实也吸引美国人和其他外国人，是因为这两个地方大。纽约一直是美国最大的城市，洛杉矶是美国第二大城市，都是按人口规模算；旧金山附近的硅谷一直是美国高科技的中心地区，是大批包括中国人、印度人等高科技人员工作和生活的地方。

旧金山、洛杉矶和大纽约地区还是美国经济、科技、文化、教育综合最发达的地区，教育上另一发达地区是波士顿。发达地区当然机会更多，提供的工作机会多，吸引的人才多。

旧金山、纽约在美国版图上一西一东，确实能够代表美国的西、东海岸，代表美国。两个城市非常有特色，值得任何人去体验、发掘，欣赏和享受。所有去美国的中国人大概都不会不去这两个美国有代表性、有特色的城市，至少是不会不想去，如果还没有去过的话。

芝加哥的孤独

环顾美国地图，人们可以感到芝加哥是个孤独的城市。因为美国的繁华在东、西海岸，而芝加哥位于美国中部的北边。它自己是座庞大的城市，能量也不小，但它周围没有其他强大的、有特色的城市或风光地带。不像东海岸有新英格兰、波士顿、纽约、大西洋城、费城、华盛顿、迈阿密等，也不像西部有西雅图、旧金山、硅谷、洛杉矶、好莱坞、圣地亚哥等。芝加哥周围没有热闹、繁华、浪漫、引人入胜的地方和特色。旧金山有金门大桥，纽约有自由女神像、华尔街、帝国大厦、百老汇，芝加哥有什么？它东边及北边有个五大湖，但五大湖是个重要水源，不是美国的旅游、风光胜地。

芝加哥本身也是孤独、单调、沉闷的城市。它规模不小，按人口规模算，是美国第三大城市；高楼大厦不少，据说建筑上还很有名气和风格。但走进这座城市，居住在那里一段时间，没有发现这座城市有多少令人感兴趣的东西。高楼大厦虽然有些，但总不如纽约的多和高；人们的穿戴、风格似乎也不如美国东、西部多样；游客不多，多样性不够。而除了靠近五大湖一侧三四百米的地段高楼大厦多，较发达先进外，向西向南走，半个多城市是破旧的、落后的，甚至是令人恐怖的。

芝加哥东边虽然有一望无际的密歇根湖，但与海边不可同日而语，因为不是海水，沙滩面积、质量也不如海边。其次，由于芝加哥是内陆型城市，受大陆型气候影响，尤其受来自加拿大寒冷气流的影响，夏季时间较短，冬季十分寒冷，风力巨大、频繁，是美国有名的“风城”。冬季风助冷势，使芝加哥格外寒冷，是个不宜居、不宜于人们室外活动的地方。

芝加哥由于位于美国中部，交通发达，是美国全国性主要交通枢纽之一。机场很大，在此转机的旅客很多。火车站也不小，开往中南部、东部、西部的火车都有。离开城市不远就是美国的农业区、“玉米带”，这也使芝加哥相对传统、守旧和落后。除了著名的芝加哥大学外，这里几乎没有什么令人激动和向往的东西。

发生在一座美国中部城市的怪事

近两年女儿在美国中部的伊利诺伊大学香槟分校读硕士，笔者几次去那里看她。

香槟分校所在地是伊州的两个城市，即厄巴纳和香槟。两个城市在一起规模也就是中国一般县城的样子。其中，香槟大学占了一半的面积，另一半是围绕两个市区的一些商店和居民住宅，校园东边倒是有一座较大的医院，楼房有近十层高，看起来是这两个城市最高的建筑。

几次去厄巴纳—香槟，碰到几次奇怪的事情，至今不得要领。

第一次是和笔者爱人从学校往所住的饭店走的路上，经过的是较好的居民区。我们没什么事，一边走一边看两侧的房子，也看看女儿居住附近的环境。正走着，听到背后有人叫我们。回头一看，是一位白人中年妇女，穿戴、外观正常，向我们要钱。我们感到很吃惊。

还有一次是早晨5点多，我们从所住的旅店往火车站走，要赶早班车到芝加哥乘飞往北京的飞机，所以要起早。走到一个加油站附近，也有位中年白人向我们乞讨。

另一次是早晨在火车站候车时，一位穿戴得体的年轻白人女性示意向我们要钱。

我们在美国学习、生活、工作多年，在华盛顿、纽约等大城市遇到乞讨的情况很多，但基本都是黑人。并不像“无家可归者”的中青年白人，尤其是女性向我们乞讨，这类情况只有在美国中部的厄巴纳—香槟遇见过。对此，笔者一直不解。以后要找机会问美国人的答案。一般来说，美国白人就业不是问题。只要身体可以，想找工作总会找到份维持生活的工作，不至于去乞讨。为什么这里的美国中青年白人要乞讨？不明白。

老城波士顿

波士顿仍是美国的大城市之一。她与费城一样是美国少有的历史名城。但这个城市今天规模既不像纽约、洛杉矶、芝加哥那么大、那么繁华，又不像华盛顿、旧金山、达拉斯那样有特色和幽雅。

波士顿有个不大不小的海港。城市的高楼大厦集中在一小片地区，但不多，并不显得有气派。中心区有些商业，也有些人，但没有纽约第五大道等那样有名、繁华的商业地区。

波士顿的特色是她的大学。这里有哈佛大学、麻省理工学院、塔夫茨大学、波士顿学院、波士顿大学等著名大学，尤其是哈佛和麻省。一个城市有全美排在前十位中的两所，而且是最靠前面的两所，在美国所有城市和地方中唯有波士顿。所以波士顿的特色和优势恐怕是大学及高等教育。

与高等教育发达有关，波士顿的高科技也较为发达，被称作是美国高科技中心之一，但名气又不如加州的硅谷。

总之，如果不是上大学和在大学教书，波士顿则没有什么特别吸引人的地方。气候寒冷，是美国大城市中最靠北的，位于美国东北部，相当于中国长春的纬度；人口不多，不到100万，不繁华、不热闹；也没有什么景点。

如果不是有几所著名大学，波士顿注定是座要衰败的城市。

有一篇文章说波士顿人的生活倒是挺令人钦佩的。文章说：波士顿人具有明显的早期清教徒移民后裔的特质，大都崇尚简朴和安静的生活，也就是一种有节制的清心寡欲的极简生活。所以在这座历史文化名城，晚上八九点钟大多数街道已经相当寂静，有些甚至空无一人。波士顿人高度重视家庭生活，包括对孩子的陪伴和家庭成员之间的深度交流，也会留出时间来阅读。这座城市的酒吧、餐厅并不引人注目。

这可能也是波士顿为什么不繁华、不热闹、不浪漫的原因之一，因为人们的生活观念和习惯还是传统的，旧式的，不是很现代化和时髦的。不知道年轻人在这里是怎么生活的。可能他们在这里的生活主要是读书，此外他们彼此之间总会找到快乐和激动的事情吧。

哈佛讲演和哈佛校园

2011 年 4 月，美国哈佛大学肯尼迪学院请笔者就中美关系作一次讲演。

与很多人一样，笔者在美国、英国、日本、澳大利亚等上百余所大学做过多次讲演、讲课，包括哥伦比亚、牛津大学等，但这次去哈佛讲演还是有些特别。

一是这次是哈佛专门邀请笔者从中国飞到美国做两个多小时的讲演。为笔者买商务舱机票，安排在哈佛较好的饭店居住等。全程下来吃住行大概要花七八千美元。花七八千美元请一个人从万里之外到另一个国家来专门就一个问题做一次讲演，是除哈佛之外世界多数大学难以做到的，可见哈佛的气魄和实力。国内、甚至美国一些在大学工作的人对此都多少感到些惊奇。

另一个特别之处是哈佛学生的表现。当天有近 200 名哈佛的学生来听讲演。两个多小时没有休息，学生们聚精会神，提问发言踊跃，特别是讲演结束时掌声持续五六分钟。几十年来，笔者自己和参与倾听别的讲演无数次，像这样最后的掌声持续五六分钟的还是第一次，因为这又不是文艺演出。之后笔者总是不解这究竟是笔者讲演、与学生互动的精彩，还是哈佛的学生礼貌超常，笔者总感到主要是后者。不是对自己没有信心，而是因为那实在是非同寻常。

在这之前和之后也去过哈佛大学几次，多数是开会。哈佛校园其实挺一般的，比普林斯顿等美丽的校园差多了。她像多数美国大学一样没有围墙，校园散在几处。最主要的一个院子，即校图书馆所在的院子还不错，有哈佛本人的雕像，是游客经常去看的地方。这个院子各个楼房基本是深粉色，给人以温馨、平和的感觉。哈佛唯有这个院子有围墙，但几个门一年 365 天，天天 24 小时开着，所有的人随便出入，没人看门，等于没有围墙。哈佛自由、开放的气息可见一斑。

几年后一次与家人一起专门游览哈佛校园，去了法学院等其他院系，感到就校园来说，哈佛确实一般。校园不但散，而且并不太大。除了离地铁站近、有小图书馆的那片校园还比较漂亮外，其他院系、其他地方没什么特别之处。

哈佛往南的麻省理工学院校园就更没有什么值得留恋的地方。看来理工科院校主要考虑功能，建筑不是方的就是园的，没有什么艺术性，颜色也不讲究。这所学校是以专业取胜，不在乎校园美丽与否，只要满足其教学、科研功能就行。

纽约

20 多年前写《留学美国纪行》时是从旧金山写起。这次写这本书要多写纽约，写纽约最多。因为 20 多年来，中国和世界，尤其是中国发生了很大的变化。多数中国人去美国已不再首先从旧金山入境，而变得很多元化了。

多写纽约、想写纽约，是因为纽约不但是美国的中心，美国最大、最繁华热闹的城市，而且纽约是世界最繁华、最热闹的城市。余秋雨说："纽约是美国的精神。"纽约是世界城市、都市的代表，是城市文明的象征。笔者一直认为纽约是世界最大的城市。这虽然从统计上说不准确，因为世界城市大小的统计是按常驻人口的数量。按这一标准，纽约不是世界最大的城市，最大的城市好像是东京，或墨西哥城，或圣保罗。但笔者还是坚持其认知上纽约是世界最大的城市。

因为纽约最发达，最先进，经济最具活力，实际上每天来来往往的人最多，尤其是游客，可能仅次于巴黎。常驻和访问者加在一起，应该是纽约人最多。

喜欢纽约，因为纽约热闹。曼哈顿东西无非十几条街道，南北一百几十条街道，但总是人山人海，热闹非凡。全世界大概只有到了纽约才会碰到走路困难的情况。走在路上要小心回避其他人，因为人实在是太多了。在纽约如果有急事要赶路，那是最难的事了，因为前面总有很多人，很难快走。

纽约繁华，就在于有这么多人，街道上有这么多人，来自世界各国、各地的人。

纽约令人喜欢，除了繁华，还有漂亮。

一个城市漂亮、美丽，当然属建筑。纽约不但高楼最多，而且楼房漂亮。乍一看，人们感觉纽约无非是高楼多。全世界大城市高楼都不少，但高楼最多的肯定还是纽约。纽约几乎所有的楼房都在二十几层以上，五六十层及以上的高楼大厦比比皆是。这在世界其他大城市是很少见的。

纽约不但楼高，而且漂亮。仔细看这些高楼几乎每座风格都不同。既有传统的灰色的石头建筑，也有现代的玻璃大楼。那些几十层、上百层的玻璃大楼，蔚蓝色玻璃一层一层，直入云霄，好不壮观！中国驻纽约总领馆附近新的“银大厦”，外观是银色玻璃，犹如一座闪闪发光的银山，拔地而起，屹立在哈德逊河畔。

纽约也是座文化、艺术之都。纽约漂亮还因为人漂亮。纽约和巴黎可能是世界上两座最时尚的城市。不仅是指它们是服装之都，每年的服装发布会或时装周世界闻名。而是因为人们穿着、打扮时尚。纽约多数是青年人，无论是常驻人口还是游客，都是如此。这些“纽约人”穿着入时。男士西装革履，女士穿戴千奇百艳。欧美人本来皮肤洁白，又金发碧眼，再加上衣着讲究、入时，质量高，花样多，大胆，紧透露，更加显得美丽、艳丽，光芒四射。

纽约又是个最具活力的城市。不但华尔街金融中心一天天刀光剑影，跌宕起伏，上演着一幕幕现代金融和经济的喜剧与悲剧，就是那些看上去死气沉沉的灰色的大高楼里，每天不知多少经济决策在做出，商业合同在签署，讨论、交流、争论、探索、会议在进行。

以前笔者走在纽约街道上，看到这一座座大楼，经常想这么多楼在干什么？有那么多人在用吗？是不是都空着？随着笔者在这些楼里参加的活动越来越多，包括在纽约白天和晚上的一些讲演，这才知道这些成百上千的高楼大厦里，一天从早到晚不知有多少活动在进行，多少议题在被讨论、争论，多少思想火花在碰撞，多少新的东西、发明创造在出现。

这就是活力。这就是纽约的活力、美国的活力。无怪乎纽约走在世界前列、美国走在世界前列，因为有纽约，有纽约的活力，包括百老汇两侧永远吸引人排队购票的歌舞音乐，有那些大楼及在大楼里从事各种工作、各种活动的人们，有大街上白天永远川流不息的人群，夜里五颜六色、光亮璀璨的灯光。

纽约 1 月

2013 年 1 月 6 日至 2 月 6 日，在纽约大学做访问学者一个月。这是继 1986 年第一次到纽约访问后 26 年来第一次在纽约较长时间的生活，比短期访问长了一些时间的居住、工作和生活。

邀请方本意是希望笔者能在这里访学半年至一年，但笔者没那么多时间，只好在国内放寒假时来一个月。

硬性的要求是给他们的研究中心写一篇文章，七八千英文字。所以笔者每天上午去办公室写 500—1000 字，然后上网看报纸、材料，与人交流，参加一些研讨、会议等。

下午基本就是回到自己的住处。租的房子离学校不远。贵是贵了些，租金一个月 3000 多美元。

下午在住处基本是看国内带来的书籍和材料，要用这放假的时间继续进行一直在进行的书的写作。

在后十几天搬到位于曼哈顿中城的一家小旅馆住。也不便宜。离学校远了，每天要走 40 个街区到学校办公室。每天走一个来回，算得比较准确：纽约曼哈顿走一个街区基本一分钟，40 个街区是 40 分钟单程，往返每天走 80 分钟，当锻炼身体。反正多年来笔者唯一的锻炼方式就是走路。

纽约住了一个月，不是以前几十次一次几天的走马观花，这次对纽约有了些较为真正、切身的了解。越了解她就越喜欢。因为纽约不但有很多人，很繁华热闹，而且也很文化，特别是笔者居住的下曼哈顿有个文化区，纽约很多从事文化、艺术的人居住在这里，也有很多文化、艺术的小店。看来纽约真是丰富多彩。看到周围居住工作的很多年轻人，个个穿戴讲究，时尚优雅，举止谈吐不凡；而且努力敬业，朝气蓬勃，积极向上。在一个高度竞争的社会，尤其是在最高度竞争的纽约曼哈顿，不努力、不竞争、不向上就无法生存，更谈不上生存得好些。

竞争、努力、向上、甚至拼命可能才是纽约精神。

纽约的安静

纽约大概是世界最繁华、最喧嚣的城市，但也有很多安静之处。

上午 10 点多，坐在 42 街最西头、中国总领馆对面的木椅上，人很少，还是旅游旺季的时候。右边是用于观光展览的旧的航母，前面是哈德逊河。河面很宽，不亚于国内的大江，波平浪静；一艘艘各类船只、包括帆船缓缓驶过；微风习习，盛夏中有些凉意。河对岸应是新泽西州，树木不少，楼房不多，烟囱更少。美国历史上闻名的哈德逊河就在脚下，静静地流淌着，流向大西洋。一片安静与祥和。

到了南面，纽约海湾也是风平浪静；自由女神像在一个岛上威严屹立，但因为是“女神”，倒也显得温柔平和，加上她手上高举的又是火炬，也不是什么刀枪，不吓人。岛上白天总是游人不断，但远离纽约市区，市里的人感受不到，也看不到。

朝东去又是一条河，叫“东河”。最著名的景点、建筑是联合国大厦。大厦内的人每天对国际事务意见不少，争论不小，但在纽约的人没有几个关心这座大楼内争议、争吵的问题；那座蓝色的联合国总部玻璃大厦外观倒是给人愉快的感觉。

市里唯一的真正公园是中央公园，真是闹中取静。占地面积相对很大，这在寸土寸金的曼哈顿是个另类。一走进公园就完全摆脱了纽约的繁华和喧嚣，一下子安静下来，因为诺大的公园内除了花草树木及供人锻炼、散步的道路外就没有别的，使人不可能心绪不安静下来。

这就是纽约的另一面，繁华、喧嚣中的安宁、安静、平和，是世界大城市中的难得之处。

纽约冬雨

今天早晨走出房子，感到地上是湿润的，显然是下过雨。这已是1月6日到纽约长住一周来第二次下雨了，1月份的冬季却下雨，这在北半球应是少见的。这也许是纽约的浪漫或风情之一了。

无论是否下雨天，1月初到纽约来一直感到空气非常湿润，非常舒服，真像到了氧吧的地方。与几乎是同一纬度的北京的冬季真是天壤之别。也许是因为纽约在海边，是海洋性气候。当然也有环境好的原因。

第一次居住在纽约城南部，对纽约的印象与以前非常不同。以前路过曼哈顿南部总是感觉破破烂烂，甚至感到有点恐惧。但住下来后，发现这边很繁华，是居住区，很有生气。餐馆、酒吧、商店、理发美容店、杂货店、服装店一个挨一个，生活很方便。居民各种人都有，以白皮肤、打扮时髦的年轻人为主，拉美裔、亚裔、黑人也有。每天行走和生活在这样的环境中、人群中，连笔者这样的老人都感到有些青春、时尚和浪漫。

以前近30多年来来纽约数十次，但多数时候是在42街北面的商业区、办公区，开会、吃饭、住饭店，对纽约、对曼哈顿的印象都是高楼大厦、商业、写字楼，认为纽约是工作的地方，不是生活的地方。这次在纽约城南、曼哈顿南部给笔者的纽约印象则完全不同。

这就是纽约，这就是曼哈顿，这就是曼哈顿南部，或叫南城，一个被称作纽约艺术和时尚的地方，一个不同的纽约，不同的曼哈顿；一个冬天有雨的地方，湿润的地方。

纽约鸽子

上洗手间，看到小窗户外的窗台上卧了两只鸽子，静悄悄地在休息，同时也咕咕地叫，可能是她们在说话聊天。平时，包括晚上时她们也是如此，声音听起来让人感到安详。

有点奇怪。平时都是一只鸽子，今天却有两只。看不出男女，看上去也不是在谈情说爱。谁知道呢?

窗台上的鸽子从不怕人。不管是卫生间开灯还是关灯，不管水声大或小，隔着只有一层玻璃的鸽子都毫不理睬，毫无反应，也不会看笔者一眼。这就是在美国的鸽子。因为她们从没有遭到过人们的干扰，没有被袭击过，也就从来不知道怕人。

这又使笔者想起20多年前在华盛顿留学时听人们讲的一件事。上个世纪70年代越南战争结束后，美国接受了大量的越南难民。一些越南难民看到美国城市广场、公园、马路等公共场所有大量的鸽子，就把一些鸽子抓起来，回到家里杀了吃肉。这一行为被美国人发现后，很多美国人集会抗议，要求政府制止私人抓捕鸽子。越南难民或移民这种捕杀行为也就结束了。鸽子又恢复了在美国各地的安宁和自由。

现在在中国各地也有不少鸽子在公共场地闲逛，多数是等人给她们吃的。只要一给点食物，鸽子们就成群结队地飞过来。

鸽子是世界各地都市的一景。

纽约的文化和文化产业

今天上午从中国驻纽约总领馆去位于第六大道的银行，回来时特意不从来的42街返回，走条新的没走过的路，以便多看看不同的东西。从第六大道穿过百老汇到第八大道，短短的三、四个街区的上的45街有10家左右剧场。还不到上午10点，很多剧场前就聚集了排长队的人群，少则几十人，多则百余人，在排队等待买音乐剧的门票。

文艺演出做到如此繁荣的程度恐怕世界上只有美国有，只有纽约有，只有百老汇有。今天全世界有多少东西会有人们排长队购买？想想很多国家、包括中国的多数剧场一年到头几乎总是门庭冷落，没有演出活动，不知这里的差距究竟在哪里？

在纽约百老汇看过两次演出。记得都是音乐剧，喜剧。最近的一次是前几年看《制片人》，演一个制片人和他的一个剧目的产生和演员的故事。故事、音乐、情节紧凑，一个接一个，令人目不暇接，很吸引人。音乐剧以唱和舞蹈为主，主题欢快。美国的音乐剧看来多数是喜剧，一路幽默、搞笑，但又不做作、自然，恰到好处。百老汇看音乐剧，既享受了一场音乐，又使人快乐一个多小时，感觉很好，回味无穷。

现在百老汇的剧目多数是100美元或多一点一场，应该不算贵，普通人也能承担得起。比起北京大剧院等中国剧场的演出动则千元、1000多人民币，百老汇是便宜多了。加上纽约游客多，来纽约的游客，特别是美国游客，很多是一定要到著名的演出圣地百老汇看场剧目，特别是那些有名的剧目。像《歌剧魅影》连续演了20多年，《狮子王》《猫》《妈妈咪呀》《芝加哥》等著名剧目一演就是一二十年，总是有人看。

百老汇目前有40家专业剧院，2017年百老汇票房总收入是16.37亿美元，相当于110亿元人民币左右，是当年中国500多部电影票房总收入的1/5。2011年有1200万人次观看演出，平均每天有超过3万人在百老汇欣赏演出。中国全国数万家电影院一年卖出的票款仅是纽约一个城市几条街中数十家剧院的四倍，纽约文化事业、文化产业的发展程度可见一斑。

费城至纽约的火车上

中午在宾夕法尼亚大学做完了讲演，下午与宾大及普林斯顿大学的几位教授做了一场由美国外交政策研究所主办的网上论坛后，坐火车由费城回纽约。

火车正点时间是下午3：57由费城开，但晚了20多分钟。排队等待时一位白人女青年对同伴说："我不知道为什么火车会晚点?"

火车行驶快到新泽西州的创顿（Trenton）时，举目朝向窗外，是一片北方冬季苍凉的景象：直立或歪歪扭扭的树木早已没有任何绿色，树叶凋零；时不时闪过的楼房和住房外观好坏参半，并没有想象中发达国家风光如画的景象。但隔一段时间就经过的多条河流却在苍凉的冬日下闪烁着耀眼的蓝色，在一片灰蒙蒙的景象中组成条条静静的蓝带，匆匆而过，给人以快意。感到奇怪的是，这么冷的北方冬天里的河流并不结冰，不像同一纬度的中国东北。

从费城到纽约火车站不过一个半小时，总的感觉是丝丝的凄凉：严冬、苍茫、没有生气。以前在美国多次坐过火车，华盛顿经费城到纽约多次坐过，却从没有这样的心情和感受。也可能是自己一个人较长期在国外的原因吧。

在纽约的公寓里笔记本电脑上写这段文字时，有两只小小的老鼠从脚下经过，害得笔者不得不数次跺脚，让它们走开。这栋公寓位于曼哈顿中南部的中等水平区域，比较热闹繁华。但房子都是旧的，有老鼠也不能怪房东了。房子其他方面还算可以。共五层，每层两三个单元，住着十几户人，多数是美国人。租金很贵。晚上把方便面放在写字台上，第二天早上发现被老鼠啃过。以后食物不敢放在桌子上，要用塑料袋挂在门钩半空中，免得老鼠又把它们吃了。看来老鼠爬高的能力还是不行。

“麦加大巴”（Megabus）

这是第二次在纽约坐大巴去华盛顿。第一次是1989年5月笔者的爱人从北京飞到纽约，那时中美间航班很少，到美国东部中国仅有国航北京飞纽约的航班。那时从华盛顿坐“灰狗”（Greehold）大巴去纽约接爱人，然后在纽约玩了几天，又坐“灰狗”大巴从纽约去华盛顿。当时“灰狗”巴士是长途间交通最便宜的，穷学生跨城市间长途旅行多数选择这种交通工具。

这十几年纽约—华盛顿间旅行多数时候坐飞机或火车。这次要去华盛顿，在网上一查，发现火车票贵了不少。这几年经常能买到49美元的纽约—华盛顿间的单程票，但现在不行了，最便宜的也要80多美元。如提前一个多月可能能买到便宜的。

票价涨这么多令笔者难以接受。去查“灰狗”巴士也不便宜了，所以就问常驻纽约的人有什么便宜的。朋友说有一种“麦加巴士”（Megabus）便宜，并给了笔者网址。笔者上了该网发现果然便宜很多，买纽约—华盛顿间往返也不到50美元。于是在网上买了往返票，记下号码，在指定的时间和地点去上车。

去了上车地点才知道为什么便宜了。连个市内车站都没有，上车地点就是34街和12大道的马路上，有个牌子写明去哪，大家在哪排队；到时间时大巴来了，公司人验票，就是告诉他你订的票号，可以把写在纸上的号给他看，多数美国人是把手机上显示的信息给工作人员看。工作人员看后觉得没问题就允许乘客上车。

第一次在美国坐双层大巴的上层，视野宽阔。离开纽约后，公路两侧的工厂还能看到些。越往南走，工厂越少，树木越多。很多树木倒在地上，乱七八糟，理解了美国人说的“Free Fall”（自由落下）。

到了华盛顿，做生意的朋友开着奔驰600来接笔者。笔者告诉朋友

“麦加巴士”的好处，便宜，座位舒服，速度和时间与火车差不多。朋友告诉笔者这是一家欧洲的公司，这几年在美国发展很好，很多美国人坐这种巴士做较长途的旅行。

从纽约到华盛顿：一路风光一路情

又一次从纽约到华盛顿，坐 Megbus 的大巴，双层上层，视野辽阔。出了纽约城后，行进在新泽西、宾夕法尼亚、特拉华和马里兰等州的东北部平原上，城市、原野、树木、河流，一望而过。说原野，不说田野，因这一路四个多小时，三四百千米的沿途没有多少田地。

初秋的美国东北部，树叶有的已经变颜色了，红的、黄的，半绿半红的，半绿半黄的。带着耳机、听着手机中喜爱的乐曲，眼望窗外不断变换的景象，心中一片快意和淡然。

窗外公路两侧的树林中，靠路边的一排颜色变得最多了，因阳光较多；树林后边树木密集，吸收阳光较少；特别是树林最外侧的小树，似娇小无力，抗拒不了阳光的作用，全身都已红透，在后边一望无际的一片绿色面前格外醒目，真有万绿丛中一点红的景象。

看到眼前不断变换的美丽秋景，不禁想起毛泽东的诗句：

独立寒秋
湘江北去
橘子洲头
看万山红遍
层林尽染
漫江碧透
百舸争流
鹰击长空
鱼翔浅底
万类霜天竞自由。

论自然景色，很多情况下还是美国的好些。一路三四百千米，沿途大小河流湖泊、沼泽众多，十几个到几十个。这些河流、湖泊水清静静，太阳光下显得极为平静。水的四周沿岸树木环绕，特别是秋天的树木五颜六色，围绕着碧绿绿水，使人想起不经人类染指的纯自然的风光，如加拿大北部无人区。

水中有时有一块小石板或木板，不大，也就半米或一米长，上边站着数只野鸭子或小鸟。也许这些鸭子或小鸟过久了在水中或树上的生活，要找时间在“岸上”住一会。一出曼哈顿就有一片这样的沼泽。

沿途路过的几条大河倒是蔚为壮观。特拉华河、宾州境内的一条河、马里兰州巴尔的摩附近的一条大河，宽度都达到或超过中国的长江，而且无论春夏秋冬，河水水量总是充沛。河上大桥宽十几米，长几千米，坐在车上要好几分钟才能过去，雄伟壮观。

中远途旅行尽可能应坐大巴或火车，可以欣赏一路的景致风光，了解民情、区情、国情、风土人情。如坐飞机则几乎什么都看不到。

穷人的安逸

在美国坐大巴长途旅行的应多是收入不多的穷人，包括学生。按美国和中国的标准，实事求是地说笔者不能说是穷人，但大巴的价格是为穷人考虑的，是穷人的交通工具，笔者多次在纽约和华盛顿之间选择这种省钱的交通工具，此时也就是穷人的标准。但笔者感觉大巴很好。每个乘客都有座，座位很舒服。比美国火车座位差些，但比飞机经济舱好多了，宽多了。速度也不慢，和火车差不多。时间五六个小时，大巴有两层，笔者每次都坐在上层，视野好。

在马里兰州巴尔的摩站上来一位黑人青年，30 多岁，坐在笔者旁边的座位。他很健壮，腿有笔者一个半粗。因为他体宽，两座位中间有个隔离杠，但他的胳膊和腿经常越过中间杠到了笔者这一边，好在车上空调开得凉，也不觉得身体之间接触的地方热，不觉得讨厌和压力。人家就是块头大怎么办？

有时他也意识到越过了，就向他那边收缩一下，不过过不长时间就又过来了。这比笔者平时在国内坐飞机、火车、地铁时好多了，国内很多人体形并不宽，但有着手臂和腿脚挨靠别人身体的恶习，且从不觉得有什么错，从不纠正，心安理得。这位美国人很长时间在睡觉，还打呼噜。

一路四五个小时坐着，不停地看着驶过的车外自然和人文景观，感到舒适、惬意。过简朴、省钱的日子也没什么不好。至少在此时此地，感到安逸、满足。

美国著名大学校园游

美国的一些著名大学，如哈佛大学、哥伦比亚大学、斯坦福大学，多年来去过多次，但都是去开会或讲演，来去匆匆，没有仔细欣赏。2013 年 1 月，利用在纽约大学一个月访问学者的机会，加拿大华裔、好友郭先生从多伦多过来，加上以前笔者的博士生、中山大学的顾老师利用在伊利诺伊大学香槟分校访学的机会也飞到纽约，我们三人开始了几天美国几个著名高校校园游。

我们 3 人从 1 月 18 日早晨开始，在笔者那几天纽约开会住的饭店对面租了辆车，从纽约曼哈顿向东北方向开，出纽约城后沿 95 号高速公路向新英格兰方向走，中途在离纽约不远的路旁吃过一次麦当劳早餐，然后几乎没有休息，一路向前。

到波士顿时已经是下午一点多。几个人感觉较饿，在哈佛大学大门口吃了顿比萨饼，是家有名的比萨饼店，叫 UNO。吃完午饭，走出门外郭先生感觉特别冷，他穿得不多，我们进入哈佛西门地铁站附近的商店，买了件带哈佛标志的外套，然后进入校园，在哈佛校园里步行了约两个小时。

在哈佛校园，除了多数人去看的主要建筑外，如哈佛像等，我们几个特意找到肯尼迪政府学院，在它的院内和楼里转了转。因为笔者在国内一所大学公共管理学院工作，他们两位又都是公管学院的博士毕业，我们学院与哈佛大学肯尼迪政府学院有长期的交流关系，又是同类专业学院，因此我们情有独钟。

离开哈佛，开车向南，没多久就到了麻省理工学院。冬季的下午 4 点多，天几乎就黑了。太阳落下后天气极冷，我们在麻省理工学院的校园没有转多久，照了几张相就离开了。麻省理工学院给笔者的印象是建筑都是现代化的，不像美国很多其他著名大学建筑古色古香，富有艺术性，这里的建筑基本都是方的正的，有棱有角、四四方方，还有圆圆的，像个工业用的大罐子。校园风光方面，麻省理工学院没有留下什么印象。可能搞科学的、工程的讲究实用，不在乎形式和艺术。

当日夜间到了康涅狄格州的纽黑文市，进入市郊和市区感觉破破烂烂，有饭店都不敢住。继续开，到了看上去不错的街区，找到个不错的酒店入住。办好手续后出去吃晚饭，后来回来觉得疲劳就睡了。

第二天早一觉醒来，向窗外一看，惊呆了：窗外一片片古色古香的欧式古建筑，层峦叠嶂，错落有致。赶快把两位朋友叫来，大家分别以此为背景照了很多照片。

出去一问，原来看到的正是耶鲁大学校园，我们所住的酒店就在耶鲁校园之中。走进耶鲁校园，就像走进了一座十七八世纪欧洲的古城，校园每一栋建筑都是一部欧洲经典，类似欧洲教堂建筑也很多。所有建筑几乎都是石头制成的，难怪这些建筑可以几百年不改样子。看了耶鲁大学的建筑，就理解了为什么该校建筑学院是全美及世界最好的建筑学院之一，或者说是最好的，没有之一。

在耶鲁大学边上一家餐馆吃早餐的情景为我们的耶鲁游增加了色彩和记忆。一是因为早餐的食品比较可口，面包、咖啡、牛奶等；二是一位看上去像印度籍的女服务员给我们留下的印象很好，估计是耶鲁大学的学生，漂亮端庄，服务温文尔雅又得体，付账时笔者也就多给了一些小费。

离开美丽的耶鲁校园和所在的纽黑文城，我们沿 95 号公路南下，穿过新英格兰的康涅狄格州、纽约市和纽约州，进入新泽西州，前往位于新泽西普林斯顿的普林斯顿大学。

在车行康涅狄格州南部的时候，经过叫斯坦福的小镇，想起笔者前几年的助理、我们三位都熟悉的一位女士现在家在这里。没有时间停留去看她了。想给她打个电话告诉她我们正经过她家，但又一想又不能去看她，给人打电话不是让人失望和不高兴吗？所以电话也没有打，只是下决心下次再来纽约附近时一定专程去看她和她一家。

到了普林斯顿，很快找到普林斯顿大学。好找的原因是这个小城市除了这所大学也没有别的，城市就是大学，大学就是城市，这是美国典型的大学城。

到时已是下午快两点了。旅行就是这样，经常赶上离正常吃饭的时间过了很长时间。大家感到饿了，当务之急就是找家餐馆吃饭，而且最好是家中餐馆，因为有两天没有吃中餐了。开车连看带问，找到了在学校边上一家看上去不错的中餐馆。点了几道菜，上来后吃起来果然不错。也许是因为我们饿了。

吃完饭开始步行游览普林斯顿大学校园。以前就听很多美国人说普林斯顿大学校园很美，看了后果然名不虚传。不但建筑和耶鲁一样是欧洲的古建筑，其规模和样式都不亚于耶鲁。超过耶鲁的是普林斯顿大学不像耶鲁大学那样是位于一个不小的城市之中，普林斯顿大学建在一片绿地之中。校园周围是大片的林地、草地，而且每栋建筑之间也有大片的绿地，所以，普林斯顿大学是绿地、花草树木之中的欧式古建筑大学，兼有建筑人工和自然环境两种美，将两种美集于一体，且巧妙地将两种美结合于和谐之中。

看完普林斯顿大学，以自己在美国上百所主要大学的经历，认为普林斯顿大学是全美最美的大学校园。这时理解了为什么笔者好几个美国朋友在哈佛、纽约的哥伦比亚等著名大学和首都华盛顿联邦政府任重要职务若干年后，最后选择去普林斯顿大学长期工作和生活。原来这里学校和环境都这么适于人的工作和生活。

离开普林斯顿后，已是傍晚了。车行到宾夕法尼亚州、在费城北部时，车的前面一片彩云点缀天空。太阳正在落下，即将落入地平线之下。太阳在落日时，不但把自己变成一个火红的圆球，而其光芒四射，把远近所有的云彩都涂上红色、淡红色、粉色、淡粉色，更远的是淡蓝色，仿佛整个天空都是亦梦亦幻的世界，美丽而浪漫，又多情。

笔者抓紧时间欣赏这难得的境遇，同时拿出相机留下了几十幅日落时的天籁景象。

再说华盛顿

笔者20多年前出版的书籍说过华盛顿，所以这次要说是“再说华盛顿”。

华盛顿是笔者除北京之外最熟悉和喜欢的城市，因为到目前为止近60年中，笔者在北京生活的时间最长，从1983年至今27年，其次较长的时间是在家乡吉林省梅河口市（以前是县城，现在是县级市），在那生活了17年，直到18岁时当兵离开家乡。在华盛顿读书生活了近6年，后又在那做访问学者1年，长驻共7年，再加上从1986年第一次访问到目前为止30年中超过一百多次访问过华盛顿，对笔者来说自然是一个熟悉的地方。

华盛顿是个可爱的城市。首先是她不大，你可以爱起来。如单算华盛顿，她的规模（城市大小和人口）不如一个中国地级市，比中国的县级市大一些。城市不大，去多了，住的久了，就每个地方都较熟悉，都了解，也就喜欢起来。

其次，华盛顿着实可爱。她的建筑更像欧洲城市的建筑，而不像以现代化摩天大楼为特征的纽约、芝加哥、洛杉矶等大城市的样子。由于法律规定，华盛顿的建筑高度不得超过华盛顿纪念碑，所以华盛顿的楼房没有超过十一二层的。建筑风格与欧洲相似，楼又不高，在这里居住、生活、行走没有压抑的感觉，感到比较轻松和惬意。

华盛顿讨人喜爱是因为她不像美国。美国是个竞争非常强的社会，很多人过得很好，但代价、压力很大，工作、生活不轻松。在华盛顿工作、生活的不到100万人口中，一大部分是联邦政府工作人员。政府不是像企业那样要靠自己挣钱生存发展，政府靠稳稳的税收生存。天下的人都是一样的，没有竞争就没有压力，生活就轻松。

华盛顿另一大类人群是围绕政府工作的人，包括数千上万个行业协会、学会、工会、妇女、教育等各种组织机构，试图游说政府和国会，以实现各自的利益和价值。这里还包括律师事务所、公关公司等，主要在K街，所做的事情也是一样，试图影响政府和议会。

华盛顿还有一大堆研究机构，涉及各个领域、各个行业。仅是涉及外交、国际关系、国家安全的就有150多家，再加上几所大学的各种机构，每天会议、研讨、活动不断。大家在华盛顿有个说法，如果有人想中午吃免费的午餐，那是完全可以做到的，因为每天中午都会有各种会议、活动的“午餐会”，免费提供午餐。当然，参加这些午餐活动，解决物质食粮需求还是其次，实际上也没有人单是为了吃饭而去参加这些活动，更重要的是从各种讲话、发言、研讨中获取精神食粮，相互交流。

华盛顿另一类人群就是这个城市的主要经济、产业，即服务业，包括交通、饭店、餐饮、零售、打印等。这些人虽然收入不高，但笔者看他们压力都不大，因为华盛顿永远有庞大的政府开支，所以失业率从来不高，华盛顿人不存在美国其他城市和地区经常存在的就业压力。所以这些“蓝领”工作服务人员虽然对工作不十分满意，但没有多大压力，服务也不如美国其他地方好。

华盛顿不仅是座单一的政治城市，她同时也是个丰富多彩的文化城市。因为她有肯尼迪艺术中心等美国和世界著名的演出场所，有国会图书馆、史密苏纳艺术中心等美国最大的图书馆和艺术中心，有国家科学院、各种研究机构和活动，有最多的各种“国家博物馆”，包括历史博物馆、艺术博物馆、宇宙航空博物馆等，而且所有这些国家博物馆都是免费参观的，这在美国和世界是少有的，是华盛顿一大特色。

华盛顿不大，但著名、有特色的建筑不少，包括白宫、国会大厦、五角大楼、林肯纪念堂、华盛顿纪念碑、杰斐逊纪念堂，远郊还有风景如画的华盛顿故居。除这些著名建筑外，其他联邦政府办公楼也有特色，值得观看。

这个城市在世界的突出之处是，在这个规模不大的城市中心却有着一个几乎是世界最大的城市广场，即“国家广场”。广场规模估计有北京天安门广场十个大，这是笔者去过的数百个世界城市、包括所有发达国家主要城市中所没有看到过的。它不但大，而且美，因为它不是水泥铺就的大广场，而是由草坪铺就的、中间和周围由著名建筑组成的大广场。宽阔碧绿的草地和葱郁的树木构成了绿色的世界。在林肯纪念堂和华盛顿纪念碑以及国会大厦前面，是两处水面，在不高但秀丽的建筑和绿草之间碧波粼粼。

广场东边是国会大厦，西边是林肯纪念堂，中间是直入云霄、高达百米的华盛顿纪念碑。这个城市从东边的国会大厦，到西边的林肯纪念堂，长达 3200 米的主轴线，中央是华盛顿纪念碑。

广场南北两边是宪法大道和独立大道，道路宽广，是华盛顿各种纪念游行的地方。

因此，华盛顿是美国政治中心、文化中心、旅游中心之一，是深受人们喜爱的地方，温馨的地方，一座宜居的中型城市。

乔治城和亚历山大

别看华盛顿城市不大，但特色不少。除了白宫、国会大厦、各种纪念碑、纪念堂、各种博物馆、城市中心巨大的“国家广场”外，还有个城中城，即“乔治城”。

乔治城位于华盛顿市的西部，是个东西宽有两千米、南北长有四五千米的狭长地带。南起波托马克河，北至马里兰州界。城的西边也是马里兰州茂密的森林。

乔治城一直是个居住区。她建立时就是居住区。房子完全是典型的古典欧洲式建筑，二三层小楼居多，也有三四层的，一般地下还有一层。这些楼样式、质量都很好。也有些像庄园式的楼房，楼虽然不高，但很大，有十几个、几十个房间，而且有很大的独门独户的院子，如顿巴顿橡树园。这些院子现在不是一些国家的驻美大使的官邸，就是富人的豪宅，也有捐给学会、基金会等机构作小博物馆、纪念馆和办公室的。走路路过这些院子，只见庭院深深、树木环绕，是每个人梦中的家园。但对绝大多数人来说这是可看不可求的，因每个院子现在都价值千万或上亿美元。

华盛顿也有现代化的地方，但乔治城一直作为华盛顿较富裕的居民区，保留着欧洲建筑的风格和韵味，闹中取静。这个华盛顿最富裕、最大的居民区至今没有通地铁，原因是当地居民强烈反对，因为地铁一通，商业就会进来，穷人就会过来，乔治城欧式古典、典雅、富裕的特色就会被改变。

首都华盛顿外围，华盛顿与南边的弗吉尼亚州交界处还有一个欧式小城，即弗吉尼亚州亚历山大市，这个市的中心称“老城”。笔者在这个老城居住生活过一年。老城与乔治城一样，是座居住为主、两三层小楼为主的欧式古城。城中每一家、每座小房不但与过去欧洲的房子一模一样，门前也都种着各种花草树木，门口窗前也都摆着、挂着小花篮，像英国小城那样。

平时没事漫步、徜徉在这些静静的欧式小城，如同行走在几百年前欧洲古镇，行走在画中一样，深感世界和生活的平和与安宁。去过欧洲多次的朋友同事来到这两个小城，对现代化、较新的美国还有这样完全欧式的城镇感到吃惊和赞叹不止。所以，美国不仅是现代的、实用的，也是古典的、浪漫的；美国有纽约、芝加哥式的高楼大厦，也有像乔治城、亚历山大式的欧式古镇、古城。

居住在亚历山大小城时，时常去住处附近的波托马克河边散步或看书，在居住的阳台上也可看见这条河。每次站在河边，看着宽宽的波托马克缓缓流淌，就想起“一条大河波浪宽，风吹稻花香两岸”的歌词，尽管这里两岸没有稻花，有的都是青青的草地和五颜六色的欧式洋房。

亚特兰大不大

读美国的材料、报道，都说亚特兰大是美国南方最大的城市，南方的核心，1984 年还举办了奥运会；亚特兰大哈茨菲尔德·杰克逊国际机场至今是美国最大的机场，是客运量最大的机场，超过纽约、芝加哥、洛杉矶等大城市；它也是世界吞吐量最大的机场。2015 年旅客人数 1.01 亿人次，连续 18 年是世界旅客人数最多的机场。所以，这一切给人的印象是亚特兰大是美国很大的城市。

但等到笔者实际去亚特兰大并在那住了几天后，发现这个城市无论按美国的标准，还是按世界大城市的标准，都不算一个特大型的城市。

首先，这座城市规模就不大。坐车在城里走，从东到西，从南到北，不堵车正常时，十几分钟就出了城市。这个城市现在市区人口 50 多万，加上郊区小镇等 500 万，面积 350 多平方千米，实际上也不是世界标准的特大型城市，在美国与纽约、洛杉矶、芝加哥特大型城市相比也远不在一个层次上。

亚特兰大市中心既不繁华，也不大。看一个现代化的城市可以看它的市中心有多大。美国城市、特别是大城市，共同的标准就是市中心有多少高楼大厦，这一般从很远、甚至从机场就能看到。特大的城市市中心集中十几栋、几十栋高楼大厦。而亚特兰大集中在市中心的高楼大厦大概不超过十座，相对不高。

亚特兰大也没什么名气大的东西。美国或世界其他地方的特大城市之所以大，除了人口多、城市规模大外，一般也要有些名气的东西。亚特兰大大企业有两个，可口可乐公司总部和有线电视新闻网（CNN）总部，别的著名企业就没什么了。大学有两所较为有名，艾默里大学和佐治亚理工学院，在美国大学中能排到前几十名之内，但排不到前一二十名之内。其他也没有什么著名的博物馆或设施和机构。

去亚特兰大时，美国朋友还带笔者去看了看“奥林匹克公园”，记得当年举办夏季奥运会几天前还出现枪击或爆炸事件。走遍公园，实在感受不到当时举办奥运会时万众在这里欢呼的景象。因为这个奥林匹克公园与其说是公园，倒不如说一个街心公园更准确。公园不但小，里边也没有什么特别的东西。记得公园边的可口可乐展览馆倒还是有不少关于可口可乐产品、发展史、各类包装的展览，包括门口外那个巨大的可口可乐瓶子。

亚特兰大这样的情况在美国是比较典型的。即听起来很大的美国城市，实际上与中国、亚洲、甚至欧洲相同名气的城市相比，实际上规模要小得多。可能是美国发达，引人注目；或者美国人会宣传、公关和广告，把本来不大的东西，说得很大，给人形成的印象很大，甚至很有名气，其实真正去了、看了才知道名实不符。

佛罗里达

佛罗里达是美国著名和有特色的地方之一。归纳起来，她有名的是如下几个方面。

一是她是美国最南部的地方。最南部也就是气候最温暖、最热的地方。所有国家在气候方面总是热的地方比冷的地方更吸引人，中国、俄罗斯、法国等无不如此。温暖的气候使佛罗里达成为美国一个旅游和养老胜地，人口也比较旺，这在美国是少有的，美国多数地方人口是减少的趋势。

二是她有个航天发射中心，有时成为全美瞩目的地方，即在重大航天飞机发射及出事故时。但平时这一点不被人重视，没有多少人总想着航天发射的事，也没有多少人一定要去这个地方看看。

三是有名的地方是迈阿密。这是美国南方大城市之一，是南方的海滨城市，又是拉美裔人、尤其是古巴裔美国人集中居住的地区，这使这个城市与美国欧洲裔白人为主的城市不一样，而且由于拉美和海滩文化，使迈阿密成为一个风情万种的美国城市。尤其海边的棕榈滩，使迈阿密和其海滩闻名美国和世界，是个吸引人去的城市和海滨。

但佛罗里达最有名的还是位于该州中部的迪斯尼乐园。美国西海岸洛杉矶也有一个迪斯尼乐园，在日本、香港、上海和世界其他地方也有几家迪斯尼乐园。但佛罗里达迪斯尼乐园是所有迪斯尼乐园中最大的，也是迪斯尼乐园的发源地和总部所在地。

佛州迪斯尼乐园不是一个园，而是四五个园，各园之间有大巴和铁轨相连接。去佛罗里达迪斯尼乐园的人总要去这几个，要花两天或更多的时间才能把整个乐园草草走一遍。旺季时乐园的多数场地都要排很长的队才能进入。

游玩迪斯尼乐园不但花时间，钱也要花不少。十几年前笔者和家人去时，几个园下来每人门票都要四五百美元。此外，还要住宿、吃喝，买些东西。

但花很多时间和金钱玩下来，对成年人来说，感到真正好的地方并不多。除了一些有名的标记外，如米老鼠、唐老鸭等，令人印象深的是拍电影的模拟场地和情景，重现一些著名影片的景象，使人几乎进入看过的电影情景之中。此外，一些惊险的地方令人印象深刻，包括惊吓得再也不敢体验了。特别是在建筑物里坐速度极快的小车过妖魔鬼怪的人间地狱的场景，是心脏、血压和年纪大的人一定尽量不要去体验的地方。

对小孩子来讲，迪斯尼乐园大概是天堂了。所有的东西，惊险、玩具、形象、电影、吃喝等都使儿童兴奋不已。很多成年人是因为孩子要去，所以就带着孩子去了。对美国和世界所有儿童来说，小的时候没去过迪斯尼乐园是不可想象和接受的，对成年人大概也是如此。所以迪斯尼乐园也成为一个人人生一定要去的地方之一，特别是对儿童和青少年更是如此。

“天堂”夏威夷

美国最西的地方不是加州，也不是夏威夷，可能是关岛。但美国最西边的州是夏威夷州。

夏威夷由瓦胡岛及西北和东南方向的若干个岛组成，较大的有5个。瓦胡岛不是其中最大的岛，最大的是叫“夏威夷岛”的岛。瓦胡岛名气大是因为夏威夷首府檀香山市在这里，夏威夷人绝大多数也居住在瓦胡岛。

夏威夷有个别名叫“天堂”，夏威夷人这么称呼夏威夷，美国人也这么叫。去过夏威夷的人都同意，夏威夷确实是天堂。

为什么？是因为夏威夷的海水、海滩和气候。

笔者去过国内外很多著名的海滩，大连、北戴河、南戴河、威海、烟台、海阳市、青岛、宁波、舟山、深圳、珠海、北海、三亚、济州岛、泰国、马六甲、新加坡、巴厘岛、悉尼、迪拜、好望角、亚历山大、威尼斯、英国布莱顿、挪威卑尔根、奥斯陆、斯德哥尔摩、赫尔辛基、美国大西洋城、大洋城、洛杉矶长滩、圣地亚哥、巴西里约等，感到世界最美的海边有两个：一是中国的三亚亚龙湾，二是美国的夏威夷。

夏威夷海滩最美。很简单，海水永远是湛蓝湛蓝的，沙滩永远是细细、白白的。“它像一串美丽的珍珠撒在太平洋中央，碧波环绕，椰林婆娑。”人在海边呆着，惬意放松、舒服极了。

夏威夷是笔者去过的世界最好的海滩，还因为这里海滩面积最大。单是威基基海滩绵延就有一英里，一路赤脚走在海滩上，沙子总是细细的；放眼望去，海水一望无际，海天一色，海上、天上都是湛蓝色；椰树在海风中摇曳，海浪从远处涌来，一波波、一排排，拍打着海岸。其他很多地方的海滩，即使沙子、海水好，恐怕也只是一段，或几段。

夏威夷的海滩、海边最好，还因为这里气候最好。夏威夷的气候是永恒的。一年 365 天，每天都是宜人的 28—29 度。

夏威夷没有四季，只有夏天一季；夏威夷也就基本只有一个颜色，绿色，当然各种花木不少，四季常开。

檀香山市规模不小，高楼林立，而且高楼多数不是商场、写字楼，而是饭店。尤其那些沿海边一字排开的酒店，直逼大海大洋。住在海边面向大海的酒店房间里，打开窗户，海风直进室内，吹拂身体。清晨起床，抬头就见大海，一望无际；站在阳台上，仿佛站在大海之上，海和天之间。

夏威夷的酒店众多，很多都是高档舒适，而且海边所有酒店都没有门，海风直接穿入，人们直接进出，这是和世界其他酒店不同的。后来三亚不少海边酒店也是此风格。

夏威夷无雪，但有雨。雨很少有大雨。夏威夷大学上边的山上到威基基海边的公路一带，几乎天天有雨；但雨都不大，多数时候下几分钟就没了，所以下雨时人们也不打伞。

夏威夷的游客一半是白人，一半是亚洲人。白人以美国人、加拿大人居多，也有欧洲、澳洲的游人。亚洲人一直以日本人居多，也有不少韩国人、香港人、台湾人，近几年来，中国大陆人来的也越来越多。

所以，夏威夷从机场到饭店、商店，除了标有英文，都有日文标记，近年来中文、韩文的标记也越来越多。从日本各地飞夏威夷，时间六七个小时，机票价钱往返六七百美元，东西又便宜，所以很多日本人结婚度蜜月、休假都来夏威夷。在夏威夷的海边、大街小巷到处看到日本人，就令人止不住想：当年日本轰炸珍珠港，与美国打仗，失败了；失败后日本被美国占领几年，与美国结为盟国，日本人随便来夏威夷，在夏威夷受到欢迎尊重。假如当年日本胜了，不也就是如此吗？日本通过战争没有实现的目标，战后通过经济、技术发展实现了。所以，世界上什么是力量？什么是真理？

20 多年来多次去夏威夷，还有过长住访学几个月的经历。2018 年夏天与家人在夏威夷度假 16 天。除了欣赏海边的景色、商店、饮食、去珍珠港外，参加了一天的环岛游。去了威基基以外的不少景点。这很值。一般来夏威夷的人都是在威基基和珍珠港，很少去其他地方。去了其他地方，对夏威夷会有更多的了解和欣赏。还坐船一个半小时，主要是在威基基外海，在大海中看大海，从大海的方向看威基基，看夏威夷，也别有风味。

除瓦胡岛外，去过夏威夷其他的小岛，感到可去可不去。那些小岛与瓦胡岛不同的特色就是人少，很少看到人。喜欢人少、安静的可以考虑。其他如海边、海水、沙滩都是一样的，规模还没有威基基大。

喜欢大海、海滩、海水的人一定要去夏威夷。

美国人的流动性

美国人的流动性确实很高，达到了令很多人不解和吃惊的程度。

笔者一位20多年的朋友，哈佛大学法学院毕业，在美国著名的兰德公司做过研究分析人员，在国会给议员做过助理，在美国国务院做过政策设计司主任、助理国务卿，在克林顿政府做过克林顿总统的副国家安全事务助理，在奥巴马政府做过常务副国务卿，是仅次于国务卿希拉里·克林顿的国务院二号人物。这样一位显赫的、在华盛顿工作生活了几十年的人，2001年初克林顿政府结束后离开政府，到美国最大的政策智库布鲁金斯学会做副主席兼外交政策部主任，做了两年多又去了美国最南部之一的得克萨斯大学奥斯汀分校任政府学院院长，院长做了两年又回到华盛顿任奥巴马政府的常务副国务卿，做了两年多又离开政府到纽约州中北部的西拉丘斯大学（又译雪城大学）做政府管理学院院长。几十年下来，他从美国的东北部到西部，从西部到首都华盛顿，在华盛顿工作、生活20年左右后又到最南部，从南方再回到华盛顿，又从华盛顿到东北部。以后还不知他与家人去哪？

还有一位笔者30多年的美国朋友，30多年来一直在华盛顿一个著名的研究机构工作。但十几年前，他突然和妻子离开华盛顿，到各方面远不如华盛顿的位于西部的丹佛大学做个小的中心主任，夫妻俩还在西部买了块地，要在那建房子，以后在那边养老。但近几年又回到华盛顿。

笔者另一位现在普林斯顿大学当教授的朋友，十几年下来他在位于纽约州中部的康奈尔大学工作，不久又到位于纽约市的哥伦比亚大学当教授，没一两年又离开纽约到波士顿的哈佛大学任教，又没一两年又到了新泽西州的普林斯顿大学当教授。短短十年八年时间，他在美国四所著名大学之间流动。还不算中间有两年到华盛顿做国务院负责亚洲事务的副助理国务卿。

美国人这样流动的人很多很多，是个普遍的文化和习惯。问他们为什么离开长期工作、生活较发达的地区去较为偏僻、不那么发达的地方，他们并没有觉得有什么不好和不便。笔者认为他们也没想在所到的地区时间太长，他们永远在流动，所以不在意一时或一段时间一些地方有些方面有什么不好，反正可以或还要再流动。

当然他们也没什么户口的限制。

在同一地方和城市，美国人的流动性也不小。调换工作是经常的事，几乎没有多少美国人一生在一个或两个单位工作。

换了工作可能就要换房子。反正在美国买卖房子也相对容易和简单。

也有的人是为了孩子上学换地方。没有孩子或孩子小的时候，不在意孩子上学的问题。等到孩子快要上学时，就要考虑哪里有好的学校。为孩子上学方便，就要换房子甚至换工作，尤其母亲一方。所以美国也有学区房，学区房的房子也较贵。

美国各地各个方面不是没有差异，不但各方面差异存在，而且差异还很大。东南西北，大城市、中小城市间各方面差异当然很大，各地文化、设施、地理、气候差异也较大，但看来多数美国人对这些差异不太在意，说走就走。只要有一个方面促使他们走，如工作，他们就会毫不犹豫地不在意其他方面的不同。

美国人的流动性真是与中国等很多国家不同。也许本来他们就都是移民到美国来的，他们世世代代就在移动，他们最初就是移动，他们永远在移动，他们的血液中流淌着流动的基因。

到老了，退休了，不大流得动了，他们会选择居住在一个地方养老。有不少是选择离孩子近的地方。

美国人的收入差距

美国这几十年和世界其他地方一样，收入差距越来越大。收入差距扩大一般是指贫富两个主要阶层收入差距的扩大，但最近与美国人交流，了解到收入较高的“富人”或社会精英之间的收入差距也在明显扩大。

与纽约一位著名大学的著名教授吃饭交谈。他说，二三十年前，美国名牌大学的教授、政府高级官员、律师、企业管理者的收入基本在一个水平。现在在纽约等美国特大城市，在这几种职业的社会精英中，大学教授、律师在最低层，收入没有特别大的提升。特别是律师，工作越来越累，但能成为合伙人的机会越来越少，只能做打工的律师，经常一周都回不了家，一直在办公室工作。政府高级官员的收入有明显的提升，公司管理层的收入也大幅度提升。

看来，占领华尔街的年轻人和法国经济学家、《21 世纪资本论》作者托马斯·皮凯蒂的观点是对的：经济、社会发展的成果更多的是被占1% 的最高收入者得到了，99% 的人得到的相对较少，这其中也包括大学教授和律师这类收入较高的社会精英阶层人群。美国哈佛大学著名教授、美国权威的经济学家、克林顿政府的财政部长、奥巴马政府总统经济顾问委员会主席、哈佛大学前校长萨默斯前年来北京与笔者等交谈，他说，根据他及他的团队的研究，近几十年来从美国发展中得到最多的不是1% 的美国人，而是0.01% 的人，99.9% 的人得到的相对非常少。

近年来美国人均国内生产总值5 万多美元，在大国中是最高的，排在世界前七八名。但人均年收入实际是3 万多美元，这也是美国中产阶级的收入。一个人3 万多美元年收入、3000 美元左右月收入在美国城市生活还是满紧的，不可能有余钱，能应付日常开支就不错了，要精打细算，不能大手大脚。按现行汇率，3 万美元换成人民币就是21 万，一个月不到 2 万元。不到 2 万人民币的月收入在北京、上海、广州、深圳能过什么样的日子？当然这是人均。实际上美国联邦和地方中高级官员、公司管理层和较高级技术人员、较好大学的教授等年收入会有十几万美元，月收入一万多美元，这类收入水平的人和家庭的生活还是不错的，但这是美国仅 20% 的人能有的收入，80% 的美国人收入远低于这些。

美国人日常花钱都较为拘谨就是这个原因，即与美国人接触多的人都感到美国人花钱“小气”，当然这也有美国人不浪费、不图虚名的理念和习惯的原因。

基辛格和布热津斯基

在外交和国际问题政策研究界，特别是在美国，近几十年来影响最大的应该是基辛格和布热津斯基两位先生，但两位的影响程度还是有明显的不同。

不同的原因之一是两人的经历有些不同。基辛格在美国和世界的影响与他担任过美国政府要职有关。他在尼克松和福特政府中担任过总统国家安全事务助理和国务卿，是美国政府总统之下负责外交最重要的官员。布热津斯基也担任过卡特总统的国家安全事务助理，但他从没有担任过国务卿等政府其他要职。同样是做研究，有没有担任过政府相关职务对本人的见解、认识和影响是不一样的，多数人更认可在某一领域既有理论又有实践经验的专家。

但两人影响的不同最主要的还不是政府经历的不同，而是研究领域、问题的差别。基辛格长期关注国际秩序、力量均势、美国外交政策、中国等重大宏观问题，在这些方面发表过多部著名论著，如《大外交》《世界秩序》《论中国》等。布热津斯基也是战略家，但他的专长更侧重于地缘战略领域，而不是更大的整个世界秩序问题，他也不专注于世界某一大国。他最有影响的著作是《大棋局》等地缘战略论述。层次、范围、视野还是有所不同。

不同也在于两人后来的经历和个人性格。基辛格离开政府后没有回到学术机构，而是在纽约建立了自己的咨询公司，一边观察世界、做研究，一边继续游走于世界各国，保持与各国政要的接触，帮助客户联络世界各国政府和商界，促进一些项目，获取一些利益。而布热津斯基离开政府后，回到研究机构——位于华盛顿的战略与国际问题研究中心，在一个小办公室内像其他研究人员一样，专心研究问题，较少活动。笔者曾在他小小的办公室与他交谈过几次。

两位大家的性格也不同。基辛格性格温和，说话从来都是一个声调，没有抑扬顿挫；发表的论述向来温和，没有尖锐的观点，也没有对别人的严厉的批评，不得罪人。而布热津斯基的观点经常较为尖锐，虽然也很少直接批评别人，但著述、观点一直是比较犀利的，这样被接受的程度就小些。越是尖锐、犀利的观点，接受、认可的人就可能越少，影响的广度可能就差些。所以，做事和做人确实是有些关系的。像基辛格那样学问做到温和又有深度是很难的，是需要具备广博阅历和深入思考的人才能做到的。

里约热内卢

世界在地理上被分为五大洲、四大洋，即亚洲、欧洲、非洲、美洲和大洋洲，太平洋、大西洋、印度洋和北冰洋。其实五大洲外还有南极洲，只是那里没有通常的常驻人口。

在现实政治、社会、文化中，世界可以、实际上也在进一步分为12个主要区域：北美、南美、西欧、东欧、俄罗斯、中东（西亚非洲）、撒哈拉以南非洲、中亚、南亚、东北亚、东南亚、澳洲及太平洋岛国等地区。

这12个世界主要地区中，笔者最后一个去的是南美，直到2017年秋才终于踏上南美的土地。

去南美机会少的原因显而易见。一是离中国最远，二是笔者工作的内容很少涉及南美，对笔者等很多人而言，去其他地区的理由、机会、原因主要是工作。

不但去南美最晚，而且去的地方也最少，至今只有一个国家、一个地方，即巴西里约热内卢。

去里约的经历使笔者对巴西的印象比以前好。以前阅读及从别人那听到的总是说南美、巴西人热烈、好动，爱运动，爱狂欢，但工作不太努力，办事效率不高等。

但在笔者去之前三个多月与巴西会议主办方的联系中，感受到巴西工作人员效率极高。无论是教授、大学院系的负责人，还是具体办事人员，还是所住的饭店工作人员，工作效率极高，什么事情都很及时办理，有问必答，基本都是当天回应。其效率绝对是世界一流的、最好的，远远超过世界多数国家和地区。

飞机抵达里约机场后，办入境手续效率很高。可能是这个时间（下午3点多）国际航班抵达的不多，笔者走到入境大厅时没什么人，开了四五个窗口。笔者走到其中一个，递交护照，边境官员什么都没问，电脑上查一下，看看护照上的签证，盖个章就完了；填的入境单也不看，也不要，也没有很多国家现在要求的按手印。前后可能就一分钟，是世界最快、最简单的入境。

走出入境大厅，笔者没有托运行李，一直走出出口。按邀请方办事人员电邮中给出的建议，不理会主动询问是否用出租车的人，走到机场出口附近的一家出租车柜台，告诉她去哪，用信用卡支付了费用，然后一个工作人员带笔者走出机场，上了在那里等待的出租车去饭店。

从机场到饭店约 40 多分钟的车路，不短，沿途看到的不少，感觉不太好。沿途经过里约约一半的市区，绝大多数是贫民窟。当然里约的贫民窟与印度、菲律宾马尼拉等世界其他地方的贫民窟还是有很大的不同，即里约的贫民窟的房子不是铁皮、木板、塑料板或纸盒板搭起来的，而几乎全是红砖房。是二三层的红砖房，红砖外没有任何装饰。奇怪的是这些红砖房最上边一层多数没有房顶，有窗户的空间但没窗户，不知是为什么，是为了留着通风晾衣服吗？

里约被称作“天使之城”，曾经是巴西的首都，现在是巴西第二大城市，是巴西最漂亮的城市，也是最先进的城市，是一座大海的城市，是世界著名旅游胜地，被称作是“性感的”“激情的”城市。依山傍海，风景秀丽，气候宜人。里约城市是建在一个个山包上及山包之间的平地间。飞机降落时就看到这些起起伏伏的山包，起初还感到与欧美、日本发达国家相似，即飞机下的城市基本都是一栋栋小楼。但在里约降落时越看越不像，因为发达国家的小楼红、白、黄等颜色干净、鲜明，周围都是花草树木，而飞机下里约的小房颜色不鲜明，周围看不到花草树木。真正走近才知道其原因。

一个大城市像里约有这么大的贫民窟地区，是笔者去过世界一半多国家、数百个城市中所少见的，只有印度的德里、孟买等地有。

笔者所住的饭店及参加会议活动的地区不错，被称作“好区”。有几座所在学校的高楼，有些商业，多数是住宅。里约好的住宅与亚洲相似，多数是几层、十几层、或二三十层的公寓楼，四方型、或长方型，很少看到欧美、澳洲普遍的别墅小院。

一直听说里约、巴西及整个南美治安不好，较危险，不安全，偷盗、抢劫多。巴西是携带枪支合法的国家。在去之前笔者两名来自巴西的前学生也警告笔者注意安全。但几天内感到没有什么不安全的迹象。人们行走、表情正常，没碰到奇怪的人和事；没见到偷抢的事情。

特别是几次打车，司机都很老实本份。离开酒店去机场时是晚上11点多，走出饭店，看到一辆出租车，与司机说去机场，问多少钱，司机指计价表说打表。到了机场，花钱一点不多。笔者多给了十元钱，司机很激动和感谢的样子。

里约风光美丽，不愧为巴西和世界著名的旅游城市。整个城市似乎位于无穷的高度中低的山包之间。说是山包，是因为那些山不像通常的直立的山峰，而是像中国桂林等地的形状圆圆的山体，丰满圆润，海岸线婉约辗转，给人以温馨、和谐、美妙之感。

在城里向外、向上看时看到的是这些山包，登上一座座山峰，往远、往下看也多是这些山包，以及环绕山包之间的城市建筑。

基督山被称作是“世界新七大奇迹”之一。它坐落于国家森林公园中，是里约众多山包中最高的几座之一，有山峰的气势。从山脚下有两种方式上山：一是开车，二是坐小火车。坐小火车要十几分钟，走得较慢，因为是爬山，要保证安全，沿途风光不错。车票每成年人61元当地货币，相当于120元人民币，除此之外没有门票等任何其他费用。不像中国等国家的景点门票是门票，缆车、火车是另外的费用。

基督山上的耶稣像建成于1931年，位于海拔709米的驼峰山顶，主体结构是钢筋混凝土，蔚为壮观，极有俯瞰、关照世界众生的气势。据说是法国人给设计建造的。耶稣像高38米，臂展29.60米，两臂平伸。为保持平衡，左臂比右臂短40厘米。耶稣基督张开双臂，面向大海，福佑着生长在这一带的人们，也欢迎远方的客人。我们去时不是旅游旺季，但也基本是人山人海。

在基督山上，仰视基督像和拍照是必不可少的，其他重要的活动就是看山脚下和远处的里约全景。视野非常开阔，令人激动不已。远近一座座山包、山峰相连，相连之处的脚下有些建筑，星罗棋布，点缀着里约的风貌。世界海边城市不少，海边城市中有山、有海水和海湾的不少，地势起起伏伏的也不少，但像里约这样有众多、甚至是无数的大小海湾连接起来的一块块市区的海滨城市极少，像里约这样群山怀抱、海湾相连、山山水水的带状海滨城市极少。

里约另一著名旅游胜地是面包山。它雄踞海湾与大西洋之间，山体陡峭，四面光滑，高近400米，远远望去孤立于苍茫的天地间，被巴西人称作“甜面包”。

里约的海、海岸也世界闻名。“瓜纳巴拉湾一波碧水，不远处的群山曲线优美，热带森林郁郁葱葱。绵延数十公里的白沙海滩似一条素练，如洗碧空飘几朵云彩。海天之间，高高椰林构成优美的剪影。”

最近读到一篇文章写里约海滩：“里约拥有天下最美的海滩，金黄的沙粒，雪白的浪花，和煦的阳光，醉人的暖风，到处可见五彩缤纷的阳伞和游客。里约的沙滩绵延100多千米，尤以科帕卡巴纳最富盛名……”

但笔者不能同意这样的说法，因为看到的不是这样的。里约海滩很长，包括科帕卡巴纳，但说有100千米不一定准确，也许是把里约所有海岸线加在一起有100多千米，但看到的连在一起的没这么长。以色列特拉维夫的海滩也很长。里约海滩的沙子、海水的情况比不上夏威夷威基基，甚至都不如三亚亚龙湾。

但可以说，里约是世界上海滨城市、海湾城市的极品，是娇娇者，是美丽无限、风光无限、特色无限的海滨城市。是座“狂欢之都”，迷人的海滨城市，风情万种。有篇文章说：“每一个去过里约的人都会着迷于这座城市的线条：那是包括面包山在内的海上群山的柔和轮廓，是蜿蜒曲折的白色沙滩，是沙滩上身材曼妙的女郎。”

里约确实值得所有人去，绝对是“人生必去的N个地方”之一。

拉美人和拉美学生

拉丁美洲距离中国最远，是笔者在世界上去过最少的地区，只是接触过一些拉美人。

最早接触拉美人是上个世纪 80 年代末、90 年代初在美国留学时。在餐馆打过几个月的工，与拉美人有直接的接触。那时在美国中餐馆打工的拉美人由于不会做中餐及英语不好，只能做在厨房帮忙和搞卫生两类工作。厨房助理工作主要是摘菜、洗菜和切菜，洗刷厨房用具，给厨师打下手。在厨房外的拉美人就是做搞卫生、给客人倒水的工作。

当时在华盛顿，几乎每个中餐馆都有拉美人工作。一是因为拉美人受教育程度不高、英语很多不好，难以找到更好的工作，只能在餐饮等服务领域工作；二是中餐馆老板为了省钱，也愿意用工资较低的拉美人做辅助工作。打过三个中餐馆，经常遇到拉美人走进来找工作，问需不需要人。

工作中的印象是，这些拉美人不怎么说话，只知道干活，可能因为他们不会汉语，英语也不好，而我们又不会西班牙语，所以彼此沟通困难，老板和他们、我们之间只用简单的英语和手势等沟通。

印象中拉美人较为老实、朴实，不怎么说话，只干活，干好自己的工作；不迟到早退，不惹事生非，大家相处挺好。

后来在华盛顿一家复印/印刷店工作半年多，也有一位操作印刷机的拉美青年人，属于有些技术的工作。他人长得很帅，但也是不怎么说话，只是干活，工作做得不错，与店里的韩裔美国人老板、来自中东和中国的工作人员相处不错。

在华盛顿，笔者和妻子有一年多的时间居住在离拉美裔人集中居住很近的地区，每天上学上班都经过这一华盛顿最大的拉美裔人集中的地区，周末也去这个地区的餐馆、商店等。看到成群结队的拉美裔人多数租住在较为简陋的房子，多数是一家好几口人，很多在服务领域工作，收入不高，生活不富裕，但个个精神状态不错，一天天乐呵呵的，没什么愁事，也不惹事生非，和他们在一起感到很平和、很安全，给人印象不错。

回国后接触拉美人就是在学校教拉美学生，包括指导几位拉美学生。近几年来，伴随越来越多的外国学生来中国留学，离我们最远的拉美来的也多了起来，多的时候笔者所在的院系一年会有五六个、七八个拉美学生。这些学生给人留下比较深刻、良好的印象。主要是这些拉美青年男女学生多数有个性，有特点，思维活跃，要求上进；对学习、讨论的内容有较多的了解，有自己的观点；课堂上非常活跃，总是愿意发言，表达自己的观点，性格外向。总的来看，在笔者的接触中，拉美学生的素质、能力、表达与欧美学生不相上下，活跃和表达远远好于中国和亚洲学生。特别有一届，来自墨西哥的薇薇安和来自巴西的一位男生是那一班30多名国际学生中最突出、最优秀的学生，给笔者及其他教师留下了非常好的印象。笔者自己几年来指导的几位拉美男女学生也很优秀，与他们一起学习、相处令人愉快。拉美人确实热情奔放，包括在学习、在课堂上。

二、优雅的欧洲

欧洲和亚洲的不同之处

纵观世界，最主要的地区还是欧亚两大洲。过去是如此，今天和今后会一直如此。

理由是这两大洲人口最多，国家数量最多。世界归根到底还是人，而人最基本的还是数量。现在亚洲有40多亿人口，占世界的60%；欧洲有近8亿人，两者占了世界的多数，占世界的65%。其他地区，非洲有10多亿人，北美近6亿，拉美近4亿，澳州和太平洋岛国地区3500万。

国家数量亚洲有48个国家，欧洲有45个，两者加一起93个，基本占世界的一半。

地理上，世界唯有欧亚两大洲是连在一起的。非洲被人工的苏伊士运河与亚洲分开、被自然的地中海与欧洲分开。美洲、澳洲是“岛洲”。

欧亚两洲也是世界文明、经济、科技、社会文化最发达的地区，美洲的发展基本是欧洲的延续。

人口多、国家多、较发达、是世界的“中心区”，这些是欧亚两大洲的共同特点。

两大洲的主要不同之一是地理。地理上欧洲是紧密连在一起，除了英国和爱尔兰两国外，其他30多个国家、近90%的欧洲国家地理上连在一起。而亚洲有日本、东南亚五国及斯里兰卡共7个国家与亚洲大陆分开，占亚洲国家总数的15%。而且欧亚面积差距很大，亚洲4400万平方千米，欧洲1016万平方千米，亚洲面积上大于欧洲三倍。亚洲这样巨大的面积造成很多国家之间相距遥远，如东亚和西亚、东北亚和东南亚等，几乎没有地理上的联系和共同点。

欧亚的地理条件有很大不同。有篇短文说，欧洲、特别是西欧，真是一块风水宝地。这里冬天不冷，夏天不热，没有水灾，没有旱灾，土地肥沃，物产丰富。亚洲水灾旱灾不断，非洲有大沙漠。

亚洲在文化上的不同则更大。欧洲基本是一个宗教——基督教，而亚洲是世界上所有主要宗教都有，包括伊斯兰教、印度教、佛教、基督教等。造成亚洲国家间的文化、观念、习俗等方面的差别远远大于欧洲国家之间。

从表面上看，欧洲趋于一致，亚洲则有极大的不同。不但文化是如此，政治制度、意识形态、价值观念等也是如此。经济发展程度欧洲国家之间没有世界最发达与最落后的区别，东欧国家经济上也只是落后西欧一半的样子。而亚洲有世界最发达国家地区和很多最贫穷地区，国家之间存在巨大差别。

建筑上欧洲各地看起来相似，亚洲之间东北亚、东南亚、南亚、西亚截然不同。欧洲人基本都会英语，亚洲没有一种亚洲人都讲的亚洲语言。

平时衣着方面也明显地显示出区别。欧洲人穿戴比较讲究、质量较高，在各种场合下都是如此；亚洲人除日本、韩国、新加坡外大家穿戴都比较随意和随便，质量上不太在乎。穿戴至少在一个方面影响人的自我感受和约束。亚洲多数人穿戴不讲究，行为举止、语言也就不太正式、正规，这与欧洲人形成明显的区别。

亚洲人都被列为“黄种人”，欧洲人是“白种人”，但实际上欧洲人之间的肤色外人看不出不同。而亚洲的东北亚人、东南亚人、南亚、西亚人之间肤色和五官都有很大的不同，很难感到是同一种人。

欧洲人不论来自哪个国家，基本上都是人高马大，看不出各国间有多少明显的区别，尽管荷兰人高于其他欧洲人，但其他欧洲人高的也不少。而亚洲人，无论东北亚、东南亚、西南亚、西亚人多数个头上都相对较矮小，没有普遍的、明显的身高差别。

欧洲并没有停步

这次在维也纳所住的酒店位于一条城市中等干道上。周一早上还不到6点，路上各种车辆就开始川流不息了，有汽车、公交车、亮着无人标志的出租车、卡车等就都在路上行驶了。公交车上已有不少人。看来从古到今两千多年来一直较为先进发达的欧洲并没有停滞，人们还像几百年来、几千年来那么勤劳努力，如果不是全部欧洲、至少是很多欧洲国家、很多欧洲人仍是如此。

是的，欧洲近年来，或近一二十年来前进的步伐不像过去那么快，那么明显，很重要的原因是人口不增长，没有需求的增长，增长也就缺少了动力。但事实上欧洲也没有退步，也没有衰败，很重要的原因是很多欧洲人还像早晨路上显示的那样早起工作，还在勤奋努力。

但欧洲各国、各个区域也还是有很多、很大的不同。北欧、德语区的国家和人们较为严谨，清教徒传统较多，工作勤奋，生活简朴。南欧可能是因为气候的原因，比较自由和浪漫，宗教也以天主教为主。文艺作品、化妆品、服装等方面成就突出；工业制造品很多方面不如北欧、英国、比利时、荷兰及德语国家。据说法国到了夏天有一半的企业不再办公，法国员工每年有150天以上的日子不工作。法国北部应属于欧洲北部，南部大面积地区则是南欧了，接近南欧人的思维和生活方式。

但总体上，欧洲还是世界最大的经济体，科技、教育、文化发达的地区，文学、艺术、体育是世界上最先进的地区。在这些主要方面，欧洲都没有退步，有些方面还在发展进步，只是步伐不像历史上那么大。

中国有不少人，包括一些学者，有贬低欧洲的倾向和观念，认为欧洲过去行，现在不行了。多去几次欧洲，对欧洲了解多些后，就会知道这不是事实。欧洲可能前进的步伐不太快了，可能也不需要，但绝对没有退步，没有衰退。

欧洲的城市

欧洲主要城市都去过，不少还去过多次。其中去的次数、住的时间相对长的就是比利时的布鲁塞尔、瑞典的斯德哥尔摩、俄罗斯的莫斯科和奥地利首都维也纳。

维也纳 2014 年 12 月初第一次去，以后又去了多次。在维也纳，像笔者印象中多数欧洲城市一样，建筑给人留下深刻的印象，欧洲城市的主要景象也就是建筑。但城市中除了花园和几条最宽最主要的道路外，多数道路树木较少，不像中国的大小城市很重视绿化，大街小巷总是尽可能地多种些树，有的城市绿化面积达到百分之六七十。

欧洲的城市建筑优美，多数道路是水泥或沥青路，一些古城还有石板路；路两边紧靠着的就是一栋栋建筑，很少有院子或院墙的，甚至连俄罗斯莫斯科 KGB（国家安全局）的办公大楼也没有院子，办公楼就在路边，美国联邦政府财政部等政府大楼也是这样。欧洲的城市基本是水泥和石头构成的，路是水泥、石头路，路边就是水泥和石头建成的建筑。怪不得欧洲城市和建筑给人以坚实的印象。事实上欧洲的建筑也确实保存完好，相当大的原因是城市、道路、楼房多是石头和水泥构成的，不像中国和亚洲很多城市和建筑是砖、泥、甚至是木头建成的，保留的时间自然会短些。

维也纳还有一件看起来奇怪的事。

一天，下了一场中雪，路面有几厘米厚度的雪。雪停后，笔者从所住的酒店到市中心，步行约 40 分钟。在走的路上，看到汽车道、自行车道、人行道三条道路上，只有自行车道由市政部门用机器清理了，露出水泥路面，而汽车和人行道仍是积雪。

为什么是这样？笔者想可能是自行车速度难以控制，如不尽早铲除积雪，骑自行车的人很容易摔倒，因此市政部门要先清扫自行车道上的雪，而汽车四个轮子相对比较稳定，人慢走更可以控制速度，所以从安全考虑要先清除自行车道上的雪。看来，欧洲城市的管理还真是仔细、安全。尽管在维也纳骑自行车的人很少，因为这个城市中间低，三面高，城市有坡度，不适合骑行。

欧洲的火车

欧洲的铁路运输发达，可能是因为欧洲是世界上第一个工业化地区，也因此造成欧洲是全世界铁路运输最早、最发达的地区。在世界五大洲中，整个洲都形成遍布各国、各地的铁路网，恐怕只有欧洲。

在欧洲旅游，乘坐火车非常方便。以前去欧洲主要城市开会、访问，就发现从城市到机场都可以坐火车，又快又省钱，还准时，这在伦敦、布鲁塞尔、阿姆斯特丹、维也纳等都是如此。

但第一次真正在欧洲乘火车长途旅行还是2014年12月初。笔者与一位朋友从北京飞苏黎世。在苏黎世两天后，乘火车从苏黎世到日内瓦。

苏黎世到日内瓦火车3个小时，时速200千米左右，沿途风光无限。从苏黎世出来35分钟内过了7个隧道，有的很长，有几千米。因这一带是阿尔卑斯山脚下，是山区，因而山洞较多。

我们从日内瓦到维也纳也决定乘火车，全程11个小时。这一次是笔者迄今为止在欧洲乘坐火车最长的时间，早上8点开车直到晚7点多到达维也纳中心火车站。沿途风光很迷人，是笔者一生最难忘的一次旅行。

火车时速在100多到200多千米之间，最快的时候有250千米，基本是中国动车的速度。以后笔者也坐火车从维也纳到布达佩斯，从布达佩斯到维也纳，在维也纳和布拉格之间往返等，速度都差不多。

欧洲火车的好处是准点，乘坐几次还没有碰到晚点的时候。第二个优势是多数时候人不多，除非旅游旺季，这时候要买固定座位，单程多几欧元。多数时候整个车厢也就一半人。第三个优势是座位比较宽，伸腿没问题，坐着比较舒服。

欧洲火车价格不便宜，基本和航空是一个价格。但坐火车不用早到，不用在火车站等太长的时间。因此，在欧洲旅行乘坐火车是个很好的选择，较好的旅行方式，绝对比坐飞机好。当然如果自己开车在欧洲旅游也是很好的方式，能看到很多。

英伦三岛

中国人通常把英国称为“英伦三岛”，不知这个称呼怎么来的。英伦三岛是指英格兰、苏格兰、威尔士三部分，但三部分都不是岛，英国这三部分是连在一起的。而且英国很长时间以来也不止这三部分，还有北爱尔兰。可能是过去历史上英国是由英格兰、苏格兰、威尔士三部分构成，而三部分构成了英国这个岛，因此被称作“英伦三岛”。

英国按今天的世界标准不是地理和人口大国，四个部分加在一起也不大，人口六七千万也不算多。但近代以来有 200 多年时间内她是世界第一大国，第一强国。人类历史上的资产阶级革命、工业革命都在英国最早发生，因此英国就成了世界上第一个开始议会民主制西方国家，也是世界上第一个工业化和现代化的国家。也就是说，在 18 世纪中叶，当中国人和世界上其他国家的人还在种地、以农耕为主时，英国人已经开始较多地做机器了。这就使英国成为世界上第一个工业和现代化的国家，也使英国成为直到 1945 年第二次世界大战结束前近代历史上最强大的国家。那时英国被称作“日不落帝国”，即英国统治的版图大到太阳永远不会在其版图上落下，在欧洲落下了，在北美或亚洲或澳洲还没落下。

现在英国早已没有那样的气势了，但英国还不失为世界最先进、发达的国家之一。英国的强大要超出多数中国人的认识。多数中国人认为，英国的辉煌过去了，现在算不上多强大的世界强国。

但如对英国了解更多，去英国多看一看，就会感到英国还是世界先进、发达的国家和社会之一。

英国首都伦敦仍是世界最主要的城市、大都市和有魅力的地方。伦敦城市很大，从东到西、从南到北，给人以没有边缘的感觉。城中没有纽约、上海、东京、新加坡等那么多的高楼大厦，也不像美国城市那样有一片高楼集中区作为城市的中心和象征。伦敦是个平缓的城市，一字铺开，缓缓而立。宽宽的泰晤士河由西向东流经市区，给了城市以魅力、动感和活力，同时也使伦敦显得平静、温和、温馨。

泰晤士河两岸著名建筑不是林立，而是有条理、有距离的排列，显得城市大度从容而不拥挤，没有压力感。河岸边，议会大厦、大本钟、圣保罗大教堂、国家剧院等著名建筑气派雄伟，楼顶尖尖的部位直插云霄，显示出英帝国之都的气派。议会大厦威斯敏斯特大厦是世界上最大的哥特式建筑。它在 11 世纪开始修建，一直是英国的王宫，1547 年开始成为议会所在地。它的主体是前后三排大楼，两端和中间由七座横楼相连，成为一个巨大的建筑群。共有大厅 14 个，房屋 1100 多间。面对波平如镜的泰晤士河，威斯敏斯特大厦气势威严，众多顶尖直冲云天。大本钟在威斯敏斯特宫之上，位于 97 米高的钟楼上面，钟楼四周有直径 6.7 米的圆形钟盘。

泰晤士河上的伦敦塔桥、滑铁卢桥等著名桥梁横跨两岸，增加了伦敦从容和英姿，使人流连于类似《魂断蓝桥》等传说和臆想之中，增加了伦敦作为古老帝国首都的底蕴。伦敦塔桥下层的桥面是能打开的，当有较大较高的船经过时桥面就在中间向两侧打开，船过后再合上。笔者有一次在河边看到了打开和合上的全过程。

滑铁卢桥是为纪念威灵顿将军击败拿破仑而命名的大桥，在泰晤士河上。电影《魂断蓝桥》说的就是这座桥，电影原名也是《滑铁卢桥》，只是中文根据内容把它翻译作《魂断蓝桥》。

伦敦有很多公园和草坪，其中最大的公园是占地 2200 多亩的海德公园。夏天在这些公园和草坪席地而坐，抬头遥望伦敦有时碧蓝、有时阴云的上空，环顾四周不高但充满艺术的欧洲建筑以及优雅的行人，使人感到在无限优雅的自然和社会之中，让人从心底里感到放松和惬意。

伦敦仍然是世界时尚之都之一。商店里的服装高雅时尚的不少，反映出欧洲高于世界其他地区的时尚风格。金融中心仍然一片繁忙，展现着曾经的世界第一强国和世界金融中心的实力。

有一次去伦敦，开完会沿泰晤士由西向东，满满地走了近一天，在海德公园草坪上闲坐，路过议会大厦、威斯敏斯特大教堂，去皇宫前看皇家卫队换防，去唐宁街10号看首相官邸不起眼的小门，最后在伦敦塔桥旁看桥起降，感受到了伦敦的实力、大度和优雅。在市中心金融城看到卖大樱桃，花了一英镑买了一磅，坐在椅子上慢慢吃着，品味着古老和现代都市的风味，看着眼前旧式老爷出租车和衣着鲜艳的老太太开着甲壳虫车不时驶过，过去和现代时光交汇呈现，令人神思遐想，使人难忘。

离伦敦往南约开车一个多小时有个“沃尔顿庄园”，是英国外交部属下的一个类似会议中心的机构，每年有很多会议。笔者去过几次。庄园建在一大片农田之中。整个庄园中间有一栋三层欧式庄园楼，很大。二、三层有几十个房间，一层是接待室、办公室、餐厅、会议室、图书室等房间，庄重古朴，很有风味。

房子四周是草坪和树木。草坪上总有几匹马在悠闲踱步，也有相互戏耍的时候。马匹个个黝黑铮亮，看来保养很好。

一次会议结束后，笔者决定去英国最南部的海滨城市布莱顿看看。请庄园安排车，走了约一个小时达到布莱顿。去后较令人失望。小城不大，建筑还行，但人较少，游客也不多，还是夏季。海滩条件较差，多数地方沙粒较大，让人行走、坐卧不舒服，笔者认为这是这个海滨城市不够热闹繁华的主要原因。

从布莱顿回伦敦，坐火车约一个小时，沿途风光不错。快到伦敦时经过温布尔登的小城，是世界著名的温布尔登网球公开赛的举办地。但除了这一赛事外，这座小城看不出有什么吸引人的地方。

牛津和汉诺丁

笔者去牛津是应牛津大学的邀请做一次演讲。

从伦敦机场搭乘大巴去牛津约一个小时左右。到达牛津后天黑了，到一个学院的类似中国传达室的地方报到，领了钥匙去客房。客房是一栋几层的楼，看上去是给非常任教师住的。像牛津这类世界著名大学经常有外来人员讲学、交流和参与教学与科研，因此一些学校总是有为这些人员提供的住处。

白天起来走走，看到所住的学院是一个大的四合院，大门两侧是楼房，中间是个大草坪，正面是栋旧式的欧式建筑，看上去有五六层，有点像教堂建筑的样子，牛津大学每个学院的标志和主要建筑就是正门正对的教堂式建筑；两侧也是高度差不多的建筑，但没有大门对面的主要建筑雄伟，看来设计有意是要主次分明的。这些建筑后面还有些低些的建筑。

后几天在牛津走得多了，知道牛津这类院子挺多，基本是 30 几个学院每一个学院会有一座这类建筑群。但一些相对小的学院和系则没有这么宏大的院子，而是一座小楼，有的与住宅式花园洋房差不多。

牛津是英国的大学城。整个城市即是大学，大学即是城市。看上去原来没有城市，大学建在这里，逐步围绕着学校形成一座城市。据资料记载牛津大学创办于 1167 年，是中国的南宋时期。但建筑是欧式的、典雅的，城市是发达、先进、富裕的，是中国的城镇不能与之相比的。

围绕这些院系散落着一些小店，书店、餐馆、咖啡店、洗衣店、服装店、花店、小商店等，规模都不大。没有规模大的百货大楼，也没有现代化的办公楼。一切还是原来的古朴、典雅、传统。

但牛津城太安静了，没什么现代化的气息，不知道年复一年这些青年学生在这里是怎么度过的。看来好学生只能把时间和精力用于安静的学习了。四年可以坚持，还有假期可以离开这里。如在这里住十年八年那年轻人是受不了的。年纪大些的教师没问题。因为教师经常出差、出国交流，不会一年下来整天住在这座安静、寂寞的小城。

城里没有什么，笔者尝试往郊区走。但没走多远就没什么可走的了。郊区也就是住家的小房子，与欧美各地的住家花园洋房没有差别，绿化很好，房前屋后花很多。有一处有条小河，河上一座小桥，看上去有些中国江南水乡的风味，令人驻足欣赏。

整个城市人不多，但讲演时来人不少。看来这里的人还是关心中国，关心世界；看来英国也还是大国，英国人也还是大国国民。当然来的人多数是教师和学生，本来就对这些专业问题有兴趣。

还去过诺丁汉，去诺丁汉大学开会。

诺丁汉比牛津大多了，看上去是英国中等城市的样子。现代化建筑很多，但没有特别高的楼，也没有多少现代化标志的玻璃楼。城市人也不多，一天各个时段都没有看到多少人和车。诺丁汉大学规模不小，校园绿化也很好，是座美丽、安静的校园，但建筑没有牛津、剑桥那么古老和有特色。

北欧天堂？

新闻媒体、世界舆论谈起北欧时都把北欧说成天堂一般。北欧几个国家都不大，人不多，但环境优美，人均收入高，社会福利程度高，经济发达，技术先进，社会稳定，是发达国家的佼佼者。

去北欧几国看看，会同意这些都是事实。但这样的天堂，中国人、北欧人等世界很多国家的人可能并不愿长期去居住和生活在那里。因为天堂各方面虽然好，但人太少，太寂寞和孤独；再加上地理上接近北极，气候相对寒冷，每年春夏秋季节较短，冬季很长，气温较低，有白昼及黑夜现象，有的季节太阳晚上十一二点还亮着，有的季节白天的时间较短，使人感到郁闷，抑郁症、离婚率、自杀比例在全世界都是较高的。这样的地方你愿意长期在那生活吗？在那生活的人基本习惯了，也没有选择。

短期去北欧还是不错的，给人留下的印象也较好。

挪威首都奥斯陆城市一般，没有什么特别的地方，没什么突出之处，也难以给人留下难忘的印象。市中心南边海湾码头，是游客必去的景点，但除了一些商店、餐馆、酒吧和停靠着不少游船外，这里就没有什么了。尤其是这个国家人口少，游客也不多，总给人以冷冷清清的感觉。

离开码头不远是奥斯陆一条主要的东西走向的大街。大街西边是王宫，建筑还算漂亮，四周也比较开阔。再往西北是一个主要公园，叫维格兰雕塑公园，里边有很多人体雕塑，212 个雕塑，650 个浮雕，包括几十个人在一起的雕塑，据说在挪威和世界都有名气。看到一些作品描述这些雕塑。

很多介绍说挪威第一旅游胜地是海边城市卑尔根。记得 2003 年笔者去那里参加一个关于阿富汗问题的国际会议。这个城市确实是座美丽的海滨城市，可以说是世界最美丽的、典型的欧美海滨城市之一。挪威海岸多山，卑尔根位于山海之间。山下城市面积不大，但建筑、公园是典型的欧洲风格，五颜六色，特别是在海港附近，紧靠着海水是一排排各种颜色的楼房，楼房都是六七层一样高，一座挨一座，没有间隙。颜色丰富，色彩斑斓，与蓝蓝的海水相交在一起，如西方的油画一样。

城市的山上春夏郁郁葱葱，一片绿色之间矗立着颜色不一的房子，星星点点，遍布山体的各个高度部位，与满山的绿色一起构成了一幅错落有序、色彩斑斓的景象。站在城市街道或在酒店的窗户向山上看，山上的绿色和点缀其间的房子如同一幅优美、和谐的图画。

挪威最美的地方应是两个地方：一是再向北，去没有人烟的北极地区，另一个据说是坐火车十几个小时，从奥斯陆到卑尔根，沿途风光如画。这两处笔者还没有去过，一直准备将来与家人一起去。相信那一定很美，因那些地方除了美丽的大自然外基本没有别的，包括没有人。

有人写挪威的特点就是“纯净”：纯净的空气、纯净的景色、纯净的身心……

北欧另一国家丹麦也是名气很大的北欧小国。去其首都哥本哈根时发现三大特色。一是自行车多，城市有专门的自行车路，人高马大的北欧男男女女很多人在城里骑自行车串来串去，很是壮观。政府很多部长、公司总裁上下班都骑自行车，其外交部长就与本人交谈时说他每天都是骑自行车上下班。丹麦面积 4 万平方千米，人口 500 多万，但全国有自行车 420 多万辆，哥本哈根 1/3 的上班族骑自行车，其他不少人坐公交或走路。

城市第二个特征是不算大，游客可以步行到城市的任何地方。记得那天笔者从所住的离火车站不远的酒店出发，满城走，一边走一边看和拍照，走到城北著名的美人鱼的地方也就一个小时的路程。

哥本哈根另一主要特色就是美人鱼雕像了。这是世界著名的景点，位于市中心东北部。美人鱼是座铜质雕塑，一位年轻的女士坐卧在海边，面向大海，低头不语，略带忧虑的表情，听潮起潮落，深情脉脉地守望着大海。这是笔者的观感，至于原意是什么旁边的牌子有介绍，笔者没注意看，好像是在等待王子的归来。这座铜像是丹麦雕塑家埃里克森根据安徒生童话《海的女儿》中主人公的形象用青铜浇铸的。

这座世界著名的雕塑其实简单，除了雕塑本身和一块介绍的牌子外再也没有什么。人们走到这里看看，想想，拍拍照就完了。游客也总是不多。看起来是个冷清和孤独的地方。可怜的美人鱼姑娘！

瑞典是北欧最大的国家了，斯德哥尔摩也是北欧的大城市，人口60万。这座城市有16个岛屿组成，面积、规模很大。建筑雄伟，不愧于当年欧洲和世界一个帝国的首都。

斯德哥尔摩可分为几个部分，之间由海水穿插其间，并有路和桥相连。西北部是王宫所在地，也是古城。王宫面积巨大，是由很多座建筑构成的建筑群。各个建筑相对高大雄伟，给人以庄严同时阴沉的感觉。古城倒是较为繁华，商店、酒吧、餐馆坐落在并不宽的马路两旁。马路都是石头路，与欧洲多数古城一样，显示欧洲城市的古老和坚实。

城市的东部和南部是较为新的地方，但看来也有几百年的历史，古老建筑也不少。商业较发达，人流也多。不少大的商场、饭店、政府和商业办公楼在这里，人流更多。麦当劳等美国快餐店数量不少，看得出美国生活方面对古老欧洲大陆的影响。

与奥斯陆不同，斯德哥尔摩城市规模大，人口众多，是一部繁华、热闹的大都市的风貌。

芬兰首都赫尔辛基则不大不小，按中国城市的标准是个中等城市。这座城市在冷战期间较有名气，是几次美苏首脑会谈等重要国际会议的所在地。但在人文和自然方面则缺乏著名景点。沿海边的道路和建筑不错，走起来很平和，很舒服。城里有名的建筑是座教堂，比较雄伟壮观，是赫尔辛基的标志建筑，位于城市的中心。这座城市与其他北欧城市有个共同特点，就是有很长的时间几乎接近白昼。晚上快12点了天还在亮着，睡觉时要拉上窗帘。赫尔辛基饭店窗帘都很厚，因要挡住亮光。秋冬则天亮的时间很短。

去了赫尔辛基就知道为什么“芬兰浴”在世界有名。笔者的理解是北欧国家冬季漫长，室外较冷，人们较少在室外活动，就想办法更多地在室内活动，包括花很长时间去洗浴，泡在那里，也就有名了。

归纳起来，北欧四国的首都（冰岛没去过），斯德哥尔摩和哥本哈根规模较大，人也较多，相对繁华热闹；奥斯陆和赫尔辛基规模较小，人也较少，相对冷清一些。

北欧人最少、最寒冷和孤独的国家是冰岛。笔者没有考虑去。但有几年笔者一位好友在那里任中国驻冰岛大使，几次来电话邀请笔者在访问欧洲的时候前往那里，但每次出国也都急急匆匆，始终没有时间单独前往冰岛这一世界最孤独的国家。

布鲁塞尔的气魄

没去过布鲁塞尔的中国人一定会认为作为小国比利时首都的布鲁塞尔是个很小的城市，因为比利时这个欧洲国家很小，因此她的首都也肯定小。但实际上，比利时确实小，但布鲁塞尔不论是按欧洲的标准，还是按世界的标准都是大城市。难怪第二次大战结束不久北约就把总部设在这里，后来的欧盟也把首都设在了这里。原因就因为比利时不是大国，多边机构要回避成为任何大国工具之嫌，二是因为比利时是大西洋欧洲沿岸的中间，三可能就是布鲁塞尔城市规模较大，功能较齐全，可以满足作为国际或地区首都的需要。

规模较为庞大的布鲁塞尔很难确定城市的边界在哪，但市中心很明确，是在火车站一带。笔者第一次去布鲁塞尔时下飞机后坐火车，这是欧洲绝大多数人的出行方式，因为欧洲火车很发达、方便、经济，所有主要城市的机场都有火车或地铁达到城里。下了火车，从“中心站”一出来就忽然进入了繁华的市中心，按主办者给的方向走走问问，没经过几条路口，没几分钟就到达了饭店。笔者在欧洲国家旅行，有个经验和做法，即凡是自己付费或可以决定住哪，就一定选火车站附近的酒店，因为这样好找，以后活动又方便，包括去机场。

布鲁塞尔火车站的西南侧是比利时、欧洲和全世界有名的一个广场，叫“大广场”，被雨果称之为“世界最美丽的广场”，其实没有那么美。大广场地面用花岗岩铺就。广场四周是古欧洲建筑，基本都是十层左右高的样子，都是石头盖的，有哥特式、巴洛克式、路易十四式等。这些建筑不知当时建时是用于什么，现在则是市政厅、饭店、商场、写字楼、政府和商业机构的大楼。像欧洲的主要城市一样，主要地区、广场肯定少不了一座大教堂。“大广场”的南侧是座教堂，建筑不矮，楼尖更高，直刺云霄，成为城市的地标，远远就能看见它的塔尖。

特别在夜晚，明亮的教堂塔尖闪烁夜空，十分醒目，迷失方向的人可以以此确定自己现在和要去的地方的方向。这也许是教堂塔尖特别高的涵义：为教徒和人类指明方向。

广场的中间是长方形，路面都是石块铺的。广场一天从早到晚人流不断，包括不时有一群群中小学校的孩子们，穿戴时髦得体，天真烂漫，欢快活泼，着实可爱。“大广场”再往外走就是“第一公民”小于连铜像，就是那座撒尿的小男孩的铜像，也叫“小尿童”。铜像不大，在一条普通街道边、一座普通的商店房子前边。不知道当时设计和建立这座铜像的动机是什么，但现在则成为布鲁塞尔最著名的景点，每天都有很多人来观看、拍照。

关于该雕像的传说之一是小尿童500年前曾机智勇敢地用一泡尿浇灭燃烧的炸药引线，从而拯救了布鲁塞尔。

火车站东北部是一片广场，即空白的地方，不平，不断有台阶往上上，但很开阔壮观。广场两侧看来是国家和政府建筑，十分庞大。建筑多为七八层，但很多建筑长有百米左右，都是石头建的房子，给人坚强和力量。中国城市很少有政府或国家的房子这么规模大，北京的人民大会堂算是大的。但布鲁塞尔等欧洲国家城市的国家和政府建筑有人民大会堂大、甚至比它还大的比比皆是。看来欧洲的实力确实有它的基础。

布鲁塞尔的城市布局以火车站为中心，由多条斜的、直的大街向外围散去。再往北有很多政府建筑，像王宫或议会大厦。市中心西边是主要商业区，有很多大大小小的商场和商店、餐馆、酒吧等，组成了城市的热闹与繁华。

离市中心“大广场”向西不远就是布鲁塞尔的“欧洲角”，即欧洲委员会、欧洲议会等欧盟机构所在的地方。这些地方与布鲁塞尔其他地方没有大的不同，只是现代化的高楼较多，规模较大，较有气派。欧盟委员会大楼呈四边状，即从中间向四边放射，看起来比较艺术。有13层。因为是现代建筑，里面比较先进豪华，每间办公室采光都很好，阳光充沛明亮，面积也较大。每层中间是较开阔的地方，可以用来举办几百人的大型会议，也有有沙发的地方供人休息交谈。离欧盟委员会大楼不远是欧洲议会，它不是一座楼，而是四五座楼在一起，并不完全相连，但隔得不远，只有几米的间隔。笔者曾在欧盟委员会和欧洲议会内参加会议。看到、使用这么多豪华、现代的欧盟建筑，就想起时常听到、读到的观点：欧洲等世界很多国家政府开支很大、赤字较高的重要原因之一是政府自己花费太多了。

如作为旅游，布鲁塞尔确实是座不错的城市，应该属于“人生如可能应该必去的地方”之一，但作为长期居住和工作的地方就不知道了，那只有在那长期居住和工作的人才有体会和判断。

据媒体报道，后来2015年、2016年欧洲出现移民潮后，比利时主流媒体《晚报》上刊登了一幅漫画对话，表示出该国人自己对本国不足的看法。

画面上，身背肩扛头顶行李，拖儿带女的难民们向比利时边境警察问路，而一向以“自由国度”“富裕天堂”自喻的比利时人却降贵纡尊，给出了下面自贬自谦的回答：

“是比利时。比利时不好，雨多天冷，没活儿干，人也不好，什么都贵，还有排外仇外的N-VA（极端主义政党）。”

话是幽默，但也实事求是地说出了这个国家另外的一方面。

荷兰的城市和田园

荷兰曾经是世界大国、强国，现在也是发达国家中较发达的。荷兰历史上和现在为什么发达？接触荷兰人、去荷兰看看就知道了。

接触的荷兰人不但多数人高马大，而且很规范，很正直，有礼貌，做事认真。荷兰人是属于欧洲那类勤奋、努力、认真做事的人，即北欧人的风格。与荷兰这类人接触，你会感觉他们很干净，即一是一，二是二，没什么毛病，没什么含糊不清楚、不确定的。

去过荷兰两次，印象都不错。

第一次去海牙开会，坐飞机从北京飞阿姆斯特丹。下飞机后按荷兰主办方给的提示，从机场买火车票，从阿姆斯特丹机场坐火车到海牙。全程约一个多小时，沿途经过了两三个车站。向车外望去，荷兰的城市不多，不大，大块大块的地方是农田。赶上下小雨，火车驶过的地方，一片片成块的农田，四方或长方，郁郁葱葱。农田间确实有画上经常看到的荷兰的风车，有时还有牛羊在绿色的田野中慢慢地吃草，真是一片“风吹草低见牛羊”的平和景象。与平时画中的荷兰完全一样。

到了海牙，这个著名的国际和历史名城给人的印象一般。她不是现代化城市。高大楼房不多。建筑以古建筑为主，多数是几层楼，居民式的楼房居多。甚至连王宫也不大，三面房子，中间石板路，有个有空隙的铁门，可以站在铁栏杆向里看，周围也没有警察或军人站岗。附近的中央政府、首相办公的地方也是如此。

城里有些商店，人不少，城市还算繁华。去了著名的“海牙国际法院”，叫“和平宫”，是个独立的园子，园子里一座主要的楼就是该法院了。法院建筑不像各国平顶的建筑，反而像教堂，楼上一个尖形的东西刺向天空。是过去一位富人捐献的。

离开海牙后，坐火车去阿姆斯特丹住了两天。这是个大城市，也基本上是个水城，被称作“北方威尼斯”。火车站前是市区，市区里是一条条人工运河，每一条运河边是一排房子，整个城市基本就这样一条条河、一排排房子交织在一起，有点像北京的二环、三环、四环、五环环绕城市，只是阿姆斯特丹不是环路环绕，而是河道环绕。每条河之间距离不远，基本就是一排房子。90 多年前朱自清游阿姆斯特丹就写道“差不多一道街就有一道河……桥也有三百四十五座”。

河不宽不窄，河中走船。河多桥也多，所以阿姆斯特丹是房子、河道和桥梁组成的城市。市中心有些商场、大的饭店和餐馆、酒吧，显得城市较繁华，人不少，比较热闹。

去阿姆斯特丹最好像笔者那样找家河边的小饭店住下，一般五六层房，房间都不大。出门就是河，顺着河边走，很安静，欣赏欧洲的建筑和风光，随时停下来照照像。照河，照桥，照欧洲古老的建筑。这里是静心、休闲旅游、了解和欣赏欧洲的好地方。

阿姆斯特丹是一座低于海平面 1—5 米的“水下城市”。不知这城市最早是怎么建的。过去荷兰相对地少人多，可能感到土地不够用，所以围海造田，扩大了陆地面积。靠海的外边筑起大坝，挡住海水，所以就形成了一些城市和地方低于海平面，也造就了荷兰作为世界海拔最低的“低地国家”的特色。

德国和德国人

德国是笔者去过的城市较多一个国家，柏林、法兰克福、汉诺威、慕尼黑及汉诺威几十公里外的小镇都去过几天。其中慕尼黑是有一次从西班牙回国在慕尼黑转机时，有六七个小时的转机时间。这么长时间在机场没意思，笔者灵机一动，利用申根签证进入一国后所有申根国家都是“国内”的旅行便利，决定去慕尼黑城里看看。在机场问了怎么走，了解到从机场坐火车可直接到市中心，欧洲国家的机场都有直达市中心的火车或地铁，买了张票就进城了。

去德国后，看到的实际情况与没去前听到、想到的基本一样：德国一切井然有序，德国人认真、严谨、守时、守纪律。但第一次去德国时最初的印象并不如此。

那是约 20 世纪 90 年代中后期去柏林开会。乘坐汉莎航空公司的班机晚上 9 点左右到柏林机场。入境手续办理不复杂，没用多少时间。欧洲国家基本是严办松入，即签证办理时较严格，要好多材料，时间也较长，但一旦得到签证，入境时却非常简单；除了护照及护照上的签证，别的什么都不用填，什么都不要，20 多年前就是如此。

出了机场后找打车的地方。等着打车的没几个人，但都不排队，车来了有人就上去了。这使笔者一下子就蒙了：一向严谨、守秩序的德国人怎么不排队？这对德国的第一印象实际不好。

但到宾馆后及以后几天，德国给人的印象则与“传说”的一样：办事效率高，工作人员工作认真、严肃，路上等地方秩序井然。印象最深的是德国人虽然严肃，平时不怎么说话，面无表情，不像美国人那样总是嘻嘻哈哈，有说有笑，表情外露，但当你问他们路或问题时，他们回答的极其认真负责，说得非常清楚到位，生怕你不清楚。

另一明显印象就是第一次看到大家坐地铁都是直接上下，没有检票和查票的，这与在美国、中国都不一样。

但对德国的城市印象一般，感到没有什么特别的地方，这可能也是德国没有成为世界旅游胜地的原因之一。用了一天时间在柏林城里走，主要景点都去了，包括柏林墙址，对这城市没什么深刻印象，与其他国家一般城市没什么区别。

柏林最主要的街道是“菩提树下大街”，听着挺浪漫，但实际走走没感到任何浪漫之处，也没留下什么特别的印象，只是路比较宽，树较多。柏林一些主要建筑建在大街两侧，如柏林大学、国家图书馆、新国家画院、国家歌剧院等。大街的东头接着“博物馆洲”，即司勃来河中的小洲上，有7座博物馆。东面还有大教堂、故宫等。菩提树下大街的西边是著名的勃朗登堡门，石门上方是“胜利女神四马战车”“雕像”，是柏林18世纪建的“凯旋门”，联邦议会和总理府都在附近。菩提树下大街长两公里，但从勃朗登堡门再往西的街道长度有30多公里，可能是世界城市中最长的街道了。

近年来有一次在柏林机场转机回北京。感到柏林机场太旧、太小了。在机场吃饭都没有几家餐馆可选择。安全检查不怎么提前。到开始检查时只有两个口，每个口前排了一百多人的队伍，要过一个小时左右才通过安检。后来与德国人谈起这次经历，德国人对柏林机场的破旧也是直摇头。柏林新机场在建，但德国人告诉笔者已建了十几年了，还没建完。“德国精神”“德国效率”在这里可没体现出来。

汉诺威更没什么。城市不大，楼也不高，不多。只知道这里有世界著名的博览会。

法兰克福城市不小，建筑不错，包括大学校园，是德国和欧洲的金融中心，但旅游景点不多。特意去莱茵河边走走，想体验出欧洲的“莱茵模式”和美英的“盎格鲁—萨克逊模式”究竟有什么不同。但在河边表面上当然是看不出来的。莱茵河（the Rhine）发源于瑞士阿尔卑斯山中，流经瑞士、列支敦士登、法德边界、德国西部，在德国和荷兰两条分支流入北海，全长约1250千米。沿途古迹、城堡闻名于世，至今仍保留50多座宫殿城堡。

慕尼黑据说是德国最有风味的城市，也是德国著名的旅游胜地。但到市中心，看到的就是商场较多，酒馆、咖啡店较多，人较多，倒是挺热闹，挺有生气的。别的没有看到、感到什么。特意用了两个小时从市中心向城外走，树木较多，有一条河，河面不宽不窄，水流很清，有些田园风光。别的也没什么了。

在汉诺威几十公里外的小镇开会倒能体验德国和欧美小镇的特色。不大，几十栋房子，一些冷冷清清、没看到顾客进出的商店；镇里有个漂亮的教堂；镇上人穿戴得体，人们彬彬有礼，秩序井然；一个教会办的机构工作人员不多，但做事认真。

来这小镇的原因是开一个题目较大的国际会议，小小的镇子来听会的竟然有近百人。尤其体现德国人特点的是 12 月接到邀请，说是一年之后的某某年的 12 月几日在那里开会。接到邀请信后感到些不解，怎么一年后的会议整整提前一年发邀请，这也是国际上少有的事。回电邮确认是否是一年后的 12 月、不是当年的 12 月，回答肯定是一年后的 12 月某日。而一年后的 12 月某日该会如期召开了。德国的计划性、严谨、严肃、认真的特性可见一斑。

华沙

2015 年 9 月 1 日，借转机的机会在华沙停留了一天，住了一夜，用一个傍晚和一个白天的时间体验了一下华沙这座城市。

按东欧和整个欧洲的标准，华沙应该算作一座大城市，或中大型城市。按中国和亚洲的标准应是一座中型城市，与中国一般的省会城市规模差不多，当然要比武汉、沈阳这类特大型省会城市小多了。

所住的饭店在城市最中心、最繁华的地段。但逛逛最中心、最繁华的商业中心，人不是很多，顾客也不是很多。这主要是人口的原因。整个波兰有 5000 多万人口，华沙可能也就一两百万人。照比 5000 万人口、但其中 2500 万居住在首都一个地方的韩国首都首尔，华沙人口是少多了，热闹、繁华的程度无论如何都无法与同样规模的国家的亚洲城市相比。

在华沙转悠，感到、看到这是一个程度较高的“白人国家”。与欧洲、特别是西欧各国相比，这里的黑人、亚洲人、中东人、拉美人不多，甚至看不到，所到之处基本都是白人。因为东欧国家移民较少，也不大欢迎移民。这在近年来的欧洲难民危机时非常明显地体现了这一点。

除了其他种族的人很少外，华沙其他方面则与其他欧洲城市没有根本的不同。建筑上以传统欧式建筑为主，但也看得出来有不少 50 年代苏联式建筑，特别是一些规模大的楼房、博物馆等更加明显，体现出波兰半个世纪作为苏联主要盟国的痕迹。

与布拉格、布达佩斯等东欧城市相比，华沙真正古老的欧洲建筑不多，因此她不是一个热门的欧洲旅游城市。原因可能是波兰历史上多次受到战争的破坏，包括第二次世界大战，古老的建筑都遭到破坏了。

这里的物价不贵。同样的麦当劳这里要比世界其他地方便宜一两个美元，包括比中国。从市里到机场的火车票也比欧洲其他城市便宜。

华沙人对外国人、可能是对非白人不够友好。在火车站买去机场的火车票时，一位40多岁的白人售票员态度极为冷淡，明显不愿帮助外地人。她一再要求笔者说出两个机场的哪一个的名字，笔者没注意、没记住机场的名字，只是说国际机场。她没有想任何办法帮助笔者，只是坚持不说具体机场的名字就不卖票。这在维也纳等欧洲其他主要城市是不会出现这种情况的。问机场年轻的志愿服务人员，多数连基本的英文都不行。

但在华沙机场看到波兰航空公司的工作人员工作则非常认真负责。在登机前的十几分钟，看上去20多岁的航空公司/机场工作人员不停地拉带子，摆放各种指示牌子，做登机前的各种准备工作。

巴黎塞纳河

巴黎素有“浪漫之都”“时尚之都”和“世界花都”之美名。有人说到了巴黎就像到了艺术世界。海明威的《巴黎：不散的筵席》的最后一章的题目就是“风情万种是巴黎”。

提起、想起巴黎和巴黎塞纳河，立即使人产生温馨、浪漫的感觉，感到、想到巴黎及塞纳河的无限温情和浪漫。其实，巴黎是浪漫的，塞纳河两侧的建筑是迷人的，但塞纳河本身则很一般。

与世界其他著名江河相比，包括流经市区的河流相比，塞纳河不宽。要比伦敦的泰晤士河窄很多。河面不宽，水量也就不大，没有大江大河的气魄。

塞纳河是法国北部较大的河流，全长 780 千米。在巴黎段塞纳河既没有大河的气魄，也没有小河的委婉和悠情。因为可能为了保护河道和城市，巴黎在塞纳河两侧都建起水泥河墙，把河流整齐地围住，让河流规规距距地在狭隘的河道中流淌。这样就使塞纳河像城市的建筑一样，被放在钢筋水泥筑成的框架之中，没有了自由流淌的活力。又因为是水泥砌成的两边河沿，河两边既无泥土，也无花草树木，塞纳河完全成为水泥砌成的一条道路中的普通的水，没有任何风情和生机的感觉。在巴黎圣母院附近塞纳河才显得宽些。

由于被水泥封住，河道又窄，因此塞纳河水反映了水泥的灰色，缺乏多瑙河在流经维也纳、布达佩斯等欧洲国家城市中的“蓝色多瑙河”美丽的颜色。

但也不能说塞纳河对巴黎的景色和浪漫毫无作用。因为塞纳河两岸屹立着各种古老的建筑，包括世界闻名的协和广场、埃菲尔铁塔、巴黎圣母院等多姿多彩的建筑，与中间静静流淌的塞纳河一起，构成巴黎迷人的风光和温馨的景象。

塞纳河有旅游项目，即河上泛舟。虽然河上没什么景色，但河流两岸的建筑等景色，无论白天还是黑夜，使巴黎、尤其是塞纳河两岸呈现美伦美奂的景象。

也不知从何时起，巴黎一直保持着世界第一旅游胜地的美名，每年吸引的游客一直是世界第一。原因还是巴黎的建筑，那些著名的建筑。很多著名城市恐怕只有一两座世界著名建筑或景点，而巴黎有数个。

凯旋门建筑并不太大，但位于坡地，在四面八方的交道口处，再加上拿破仑的历史典故，使其成为闻名的建筑。

协和广场在欧美国家城市广场中确实算较大的，基本是圆形，规模看起来与天安门广场大小差不多。广场都是石块路，中间有个纪念碑，不高，与天安门广场的人民英雄纪念碑高度差不多。广场开阔，通向四面八方，是巴黎的中心，每天在这里路过和游览的人很多。

离塞纳河不远的埃菲尔铁塔确实雄伟壮观。它应该是巴黎的象征和地标，是工程师古斯达夫·埃菲尔（1832—1923 年）设计的，为纪念法国大革命一百周年而建的。在巴黎任何地方只要抬头都能看见它。白天黑呼呼的钢铁架子确实显示出了它的力量和气派。夜间，塔上灯光齐放，成为市中心的光明之处，很有吸引力。

塞纳河往南就是始建于 12 世纪的巴黎圣母院似乎永远在述说她当年凄惨的故事。走近它总给人以悲壮、甚至是阴森森的感觉。但它的建筑确实是美丽的，被称作是“哥特式建筑的代表”。它的出名还是因为雨果的小说《巴黎圣母院》及根据原著改编的电影。

“巴黎之美来自建筑”。巴黎是世界上著名博物馆最多的城市。卢浮宫也在塞纳河边，位于协和广场和巴黎圣母院之间，是世界上收藏最丰富的博物馆。达芬奇的旷世绝作《蒙娜丽莎》就在这里，与《爱神》《胜利女神像》被称作卢浮宫三幅“镇宫之宝”。

巴黎很大。市区外还有不少著名的建筑，包括凡尔塞宫，据称是当今世界仅次于北京故宫保留完整的最大的宫殿。它原先是座城堡，后来改为王宫，再后又改为博物馆。

巴黎其他博物馆和宫殿，如郊区的凡尔赛宫、枫丹白露等也有很多艺术珍品。

巴黎的美丽、温馨和浪漫不仅在于这些世界著名的建筑物，主要也不是因为塞纳河，而很大程度是因为巴黎人。行走在巴黎的大街小巷，你随时能看到、遇到身材高挑、苗条，穿戴讲究、高雅、时髦，脸面、五官漂亮的法国人、巴黎人。不知为什么，在欧美国家中，法国人是较为苗条，身材较好的；穿戴讲究，生活也讲究。

很多人认为法国人在男女关系方面是最开放和浪漫的。看到一篇报道说现在法国女人平均性伴侣数量为 5 人。

有人说“中国人会吃，法国人善饮”。巴黎大街小巷两旁的各种餐馆、酒吧、咖啡店，屋里屋外时常坐着这些身材苗条、潇洒、漂亮的法国男男女女，或在那交流畅饮，或在那低头私语，或一个人默默不语，在看报纸、杂志，或望着路上发呆；路上则是一个个衣着得体、身材苗条、风度幽雅的过往人流。这些才最构成巴黎的平静、高雅、温馨和浪漫。

巴黎美丽、浪漫，但去过的外国人很多留下对巴黎服务差的抱怨和不快。因为法国人比较傲慢，对别人不大理睬，尤其对不说法语、说英语的男人。出租车早晚高峰时打车很难。

在笔者与欧美人抱怨法国人的服务不好时，很多法国人和欧美人对笔者说，再去巴黎不要自己去，要和女人一起去，这样受到的待遇会好些。看来法兰西文化是个尊重、崇尚女性的文化。这也不错。

笔者有一家中国朋友。一次全家三口人去巴黎旅游，回来后笔者问他们几岁的女儿巴黎怎样，她说：不好。笔者问：为什么？她回答说：我们打车，出租车司机不让客人坐前排副驾驶的位置，让一家三口人挤在后排，原因副驾驶的位置是出租司机说那是他放帽子的地方，客人不能坐。

瞧巴黎人，法国人。

日内瓦

从 1985 年硕士毕业后，由于专业工作的原因，30 多年中，包括在国外留学几年中，去过世界 100 多个国家和地区。欧洲的东西南北一半多的国家也都去过，但著名城市日内瓦很长时期内没有去。因此，日内瓦就成了笔者心目中最向往、最美丽的地方，因为所有媒体和世界旅游书籍几乎都说日内瓦如何如何美丽。

但到了 2014 年底第一次实际去了日内瓦后，感到颇为失望，如果不是大失所望的话。

笔者是与一位朋友从苏黎世乘坐火车去的日内瓦。三个小时的路途中一路真是风光如画，相信了之前一直听到的瑞士是世界最美丽的国家的说法。阿尔卑斯山顶白雪皑皑，山坡下郁郁葱葱，既使是年终的 12 月份仍是一片绿色。车窗外，车道两侧，一片片绿色的原野中不时闪过一栋栋欧式房子，红蓝黄白，如嵌在大自然中一幅幅美丽的画卷。在这样的人间仙境中行走，令人快乐无比，自然对目的地日内瓦更加期待和向往。

快到日内瓦时的风光是最美的。火车经过的日内瓦湖（也称莱蒙湖）面积广大，一望无际。水上波平浪静，一片平和景象。尤其是火车与湖面之间较为陡峭的山坡是一片片、一排排别墅，或大或下，镶嵌在山坡上，星罗棋布，点缀着湖光山色，宛如一幅美丽的画卷。

但到了日内瓦市区、包括火车站，景色却变了。波平如静的湖水看不见了，一望无际的绿色没有了，红黄蓝白、色彩斑斓的别墅也少了，一个和世界各地中等城市差不多样子的地方出现了，让人顿失所望。

到了日内瓦火车站，下了火车，看见车站是普通的欧洲城市火车站，规模不大，人不算少，进进出出，印象较为混乱。

出了火车站，是一条东西走向的马路，也有些交错的小路。马路上有一个主要公交站，来来往往汽车较多。人多、车多，除了杂乱外感受不到其他的。

预定的酒店离车站不远。连猜带问，到了酒店。酒店还算可以，欧洲小酒店的样子。出了酒店四周走走。离火车站不远的闹市区，发现像个红灯区，白天黑夜都有些站街女，样子也没给市容增光。

到市区其他地区走走，或步行，或坐车，印象差不多。与笔者同行的朋友是外籍华人，世界几乎走遍了，对日内瓦评价更低。他的观点：瑞士以德国人和文化为主的地区，如苏黎世，都是秩序井然，人们彬彬有礼，穿戴、举止都不错；而到了离法国近的法语区，如日内瓦，一下子就下了个档次：秩序较为混乱，人们穿戴、举止就差了些。

市区一般，寄希望于湖面。两人徒步走到湖边，从南向北，中间经过一条狭长的地带。但几公里湖边，无论是湖水，还是湖岸的道路和建筑，都无法给人留下什么美好的印象。因一切太普通，太一般了，没有欧洲海边、湖边经常有的美丽景象。日内瓦湖另一侧是阿尔卑斯山和侏罗山，虽有湖光山色，但感到很普通，没有让人眼前一亮的感觉。著名的莱蒙湖“大喷泉”最高时刻达140米，但与在世界其他地方看到的喷泉似乎没什么主要区别。

日内瓦人口不多，现在约20万，40%左右是外国人，来自180多个国家。因为日内瓦最大的特色是国际城市。从上个世纪一战结束国际联盟建立开始，这里就是第一个真正的政府间国际组织的所在地，即今天的联合国日内瓦办事处的“万国宫”。一百多年以来，设立在这一城市的国际组织、外交使团和各种非政府组织有数百个。今天有20多个国际组织的总部设在日内瓦，250多家非政府组织、170多家常驻代表团、近百所协会和基金会、近百家外国银行在日内瓦。

因此，对日内瓦可以说是充满期待而去，默默黯然而归。也可能不是因为日内瓦有什么太不好，而是笔者没来之前对其期望太大，读过、听过关于她好的方面太多，期待太高。

但愿以后去多了能发现她的美丽的一面。

从日内瓦到维也纳

从瑞士的日内瓦到奥地利的维也纳是条西东走向、狭长的一段路，在阿尔卑斯山北侧，在欧洲和世界两个最美丽、最发达国家之间，从瑞士最西边开始到奥地利的几乎最东边。这是欧洲和世界上最美的路之一，是每个人一生应努力必走的一条线路。

瑞士、奥地利这两个欧洲相对的小国、富国之美很大程度上在于阿尔卑斯山。阿尔卑斯山是欧洲最主要的山脉，也是世界的名山之一，是欧洲的最高峰。它位于欧洲中南部，西起于法国尼斯附近的地中海热那亚湾，然后呈弧形向东北延绵至维也纳，横跨法国、意大利、瑞士、德国、奥地利和斯洛文尼亚 6 个国家，全长 1200 公里，面积 20. 7 万平方公里，平均海拔 3000 米以上，最著名的山峰有勃朗峰、马特峰、少女峰。

从日内瓦到苏黎世这段三个多小时的车路是最美的一段，瑞士历来有“欧洲的公园”之称，名副其实。朱自清在 90 多年前就写道：“到了那里，才知无处不是好风景”。

瑞士是山国，铁路依山而筑。坐火车在瑞士境内东西方向行走，沿途窗外都是层峦叠嶂的山峰，零星散落、色彩明亮的小屋，绿色草坪上悠然自得的马牛羊，完全是一幅西方色彩艳丽的油画。

一位意大利人曾这样评价瑞士人：瑞士人给人的印象是可靠、有秩序、值得信任。他们信守承诺并乐于助人。瑞士人非常注重质量。他们喜欢慢慢地、耐心地、专注于细节地去做每一件事情，这种精神似乎已深入瑞士人的性格中。整个国家都非常崇尚实用主义，这从每一个人和每一件事情上都可以看得出来。

车耳在《世界知识》上写过一篇非常好的关于瑞士的短文。他说：瑞士国土面积小，境内高山林立，号称欧洲屋脊。耕地不多，矿产资源贫乏，冬季漫长。于是瑞士人养成辛勤劳作、节俭支出、居安思危、常为未来做好储备的美德。家庭主妇喜欢买桶装洗涤用品，回家后再灌进旧瓶，还保持了修砌水池接雨水冲厕所的习惯。瑞士人时时处处精打细算，一些宾馆餐厅都有买多少吃多少、不许糟蹋浪费、不然罚款的规定。

瑞士人消费重实用，藐视奢华。汽车普及率高，但豪华的奔驰等很少见，多是丰田、雪铁龙、大众等普及型车。瑞士生产名表，但很多瑞士人带着普通表。日内瓦这样的国际大都市，全城都是十几层火柴盒形状的办公楼和公寓楼，很少有玻璃幕墙。最大城市、首都苏黎世也没有高耸入云的摩天大厦。晚上瑞士人不常去灯红酒绿的地方，很多人早早熄灯睡觉了，因此被称作是欧洲的农民。

瑞士没有宏大的会场，没有为一次盛会而建、以后大部分时间闲置的场馆。许多设施都是临时搭建的，然而，达沃斯论坛仍然是世界顶级的。瑞士人是这个世界上节俭和低调的典范。

离开瑞士、进入奥地利后多是山区，火车有一段是在山顶上走，窗外是悬崖绝壁。山多隧道就多，到 St Anton 之前的隧道走了 10 多分钟，两站之间都是在隧道中走。St Anton 车站在两个长长的隧道之间，车站有 10 米长，从一个隧道出来到站，停两三分钟，开车后又立刻进入了另一个长长的隧道。车速最高时 200km/h，多数时间内 100km/h 左右。

车上过道的座位坐着一位中年白人妇女，在织毛线，看来欧洲、世界的传统在最先进、发达的国家和地区也没有完全被丢掉。

十个多小时的车程一路上非常安静，人们秩序井然，都在默默做自己的事。既使有人打电话声音也很轻，连坐在前后的都不感觉有声音的干扰。坐在两层车厢的上层，只有一次在一个停车站时听到不少较大的声音，等几秒钟后看到上来的是一群欢声笑语的学生，看来是小学高年级或初中生。他们的声音也令人喜欢，因为听到、看到青春的气息和活力。

沿线 11 个小时经过的多是小的地方。日内瓦到维也纳 1000 千米左右唯一一个大城市是苏黎世，其他都是小地方。这一路美在铁道两侧是欧洲绿绿的原野，绿野之中不断有一栋栋红的、白的、黄色的小房子点缀其间，在列车窗外飞驰而过。向南望去不时能看到阿尔卑斯山，有时能看见山上的皑皑白雪。火车很多时候在山上行驶，从车窗往下看，火车如在半空中，一片险峻景象，增加了沿途的特色。

从瑞士最西边的日内瓦到奥地利几乎最东边的维也纳，阿尔卑斯山北麓欧洲最美的地区中最美的是那些小镇、小地方，当然两边的两大城市日内瓦和维也纳也很闻名，有味道。有人这样描述这些小地方的美丽：曲线如波的阿尔卑斯山，在奥地利境内神奇般地创造出一片山重水复的景致。大山深处，天女散花般错落着 70 多个大大小小的湖泊，宛如明镜，静如山野。如诗如画的哈尔施塔特小镇就在这里。小镇很小，只有 800 人。房屋随坡就势，依山而筑，其色彩、造型、材质，全凭主人的性情与爱好，一屋一式，绝无雷同。

因为没有人多的大城市，甚至中小城市都很少，所以沿途 11 个小时显得自然、平和、温馨，使人行驶在自然中，如诗如画之中；又行驶在欧洲和世界最美丽的阿尔卑斯山之下的世界最先进、发达的地带。所以从很多方面来说，从日内瓦到维也纳这 1000 多千米的路程是世界上最美的一条路，是所有人尽可能应该有的一段人生经历。

音乐之都

长期以来，维也纳在很多中国人的心目中是神圣的、温馨、浪漫、充满诗情画意的。

首先这个中文译名就代表着这些涵义。不知是谁最早把这个城市的名字翻译成维也纳，也不知译者当时是否有上述这样的涵义。欧洲对中国人来说本来就是最充满艺术和浪漫的地方，这里又具有“世界音乐之都”的美名，所以中国人对这个欧洲小国奥地利首都充满向往。记得中央电视台每年的“维也纳新年音乐会”直播时曾说过“维也纳的空气中都充满着音乐的气息”。

但当任何人实际上来到维也纳时，发现过去的想象并不符合这个城市的实际情景。

维也纳位于阿尔卑斯山北麓、多瑙河畔，四周环绕着郁郁葱葱的维也纳森林。是世界上著名的森林城市。城市、房屋顺山势而建，布局层次分明。很多建筑确实很漂亮，典型的欧洲古建筑风格。特别是市中心那一片建筑集中了著名的建筑：斯特凡大教堂、美泉宫、美景宫、议会大厦、故宫等，这些建筑即使在著名古建筑众多的欧洲城市也是出类拔萃、世界闻名的。

但像欧洲和世界各个城市一样，除了这些少数著名建筑和风景外，维也纳城市的其他地方和世界各地也没什么两样，这座城市并不像她的中文名字和中国人长期想象的那么温馨浪漫，那么美好，那么艺术和那么音乐。

首先维也纳城市规模很大。人们想象的一个温馨的艺术、音乐之都应是小巧玲珑的。而维也纳既不小巧，也不玲珑。她的城市规模在欧洲和世界都算得上大城市之列。人口不少，近 150 万人，这个国家总人口 800 多万人，但城市规模较大，比来之前想象的大得多，大于绝大多数欧洲城市和很多欧洲国家的首都。这可能是因为她曾经是一个强大帝国的首都的原因。

其次是她的建筑古老，陈旧。好的古建筑展现着艺术的风采，令人倾倒，但并不是所有旧的东西、老的东西都好。维也纳和其他城市一样，多数古旧建筑样式一般，因为本来就是为居住和使用而建设的，不是为艺术和欣赏建的。再加上古老陈旧，给人以一些破落、落后的感觉。

维也纳也不是每个地方都整洁。一些路面也有很多遗弃的废纸、塑料袋等。特别在冬天下雪时，市政部门为了安全在路面上撒了很多小碎石、有些看起来像炉渣。安全是安全了，可路面上看起来较脏。

多瑙河在维也纳穿城而过。而且不止多瑙河，城中还建了一条人工多瑙运河。但河及两岸与普通的河一样，没有多少特别之处，维也纳也没有像很多中国和世界一些城市那样特意装扮城市中的河流，把两岸搞得风光秀丽，徜徉城间。

令人神往的“维也纳森林”在城市三面，树木不少，但看不出有特别之处。

放弃梦想，回到现实，维也纳仍不失为一座美丽的城市，一座典型的欧洲美丽的城市，只是不如很多中国人长期以来从她的中文名字和“音乐之都”中想象的那么美丽、浪漫。

此外，欧洲的天气可能是受海洋性气候决定，天经常是阴的，特别在冬季更是如此。多次去伦敦、斯德哥尔摩、布鲁塞尔、日内瓦、维也纳等都是如此，有时在一个欧洲城市停留一周七天，看到阳光蓝天白云的日子还不到一两天。

维也纳金色大厅

第一次来维也纳时没有去金色大厅，因为只有两天的时间，要优先去看比金色大厅更重要、更著名的景点及购物。

第二次来维也纳一周时间，比较充裕，但头 6 天也没有刻意想去金色大厅，因为知道金色大厅只是在中国人心目中非常有名，奥地利及其他欧洲人并不觉得它有什么大的名气，所以按世界标准没有特别重视她。

临离开的前一天去市中心最有名的地区购物，购物完步行回酒店。每次步行都不想走走过的路，而是沿着对的方向选不同的路，可以多看看。离开市中心步行街 10 分钟左右，看到一栋楼房是粉红色的，注意一看正是金色大厅，因多年在中央电视台转播的维也纳新年音乐会上看过。看看上边的字体确定是金色大厅。照了几张相，上前看看演出的广告，然后就离开了。也可能不是旅游旺季，大厅前没有人，除笔者之外只有另一个欧洲人拍了一张照片就走了。

大厅边是维也纳一条较宽的主要马路之一，马路另一侧是个较大的花园广场，离地铁站近，所以来来往往过路的人不少。广场一侧有个较大的教堂，白墙绿顶，还算壮观漂亮。

有一天与朋友在维也纳市中心最繁华的步行街逛，朋友带笔者去出售莫扎特作品的商店。一楼都是莫扎特著名音乐作品的光盘等。上了二楼有处介绍和出售维也纳各种音乐会演出票的地方。这时是 12 月初，一问维也纳新年音乐会的票是 3000 欧元一张，一年后下一年的也是同样价格。同行的朋友说要考虑买，但笔者一点想法都没有，因单是门票就 3000 欧元，而且又不长住此地，可能还要花上万元人民币的机票来专程看 3000 欧元的音乐会，这只是极少数人因各种原因可以做到的。

2016 年 2 月带一位朋友去看金色大厅，在外面拍照完后，去演出布告栏看都有什么演出。看到当天有莫扎特作品音乐会，隔一天后还有贝多芬的。两人商定看当天晚上的。布告虽然是用德文写的，没有英文，但莫扎特、贝多芬这些词能看出来。按箭头指示在大厅左侧售票处买了两张当晚票，售票员说最好的前几排，并在图上展示了位置，我们要了两张8排靠中间的，每张票价81欧元，相当于人民币不到600元，想起每次在北京国家大剧院看类似的演出总是要1000多元、近2000元人民币。

我们还问了售票员着装有什么规定，回答说没有，估计是因为是商业性演出。但到晚上去剧场时看到80%的人还是着正装。因为是冬季，进门后排队存外衣，费用是每件0.80欧元，笔者想干吗不凑整一欧元？也省得找零麻烦，但剧院就是准备好了找零的零钱。四个存衣处，1000多观众外衣很快就存完了。

演出是一个30多人组成的乐团，主要是弦乐，也有些管乐，演出非常专业和精彩，现场鼓掌也非常热烈。演出晚7点半开始，9点40多才结束，中间有近20分钟的休息。

在金色大厅里面看，情景与中央电视台转播维也纳新年音乐会时是一样的，金碧辉煌，给人以富丽堂皇的感觉。现场音乐效果很好，座位也较为舒适。

第二天在维也纳火车站，又看到这些演奏者，他们正大包小裹地赶着上火车。艺术家平时也是与普通平民的生活一样，也是要过普通的吃穿住行的日子。

门面

在维也纳和欧洲很多城市行走，大路边或小巷里，发现它们的楼基本都是石头做的墙，楼十层八层的较多，楼也较长，一般都有十几米、几十米或更长，但门都不大，很多门路过时不注意都没有感到门的存在。但窄窄的门里很多是较大的院子，四方或长方型的院子，这是它们的“四合院”吧。

相比之下，中国和亚洲的房子、院子很多门都不小，很多装饰也很讲究。可能是中国和亚洲人重视门面的缘故。这两种不能说谁的好谁的不好。但如从功能上看似乎欧洲的更实用一些，因门用的时间不多，每天多数几次，每次几秒钟，弄得很大是浪费空间。而欧洲的房子、院子门较小，不耽误人和车出入，留下更多的空间可以加大房间的面积，必定房间要比门每天用的时间多。

除了门小外，从门向里看或进到院子里，发现它们的院子多数不小，四方和长方形的，用来停车或绿化，或建立一些生活设施。多数是用来停车。

中国、亚洲的门比欧洲多数门较大的一个根源可能是人们对门的作用看法不同。中国人、亚洲人认为门面是给外人看的，不仅是自己用来出入用的。记得去江西南昌一所大学讲学，校领导骄傲地向笔者介绍他们的校门是“亚洲最大的大学大门”。其他中国各单位的门也都不小。而欧洲人没有考虑让别人看的因素，他们也不在乎别人怎么看，而是考虑他们自己实用就行。美国延续了欧洲的观念和传统，门面也都不大，下功夫不多，很多重要地方没有院门，如美国国务院等政府各机构，甚至苏联、俄罗斯克格勃等政府重要机构都没有院门。白宫南北两侧几个门都是普通的铁门，规模不大，样式与其他铁门没什么不同。铁门有很多孔，可以看到里面。

与中国重要地方宏大的门面完全不同。中国很多重要的地方不仅门面高大，而且显得很威严，壁垒森严，经常门口两侧还摆着凶凶的石狮子的塑像，不知是用来保护院子还是用来吓唬外人。

寂寞的森林

2014 年 1 月 1 日晚，电视上看维也纳新年音乐会，有一首《维也纳森林》圆舞曲。以后多次身在维也纳，坐火车和汽车，白天从城里向外走，能看到维也纳三面的森林和群山。

如果没有风，森林是一片寂寞的，没有任何声响，可能有鸟叫和各种动物发出的声音。

寂寞并不等于孤独。春天森林万物复苏，百花盛开，小草开始生长；夏天森林中各种动物活动频频，欢声笑语是一片热闹的海洋。

秋天森林里万紫千红，层林尽染，五彩缤纷，是生命的乐章。

冬天北方森林有时苍茫，有时一片白雪皑皑，天高地广，森林庄严地屹立于天地之间。

森林一年四季变化多端。人们感到树木、森林没有语言，不会说话，不会唱歌，不会跳舞，但它们种类繁多，它们开出各种花，结出各种果，在大自然中创造出五彩斑斓的景象，它们从不寂寞。

树木、森林的寿命多数也长于人类，数量更是多于人类。树木、森林可以没有人类，但人类不能没有树木和森林。

谁更寂寞、孤独呢？是森林还是人类？人类感到森林寂寞可能是因为人不了解森林，是从人的角度去看森林的原因。

从错误中学习

2015年1月7日从北京出发，经华沙转机到维也纳。下午4点多到达维也纳机场，没有拖运行李，下了飞机就到机场下面的火车站去市里。以前坐过一次，所以知道怎么走。

走到火车站的前面，看到屏幕上显示2站台还有3分钟就要开一趟车到市里，急忙用现金12欧元在机器上买了票，走下去到2站台，与站台上一位乘客确认这是开往市里的车后就上了车。在车上又看到一位工作人员，再次确认这是开往市里的火车，得到肯定的答复后安心地坐下来了。

一会儿，列车果然正点开出。过了两三分钟，检票员来检票，笔者拿出买好的车票给他。他看了一会儿对笔者说，你这票是对面1站台机场到连接城市地铁的专线车票，我们这是维也纳和附近城市间的城间车，不是同一列车，甚至也不是同一公司经营的火车。这时笔者才想起，怪不得上车时感到这车的颜色和上次坐的专线车不一样，上次是绿色的（CTA），这个有点紫红色。这时笔者感到没有经验，再加上看到还有3分钟着急，坐错了车，只注意是否到市里，没注意不同的车的区别。检票员看笔者不熟悉情况，并且确实买了票，也就没让笔者再买票。

车开了十几分钟后，感觉到了笔者熟悉的环境、上次来时住过的附近，即维也纳新火车站（叫主站），因这个车站较新，规模很大，车快到时轨道很多，很开阔，场面很大。笔者确定这是住过的城里地方，就下了车。下车后发懵，左问右问出了车站，一出站门一看对面，正是笔者订的、上次住过的酒店。一下子喜出望外。原计划是走上次的线路，下飞机后先坐机场专线，再坐3号线地铁1站，再换1号线坐两站到酒店，这下子从机场一站到酒店，真是方便极了，省却了事前准备要不断问人以确保没坐错、没换错地铁的担心，省心省时间。

有了这次出错的经历，知道了在维也纳从机场到市里、特别是到笔者住的酒店最捷径的路，从此从维也纳机场到市区酒店往返就坐这条线，方便、快捷、省钱。尽管这次花了 12 欧元坐了应是 4.4 欧元的票价。多花了几元钱却了解了捷径。真是从错误中也经常能学到东西，因为不犯错误怎么知道正确的呢？所以人也要注重从错误中学习，从错误中能学到正确的东西、有用的东西。

布拉格

从维也纳乘坐火车向东北方向行驶，约半个小时后就离开奥地利境内，进入捷克。进入捷克后的第一大站是布尔诺，地图上看这是捷克第二大城市。火车穿过市区，看上去确实是个大城市，规模至少有百万人口左右。工业发达，能看出有不少工厂企业。捷克作为东欧的主要发达的工业国之一在这里显示出来。

从布尔诺向西北行驶，到布拉格要三个小时的车程。沿途环境与奥地利差不多。有些高山，火车穿过不少山洞。火车道两侧的住房和经济发展程度看上去不如奥地利、瑞士等西欧国家，但风格相似，多是两三层的小楼，偶尔在较大的城市能看到苏联式的单元公寓楼。

到了布拉格，火车站的样式与欧洲其他国家没根本性区别，但比很多国家的大得多，包括地下商场，可见这里也是很多人乘坐火车出行。

出了站，打车和在布达佩斯一样，也是司机主动说好价 20 欧元。感到在预料之中就同意了。火车站在市的东部，车向西走了十几分钟就经过一条河，应该是伏尔塔瓦河。过了河开始向南走，很快进入使人感觉到了“古城”的地方，两侧的建筑是过去的样式、路是石头块铺就。沿古城走了十分钟左右就到了笔者事先网上订的酒店。

酒店不错，古色古香。入住后，放下行李，稍微洗洗就出来了。沿着酒店门前的看似当地的一条主路向下走，边走边看，路两侧商店、餐馆、酒吧不少，路上游客、行人越来越多，一看就知道走上正路了。

在路边找家餐馆吃完晚饭后，继续向前走。看到几辆过去的老爷车停在路旁，红色，很显眼。注意一看是个旅游项目。任何人花 1200 元当地货币（约 200 多欧元）就可以坐上此车在城里游览，可以一个人，也可以数人。两天下来没看有人坐，因为还是较贵的。

停老爷车不远的地方就是布拉格最著名的“查理大桥”了，桥上和附近也是布拉格最著名、最热闹的景区。这时是晚 8 点多了，因为是夏天，天还没有完全黑下来，桥上人还是很多，基本都是来自世界各地的游客。

站在查理大桥向四处看，景象十分壮观和美丽。桥下，宽宽的伏尔塔瓦河从西北向东南流去，河宽有近 200 米，类似南京和武汉市中的长江的宽度。大桥是座石桥，200 多米长，20 米左右宽，桥上人山人海，加上做画的，卖东西的，照相的等等，熙熙攘攘，十分热闹。

查理大桥连接城堡山与老城区。从桥上向四周看去，桥北是主要市区，楼房、教堂很多。桥东是河流的去向。桥西南是旧城，沿伏尔塔瓦河依山而建，朱红和象牙黄的城堡、教堂、住房等各种房屋层层叠叠，从河边沿山坡由下而上，组成了一幅层层叠叠的画面。几乎所有的建筑都是淡黄色墙体，桔色瓦砾，蔓延在河边山坡上，与周围的花草树木一起，构成了欧洲式色彩斑斓的油画，令人无不陶醉和欣喜。向桥的另一方向看时，看到遍布城市上空的哥特式尖塔和巴洛克式圆顶。看到这种画面就知道为什么布拉格是欧洲和世界的著名的旅游城市之一了，也就知道为什么听到的、读到的关于布拉格都说“布拉格很美”的原因和内涵了。

第二天早、晚又来到查理大桥，欣赏不同时刻的景象。在城里的主要景点和大街基本走了一天。布拉格城市不算小，在欧洲和世界能算上大城市，在中国能算是中等城市。但主要商业和旅游地集中在伏尔塔瓦河两岸地区，所以靠两条腿是可以的，不必坐车。

布拉格有从 11 世纪到 21 世纪一千年的建筑，标志性建筑是布拉格城堡。从查理大桥向古城相反的方向走是坡路，达到坡顶王宫时可以俯瞰，查理大桥、伏尔塔瓦河、古城及整个布拉格尽收眼底，蔚蓝的伏尔塔瓦河蜿蜒曲折地穿城而过，两岸景色如诗如画，红顶、黄墙、绿树连成一片。各色色彩鲜明建筑构成的布拉格更像是一幅立体感很强、错落有致的欧洲油画，使人由衷感到这是世界最美的城市。

200 多年前，歌德就说“布拉格是欧洲最美丽的城市”。布拉格有很多罗马式、哥特式、巴洛克式、文艺复兴式的建筑，汇集了欧洲建筑风格，被称之为“千塔之城”，“欧洲建筑博物馆”。

去过布达佩斯和布拉格后，为一生中来过这里、欣赏过这里的景象感到满意和满足，这些绝对是“一生一定要去的地方”。同时为这两个地方抱不平。从整个城市景象、特别是建筑的样式和颜色等来看，布达佩斯和布拉格一点不输于伦敦、巴黎等世界著名城市。但名气没有伦敦、巴黎那么大的原因主要是没有白金汉宫、斯特威斯敏特大厦、伦敦塔桥、埃菲尔铁塔、凯旋门、卢浮宫等那些著名的建筑。可见，一个地方几个世界级的东西决定了它们在世界的地位。这多少有些不公平、不合理。

从维也纳到布拉格，火车走 4 个小时，往返都看到中国的货物，在两个火车站上看到中铁集装箱 CRCT，有中国铁路的路徽，中国铁路的标志符号。布拉格向维也纳开出一个多小时第一站，十几个蓝色中铁集装箱停靠在另一铁道线上，二十几节车厢，有点一望无际。这些就是中国开往欧洲的那些“欧洲班列”火车了。从这你也能看出中国确实是世界主要经济体，是世界第一货物贸易大国，连在欧洲小国的火车站上都能看到中国的列车。

但布拉格有一个给人印象非常不好的方面，即在火车站、机场等地用欧元、美元兑换当地货币要付 20% 的手续费，换 100 欧元就少 20 欧元，这太高了，世界最高的兑换率。这也简直太黑、太暴利、太离谱了。做什么有 20% 的利润？又没做什么，就是货币兑换。而且兑换时不说明，不告诉你。难怪中国使馆通过中国电信在到达布拉格的手机短信上提醒中国访问者注意、知晓这一问题，但很多人不会看这一信息。不知道捷克这个国家根据什么做出这么出格的规定。打算去捷克的人一定要知晓这一问题，尽量用卡，少换汇，否则你无故、无理地损失 20% 的价值。

匈牙利布达佩斯

早就听说匈牙利首都布达佩斯很美，一直想去。2015 年 6 月，从维也纳乘坐火车去布达佩斯。这是笔者从事国际问题学习和研究工作 30 多年之后，在去过世界近百个国家之后第一次去一个真正的东欧国家，期望很大。

欧洲的火车多数时间是每小时 100 多至 200 千米，维也纳到布达佩斯三个小时。买票时维也纳火车站卖票的女士建议回程预定座位，这样会多花 7 欧元，笔者当时不大理解，因为以前在欧洲买火车票从来没预定过座位，都是上车找空位置坐，因空位置较多。

上了火车才理解售票员的意思，从维也纳去布达佩斯的火车每天好几趟，但上了车后看到人确实多，几乎满了。

列车开动后不到半小时就出了奥地利，向东南进入匈牙利境内，其实是在匈牙利和斯洛伐克国界不远的地方走。沿途没有感到与奥地利境内坐火车有多大的不同，欧洲各地几乎都是一片绿色，道路两侧多是田野，其间有些洋房式建筑。但能看出质量不如与奥地利的房子。

到达布达佩斯火车站后，给人的第一印象不太好。火车站又老又旧又破，空空荡荡，没什么令人喜欢的东西。好在到达时都着急去酒店，没人在意火车站什么样。

一出车站，不少出租车在路旁等，问价格时都拿出写好的牌子，20 欧元。觉得可以就上车走了。

从火车站向多瑙河方向走去，沿途基本是商店等建筑，比较破烂，与在维也纳等西欧国家的城市面貌有明显的不同，印象不太好。

走了约 20 分钟就到了预定的酒店。酒店还是不错，近 100 欧元一天，欧洲古式楼房中，四星级标准是达到的。问了酒店工作人员往河边方向怎么走后就出了酒店。

出来后走了5分钟就到了多瑙河岸。一到多瑙河边、甚至接近时，整个城市一下子变得不同了，楼房是典型的欧洲古式房子，街道整齐宽阔，酒店、名牌商店、酒吧林立，行人、车辆很多，一下子就热闹繁华起来。

到了多瑙河边，举目远望，一下子令人心旷神怡。宽宽的多瑙河上矗立着数座桥梁，共9座，连接两岸。河的两边，楼房、教堂矗立。东岸是佩斯城，是布达佩斯的主体，主要城区所在地，楼房多，商业多，人多。河的西岸是布达，山坡地，沿山由下而上是一座座相隔有一段距离的建筑群、教堂等房屋。建筑群看上去是过去的宫殿、城堡、或政府机构，教堂依山而建，欧洲式的顶尖直插云霄，令人感到威严。宽宽、平静的多瑙河水与依山而建的教堂等建筑，交相辉映，层层叠叠。江水的蓝色与山的绿色、山上和两岸建筑的黄色、桔色等组成一幅和谐、绚丽的多彩画面，加上横跨多瑙河上的数座大桥，特别是最著名的“链子桥”位于数座桥的中间，横跨多瑙河，使整个城市显得既气势磅礴，又平和浪漫。

多瑙河是欧洲最著名的河流，是欧洲流经国家最多的河，也是世界上流经国家最多的河。全长2850千米，从德国南部的黑森林起源，自西向东途径德国、奥地利、斯洛伐克、匈牙利、克罗地亚、塞尔维亚、保加利亚、罗马尼亚和乌克兰，最终流入黑海。多瑙河在布达佩斯这段长为29千米。多瑙河流经的城市最著名的是维也纳和布达佩斯，两城市被称为“多瑙河明珠”。

去布达佩斯的游客基本都选择在多瑙河上的铁桥上走个来回，欣赏多瑙河及两岸的风光。有时间的人还可以在河西布达这面坐索道到山坡上，从上到下俯瞰整个多瑙河及城市。索道几分钟后就到达高地上。多瑙河左侧的布达谈不上是在山上，是位于比河面及佩斯城高100多米的高地上。但高地规模巨大，沿河边向左缓缓延续。河边的高地是个约长三四千米、宽一两百米的狭长突出地带，从下边看像座城堡。这里过去可能真是城堡，因它在佩斯城与布达主城之间，在多瑙河左岸突兀而起，一下子高了一两百米，地形上俯看布达和佩斯两城之中，做军事重地，可以扼守两城。

高地上的遗迹真是像古城堡和古战场。除皇宫遗迹外更多的是气势磅礴的古建筑，现在应该是博物馆和政府机构大楼。

从高地往下看，佩斯城一马平川，向多瑙河右侧延缓，高地下多瑙河缓缓流淌，把布达、佩斯两城既分开又连接起来。河右岸最明显的建筑是新哥特式建筑议会大厦。左岸越过高地后，向左、向下是布达城。城市面积也不小，而且依山而建，很有层次感，蔚为壮观，但看得出建筑都为破旧的民居，与西欧的城市的差距是明显的。

看过白天的风光后，入夜大家也来多瑙河边，欣赏布达佩斯多瑙河两岸的夜景。这时山上的建筑、河上的大桥都是一片灯火齐放，点点缀缀，使笼罩在夜色之中的布达佩斯又有不少神秘的光明。

河边的一家西式餐馆各类烤肉做得不错，价格也不贵，服务很好，看来是常年接待各国客人形成的职业习惯和素质。

最后一天从酒店打车去火车站，上车前问价格，司机说 10 欧元，仅是来的一半。在欧洲和世界很多地方旅行都经常遇到这样的情况：机场、车站的出租车要价基本是正常价格的一倍，因为他们利用客人不熟悉、急于去目的地的心理。也不算多错。

南欧风情——西班牙

到目前为止，南欧国家去的不多，只去过西班牙和意大利。

西班亚多年来一直是仅次于法国和美国的世界第三大旅游目的地。该国有很多世界著名的旅游胜地，但笔者只去过首都马德里和北部的巴斯克地区。

马德里城市不小，且有坡，由下而上呈一定的坡度。城市建筑是典型的欧洲式，大小建筑都有风味，有特色，有历史。

教堂、王宫、政府办公楼和其他公共设施是马德里的主要建筑。规模大，气势雄伟。有的建筑有百米，甚至更长，很有气势。这些建筑多是百年和几百年前建的，可见欧洲确实早已发展起来，不愧于是世界最早现代化的地区，那么早就能建设那么雄伟的建筑。而中国和亚洲这类建筑较少，只有皇宫有这样的气派。

马德里城的南部有一个开阔的大公园。公园是开放式的，没有院墙，也没有门，人们可以自由出入。公园里有些艺术建筑，花草树木也很多，是个悠闲的地方。欧美城市中有不少这样大的开放式的绿地公园，如伦敦的海德公园、华盛顿的“国家公园”等，亚洲城市中这类大片绿地公园则少。

在马德里几天印象最深的是当地人们的夜生活发达。夜生活开始的时间晚，持续的时间长。当地时间晚 8 点时餐馆、酒吧、舞场等还基本没人，9、10 点钟才开始热闹起来。当地人对我们这些来开会的外国人说：在马德里，如有人半夜 12 点给你打电话说你今晚有没有什么安排、是否一起出来吃饭，那不是奇怪的事情。

当地人夜生活持续的时间很长。笔者离开的飞机是上午 9 点的，因此早 6 点就离开酒店去机场。当车穿行在闹市区时，看到一个个从餐馆、酒吧、舞场走出来的男男女女正离开夜场回家，这是他们夜生活结束的时候。真不知道他们工作日还上不上班、几点上班?

可能是因为西班牙人晚上玩乐，睡觉时间不够多，所以他们白天午觉睡得特别长。在西班牙，午休时间是3个小时，很多商店和企业下午2点至5点不上班。

在中国，一首“美丽的西班牙女郎”的歌曲盛行很久，几乎人人皆知。到了西班牙有时特意注意下大街上的人，没有发现西班牙的美女比其他国家的多。看来歌曲、艺术中的东西与现实毕竟是不一致的，是“源于生活，高于生活”的。

巴斯克地区

2018 年夏天因参加一个国际会议，去了西班牙巴斯克地区。这地区位于西班牙北部，与法国接壤，是西班牙一个自治地区，主要是经济自治。

这一地区首府是毕尔巴鄂市，此外还包括另外两个小一些的城市及乡村地区。我们在这里住了 6 天，开了两天会，参观、走访了三天。

不去开这次会的话一生可能不会去那里，而去过后知道如果一个人一生没去过巴斯克地区那是件非常遗憾的事。

因为巴斯克地区太美了。

笔者是从西班牙巴塞罗那转机，用一个小时飞到毕尔巴鄂。飞机下降时就感到有些不同寻常。因为一般机场都在城市远郊，机场附近除了机场相关建筑外不会有更多的建筑。但在毕尔巴鄂机场附近则有不少漂亮的建筑，既有民房别墅，也有看起来是一些办公、商业建筑。笔者以为可能是机场就在市边。小地方这是有可能的。

但下了飞机后，来接的车接我们后走了近半个小时才到毕尔巴鄂市。而且出机场走的就是高速公路，速度很快。显然机场附近不是市区。

车多数时间是在山区里行走。出山区后进入市区。一进入毕尔巴鄂市区令人立刻眼前一亮：一个大规模、美丽的欧洲城市在一个较大的山谷之中；城市不但规模大，完全不是想象中的小地方，而且非常美丽和欧洲化。

首先地理状况是美丽的。毕尔巴鄂市是个海边城市，但城市并不直接靠海，在市区和大海之间隔着一座山。而且整个城市在一个山谷中，只是山谷较大，很开阔。山谷中间、也即是城市中间是一条河，一条大河，河床很宽，有二三十米。整个城市建在河流两岸，与中间的河水及四周的群山交相辉映，构建出一幅美丽的自然和人文景观。

因为城市在山谷，不少城市建筑沿河两边的山坡而建，加上建筑样式、颜色丰富多彩，点缀着山峰，山峰囊括着城市，构成一幅立体的图画。

世界所有美丽城市基本都是美在建筑。毕尔巴鄂是座典型的欧洲城市，典型的欧洲建筑。而且这座城市历史悠久，很多建筑是古欧洲建筑，充满着欧洲传统气息。加上建筑颜色五颜六色，色彩鲜艳、大胆，有红色、黄色、绿色、粉色、蓝色等，与宽宽、静静的河水及四周的青山构成一幅色彩斑斓的图画。这样的建筑非常适合摄影。笔者把一些照片发到群里，大家一致惊叹毕尔巴鄂美丽如画。

毕尔巴鄂有些建筑样式奇特。包括横跨河流的几座大桥，不但样式精心设计，颜色也不同，其中一座大桥是红色的。你想想在绿水青山中有一座红色的大桥，就可想象到其美丽、浪漫的情景。

毕尔巴鄂还有座世界著名的博物馆——古根海姆博物馆。著名在其建筑样式。颜色是深灰色，发亮。样式有些像悉尼歌剧院，不过这里的五六个角不是像悉尼歌剧院那样是扁的形状，而是几何形状，即四方或长方形状，有意里倒外斜，不规则的排列一起，但极为艺术，构成一幅艺术图像。博物馆是世界少有最艺术的建筑之一。它与附近的红桥以及另一座完全展示钢铁结构、横七竖八钢条的桥梁浑然一体，组成一幅现代艺术建筑群。

毕尔巴鄂另一著名景点是老城。位于市区西南部。从市政厅附近向西走就进入老城。老城规模不小，几十条街道，很多建筑，包括教堂。老城街道不宽，主要是步行街。道路都是小石头铺就的石路，磨得发亮。老城各种商店很多，游客很多，人山人海，人气很旺。看来毕尔巴鄂是西班牙和欧洲一座著名的旅游城市，整个城市游客很多。

我们还去了这一地区另外两座小一些的城市，规模不如毕尔巴鄂大，但建筑同样美丽，同样古老，很有风味。

除几座城市外，还去了远离市区的一座中学和一些工厂企业。这些多数是在山中。站在较高的山坡上，俯瞰远近的山谷、山峰，更看到巴斯克地区的美丽、魅力。

西班牙巴斯克是属于世界上如有可能应该争取去的地方之一。

科莫和米兰

意大利北部与瑞士交界处有个世界著名的景点叫科莫。这是一个欧洲式小城或小镇，是依据其科莫湖而得名的，是世界著名风景休闲度假胜地，意大利著名风景区，距米兰市 50 千米。

科莫湖位于阿尔卑斯山南侧山脚下。阿尔卑斯山位于南欧，山北侧是瑞士和奥地利，山南侧是意大利，法国也有一小部分在山的两侧。阿尔卑斯山是欧洲最高的山，也是最美的山，山顶白雪皑皑，是欧洲的滑雪胜地；山下则郁郁葱葱，美丽如画。瑞士、奥地利得益于阿尔卑斯山成为欧洲最美丽的国家，意大利北部也受益于此山，有不少美丽的地方。科莫就是其中之一。在阿尔卑斯山南翼，科莫应该是最著名的旅游胜地。

科莫湖是科莫的主体。湖面海拔 200 米，面积 145 平方千米，最深处 410 米。湖三面环山，阿尔卑斯山在这里几乎四季常青，既雄伟壮丽，群山巍峨；又郁郁葱葱，温柔平和。群山环抱的科莫湖面积很大，与杭州西湖的面积差不多，中间没有任何岛礁，一片浩渺如烟的景象。因三面环山，挡住了风，因此湖面总是波平浪静，一片平和景象。湖面上时常有游客在湖上泛舟，远处看群山尽染的绿色水面白帆点点，令人叹为观止。不少游客来这里就是划船度假的，来享受阿尔卑斯山和科莫湖的“湖光山色”，陶醉其中。

科莫湖只有南侧一个方向有些平地，即科莫城。小城不大，沿湖而建。但建筑比较密集，都是一些两层或几层的小房子，多数为饭店、餐馆、酒吧、商店等，完全是个旅游和消费型城市。有的饭店建在湖边或离湖边不远，打开窗户就能欣赏阿尔卑斯山的雄姿和科莫湖的秀气，令人心旷神怡。

小城的路不宽，最宽的路勉强能双向通行。多数是单行道。但不论是车道，还是人行道，都是过去风格的石头路。一块块小方或小圆石块铺就的路。中国一些古镇这类路也很多。走在这样的石头路上，既体会了过去人类城镇生活的风味，又感到脚踏实地，稳重坚实。

在科莫难忘的一次活动是在湖边阿尔卑斯山的一次晚宴。是会议主办者举行的晚宴，特意在山上一个著名的餐馆。因为是在山上，需要乘索道上去。到达山上的餐馆后，个个手握香槟或白兰地酒杯，面向山下朦胧的湖光山色，交流着家事、国事、天下事，是人生中永远不会忘怀的时刻。

去科莫湖要在米兰机场抵离，因此第二次去科莫时笔者特意在米兰停留两天。米兰在科莫的南边，两地车程约两个小时。米兰被称之为意大利第二大城市和意北部最大的城市，但中国人去了总感到城市不大。

米兰著名的东西有两个：一是市中心的大教堂；二是服装。大教堂很大，进去看能同时容纳千人做礼拜。大教堂外的广场是市中心，来自各个方向的行人经过这里，因此总是感到人流络绎不绝。游客也不少，在这拍照或坐着休息，小孩在广场追逐玩耍。大教堂的对面是旧王宫，现在是米兰当代艺术博物馆。

广场有一侧是服装店街，一个挨一个，有几十家，这条街叫“埃马努埃莱二世长廊”，地面铺设的马赛克瓷砖色彩艳丽。米兰是意大利最著名的时装之都，也是与巴黎、伦敦、纽约齐名的世界四大著名时装之都。世界时装、化妆名牌两个国家的最著名，即意大利和法国；而意大利主要就是米兰。这里设计的服装和化妆品风靡世界。因此米兰是意大利、欧洲和世界的时尚之都、浪漫之都。

进入服装店看看这世界最著名服装设计的产品后却没留下什么突出的印象，因为日常能穿的服装和服装表演的样式是两回事。同时也是因为笔者是男士，对以女装为主的时尚服装恐怕也欣赏不了多少。

水城威尼斯

威尼斯是世界最著名的“水城”，是全世界所有的人都长期向往的地方。

但真正到了那里，人们可能发现失望和以前的期望一样多。

威尼斯位于意大利东北部的亚得里亚海滨。她是一个岛，或确切地说是一群100多个小岛，离陆地约4000米，西北方向有一条狭长的人工堤岸与大陆相连。全城由118个小岛组成，有400多座不同的桥梁联成一体。城内众多大大小小、曲折迂回的运河成为威尼斯的街道，其中最主要的河流大运河全长3800米，支流100余条，从市中心曲折穿流而过。“威尼斯以河为街、以船代车，处处街巷绕碧水，家家都在图画中”。

威尼斯面积8平方千米，有177条水道，另有小河道480条。

其实在威尼斯也可步行游览。市内400座桥联通各个河道。

去威尼斯基本都坐船。该市有机场，但从机场下来去“市里”也要坐船。坐船一般停靠的最大的码头就是市中心的圣马克广场附近的码头。

坐船去威尼斯，看到、感受到的威尼斯是令人激动、令人震撼的。船离威尼斯越来越近时，远远就看到水城的轮廓。尤其映入眼帘的是高高矗立的“钟楼”，高99米，位于圣马克广场的北侧。这一钟楼成了威尼斯的地标。全世界各地描写、介绍威尼斯时，包括美国拉斯维加斯和澳门的“威尼斯酒店/赌场”都以这个钟楼为标志。这一带是游客上岸的地方，也是威尼斯最主要的地方。一上岸、甚至没上岸看到威尼斯时首先就是看到这一钟楼及圣马克大教堂，一下子就使人感到、看到威尼斯的非凡不同，感悟她的震撼。

但对威尼斯的好感在开始达到高潮时，往下走高潮就逐步下降了。

离开热闹的圣马克广场往其他三个方向走（因另一个来的方向是水，是海），人就越来越少，越来越冷清。威尼斯当然不止圣马克教堂和钟楼，其他地方也很有趣味，很艺术，需要游客慢慢细心体验。

在威尼斯城里游玩，大家基本还是走路。坐船毕竟不方便，也不能随时停，除非是你单租的“贡布拉”（Gondola），威尼斯的水上出租车。城里和欧洲其他的城市没什么两样，都是欧式的旧式的房子。因为这里是岛，是旅游中心，不再是商业中心，所以没有什么现代的楼房，更没有现代式的高楼大厦。旧式的房子倒是很有特色，是品味旧式欧洲建筑的好地方。

城里商店不少，基本都是小商店，没有大商场，因没有大的建筑。水边石头铺就的马路边的各类商店橱窗装饰很漂亮，服装模特妩媚动人，艺术品似真似假，如梦如幻。商店外餐馆、酒吧、咖啡屋也不少。

但除了那些精巧的小桥和欧式的建筑外，威尼斯给人更多的是衰败和凄凉。首先，除游客外常驻人口很少，游客一走，整个城市像座死城。据当地地方官员和居民与我们说，城市在一年年、一天天衰败下去。人越来越少。过去顶峰时有近 30 万人口，现在只有 6 万，而且还在继续减少。主要是经济不发达，吸引不了人，也留不住人，人们、尤其是年轻人都在往外走。除了做些旅游及相关产业外，威尼斯没有、难以有其他经济、科技等产业，因为毕竟“水城”交通不方便。

威尼斯另一危害是水面在上升。现在每年水面上升一厘米多，100 年就是一米多。可能是气候变暖导致水面上升的原因，威尼斯近几十年的趋势是水面越来越高。下大雨时水面会越过地面。所以在威尼斯海边平时人们可看到有很多备好的木制装置，一旦水面高于地面时就把它们放在路上，使行人在上面行走。

像意大利其他地方一样，威尼斯还有一个令人陶醉的地方，就是歌剧演唱。每天剧院有演出，游客可购票观赏。我们去开会时意大利主办方有天晚上也把我们用“贡布拉”拉到城里，在水边一个不大的建筑内欣赏歌剧演唱。演唱会自始至终是一男一女两人在演唱，唱得确实好，标准、地道的意大利唱法。至少对笔者这个听不懂意大利语的外行人是如此。

总的来说，威尼斯令人向往，值得一去，但属于去了一次也就再不想去、不需要再去的地方。

土耳其之奇

土耳其在世界上确实是一个奇特的国家。

首先是地理位置之奇。它是世界上唯一一个真正横跨两大洲的国家。埃及也跨越亚洲和非洲两大洲，但中间的苏伊士运河作为亚非两大洲的分界线并不是自然形成的，而是人工开凿的。如果没有开凿该运河，亚非两大洲的分界线也许就不在那里，埃及也就不会成为横跨亚非两大洲的国家。而土耳其伊斯坦布尔中间的博斯普鲁斯海峡则不是人工的，是自然形成的海峡，把伊斯坦布尔城和土耳其分成横跨亚欧两大洲的城市和国家。世界上没有第二个国家像土耳其这样。

土耳其另外之奇是它的历史、文化和社会。土耳其被列为亚洲国家，97%的国土在亚洲，宗教、文化、历史、传统也主要是亚洲的。但到了土耳其、特别是到了伊斯坦布尔看看，感到这个国家的人种更像是欧罗巴人种，身材较为高大，眼睛、鼻梁等五官和肤色接近欧洲人，而不是接近亚洲人；穿戴、举止、生活方式等似乎也以欧洲为主。政治、经济上，现在土耳其在努力加入欧洲联盟，成为欧洲的一部分，而不是要成为亚洲什么集团的一部分。

土耳其另一之奇是笔者独特的经历。大概是2005年夏天，笔者应土耳其总参谋部邀请赴伊斯坦布尔开关于中东的国际会议。会议一开始就使笔者感到土耳其的奇怪。会议开始由土耳其武装部队总司令致辞，总司令一上台，笔者吃惊地看到这个国家的武装部队总司令竟然是穿军装的职业军人。这在现代国家是很少见的。现代社会普遍实行文职控制和领导军队，武装部队总司令往往不是军人，而且不能是军人，一定是文人，如美国武装部队总司令是总统，连中国的实际上（名义上没有总司令）武装部队最高统帅、即总司令都是党的总书记，不会是军人。土耳其好赖也被称作是西方式民主国家，怎么武装部队总司令是现役军人？

该总司令接下来的讲话更令笔者感到吃惊。他讲话的内容基本是批评当时的政府及政策。这在世界各国几乎是不可能、不允许的。因为在现代国家，军队归文职政府领导，必须服从文职政府，至少公开和表面上是如此。受文职政府领导的军队领导人怎么可以公开批评政府及政策？

会下了解到，当时土耳其执政党及政府宗教倾向较浓，试图在政治、政策中强化宗教色彩，这遭到早已是世俗力量的军队的反对。此外，笔者估计土耳其的体制可能是军队受国家元首领导，不受政府及政府首脑领导，不向政府负责，因此体制上也不担心政府的“迫害”。

当天晚上，在巨大的游轮上安排游览博斯普鲁斯海峡，并在船上举行招待会和晚宴。会议参加者分别前去与会议的东道主的领导、武装部队总司令握手交谈。在笔者与总司令的直接接触中感到他是位温和、得体的军人，没什么奇怪的。

后来土耳其发生未遂政变，政变后埃尔多安总理大规模拘捕未遂政变人士，后来通过修改宪法改议会制为总统制，强化埃尔多安的权力等，笔者因有那次访问及了解，对后来几年土耳其出现的巨大变化就不感到奇怪了。

伊斯坦布尔的浪漫

伊斯坦布尔古称拜占庭，不但是一座横跨欧亚两大洲的城市，而且是一座浪漫、有特色、有味道的城市。

博斯普鲁斯海峡把伊斯坦布尔分成东西、欧亚两部分。面积大的是博斯普鲁斯海峡大桥东面的亚洲部分。城市的主要地区、多数景点也是在这部分。西部欧洲部分住房和教堂不少。

伊斯坦布尔的浪漫首先在地形上。与旧金山、香港等海岸城市一样，伊斯坦布尔城是建在山坡上。海的地方总是低的，沿博斯普鲁斯海峡，地面向南北两侧逐步升高，伊斯坦布尔城就建在这两侧不断升高的地面上。山坡上的建筑看上去比同一水平面的建筑当然显得错落有致，很有层次感；再加上这些欧亚风格、颜色不同的建筑本身就引人瞩目，光彩照人。世界上风景秀丽的城市的建筑几乎无一不是建筑颜色丰富多彩，吸引人的目光，看上去像画一样，尤其像西方色彩鲜明的油画。

伊斯坦布尔浪漫的另一体现是古迹和教堂。伊斯坦布尔是世界著名帝国奥斯曼帝国的首都，延续几百年的横跨欧亚的庞大帝国在这里留下不少古迹，包括古王宫。这是世界保留下来的著名王宫之一。走进去，一条走廊接一条走廊，一个房间套着一个房间，金碧辉煌，穷尽奢华，看得出奥斯曼帝国当年的辉煌。老王宫称之为托普卡帕宫，在圣索菲亚大教堂后面，建于1459年。新王宫建于1856年，在北部的新城区，称之为多尔玛巴赫切宫，住过奥斯曼帝国的最后6位统治者。

伊斯坦布尔亚洲部分靠近海边的地方有几座著名的伊斯兰教堂，如苏莱曼清真寺和苏丹艾哈迈德清真寺。前者也被称作圣索菲亚大教堂，建于326年，以后两次被毁，两次重建，第二次重建于532年，用了6年时间建完。从那时起，它就成为世界上最大的教堂。它原是东罗马帝国的建筑，在1453年由奥斯曼帝国在原来的四角加了伊斯兰教的塔尖。

它其实是重建前后基督教与伊斯兰教两大宗教的教堂，因此具有两大宗教的风格和文化。

苏丹艾哈迈德清真寺建于1616年，规模宏大，可容纳2000人做礼拜，墙壁镶嵌着两万多块蓝色花瓷砖，因此被称为“蓝色清真寺”'，闻名全球。这些教堂不但世界闻名，而且连在一起，气魄非凡。教堂内外，每天教徒、游客络绎不绝，热闹非凡。

离开教堂，路边是商业区，可以看到和购买很多有当地特色的产品，包括各种工艺品。

伊斯坦布尔的人也很浪漫。这里融合欧亚两大文化，人们的长像、身材、五官也看上去像欧亚混血，以欧为主；人们的穿戴、尤其妇女的着装热烈时髦，配着裹着的富有曲线的幽雅身材，魅力四射。

伊斯坦布尔海峡游是个有当地特色、不可错过的浪漫的游览项目。各式造型浪漫的游船沿着博斯普鲁斯海峡缓慢航行，全程要两三个小时。游客在船上依栏凭杆，随着游船的缓慢移动，慢慢地欣赏着不断移动的海峡两岸景象，平和温馨。白天游览可看到海峡大桥的雄伟壮观，两岸建筑的色彩斑斓；夜间可以欣赏天上、水上、海峡两岸的城市的星光、灯光点点，如游弋在星空之中。船走到博斯普鲁斯海峡大桥时，人们位于大桥之下，仰望大桥，更加感受到海峡大桥和伊斯坦布尔城市的雄伟壮观和魅力四射。

在繁华的闹市、市场、酒吧、咖啡馆、餐馆及肚皮舞厅，看着室内外人来人往，热闹非凡，更加感到伊斯坦布尔这座欧亚城市的风情万种和特有的欧亚浪漫。这里绝对是人生应该去、必须要去的地方之一。

三、美丽的非洲

非洲并不可怕

对很多中国人和其他国家人来说，长期以来人们印象中的非洲大陆不但是贫穷落后的地方，而且是可怕和危险的地方。可怕和危险主要还不是过去一些非洲国家的战乱和现在的恐怖活动，而是人们一直认为非洲处于热带，落后不发达，卫生条件差，各种传染病如疟疾盛行，所以去非洲、在非洲生活非常危险。

其实这完全是误解，至少最近几十年来是这样。

笔者和多数中国人一样，第一次去非洲时（北非和南非除外），都是听别人说非洲疾病流行的危险，所以去卫生部门打各种预防针，并办理俗称“黄本”（因封面是黄色的）的打了预防针的证明，相信是非洲国家入境时的要求和国内卫生检疫部门出境时的要求。其实几次出境去非洲国家和入非洲国家的口岸，从来没有人询问和要求所谓的“黄本”。看来是建立在人人传言基础上的庸人自扰。国内出境时机场检疫部门不看，说明国内政府并无此要求。而非洲国家政府不会认为本国是危险的地区，要求外国入境者人人都打了什么预防针才可以来，那等于是自取其辱。

近十年来到了非洲国家的人都知道，非洲真正的情况与 30 多年前、改革开放初期的中国很相似，一些方面甚至比那时的中国要好。虽然谈不上发达先进，但机场、道路、城市建筑和 30 多年前的中国差不多。城里汽车很多，远远多于当时的中国，尽管多数为日本的二手车。人们的穿戴要比中国那时好得多，样式、颜色丰富多彩，没人穿带补丁的衣服。城市卫生状况谈不上干净整洁，但多数地方也不是杂草丛生、垃圾遍地。一切也就是 30 多年前中国开始发展起来前的样子。如果当时多数中国人觉得我们那样也没什么可怕的，那么非洲也就没什么可怕的。

非洲各国的酒店、餐馆、商场还不错，虽然谈不上多么豪华高档，但与发达国家及中国相比属于中档的还是有很多，高档酒店有的地方也有。各主要国家和城市之间都有飞机航班，机场、飞机条件同样与改革开放初期的中国相似。至今很多欧美人士去非洲，如去非洲两个城市飞行，都不坐非洲当地航班飞两个非洲地方，而是乘坐他们国家或欧洲的航班飞到一个城市，再乘本国的航班回到美国或欧洲，然后再乘它们的航班飞往非洲的另一个城市，就是担心非洲航空公司的航班不安全。毕竟人命是最重要的。

笔者前几年组织一个团在非洲访问、考察一个月，共去非洲五个国家，在这五个国家之间我们都乘非洲各国航空公司的航班，包括南非、肯尼亚、埃塞俄比亚等航空公司的航班，没有出现险情，与在世界其他地方航空旅行没有什么不同，包括没有严重晚点的时候。

非洲为什么不发达？

无论是按最基本的人均国内生产总值还是按衡量经济社会的其他各种标准，非洲都是当今世界五大洲中最不发达的地区，或者说是最贫穷落后的地方。

非洲为什么不发达？非洲各国各界和全世界各地人们的解释可能不一样，强调的东西可能不尽相同。多年来，很多中国人及世界其他国家的人认为非洲落后在于恶劣的自然条件，也有不少人怀疑是否是非洲人的特性有些不利于经济和社会发展的方面。

实际上，去过非洲、特别是去过很多非洲国家的人都知道，非洲的自然条件不但不差，而且比世界其他不少地区要好。人们印象中的非洲都是大沙漠、戈壁、荒滩，寸草不长。实际上，非洲只是撒哈拉地区是沙漠，而撒哈拉地区虽然被称作北非地区，但严格意义上这一地区不是非洲，至少不是非洲的主体地区。因为，撒哈拉地区就其人种、宗教、社会、文化和政治是中东地区，是伊斯兰教社会；而广大的非洲是以黑人为主体的地区，其主要宗教是基督教，社会文化与北非地区完全不同。

撒哈拉以南广大的真正非洲多数地区自然条件优越，地上郁郁葱葱，一片生机盎然景象；地下各种矿物资源丰富，非洲是世界自然资源丰富的地区。包括动物资源丰富。如果非洲条件不好，那么多动物怎么生存？

至于非洲人，凡是在非洲和世界各地接触非洲的人都知道，非洲人与世界其他地区人相比并不差。首先智力不差于任何人。无论平时接触，还是课堂学习，非洲人的知识、接受能力、口头和文字表达能力、思维能力、交流能力、辩论能力都较为优秀，很多方面与欧美人士一样，交流表达能力好于东亚国家和地区的人。

按身体状况，非洲多数人健康条件不差，身体较为强壮，充满活力和力量。在歌舞、一些体育技能方面非洲人也有优势。

那么如果环境不差、人也不差，非洲与世界其他地区的差距在哪里？

世界上对非洲有一些关注、了解和思考的人可能都具有美国日裔学者弗朗西斯·福山的看法，即非洲落后的最主要原因是国家和政府不行。非洲的历史悠久，甚至一些理论和发现认为非洲历史最悠久，是人类的起源地区，但非洲民族国家形成较晚，民族意识不强，很多国家至今仍然呈现极强的部落社会特征。这样国家就不强，人们的国家意识不强，国家权威、国家机器/政府的地位不高，能力不强，造成非洲国家社会的组织能力不强，不差的人力、物力资源不能得以较好的组织和使用，造成非洲的落后。

尽管非洲多数国家都至少在形式上、表面上实行了西方式的民主、选举、多党、舆论自由、示威游行等制度，非洲的非政府组织也非常发达。但非洲的国家不强，政府不力，社会和自然资源无法真正地组织和动员起来为国家和社会发展服务。这是非洲大陆落后的最根本的原因。这一点西方国家其实是有责任的。因为西方殖民非洲很多国家一二百年，但并没有在非洲真正建立起现代国家制度，并没有建立起像欧洲国家那样较强的政府制度。同时，西方殖民者也没有在非洲建立起现代工业和经济发展所依靠的现代基础设施。在非洲旅行，吃惊地发现非洲不但没有横贯全洲的铁路和公路系统，甚至绝大多数非洲国家没有覆盖全国的铁路、公路等交通网络。这种工业、基础设施落后的状态下，非洲如何发展起来？

非洲不够发达的另一重要原因是不少国家对教育重视不够，很多去欧美等发达国家学习的人没有回来，长期人才流失严重。还有一些非洲人的文化、观念、习性中缺乏“工作精神”。一位多年在非洲工作、生活的人士总结道：当地人很热情，也很善良，但是太自由散漫，懒散、拒绝加班、缺乏责任心、没有时间观念。不止非洲一些国家，世界上很多国家都是这样。这些特点对一些人看来是不足，对世界很多人来说没什么不好，但如与那些重视教育、重视工作精神、守纪律等地的民众比，经济、社会发展就可能出现差距。

北非的尴尬

撒哈拉大沙漠以北的地方被称作北部非洲，简称北非。这一地区由西向东分别有摩洛哥、阿尔及利亚、突尼斯、利比亚、埃及五个国家。

被称作北非是这一地区的尴尬和滑稽，因为尽管在地理上北非属于非洲、非洲大陆，但它们在地理、人种、文化各个方面与非洲、与非洲大陆的主体部分——撒哈拉以南的非洲没有任何共同之处。它们在任何主要方面都不是非洲国家，而是中东国家。但中东又不是一个洲，所以按世界地理划分把它们列入非洲。

首先是人种就不一样，完全不一样，一看就不一样。北非各国人口按人种是属于白人人种，看见他们也会发现，就其皮肤颜色他们与欧美人没什么不同。而撒哈拉以南近 50 个国家人口绝大多数（除少数白人外）是黑色人种。一白一黑，完全不同，表面、外观上就完全不同。

撒哈拉以南的黑非洲宗教基本是基督教。这说起来又是个奇怪的事情：长期与欧美殖民主义者有尖锐矛盾冲突的黑非洲地区，人们的宗教信仰与他们经常反对的欧美白人完全一致。这可能是欧洲白人长期殖民非洲所产生的一个宗教文化结果。长期黑白对立的两大人群却信仰同一个上帝。

而北非地区所有国家则坚定不移地信奉伊斯兰教。他们的信仰及由宗教信仰所决定的文化、观念、习俗则与其他非洲国家的人们有很大的不同。

在地理地貌上也根本不同。北非地区多数地方是沙漠。而中国人等世界不少人认为一片茫茫、难以生活的非洲却不是在真正的非洲。真正的非洲是撒哈拉以南广大的非洲地区，还真是鲜有沙漠，而到处是郁郁葱葱、各种动物欢跑跳跃的热带地区。

世界就是这么充满奇特和不合理。明明完全不同的两类国家和人口划在同一个洲，就像把同样各主要方面很大不同的西亚、中亚地区与东亚、特别是东北亚放在了同一个亚洲。

世界地理和世界政区只能以地理的自然大概状况去划分，无法兼顾人文地理的主要方面。这是我们观察、了解、理解世界很多国家和地区时要清楚的。

摩洛哥的海岸

摩洛哥是个有特色的中东、北非国家。一定要说它是中东、北非国家。因为它虽然地理上属于非洲，世界政区划分上是非洲国家，但它与人们认识的非洲、撒哈拉以南的非洲毫无共同之处，也没什么关系，它主要还是个中东国家，伊斯兰国家。

摩洛哥是非洲大陆一个很有特点的国家，主要是它的地理位置，位于非洲大陆最西北角。西面是大西洋，北面是地中海及再北的欧洲。它的领土西北角的一部分与欧洲国家西班亚仅仅隔着一条海峡。

摩洛哥首都给人的印象不深。印象深的是机场与城市距离很远很远，尽管国家和首都都不大。来机场接机的摩洛哥人接人的方式很是奇怪：不认识，也不写个牌，在机场凭他自己猜和看，结果十有八九不成。笔者下了飞机后按事先说好的等东道主派人接，在机场到达的两个出口找来找去也没见到接的人。经过了40分钟不断地走和寻找后，接的人才终于“猜”到了他要接的人是笔者。其他与会者的经历同样。

首都城市不算大，约中国一个县城的规模；高楼也基本没有，看来不是个经济中心。绝大多数建筑看起来像民居式的二三层小楼，基本是白色。有些五六层、最高十层八层的建筑，可能是政府部门、商场和办公楼等。整个城市看不出什么现代化的气息。也可能伊斯兰国家认为保持传统比现代化更重要。

城市路也不宽，不记得有什么现代化的宽宽的马路。城市人也不多，实际上可能也不需要。在路上倒是看到过中国产的公交车，东道主一再与笔者说起从中国进口的这种公交车。原因可能是他真的喜欢中国，或除了这种公交车外这个国家也没什么从中国来的主要商品。

东道主倒是热情。除开会外，请吃饭，不断地陪我们两位中国与会人员喝咖啡、交谈，还送我们当地的画。笔者对美术没有多少素养，基本也看不出好画与否（除非是喜欢的内容），但人家盛情难却，也只好带回来。

对摩洛哥印象最深的是她的海岸线。它的海岸不像中国浙江、欧洲挪威等属于山区海岸，山垣起伏，悬崖峭壁，而是比较平缓的平地海岸。海岸线很长，但各地没什么变化和不同，沿海也没有什么特别的建筑和景色。

摩洛哥海岸的特点是它连接一洋一海，即大西洋和地中海，这在非洲国家中是唯一的，在世界一个国家紧靠两大洋（海）也是很少的。地中海虽然叫海，其实是个洋。

我们从卡萨布兰卡回到首都那天，下午是从近100多千米外的卡萨布兰卡一直向北，沿着大西洋海岸向首都进发。公路看上去不是高速公路，但路况还不错，毕竟摩洛哥是个较发达的第三世界国家。加上这个国家人少车少，所以一路畅通，心情舒畅。

海岸线虽无特殊风景，但大海本身就是足够好的风光。一路上一马平川，视野开阔，一会儿看看车窗右侧的陆地，一会儿看看左侧的大西洋，令人心旷神怡，如同行走在海陆之间，感到大自然的神奇、辽阔与壮观。

又一次去摩洛哥特意从首都向北行驶，从大西洋走向地中海沿岸，有二三百公里，基本用了一天。天快黑时告别了大西洋，转到了北侧的地中海沿线。感到建筑多了，城镇多了，人工的东西多了，纯自然的景观少了。但还好，辽阔的海水与岸边的灯光交映成辉，也显示出繁华与浪漫，使人感觉逐步从大自然进入了人间社会。

摩洛哥海岸从南向北向东，使人历经世界两大洋，感受不同的风光和自然的辽阔，心情、印象满满，过后难忘。

卡萨布兰卡

卡萨布兰卡是写在世界各国很多人心中的一个名字，一个地方。因为很多人都看过好莱坞电影《卡萨布兰卡》，听过电影中同名的插曲。从此，每个人心目中就留下了卡萨布兰卡这个词，留下了对这个地方的向往。因为电影中特工主人公与漂亮的女主人公在战火纷飞的二战中，在离欧洲战场不远的非洲卡萨布兰卡的浪漫故事，充满神秘，使人好奇，是每个看过这部电影人心中的一个美好又神秘的情结。

2009 年当笔者有机会去摩洛哥开会时心里就想：有机会的话要去看看浪漫神秘的卡萨布兰卡。

会议主办者在会议结束后安排一天游览。可以有两个选择：一是去位于南部的卡萨布兰卡，另一选择是去距首都东南更远些的一个古城马拉咯什。

与会的外方人员一下子产生了分歧。有些人建议一定要去马拉咯什。来自美国的一位历史学教授对笔者大讲马拉咯什在世界上如何如何有名，对世界历史如何如何重要。而且他还说，电影《卡萨布兰卡》与摩洛哥这个卡萨布兰卡没有任何关系，电影不是在卡萨布兰卡拍的，是在美国洛杉矶拍的，电影中大家印象深的男女主人公缠绵的酒吧实际上是洛杉矶机场的酒吧。

但无论别人怎么说，对笔者等人来说，记忆中、向往中的卡萨布兰卡比什么世界历史遗迹都重要。人就是这样，对人来说情感的东西最重要，大于知识和专业。卡萨布兰卡是看过那部电影后很多人的一种情结、情感，当然比什么历史古迹和世界重要。

人就是这样，当你一生某个时刻，多数是童年、少年时，偶尔、不经意的从一部电影、一首歌、一首诗词、一个传说、一个故事、一本书、一些人说到什么东西、什么地方，你就不自觉地留在了心底，产生了情结。也没有一定要去看看的意思，但一旦接近了那个地方和情形，你立刻就产生一定要去看看、见一面的强大的动机和动力。天安门、阿里山、日月潭、万泉河、新疆、塞纳河、巴黎圣母院、日内瓦等等，都是这样。

我们有四五个人选择去卡萨布兰卡。东道主安排了一辆车。第二天一早我们出发向南，向心目中的卡萨布兰卡驶去。路不远，也好走，正常应三四个小时就到。但途中陪同的摩洛哥大学的一位教授提议去他海边的别墅看看。人家是好意，不好拒绝。结果我们在他海边的家的室内外耽误了一个多小时，还在他家喝茶和咖啡。中午在途中又吃午餐，又近两小时过去了。

到了下午三点多终于到达卡萨布兰卡城了。但在郊区进城的路上则非常不顺利。卡萨布兰卡比该国首都大得多，人、车多得多，城里的路很难走，赌车情况很严重。这个城一点古城或电影中的神秘感也没有，完全是一个现代化初期的中大型城市的样子：楼房有些十几层、几十层的，但不是现代化高楼大厦的样子；路不算窄，但拥堵无序，不整洁；人车很多，但乱糟糟的。完全是一个一般的、没有任何特色、令人不愉快的世界中等较旧式的城市的样子。

更难受的是我们不知该去哪里。我们要去卡萨布兰卡，但卡萨布兰卡到了，脚下就是，眼前就是，但我们找不到电影中的情景和感觉。去卡萨布兰卡，去哪里？哪是卡萨布兰卡？电影中、意境中、心目中的卡萨布兰卡？没有。

开车带我们的人也知道实际上没有什么电影中的“卡萨布兰卡”。所以就只好把我们拉到当地最有名的一个大清真寺，即矗立在大西洋边的哈桑二世清真寺，据说是世界第七大清真寺。比较新，约十几年前建的，位于海边，很有气派，很大。我们在寺内外看看，拍了拍照。心目中的“卡萨布兰卡”之旅就结束了。

但笔者不后悔。因为世界、人生、生活、现实就是这样：往往你心目中长期魂牵梦萦、心意中痴情向往的东西事实上并不是那样，甚至根本就不存在。但这不等于说人不能、不应该有那样的憧憬、心境和向往。憧憬、神秘、浪漫、心意、向往是美好的。她是真是假、是什么样并不特别重要。重要的是你心中有这样的梦想、憧憬与心意。

去过卡萨布兰卡后，笔者心中仍然有着过去对《卡萨布兰卡》的憧憬、心意与向往，没有任何改变和减少。那电影中的情节，那动人的曲子仍然没有在心意和头脑中有任何变化。

去了卡萨布兰卡后，经历中、心意中又有了第二个卡萨布兰卡，两个卡萨布兰卡，但也意识到她们之间没什么关系。

“卡萨布兰卡……”

埃及古今

多数中国人总是认为中国是全世界最古老的国家，并以此自豪。到了埃及之后就会知道这是错误的观念。

因为如论古，埃及比中国古老，至少古老了1000多年。中国各种博物馆展出的古迹多数是两三千年前的东西，而埃及博物馆展出的古迹遗物很多是三四千年前的东西。一般认为埃及的历史有7000多年。

世界闻名的埃及博物馆就是最好的说明。这是全世界最丰富的历史博物馆，是世界上展出最古老的东西最多、最珍贵的博物馆，馆内收藏着30万件古埃及文物。单是那些木乃伊就有几十上百种，很多是四千年前的。看到那些被安放在恒温、恒湿的玻璃罩中，全身裹着一层又一层亚麻布、似真非真、如梦如幻的人类几千年前的身体静静地躺在那里，如果周围没人，你在那看还真有些害怕，令人毛骨悚然。

后来电视上看到埃及动乱、革命，埃及博物馆受到损害，心里感到非常难受。因为所有去过埃及博物馆的人都知道它对整个人类的价值。

除埃及博物馆之外，埃及活生生的世界最著名的古迹还有金字塔和人面狮身像。它们离开罗城不远，属于近郊。它们是与中国长城一样世界最著名的古迹，是人类的瑰宝。

迄今为止埃及已发现大大小小110座金字塔。开罗近郊吉萨的金字塔建于4500年前，是古埃及法老和王后的陵墓。金字塔是大大小小几座在一起的，之间有百十米的距离。其中一个最大的，有百米多高。三座最大、最有名的金字塔分别是胡夫金字塔、哈夫拉金字塔和门卡乌拉金字塔，“祖孙三代”金字塔。大金字塔建于公元前2690年，原高146.5米，现高136.6米；底座每边长230多米。塔身由230万块石头砌成，每块石头平均重2.5吨。到了眼前，感觉还是挺大、挺壮观，也很有气势。所有看到金字塔的人都敬佩当时是怎么把这些石头这么堆起来的。

进入金字塔里不好受，因为里面通道面积很小，很难直起腰，多数时候要弯腰低头在里面行走。好在时间不长。

人面狮身像很大，看起来也很雄伟，在它四周要走挺长时间。它面部参照哈夫拉，身子是狮子造型。高22米，长57米，整个雕像除狮爪外，全部由一块天然岩石雕成。看的人很多。从各种方向、各个角度看和拍照体会不同。

埃及古迹不止埃及博物馆、金字塔和人面狮身像。南部的卢克索是另一世界著名古迹，是去埃及的人一定要去的。卢克索离开罗较远，要坐一夜或八九个小时的火车。当然埃及火车慢。我们是当天晚上在开罗乘坐火车去的，这是专门的旅游列车，以外国游客为主。车厢都是卧铺，两个人一间，管一顿饭，价格也较贵。

到达卢克索是早晨6点多，古城还没开门。找个地方先吃饭。吃完早餐后驱车去古城。卢克索就是一座保留下来的古城建筑，位于尼罗河畔。古城虽然都已是残垣破壁，但样子、形状还在。方圆几公里的古城内，有大大小小、高高矮矮、形状不一的各种建筑遗址，看起来令人震撼。埃及70%的文物都是在位于卢克索的卡内克神庙发现的。

埃及今天在世界著名和立得住的就是它的过去了，那些几千年前的遗址。至于它的今天则令人感到有些失望。

说起来埃及不但过去是文明古国，今天也是中东、北非大国，人口近一亿，是中东地区和世界的重要国家之一，至少算个世界中等强国。但这个国家的今天则很难看到有什么强大的东西，除了那些古迹。

开罗是非洲最大也是最古老的城市。城市横跨尼罗河两岸，规模不小，与世界大城市的规模差不多，人口2000多万，但较为落后和破烂。当天晚上下飞机后，接我们的在开罗住了很多年的北京人王先生就对我们说这个国家现在不行。记得他说的一句经典的话就是：这个城市车很多，但没一辆好车。

笔者听到这话时根本不信。心想这么大的国家首都不会没有好车，否则也太廉洁了，至少政府、领导人和富人肯定有好车。

第二天及后来几天天天在城里转，发现他说的还真差不多。是没发现有什么好车，尽管车很多，多数是二手车。令人高兴的是看到一些中国产的车，如QQ、吉利等。开罗是迄今为止笔者在中国之外的世界各地中看到中国车最多的地方。

开罗城市不小，道路不少，也不算不宽，但交通混乱，拥堵，原因之一就是人们不守规矩。

城市中有不少高楼，但没看到中国等发达国家和地区有的现代化的几十层、上百层的摩天大厦。尼罗河在城中流过，但河岸两边没有修建旅游用的美丽的道路，都是破破烂烂的建筑和道路。晚上乘坐游轮吃饭，看肚皮舞表演，河边两岸的灯光也令人瞩目，但没有上海、香港、广州、新加坡、东京、巴黎、伦敦、纽约等世界先进发达城市水边那样的美丽与气魄。

开罗古市场值得一去，叫哈利利市场。一定程度上可以回到历史中。弯弯曲曲、狭长的小巷两边布满各式商店，包括很多仿古和传统的东西，如服装。开罗商人很会做生意，总是热情地向顾客展示、述说他们的东西多么多么好。游客一定要小心，拿定自己的主意。

接触的当地人还是不错的。包括在开罗大学接触、看到的老师和学生。陪我们几天的是一位当地导游。曾在中国西安留学，汉语不错，还娶了中国太太，现全家在开罗居住生活。他告诉我们，在埃及当中文导游收入很高，每天300或350美元，供不应求。因去埃及旅游的中国人越来越多，而会中文的导游很少。

埃塞高原

埃塞俄比亚是非洲一个大国，面积较大，人口有七八千万，应该是非洲第三人口大国。

埃塞俄比亚也是非洲一个个性突出的国家。首先它的位置居非洲东北角，称为“非洲之角”的地方，是整个黑人为主的非洲大陆中离欧洲和亚洲最近的地方，也就是受非洲之外外部地区影响较多的非洲国家。

埃塞俄比亚由于受长期战争蹂躏之苦，加上人口众多，一直处于较为贫困的状态。

2010 年笔者第一次去埃塞俄比亚。首都亚的斯亚贝巴给人印象是大和散。规模按非洲和世界的城市比不算小，城市蔓延十几公里。但非常散。其他一些非洲城市，包括首都，也有这样的特点。城市不集中。一会儿一群建筑，然后是杂乱的空间，一会儿又是一片建筑。不知道是怎么建的。看上去没有任何规划和设计，可能是居民自然形成，或按以前自然村/居住区扩展后形成的城市。

城市不集中，也就显得不完整、不整齐，不太像现代化城市的样子。亚洲、欧洲、美洲、澳洲的大小城市都较为集中。而非洲很多城市则独树一帜，但这种独树一帜不是有意的、计划的、有益的，是杂乱无章形成的。

城市不小，但集中的好的地方不多。有一片看起来是中央政府、领导人办公的地方还不错，街道较整齐，树木较多，也比较安静，附近还有希尔顿等国际著名酒店。

亚的斯亚贝巴大学建筑倒是挺集中，与世界其他大学的基本样子没什么主要不同。校园里人头涌动，热热闹闹，给人感觉充满生机与活力。这就是大学给人的好印象、好心情。

亚的斯亚贝巴大学负责国际交流合作的副校长接待我们，向我们介绍了学校的情况，表达了愿与我们交流合作的强烈意愿。副校长看上去40岁出头，女士，精明强干，让人感受到非洲发展的希望。

像以前的中国一样，大凡越是贫穷落后的地方好东西就越贵，贵得离谱，像上个世纪80年代北京的大饭店一听易拉罐可乐40元人民币。因为少就贵。我们一行到亚的斯亚贝巴的友谊商店，也是以外国人为主的商店，买了些饮料等一般食品，花了相当于1600元人民币。简直不可思议。

亚的斯亚贝巴城里中国人开的饭店、餐馆不少，也很地道。这里中资机构、中国企业也不少。去的时候中国路桥公司正在建设城里的一条主要道路，到处看到中国路桥的标志。我们走访了一些中国的公司，听了他们讲的酸甜苦辣。

亚的斯亚贝巴有一家做鸡块的餐馆，忘了叫什么名字，鸡块做得好极了，是中国和世界其他地方没有的好味道。大小像肯德基的鸡块，但味道完全不同，完全好于肯德基。

这个国家看来贫富分化很严重。我们去了家与中国做生意的家庭，是个离异家庭，家里主要是女主人和她的女儿。一到她家就知道是富裕人家。所居的小区在城的东部，周围大环境一般，但有几十座别墅相临。每家别墅都是独门独院。别墅四周是高墙相遮。一进院里立刻花草树木环绕，建筑和室内装饰与欧美富裕人家毫无二致。

女主人因与中国做生意，基本是把中国产的一些东西卖到埃塞俄比亚，因此对我们这些人很热情。人也真诚纯朴，没有做作的地方。对中国有感情，愿把女儿送到中国学习。其实他们这类人完全有条件把孩子送到欧美国家学习，她们国家多数出国学习的年轻人也是到欧美。第二年她的女儿果然来到我们学校学习。

在她家她还请来她的朋友、当时埃塞俄比亚执政党副总书记的夫人来与我们交谈。她丈夫过去是这个党的一把手，后来老了“退居二线”。此人热情奔放。与我们讲起她们当年在深山老林闹独立解放，得到、想起毛主席及中国的支持，充满情感和敬意。这也让我们激动不已。

去亚的斯亚贝巴自由市场买了不少当地的东西，包括工艺品。市场很大，车水马龙，热热闹闹。但当地生意人愿要外汇，不喜欢我们支付换过的当地货币。这与中国改革开放初期也是一样。

离开亚的斯亚贝巴去外地访问，沿途几个小时有些是中国公司修的标准的现代化公路，有些则是土路。沿途总是看到一队队妇女儿童在背水。埃塞俄比亚是个缺水的国家，情况非常严重。这些妇女儿童每天走很远的路，有的几公里，有的十几公里，在烈日炎炎下头顶着装水的器具一步步的步行。她们每天最重要的事情、花去大多数时间做的艰苦的事情就是去背这些全家生活必须之水。想到、写到这里不禁让人心中有些难过。

这个国家还是有些水的。我们去了两个湖。一个是硫磺湖，看来这水不经处理也不能饮用。整个湖都是淡黄色的颜色，硫磺的味道极浓。看倒是壮观好看。

另一个湖我们叫火烈鸟湖。湖面积很大，呈长方形。湖边估计有一千多只的火烈鸟在悠闲地站立，沿湖岸一字排开，像千军万马的排列。而这千军万马的颜色是红白色构成的，让人激动不已。

乌干达的落后

乌干达是位于非洲东部的内陆国家，近几年来刚摆脱长期战火的蹂躏，是联合国确定的目前全世界 40 几个“最不发达国家”，即最贫穷落后的国家之一。去了以后就知道落后的程度，比 30 多年前、即上个世纪 70 年代的中国要还贫穷落后。

笔者 2010 年去了乌干达。首都的机场没有留下什么印象，比目前国内所有民用机场都小，更不现代化。

出了机场去市区，沿途基本是落后的农业地区，杂草丛生，没有什么像样的建筑。到了市区酒店，建筑规模很大，令人吃惊：酒店有 10 层左右，从最上层到最下层，贯穿各层的是中央天井，有十几平方米宽。四周是酒店房间。每个房间也很大。但整个酒店及房间都显得设施陈旧，看上去也不干净，更不是现代化，但也能接受，毕竟对落后国家地区原来也没有过高的期待。

出了酒店去吃晚饭。走在市中心主要街道上，令人恐怖。倒不是安全治安有问题，而是叫不上名的大鸟，从来没有看到这么大的鸟，比乌鸦大得多，像地上的鸭子那么大，嘿嘿的，在树上叫着，往地下看着，好像要随时冲下来袭击人。即使不冲下来袭击人，她们在树上拉屎也够吓人的，因为地上到处都看得到她们拉的大堆的屎。

到了一座 10 层左右的几个建筑群中的中餐馆，叫“芳芳餐馆”。我们被告知这不但是乌干达首都最大的中餐馆，而且是这个国家最大的餐馆。乌干达很多重大国务活动，包括总统举行的国宴，时常在这里举行。

餐馆规模不小，装饰也不错，与中国较好的餐馆差不多。饭做得如何没留下特别好与特别不好的印象。服务人员给人印象深刻。除厨房外，外边的工作人员有近 20 个，老板是中国人，还有四五个中国姑娘。

问她们在这多久，她们说干一两年就回国。

印象深的是餐馆的多数服务员是非洲人，男士较少，女孩较多。看到这些身高、身材与同龄中国女孩差不多的非洲服务员，穿着红色的旗袍，既感到亲切，也感到有些滑稽，有不伦不类的感觉。当然总体感觉还是好的。

这时乌干达内战已结束，但治安仍然不好。我们中外人士 20 多人参加的国际会议，每天从酒店到会场的大巴上总有两个手持长枪的军人跟随我们，保护我们。这几十年来在世界各地参加过成百上千的国际会议，这样的还是第一次。

与世界银行共同举办的会议会场在乌干达管理学院。学院不大，建筑一般，但会场还是满现代化的，这是笔者在乌干达看到唯一一个现代化的东西。

乌干达首都的大街上车水马龙。多数是步行的人。车多数是日本产的二手车。不少车来来往往冒着黑烟，估计是使用的油很差。不知道是日本损人不利己把这些淘汰的车卖给非洲，还是一些商人唯利是图把不应再使用的车弄到落后的非洲国家，让他们的人和天空享受这样乌烟瘴气的“汽车社会”。

去了非洲著名的维多利亚湖。这是非洲最大、最著名的湖泊，位于几个国家之间。也许乌干达这片不是该湖主要地区，是一个小角，因此维多利亚湖在这里没有给人美丽或震撼的感觉，感到是普通的一片水域。

湖边的一个度假村令人印象深刻。十几座大小不一的建筑依坡而建，有些依山傍水的样子。各个建筑之间花草树木茂盛，似乎是远离贫穷的乌干达的另一个世界。可能是欧洲或什么外国公司开发的旅游度假地。度假村定时有非洲歌舞表演，水准不低，引人注目。

乌干达是贫穷的，但贫穷不可怕。只要努力就会改变，很多国家和人不都是从贫穷中走过来、走出来的吗？

去了市郊一个水利工地访问，是中国援建的水利设施。工地负责人向我们介绍了情况。工地上看到几十名工作人员中，一半是当地人，一半是中国人。每个在做的事情都是中国人和当地人两个人同时做，中国人一边做一边在告诉当地人如何做。我们住的酒店附近的乌干达外交部大楼也是中国援建的。在非洲的首都等城市，你会看到不少体育馆、学校、医院、议会大楼、总统府等政府建筑是中国援建的。这些是中国应该做的。

肯尼亚风光

肯尼亚是多数人公认的风光秀丽的国家之一，被称作“非洲的缩影”。从旅游的角度去说，多数人认为非洲风光好的国家是：埃及、肯尼亚、赞比亚、坦桑尼亚、南非等。

肯尼亚有两大非洲和世界著名的东西：动物大迁徙和乞力马扎罗山。

肯尼亚首都内罗毕是在世界较有名的非洲城市，也是非洲较大和繁华的城市，不少国际和非洲地区的机构设在这里。

2007 年第一次去内罗毕时，立刻感到它比去过的其他多数非洲国家的首都规模要大，繁华和发达。城市规模不仅不小，楼房、酒店、人也多些，是个非洲的大城市。但按发达国家、中国和亚洲多数国家首都等大城市的标准，那内罗毕还是小多了，落后多了。

内罗毕没有看到四五十层以上的楼房，这样的楼房发达国家和亚洲的大城市比比皆是。楼房多数是几层或十几层的。城市道路少有宽敞、笔直、现代化的马路。与 40 年改革开放前中国中等城市的道路相似。

路上的车不少，远比 30 多年前中国多数城市的车要多。但车多是小的、破的、旧的。后来了解到，内罗毕等非洲多数城市的车多数是二手车，是日本淘汰下来的二手车。非洲城市看上去也进入汽车社会了，但是“二手车社会”。

城里人不少，走路的很多，像以前中国的城市一样。

我们去了内罗毕大学，是非洲著名的大学之一。校园规模中等，建筑、布局、绿化一般，不如中国的多数中学。座谈时，该校的教师、科研人员还是很认真，也很真诚。谈完后去了书店。书不便宜，买了六七本关于非洲发展的书花了 100 多美元。

一天晚上与笔者所在学校毕业的当地学生说找家中餐馆吃饭，他说很多，并帮我们订了。晚上到了这家叫“北京餐馆”就餐，一看到是“地道”的中餐：每道菜盘下都有个小火炉，一直有火，保持菜是热的。笔者想是他们完全了解中国人倾向吃热的，中餐是热的，所以就每道菜下边都放个火炉，保持菜是热的。真是了解、理解到位啊，但是过于到位了。

与肯尼亚政府一些中高级官员接触，发现他们不少人有荷枪实弹的警卫，感到不解。也可能是这是个恐怖活动猖獗的国家之一的缘故吧。

去了位于当地的一些国际机构，包括援助机构。所在的建筑都是高于当地建筑水平，绿化也比较好。有些像中国青岛、大连等地的西式建筑。

内罗毕西式酒店多些，所以这里是非洲城市中酒店条件较好的地方之一。

总的印象是肯尼亚、内罗毕是非洲正在崛起的国家和城市之一，未来较有希望和潜力的。

乞力马扎罗山

乞力马扎罗山是非洲的最高峰，海拔 5895 米，有“非洲屋脊”之称，山顶部终年积雪。

它一部分在肯尼亚境内，多数地方在坦桑尼亚境内。从肯尼亚首都内罗毕向东约 200 多公里。

我们是 1 月份去的，这在非洲基本还是夏天。因非洲国家基本都在南半球，季节与北半球正好相反。

2007 年我们去时内罗毕到东部海港城市蒙巴萨的标准公路（不知是否是高速公路）正在修建，是中国公司承担的，沿途看到“三一重工”等工程机械在施工作业，有时也看到中国工人，但更多的是非洲工人。车在正在修建的路旁边的路上走，还算可以，基本上是柏油路，行程约 5 个小时。

从内罗毕去乞力马扎罗的路上是壮观的，沿途是令人激动的景象。天苍苍，野莽莽；地势平坦，一望无际。蓝天白云下是红色的土地。土地被耕种的地方也不多，更多的是荒原或荒草地。

沿途 5 个多小时，基本没有城市，没有大的居民区，倒是看到一些“土坑屋”，屋上边高出地面约半米，下边是位于地面下的坑，方圆看上去有两平米左右。当地导游告诉我们，这是当地土族居民的家。多数“土坑屋”是四五个连在一起，呈一个弧型。导游说是一家，中间那个是家长，两边的三四个是他的几个老婆和孩子住的。看来非洲一些居民还处于原始社会状态，居住和家庭结构都是如此。

沿途更多的是各种动物。道路两侧不时看到各种动物。少则一两只，多则一群一群。动物种类是鹿、斑马、大像，各种牛马羊居多。在一望无际的荒原上，看到这些悠闲的动物真是让人既激动又平和。这才是大自然。

从距离乞力马扎罗很远的地方开始，一路上一直能看到这座非洲最高的山峰。导游说这是我们的运气好，因多数时间是看不到，看不清的。5个小时的车程中，一半的时间能看到乞力马扎罗山，向着它前进。距离远近不同，山峰的景象也有些不同。我们不时停下来看草原、看动物、看山峰，欣赏、拍照、感叹。

到了乞力马扎罗山脚下的一座类似中国度假村的酒店。酒店是一座座单独的小屋构成的。面积较大，花草树木，小桥流水，令人喜爱。我们几个人每个人住的小屋都是外型像一朵朵蘑菇型的，招人喜爱。屋内则是现代式装饰，相当于四星级酒店。

在酒店吃晚餐。据说是当地食品。介于西餐和中餐之间，主要是肉类比西餐少些，比中餐多些。

第二天早上开始乘车在乞力马扎罗山下的荒原行走。看到最多的是各种动物在山下的大平原、大草原上活动。多数是三三两两或数只在一起，或相距不远。多数动物是斑马、长颈鹿和大象，有时也看到别的。

快到中午时看到一大群大象成群结队在乞力马扎罗山下由远至近在迁徙。数不过来，至少是有几百只。慢悠悠地在行走，基本是按一字队形。由山下的东北方向向西南方向走。不知它们干什么去，最终去向哪里。它们可能来自位于肯尼亚西南的马赛马拉草原，与坦桑尼亚塞伦盖蒂动物保护区相连。这是非洲著名的野生动物保护区，面积180多万平方公里，内有几百种动物。

回酒店的路上也看到两只豹，看起来挺吓人，但它们懒洋洋地坐躺在一棵树下，并没有理会我们这些车辆。

我们没有时间去登乞力马扎罗山，只是在山下仰望着它，欣赏、感叹这巨大的山峰。也看到有雪的地方不多了，当时只有山体最上的1/5的部分有雪。看来气候变化的影响遍布世界各地，无一幸免。当地导游说再过几年也许就没有雪了。希望不会是这样。因为至少笔者还想再来。

乞力马扎罗山、肯尼亚是属于那类来过一次还想再来的世界少数地方之一。

南非是非洲

若干年前，中国与非洲一些人和媒体时常讨论一个话题是：南非是非洲吗？

问题的起因和含义是：南非是非洲最发达的国家，人均国内生产总值当时有5000多美元，远远高于其他非洲国家。加上南非基础设施较发达，城市规模较大，不像非洲多数其他地方基本是农村的样子。那些年非洲大陆还没有开始发展，没有“崛起”，南非作为唯一一个相对较发达的国家，在非洲大陆鹤立鸡群，因此引起“南非是非洲吗”的质疑和争议。

其实南非在各个方面都是非洲、典型的非洲。一是人口绝大多数是黑人，与非洲其他国家没有不同。二是南非经济发展程度也是非洲的样子，虽然在撒哈拉以南的非洲国家中最高，但还是发展中国家的程度，而且在发展中世界也不属于高的，如与拉美及与东南亚相比。特别是近几年来在非洲其他很多国家发展形势越来越好的情况下，南非领先其他非洲国家的差距在缩小，南非就是非洲。

笔者两次去南非，去了开普顿、约翰内斯堡及比勒陀利亚三个南非主要城市，也去了好望角。

开普顿是南非最南边的主要城市。这个城市的确不像非洲。一是城市内白人较多，大概是南非和整个撒哈拉以南的黑非洲中最不黑、最白的城市。二是城市是按欧洲人的样子建立的，建筑、民房、步行街，餐馆、咖啡店、银行等。走在开普顿市内，你不会感觉是在非洲，而是感觉是在欧美一个较为发达的中等城市。

开普顿市的北边是著名的“桌子山”，因山形像座长方桌，故名“桌子山”。山其实不太高，1086米。树也不多，因在海边被海风吹的。

约翰内斯堡位置大体在南非的中心，是南非最大的城市，中国人简称它“约堡”。一些人把约翰内斯堡与中国的上海相比，意即是南非的上海或纽约。它是南非最大的城市，经济和商业中心，但规模比上海、纽约小多了，现代化程度也差多了，根本不在一个水平上。在城里转转，现代化的办公楼和大商场还是有些，但不多。这里有些中国人开的批发市场、超市、餐馆等，我们去看了几家，看来客户不太多。

比勒陀利亚是南非的首都，离约翰内斯堡不远。首都不大，有些政府大楼，总统府前的花园很大，建筑也有特色，每天都有不少游人。这个城市绿化好些，给人感觉像居住区，不是商业经济区。但城市不大，大体像中国的一个普通的县城。还没有大多中国县城现代化。

南非仍然在非洲国家中属于最发达、最现代化的，但发展前景不确定，问题不少，难度不小。比亚洲、中东、拉美等较为发达的发展中国家还是有距离的，而且从趋势上看差距是越来越大。非洲到目前为止实际上没有一个世界水平的现代化国家，这是非洲发展的不足。

好望角的波涛

开普顿最有名的应该是好望角。离城市有好几公里的距离。开车从市区要走近一个小时。中间有个“企鹅海岸”，开阔的海边有一大群企鹅。这里的企鹅个头都不大，但数量不少，也不怕人。这里接近两大洋交界处，海风很大，人站立都有些困难，但个头也就到人的膝盖高的企鹅们却不为巨风所动，悠闲自得。可能是因为它们个头小，受风面积小，或者它们有什么固定身体的法宝。

离开开普顿市区去好望角的路上，有一家著名的“海上餐馆”。餐馆建在进入海水的岩石上。顺着餐馆的玻璃向海看，能看到海水中的生物，有时能看到大鱼，也能看到鲨鱼在吃其他的鱼。笔者当时就目睹了一条大鱼，估计是条鲨鱼，把另外一条大鱼吃的周围海水都变成红色的了。

好望角周围十分开阔和壮观。不像中国和世界各地的著名地方有很多人工建筑，这里基本还是原始的、野性的。离好望角还有很远的地方有个汽车要开进的不显眼的门，距离好望角最高的岩石下的几十米有个卖票、纪念品和洗手间的一层小房子，除此之外，看上去整个方圆几十公里的地方再没有什么人工建筑，显得好望角气魄、壮观、原始、苍凉、自然。

经过一段陡峭的道路，到了好望角最高处。这里立刻给人以豪迈、惊险、震撼的感觉。因为眼前、脚下就是波涛汹涌的两大洋——大西洋和印度洋。因为是宽广的海洋，没有阻碍，海风极大，海风激起十几米高的巨浪，这里又被称作“风暴角”，在上边要用手按住帽子。两大洋在这里交汇。好望角给人到了天涯的感觉，站在这里眺望烟波浩渺的大西洋和印度洋，令人有悲壮的感受，因为除了一望无际的大洋，眼前再没有别的东西，使人感到走到了世界的终端，走到了世界的尽头，到了天涯海角。

好望角上有几个木头或石头标的小横牌，上边用英文写着距世界主要地方的距离。记得标记距北京是 12933 千米，还有距伦敦、纽约等，好像都是一万多公里。距离世界主要地方都这么远，看来好望角也是个孤独的角落。人在这里也感到孤独、苍凉，尽管也很雄壮。

四、动乱的中东

西亚、中东

从北京飞迪拜、再从迪拜飞往非洲或欧洲的航线上，数个小时在西亚、中东、北非上空飞行。能看到地面时向下看，这一地区的地表条件是较差的。

春季4月底从迪拜向东飞，经过伊朗南部、巴基斯坦西北部和北部，飞了两个多小时，飞行近2000千米，一路上全是灰蒙蒙的戈壁、沙漠和秃山，很少能看到一点绿色，没见过有水的地方。飞了1000多千米后才开始看到有点平地和绿色，也不多，面积不大，鲜有人家。

从迪拜向东飞了两个半小时，即约2000多千米之后开始出现雪山，山坡上看到成片成片的松树，山峰白雪皑皑，银装素裹，气势壮观。从地图上看，是到了距离中国边境200多千米的地方。山上经常雾气缭绕，山峰或隐或现，有些天上仙境的神秘色彩。令人想起《西游记》很多场景写的就是这里。飞行图上显示飞机是从新疆和西藏的交界处进入中国境内的，是中国的尚勒地区。然后沿着塔克拉玛干沙漠南侧飞行，然后一直在青藏高原北侧飞行，也是一路荒漠、戈壁、高山，直到青藏高原东部、甘肃东南部时才见到绿色和较多的人烟。这时再有一个多小时的飞行也就到达北京了。

也有过几次从迪拜向西飞行的经历。经过阿联酋、沙特、苏丹、阿尔及利亚、利比亚、摩洛哥上空，也去过阿联酋、黎巴嫩、苏丹、摩洛哥、埃及、以色列等西亚北非国家，天上、地上看的一样，绝大多数地方都是戈壁、荒滩、沙漠，很少有绿地。包括西亚、北非的中东地区的地上自然条件是比较差的，但地下油气资源丰富，是世界油气资源最主要的地区。西亚、中东、北非基本是地上不行地下行，即地上自然条件不好，地下油气资源丰富。

迪拜、多哈、科威特等却是在一片荒漠中建起的当今世界上最现代化的城市，世界最高、最奢华的建筑和最贵的酒店都在这里，确实是世界的奇迹，人间的奇迹，石油的奇迹，钱制造出来的奇迹。

中东经济的特点

关注国际事务的人长期都感到有一个问题，即现代中东没有一个世界大国。其实中东有些国家，如土耳其、埃及、沙特、伊拉克、伊朗等国土面积不小，人口不少，资源也较为丰富，是存在成为世界大国的基本条件的。

在笔者看来，中东没有近现代世界大国的主要原因在于经济，因为经济是国力的基础和主要方面。现代中东没有世界大国是因为中东没有经济大国。

中东沙特、伊朗等是资源大国，但不是经济大国。工业革命、世界现代化进程开启以来，世界经济大国一定要是工业大国。无工不富，人类历史上还没有一个不经过工业化而实现现代化的国家和地区。实现工业化后可以进入后工业化，甚至一定程度上脱工业化、去工业化，如香港等，但前提必须是首先先实现工业化、现代化。

中东国家几乎都没有在总体上实现工业化和现代化。一些国家有一些石油开采和加工工业，有的国家也有少量轻纺、食品等工业，但没有一个国家有完整的现代工业体系。

现代工业主要指制造业。走访中东国家地区，几乎没有一个国家的经济是以制造业为主的；在中东各地，可以看到不少油气田，市场，高楼大厦，现代化商场酒店，但几乎看不到工厂。

这就是中东经济的特点和弱点。资源丰富，人的数学等天赋也不差，有些国家资金又充足，但中东国家的政府和企业很少去搞工业，搞制造业，所以经济结构始终以能源、农业为主。没有工业制造业，没有足够的加工能力，经济就始终以原始自然状态为主，自然有什么就“吃”什么，有油气就“吃”油气，有农田就“吃”农业。经济基本停留在依靠自然的原始状态。

只有制造业才能制造出五花八门的产品，才能产生很多、很高的附加值产品，才能致富、变强。世界强国无不如此，无不是工业大国、制造业大国，包括今天世界经济前五强美国、中国、日本、德国、英国。

与中东人接触，包括教来自中东国家地区的学生，他们有时也认识到这一问题，甚至还提出希望中国多在中东投资制造业，不仅是能源和贸易，批评中国在中东地区的制造业投资不够。

笔者同意这样的认识和批评。但笔者也在想，假如笔者是企业家，笔者会在中东投资制造业吗？制造业是固定资产投资，是长期性的生意，中东地区形势不稳是个障碍。同时，制造业需要大量蓝领工人，中东有没有劳动力优势？劳动人口在劳动密集型领域的工作态度、习惯是否像在东亚地区那样。如果不是，劳动力问题不能解决，制造业就无从谈起。感到、看到这是中东经济、发展问题的关键之一。

中东人的数学天赋

很长时间以来，由于欧美国家经济科技发达，很多中国人认为欧美人较有科学天赋；东北亚人在数理化方面较强，使很多人认为东北亚中国人、日本人、韩国人数理化比较好；所以很多人忘了其他地区的人，比如中东人数学天赋也很高。

使笔者重新认识这一点的是女儿。女儿在美国读硕士时是在一个著名的理工科为主的学校。她学实用经济学，在美国学经济基本是学数学。她告诉笔者，班上学习最好的多是来自中东地区的人。这使笔者重新认识中东阿拉伯人。

是啊，连数学用的数字都叫阿拉伯数字，当然说明他们本来就数学好，否则怎么能用他们的数字作为数学计算的数字呐?

来自中东的数学、理工科天才不少。如乔布斯就是中东人的后裔。他把苹果弄成近年来世界最高科技的公司之一，苹果高科技产品如智能手机、平板电脑等风靡世界。

这使笔者想起20多年前在美国留学时，也曾从学理工科的人那里听说中东人学习挺好。只是他们的数量没有中国人、韩国人、印度人多，所以没有受到人们的重视。

可见，世界上很多国家、很多人都有各自的优势。我们中国引以自豪的很多东西，包括土豆、玉米等中国生产历史悠久、数量大的产品，最初都不是我们中国的，而是来自中东、拉美等地区。中国历史悠久，很多中国人就觉得世界上很多好东西都是我们自已发明的，其实不全是。

贝鲁特风情

黎巴嫩首都贝鲁特之行，是笔者 30 多年数百次国际旅行中最危险的行程之一。

那大约是 2004 年，笔者受邀去贝鲁特参加一个国际会议。会议原定当年 4 月举行，但因黎巴嫩安全形势恶化，会议不得不推迟。过了几个月后，主办者说形势有好转，决定 10 月份在贝鲁特举行。

但这时的形势其实仍不稳定。临走时，在报批时，主管副校长通过国际处向笔者转达：请笔者考虑安全问题决定是否一定要去。

笔者犹豫了一下，但考虑到主办者说可以了，而且外交部也没有发布安全提醒，应该是没太大问题。

飞机经过 10 个小时的飞行后，距离贝鲁特只有几十公里时，景色立刻开始不同了。一直是戈壁荒漠的中东，这时地面开始有了绿色，还有半小时到达贝鲁特时，则是一片郁郁葱葱。难怪都说黎巴嫩是中东的绿洲。

但一出机场，气氛一下子令人紧张起来。在车开向贝鲁特市区的半个多小时，一直在黑暗中行驶，两侧没有什么灯光甚至人迹。道路左侧是大海，也是黑压压一片。特别是车开了十几分钟之后，突然靠海的路旁出现一座 20 多层黑黑的大楼，没有任何灯光。接笔者的当地人告诉我说：这就是黎巴嫩真主党总部大楼。笔者立刻毛骨悚然。因为笔者知道，以色列把真主党列为恐怖组织，不久前派飞机轰炸了这一真主党总部大楼。

进入市区后人迹、灯光是多了，但荷枪实弹的军人也多了，还检查车辆。

两天会后，笔者有一天空闲时间，再三考虑还是想去市中心、特别是著名景点看看，毕竟是第一次来。

从饭店向市中心走，看到不少楼房都还留着弹孔，当地与笔者一起走的人说是不久前各方交战的痕迹。不时在十字路口看到装甲车和军人。

市中心的景色不错，即有传统的淡黄色阿拉伯建筑，也有现代化的玻璃大楼，游客和当地人都不少。走了一天，看到当地人还比较安稳，生活照旧，看来并不担心安全问题。

两天的会议中，无论是在会场的当地人，还是晚宴时去市中心繁华的地带，人们、特别是女人还是风度翩翩，穿戴优雅，谈吐、举止不凡。场景一片繁华，人们风情万种。在华灯初照的夜晚，在马路边一栋栋欧式建筑的餐馆、酒吧，一对对或一群群难以说清外观是欧洲人还是中东人的男男女女衣着华丽，发型时髦，举止优雅，手中轻举红酒、白葡萄酒或白兰地酒杯，窃窃私语，或欢歌笑语。看到此景时，你不能不佩服黎巴嫩人骨子里的浪漫情怀。

难怪，贝鲁特在世界上有中东的“小巴黎”美称。这里确实有笔者去过的近十个中东国家中最优雅的城市和人群，只是战争的痕迹多了些。但同时也看得出，战乱并没有改变贝鲁特及人们生活方式的浪漫和优雅，这看来是根植于当地和人们的生活之中，是什么也改变不了的。在这些热闹非凡、人头涌动、灯光闪烁的浪漫的地方，使人想不到附近就有荷枪实弹的军人和马路路口的装甲坦克，以及不远地方很多建筑墙上的弹孔。

贝鲁特、黎巴嫩就是这样战乱、危险与风韵、浪漫并存的地方。

以色列的奇迹

以色列在现代中东地区的存在和发展应该是世界的一个奇迹。

这不是说以色列不应该在中东地区存在。实际上在公元前后以色列就存在于中东地区，《圣经》写的故事都是说那些时候这里的事情。

说是现代的奇迹，一是指在中东地区周围都是阿拉伯、伊斯兰世界的情况下，以色列能在第二次世界大战后存在和发展变化 70 多年是个奇迹。以色列弹丸小国，几百万人口，周围是阿拉伯、伊斯兰世界、十几个国家的几亿人口，与以色列敌对；以色列硬是在这种被包围的敌对的孤岛中存在和发展下来。如果说周围十几个阿拉伯、伊斯兰教国家是海洋，以色列确实是孤立在广阔的海洋中的一个小小的孤岛。

以色列奇迹之二是在这个被包围的孤岛上建设成一个现代化的国家，包括现代农业，经济、科技能力不亚于其他西方发达国家，这在中东地区是绝无仅有的。与该地区其他国家相比，以色列没有石油，地上地下没有资源，完全是靠几百万人力资源生存和发展，成为现代化国家。

几年前，笔者与北京大学一位学者一起参加了一个主要是美国学者为主的访以团。这次与笔者几十年来数百次短期出访不同，这次一去就是 8 天，主要是访问考察，不是典型的国际研讨会，当然与以色列政府及各界有过多次研讨。

8 天来去了这个小国的五个城市，坐直升飞机 4 个多小时，俯看了以色列几乎全境，包括约旦河及西岸、戈兰高地等“危险地区”。

访问是从以色列的地中海海滨城市特拉维夫开始。这是个很大的城市。海滩辽阔，游客不少，商业繁华。笔者去了个很大的自由市场转了转，人头涌动，熙熙攘攘，与国内外的大自由超市没什么两样。城市没什么给人留下特别印象的景点或特色。特拉维夫海滩面积很大，长度有几公里，人也不少，但海水与海滩一般，比海南岛三亚亚龙湾和美国夏威夷差多了。

首都耶路撒冷则不同。她是一座有5000年历史的古城，整个城市建在几座小山丘之上。耶路撒冷是世界闻名的圣城，是汇聚了伊斯兰教、基督教和犹太教的著名圣城。据说全世界有一半的人把耶路撒冷当作圣地。穆斯林认为耶路撒冷是仅次于麦加和麦地那的第三个圣地；犹太教把哭墙作为第二圣殿，这里是其光荣历史的见证和民族复兴的中心；基督教徒心目中这里又是耶稣受难和升天之地。

整个规模很大的城市建筑颜色基本是淡黄色。一个大城市建筑基本是一个颜色在世界很少见，可见该城市的管理力度和保持自己文化特色意志的执着。

耶路撒冷老城是其城市的核心，是由四面各1公里长围出来的一座旧城区，共有8个城门。老城内最重要的是哭墙和圣殿山。

去哭墙要经过一个自由市场。在古城著名的自由市场转，拥挤的让人喘不上气，经常要低头走，否则要撞头。但在这传统拥挤的市场里则热闹非凡，犹太人、阿拉伯人（不知道是否还有别的民族的人）开的各种小铺一个挨一个，看上去是世界最古老的集市。

哭墙在耶路撒冷老城的东部，长约50米，高约18米，由一块块石头砌成，被现代犹太人视为最神圣的地方。去看犹太教圣地哭墙时，让人感到紧张。一是人太多，使人不知所措。二是气氛太严肃。犹太教徒全身穿黑色衣服，带黑色小帽，神情庄严，令人感到严肃、紧张。进里圈、接近哭墙时，所有人，不管是不是犹太教徒都要戴宗教含义的小帽。

哭墙又称西墙，是古代犹太国第二圣殿护墙的一段，也是第二圣殿护墙仅存的遗址，由大石块筑成，是犹太人的精神家园。

哭墙广场令人紧张的另一原因是这里戒备森严，军警众多。因这里是有争议的圣地地区，以色列与周围阿拉伯国家长期敌对，数次交战，恐怖事件更是频频发生，因此安全戒备永远是最高等级。但看那些执勤的军警，却又令人感到放松甚至滑稽：因以色列人口少，战事多，所以要求全体18岁以上的成年人都要服两年兵役，不分男女；因此在哭墙广场上，看到一排排、一群群荷枪实弹的士兵，很多看上去是十八九、或20岁出头的女孩子，身上挎的枪甚至比她们身高长；她们身上的军装也包裹不住满身、满脸的稚气。她们很多人围在一起交谈，谈笑风生，笔者估计肯定不是在说有什么敌情，而多半是在聊什么衣着、化妆品之类的东西。

但耶路撒冷和以色列各地还是很安全的。在耶路撒冷有两次笔者在深夜和清晨一个人在大街上走，街上人很少，但没有任何不安全的感觉。一天吃饭与一位在这里工作的二十几岁美国女孩子交谈，她在中国学习过几年。她说：她在美国的父母成天担心她在以色列的安全问题，因国际报道经常报道这里的恐怖事件。但她说，她去过、住过的世界上很多国家中，她感到两个国家最安全，一个是中国，一个就是以色列，比她自己的国家美国安全。

巴勒斯坦

在以色列访问的8天中，有一天东道主安排我们去巴勒斯坦访问、会谈一天。

汽车从耶路撒冷开出，不久就到了以色列和巴勒斯坦交界处的检查站。在检查站，看到车外一辆辆过往车辆被严格检查，人下车，车的后备箱打开，警察在严格地检查，警犬也在现场。每天有上万名巴勒斯坦人到以色列工作，晚上下班返回，所以检查站的工作量很大。无论是在检查站还是在以色列、巴勒斯坦境内其他地方，看到两个地方经济发展水平差距极大。一个是先进的发达国家或地区，一个是典型的发展中国家或地区。人们的穿戴和精神状态也明显不同。

离开检查站，我们到巴勒斯坦后，巴勒斯坦内务部的官员来接我们。到了内务部，发现同行的以色列人与巴勒斯坦的部长等官员很熟悉，彼此拥抱，而且他们交流既不是笔者能听懂的英语，也不是能听出发音的阿拉伯语，同行的以色列人告诉我们他们在讲希伯来语。

去巴勒斯坦权力机构总理府同阿巴斯总理会谈时，发现总理府门口的门牌上写着该总理府是马来西亚捐献建设的。以后的会谈中了解到，巴勒斯坦权力机构在巴勒斯坦没有军队，没有警察，没有税收，开支基本是国际援助，其中不少是以色列返还的巴勒斯坦人在以色列工作的税收等费用。巴勒斯坦权力机构只有保安。

在巴勒斯坦行走一天，看到其首都不像座城市，住房、建筑，包括政府部门，都是相距较远，并不像世界城市通常是建筑密集的在一起。这一情况在非洲一些国家也类似，城市建筑不集中，散散拉拉的，不知是为什么。

到了巴勒斯坦，无论交谈，还是观看，感到巴勒斯坦和以色列实际上不像媒体报道的那么敌对，至少他们之间有不少实际的工作关系，不论是民间还是政府之间都是如此。包括巴勒斯坦总理在内的领导人及政府官员，经常驱车到以色列的特拉维夫机场，飞往联合国等一些国家，“谴责”以色列的一些行为。“谴责”完后，再飞回以色列的特拉维夫机场，驱车行走在以色列境内两个小时之后，回到巴勒斯坦首都。

迪拜的传统和现代化

要说现在世界上最现代化的城市，恐怕不是纽约、伦敦、巴黎、东京、香港、首尔、上海，而是迪拜，这可能是全世界多数人都同意的，除非他没去过迪拜。

但迪拜也有传统。这个并不大的城市传统的大概主要是两类东西：一是一些中东阿拉伯式的建筑，尤其是住宅，一般并不大，清真寺有大的；另一类是人们的穿戴。一到这个城市你就知道是到了阿拉伯国家，因为男女老少还都是穿阿拉伯民族服装。男的都穿白长袍，头上围着阿拉伯围巾；女士都穿黑长袍，从头到脚；阿联酋是较为现代和世俗的阿拉伯国家，妇女的面部都露在外面，不像沙特等传统的伊斯兰教社会，妇女的服装只能露眼睛。

在阿联酋等较为现代和世俗的伊斯兰社会，男女长袍里边穿的很多是西方式的牛仔裤，他们/她们一坐下时就显露出来。所以到底是传统还是现代，则很难说清楚。

迪拜最主要的特征还是现代化。说它现代化是说全世界公认最现代、最奢侈豪华、最高的建筑都是在迪拜，如七星帆船酒店等。要说奢侈豪华，全世界恐怕哪里也比不了迪拜，主要是那些建筑和装饰豪华奢侈。全世界最高的建筑 20 多年来多数时间都是在迪拜。很多地方，如多伦多、东京、上海、新加坡等偶尔也出现一时的世界最高建筑，但很快就被迪拜超过，那里永远在建世界最高的建筑，像是刻意要保持这一特征。目前排名世界第一高的建筑哈里发塔约 828 米，新的更高的建筑在建设中，将于 2020 年迪拜世博会前落成。

迪拜为什么成为世界最现代化、最豪华奢侈的地方？主要原因就一个：有钱。即石油美元。阿联酋等中东几个国家，如卡塔尔、科威特等，国家不大，人口不多，自然环境不优越，但地下有油，而且有很多的油。这些国家一般自己也不开采，让外国公司开采，让它们交份额，交税，所得的收入多得了不得。国家又小，人又少，也没有多少开销，把余下的钱就去盖房子，盖世界最高、最豪华奢侈的楼房和建筑，建旅游和娱乐设施等。

他们的钱也造福民众。在阿联酋同当地官员和民众交流，得知他们上学、包括上大学所有费用都免交，由国家承担；结婚了政府都会给一套房子。估计医疗、养老等也都是国家负担。因为他们不但石油多，美元多，而且人少。本国人口只有二三百万。

这一方面也反映了阿联酋等不少中东国家的不足，即他们有钱、有资本也不去制造什么，不去搞工业、制造业，搞科技发明创造，而主要把这些钱用来建房子，建超豪华的酒店和娱乐性场所，建现代化的城市。这里的长期隐患就是：一旦石油没有了，一旦石油价格大规模下降，他们的经济怎么办？这些楼房建筑、城市、国家怎么办？好在看来在迪拜、在阿联酋、在中东，没有多少人去想这些长期的问题。眼前的一切太好了，管它长远的未来呐！

迪拜机场

阿联酋、卡塔尔利用位于世界五大洲中间的地理位置优势，两个小国建立了世界两大航空公司，即阿联酋航空公司和卡塔尔航空公司。而这两个国家国土面积小，都是全国就一个主要机场，机场规模就比较大。

阿联酋航空公司的经营战略是用低于其他世界航空公司100美元左右的价格，把亚洲、非洲、欧洲、美洲之间跨洲旅行的乘客不少人吸引来乘坐他们的航空班机，中间都是在迪拜机场转机。所以每天24小时，在迪拜机场抵离的航班成百上千，在这里转机的旅客络绎不绝，机场总是人声鼎沸，热热闹闹。

迪拜机场利用机场大、航班多、转机人多的特点，大做免税店生意。整个机场商店很多，经营的产品很多，价格比世界主要机场相对便宜一些。

为了服务各国转机乘客，迪拜机场商店雇佣了来自世界很多国家的服务员，中国的、印度的、泰国的、中东国家的、欧美的等等。其中中国服务员不少，每家免税店都有几名来自中国的服务员。

不仅是机场商店。整个阿联酋也是靠外国人运转的。在阿联酋时，笔者从当地官员和其他人士那得知，现在在阿联酋生活的约500万人口，其中本国人只有200万，300万位外国人。在酒店、餐馆、机场、建筑工地、甚至航空公司空乘人员，多数都是外国人。其中印度人、中国人、马来西亚、菲律宾、其他中东国家人和欧美、澳洲人较多。

阿拉伯人性格和东亚人、尤其是东南亚人及中国人看上去差不多：做事不太认真，不太严肃，但性格较好，较为温和，对人较为客气，也表现出愿意帮助人的特质，尤其是阿拉伯、中东地区的妇女。

一次换登机牌座位，从靠窗户换到过道，阿联酋航空公司客服人员给了笔者高端经济舱的过道。其实按规定可以不给笔者这样的座位，说句没有过道的话就行了。实际上笔者的普通经济舱的过道的座位可能也是真的没有了。

这几年接触不少中东地区的学生多数也是这样。学习上谈不上非常认真，很少像一些欧美和亚洲国家学生表现出来的那样，但人挺好，总是客客气气的，人看上去较为平和。中东、伊斯兰世界有些激进、极端的人，但绝大多数人与世界其他地方的绝大多数人一样，都是比较老实、温和的。在世界各地，多数人都是差不多的，因为都是人，人的本性一样。《三字经》几千年前就说：人“性相近，习相远”。

中东的中国工地和工人

去阿联酋首都阿布扎比开会时，联系上了在沙迦工作的中国港湾集团一公司的朋友。朋友非常热情，一定要请笔者会后去他们那看看、聊聊。与一起开会的其他中国人和熟悉多年的美国人说起，大家都非常有兴趣与笔者一起去看中国工地。美国朋友也豪爽，来者不拒。

电话中说好后，下午会议结束后，朋友派的车已到会场的酒店。我们七八个人上了面包车，向阿联酋另一城市沙迦疾驶。

阿联酋是个小国，但从阿布扎比到沙迦也用了三个多小时。沿途如从机场到阿布扎比一样，公路两侧都是沙漠。世代生活在沙漠的人对绿色太渴望了。所以在公路两侧很多地方竖起塑料板，板面涂上绿色，使人在沙漠行驶中感到绿色的愉悦。

天快黑时到了沙迦的工地。工地是中国港湾公司承担的填海造地工程，填完后要建电厂。朋友先请我们吃饭。饭厅与国内各工地的食堂一样，比较朴素简陋，但还干净卫生；师傅所做的也是中国的家常便饭，包括红烧肉。大家也饿了，包括美国朋友在内所有人都狼吞虎咽，吃得又香又饱。

吃完饭后，朋友带我们去看餐厅附近的填海造地现场。工程基本完工了，填出了几个足球场大小的新的陆地。朋友特别带我们看了新填出的海岸，一块块较大的石头有规则地填放在海水边。朋友告诉我们，每填一块石头要给法国一个公司一定数额的“专利费”，因这种填法法国一公司申请了专利，所以全世界各地这么填海都要给它费用。在港湾公司工作了40多年的朋友说，其实他们这么填海已填了半个多世纪，但由于自己没有申请注册专利，所以现在同样的填法要支付给别人费用。可见观念差别带来多大的损失。

朋友还带我们看了职工宿舍。领导、工人住的一样，都是在国内也经常看到的由塑料板搭成的简易住处。朋友和工人们说，在这长期生活很无聊，好在现在网络、电话都通，也能看到国内电视，能与国内家人、朋友视频通话等，否则生活不可想象。

朋友告诉我们，他们基本是在当地采购生活用品，也从国内带来不少调料。公司每周末开车带领工人们去城里等地逛逛，包括去迪拜的中国人开的“龙城”购物。

当时在工地上见过一位年轻的工程师，并没有特别的印象。后来朋友的女儿在北京举办婚礼，请笔者参加并致辞，看到新郎正是那位年轻的工程师。这时知道了一个不大的传奇故事：笔者的朋友家人一次去工地探亲，这位工程师看上了探亲的朋友的女儿。长期在北京长大的朋友的女儿当然不同意，但该工程师非常执着地追求，一直给女孩发信；在追求有眉目时把在国外辛苦工作的 30 万积蓄一下子打到女孩的账户。女孩的爸爸、笔者的朋友长期是港湾集团一公司的经理，家里钱是不缺的，30 万也不是太大的数字，但其诚意感动了朋友的女儿，有情人终成眷属。

数年在海外工作生活的人们、特别是年轻人太孤独了，对朋友、包括异性朋友、对爱情太渴望了，这值得理解和令人赞赏。

五、俄罗斯、中亚、南亚

俄罗斯是欧洲国家吗？

世界上俄罗斯以外的很多人心里都一直有这样的疑问：俄罗斯是欧洲国家吗?

笔者认为比较符合事实的回答：基本是，但不完全是。

首先从地理上看，俄罗斯是欧亚国家，俄罗斯人和世界都这么说，地理上也确实是这样。打开世界地图就会看到，俄罗斯在亚洲和欧洲都有大片国土。

但如仅就地理位置来说，俄罗斯主要是亚洲国家。因为俄罗斯领土面积有三分之二在亚洲，只有三分之一在欧洲境内。

但如从其他主要方面，如人口、经济、政治、历史、文化、传统等考虑，俄罗斯又主要是欧洲国家。所以，世界地理区划都一直把俄罗斯划入欧洲国家，而不是亚洲国家；俄罗斯人自己也一直认为俄罗斯主要是欧洲国家。

俄罗斯人口 2/3 生活在俄罗斯的欧洲地区，其比中国还大的亚洲部分没有多少人，只有四五千万人口，基本是韩国的人口规模。

俄罗斯的文化主要是欧洲文化，尽管欧洲人可能很不同意这一点。从人种上，俄罗斯人是白人人种，不是亚洲黄种人。对于亚洲人来说，俄罗斯人与其他欧洲人没什么不同，难以区别。也许他们之间能区别开来，就像欧美人难以区别中国人、日本人和朝鲜人、韩国人一样。

世界上很多人认为在文化、观念、传统上俄罗斯既不是东方，也不是西方，所以有“俄罗斯不东不西，不是东西”的说法。这话不是骂人和贬义，是说俄罗斯既不是东方文化，也不是西方文化。

但实际上，在俄罗斯人身上还是欧洲人的属性远多于亚洲的属性。不但人种、皮肤、五官、身材与欧美人没有大的区别，其着装、举止、生活方式等也大体属于同类。俄罗斯的文学、诗歌、音乐、美术、宗教大体上也与欧洲接近，而不是与亚洲接近。

欧美及世界上很多人不认为俄罗斯是标准的欧洲国家恐怕主要还是思想、观念、政治、历史传统等。

西方认为俄罗斯从来没有西方式的民主传统和经历，从来不是民主国家，也永远不会成为西方认为的民主国家；俄罗斯一直是个专制式的国家，从历史到现在一直如此，今后也会永远如此。因为俄罗斯人没有欧洲具有的民主观念、意识、价值及思维。

从历史上，西方也一直认为俄罗斯从来不是西方的一部分。俄罗斯与欧洲的历史错综复杂，时常变化，但俄罗斯从没有真正成为西方国家，与西方没有共同的制度、价值、思维和行为方式，尽管俄罗斯历史上多次深深介入欧洲事务，有时还起了决定性作用，如对拿破仑和对希特勒德国。

俄罗斯可能是全世界唯一一个不能完全划为东方或西方的国家，甚至非洲都被认为是“东方”，“拉美”被认为大体上属于西方。从这一方面看俄罗斯确实是独特的，因为全世界没有既不属于东方又不属于西方的国家。俄罗斯的独特性可能是因为地理、历史和文化传统。

地理上不仅是横跨欧亚大陆，两部分面积都很大，而且位于世界最北部的位置。寒冷的地理位置和气候形成了俄罗斯坚韧又独立的民族性格，很难与任何其他国家和民族真正相互交流和理解。

俄罗斯历史和传统上从没有完全融入亚洲，也没有完全融入欧洲。它不断地介入欧洲和亚洲事务，但又从没有把自己当作其他欧洲或亚洲一样的国家，它总是在保持自己的独立、孤立和不同。

文化上、生活方式方面，包括音乐、服装、建筑、饮食等方面，俄罗斯可能更多地是欧洲国家，但在思想、观念、价值、政治、制度等方面，俄罗斯历史上看起来更多的是亚洲奴隶社会、封建社会和专制的传统、思维和习惯，与欧洲的思想、理论、价值、观念、制度相距十万八千里，甚至比很多亚洲国家离西方更远。这也是美国、欧洲等西方国家永远不会信任俄罗斯、永远不会不防备甚至遏制俄罗斯的根本原因。因为他们从心底里认为俄罗斯永远是另类，永远不会成为民主国家，永远具有威胁和危险。

想起一位在俄罗斯留学的中国学生的话：思想保守而传统的俄罗斯人，时时出现俄式“傲慢和冷漠”。这与长达半年多的严寒有关。

俄罗斯地理面积世界最大，辽阔无限。郎朗说，演奏俄罗斯作曲家拉赫玛尼诺夫的《第二钢琴协奏曲》能深深感到俄罗斯恢宏粗犷的线条，延绵不绝的山脉，宽广无比的河流，汪洋似海的湖泊，还有那神秘的俄罗斯灵魂。

二战对俄罗斯的影响很大。影响之一是今天俄罗斯仍是女多男少的国家，男女比例为97 比100。再加上近几十年来俄罗斯经济发展不很理想，俄罗斯女人外嫁的数量相对较大。

莫斯科

在世界的城市中，莫斯科是座大城市，又是座特色鲜明的城市。

莫斯科的特色就像俄罗斯这个国家，寒冷、孤独、骄傲地屹立在世界的北方。莫斯科是世界少数最北的大城市之一、首都之一。比它再北的大概就是北欧几个国家的城市和首都了。

莫斯科给人的印象是挺悲壮的。

一下飞机，俄罗斯、莫斯科给人的印象就不太好，至少在上个世纪90年代和21世纪头几年是如此。

首先是机场不够大，比起世界有名大城市、其他世界大国首都的机场，莫斯科机场可能是最小的。

其次是机场设施较旧，较落后。行李车又大又蠢，有的都生锈了。

莫斯科机场也不规范，不安全。走出机场打车时，停在那里的出租车立刻主动过来，在与司机还没说完目的地时司机就把放在地上的行李往后备箱里放，有些强迫拉活的意思。

莫斯科机场路与北京相似，双向笔直大马路，路旁不少高大的树木，但不像北京机场路那么现代化，也不是高速公路。不知近两年怎样？

莫斯科城很大，也算漂亮。莫斯科河从城中流过，使城市有了灵气，至少在春夏秋三季如此。市中心的红场位于克里姆林宫东墙的一侧，名气很大，但面积其实不大，长695米，宽130米，约为天安门广场的1/3，因广场用的褐色方块石头铺成而得名。红场、红墙和列宁墓都很有气魄，包括边上的教堂，但广场并不大。广场另一侧是一座商场，长长的建筑不高，有四五层的样子。

红场克里姆林宫的红墙很有气派，有些像北京故宫的大墙，给人以庄严的感觉。整个宫墙长2235米，高2.1米，是一个不规则的三角形，每边有 7 座碉堡、20 座钟楼。

莫斯科城呈放射性布局，以红场为中心，向四周扩散。也像北京那样一环一环的向外扩散。市内的路不少较宽，体现出俄罗斯地广的特点和优势。城市各部分之间有不少成片的树林，使人感到莫斯科是在森林之中的城市。

中国驻俄大使馆在市中心，离莫斯科河不远的地方。面积很大，像俄罗斯驻北京的大使馆。据说是当年中苏友好，互相给了对方最大最好的地方建立大使馆。

离中国大使馆不远是莫斯科大学，主楼十几层高，很有气势。楼边是莫斯科河，居高临下，看莫斯科河在下边缓缓流过，河对岸是市中心。河边的马路上有不少俄罗斯青年男女在卖小东西，包括金银首饰等。不贵，几十美元一件。还有不少人在河边拍婚纱照。俄罗斯新娘着实美丽动人。

莫斯科地铁在很长时间内是世界最长、最好的地铁。地铁挖得很深，有十几米；地下站台宽阔，也有不少美术装饰。

多数情况下莫斯科的各个商场商品琳琅满目，非常充足；逛店的人也很多，感觉商业发达。

很多人说莫斯科不安全，治安不好，包括排外的民族主义者对外国人的攻击。笔者 20 多年中数次去莫斯科，白天黑夜在莫斯科城里走路、坐车，没有看到、碰到不安全的状况。

除红场外，莫斯科还有些值得看的地方，包括各种英雄和战争纪念碑、议会大厦、剧院等地方。

圣彼得堡还没去过。但读过很多美好的描述，如“艺术之城”之说，“北方威尼斯”等。圣彼得堡位于波罗的海芬兰湾东岸，涅瓦河河口，由涅瓦河三角洲上的近百个岛屿及河漫滩组成。整个城市水道纵横，700 多座桥梁把各个岛屿连接起来，使圣彼得堡成为“水城”和“桥城”。有文章说，圣彼得堡在涅瓦河的滋润下，从内向外地散发着灵气。

涅瓦河全长 74 千米，古典宫殿、教堂和学院坐落在涅瓦河两岸。

长达4千米的涅瓦大街，四马桥、涅夫斯基修道院、海军军部、文学咖啡店等。“有水的地方就有灵性，运河在圣彼得堡市内纵横交错，围绕着城中40余个小岛、400多座桥梁。”夏宫坐落在芬兰湾南岸的森林中，梦幻般的花园，被誉为“俄罗斯的凡尔赛”。

圣彼得堡是座“白城”。每年的5月至8月几乎没有黑天。

中亚地区的人和饭

2017年7月下旬，与十几名学生去中亚两个国家哈萨克斯坦及乌兹别克斯坦访问十天，收获很大，感觉很好。

感觉出乎预料地好是因为对中亚地区不了解，甚至有些偏见。中国多数人居住在国家东部，对东亚国家如日本、韩国、东南亚各国有些了解，但对同为中国邻国的中亚地区知之甚少，甚至还有些偏见。

偏见之一是很多中国人像笔者一样，认为中亚就像中国西北部、包括新疆，到处是戈壁荒滩、沙漠，一片荒凉，也较为贫穷落后，经济不发达。

到了中亚两国，十天去了五个城市，当然是走马观花，不能说有多少深入地了解，但从表面上的直观所见，中亚地区与很多中国人的想象大不一样。

首先，中亚地貌并不都是戈壁荒滩和沙漠。阿拉木图及附近地区高山流水，郁郁葱葱；阿斯塔纳虽然建在戈壁荒原之上，但城里和附近地区不知是天然还是人工，绿色不少，花草树木到处可见。哈萨克斯坦荒漠、戈壁、沙漠面积不小，但在该国的东部、北部和西部等地区，也有广阔的山地、森林、草原和可耕地。

中亚另一大国乌兹别克斯坦地理状况更好些。我们乘塔什干到布哈拉时速最高233千米的“高铁”往返，单程近4个小时，估计距离600千米左右，沿途道路两侧一片绿色，农田、棉田、菜地、草地、树林、河流、湖泊，自然景象不错。乌兹别克斯坦其他地区及中亚其他三国没有去过，相信绿地也会不少，否则人们如何生存。

中亚地区地貌不错，人更好。去之前通过与哈、乌两国邀请单位及使馆大使、官员接触，既感到中亚地区沿袭苏联和现在俄罗斯的传统，办事很多时候效率不高，比较正统和死板；但也体会到他们的规范精神和认真态度及专业水平。访问十天，与两国三位地陪接触很多，两国五地接触了不少人和单位，在饭店、餐馆、机场、马路、公园、清真寺等地看到很多当地人，看到的是人们穿戴不错，较为时尚，与在欧美等发达国家见到的没有明显差别，色彩较为鲜艳，有欧洲风范；城市马路、酒店、餐馆、办公楼、清真寺等地干净整洁，洗手间没有在中国常有的难闻的味道，卫生水平与发达国家比不相上下。马路上与发达国家一样是车让人，不像中国车与人抢道。人们行为规范，举止得体，甚至没有看到乞丐。无论是地陪，还是酒店、餐馆服务人员，服务都很规范，主动，热情；大巴、中巴司机每次搬行李上下时都帮助我们，不像中国司机多数从来不屑于理睬乘客，更谈不上帮助乘客弄行李了。

中亚两国给笔者留下很好印象的还有饮食。我们一行十天，两国五地，也吃了几十次饭，多数在有当地风格的餐馆吃饭，很少吃中餐。中亚地区的饭给我们留下深刻的印象。

形式上，中亚地区的饭与欧美地区的饭没有什么不同，都是先上面包，然后是蔬菜，再然后是正餐，最后是茶点。只不过是中亚餐馆先上的面食不是面包，而是馕，有时还有类似国内的油饼。中亚的馕与新疆地区的馕差不多，很好吃。中亚盛产优质小麦，因此面食做得好吃。每次吃饭，还没上正餐笔者就吃饱了，因为馕太好吃了，笔者看其他同行的十几个人也大体如此。因此，中国人在中亚旅行不会挨饿。

中亚餐馆的蔬菜不是沙拉，而是切成条的蔬菜，有点像中国圆白菜等蔬菜切成的菜丝，一般是两种两盘蔬菜，加上调料拌好，符合我们的口味。

正餐部分中亚特色明显，基本是肉类，尤其是牛羊肉居多，有时也有马肉。烧烤的多，包括羊肉串，有时一碗面，里边肉很多。在哈萨克斯坦午餐吃过一次羊肉串，串上的肉比国内的一串上多十倍，而且味道极好，是这一生到目前为止吃过的最大、最好吃的羊肉串。

我们去过中亚两国五地各个餐馆装饰都非常好。规模也都不小，室内民族风格明显。一家餐馆内往往有几个区域，各个区域装饰、桌椅风格不同，有纯木的，有当地风格的，也有欧式风格的。但不论什么区域，什么风格，都很高雅温馨，富有档次和情调，是中国及很多发达国家餐馆所达不到的水平。问当地陪同，回答说这是普遍的情形。

终生难忘中亚地区的人和饭。

阿斯塔纳和阿拉木图

哈萨克斯坦是中国的邻国，面积很大，是世界第九领土大国，但人口相对较少，才1800万人，比北京户籍人口还少200万人。

在哈国内旅行充分感受到它的地广人稀。我们是2017年7月下旬的一天由北京飞哈国。我们的终点站是阿斯塔纳，但那天没有直飞的航班，所以我们是先从北京飞阿拉木图，再转机去阿斯塔纳。

快到阿拉木图的一个小时内，飞机飞越新疆西部和哈国东南部地区。这一带是山脉，应该是天山山脉。山势很高，整个一小时飞行时间，飞机下都是皑皑白雪覆盖的雪山、冰川。从飞机上看，并且随着飞机的移动的不同角度，雪山呈现不同的姿态，都蔚为壮观，令人激动。笔者用手机拍了不少雪山的照片。很长时期内，除了中国的航空公司外，世界上各国航空公司飞机上都允许使用手机，最近中国的航空公司也允许使用手机了。

到达阿拉木图机场后，下飞机办入境手续则不顺利。整个飞机的人下了飞机后，按标志指示走到入境处，按公民和非公民的标志排了几队，可队前的入境办理柜台却一个人没有。这是当地时间上午9：20，应该是正常上班时间。大家等了有近20分钟，来个人说排错了，要到另一处入境区办理。100多人又浩浩荡荡地拐来拐去，上楼下楼，拖带着较重的拉杆箱到了另一处。两处都是入境办理处，没有任何不同；只有哈国边境办理人员知道什么时候在哪办，乘客无法知道，没有任何指示，只能是换地方。

从阿拉木图到阿斯塔纳飞机飞一个多小时，距离应该是1000多千米。这1000千米的距离中，除了两个城市的近郊有些绿地外，其他地区都是戈壁、荒漠。中间有个较大的湖泊，是在中国历史书中常见的过去属于中国的巴尔喀什湖。面积看上去不是特别大了。

阿斯塔纳完全是一个新的城市，大部分建筑历史只有十几年，是1997年哈国迁都后建立起来的城市。城市规模像中国中等的地级市，人口现在有近100万。城市主要是政府机构等相关设施。

整个阿斯塔纳没有什么特色，基本是较为现代化的新楼房，但一些建筑很有特色，很壮观。城市总体设计是请日本做的，但看来建筑是欧洲人的设计，有欧洲风格。一些政府建筑气势雄伟，是欧式的。

阿斯塔纳有两处地方值得去看看。一是总统府北面的一个大广场。广场前面是个高高的纪念碑，高耸入云。纪念碑后面是座会展中心，据说是哈国举行重大国际活动的场所，有点像北京的水立方，也是蓝色加白条纹。她的右侧是一座博物馆，也是现代化建筑。

广场的左侧是座宏大的清真寺。主体建筑有十层楼高，四周的圆柱则有百米高。清真寺的外面是浅颜色的，显得安详平和。进去里面参观，诺大的大厅有千余平方米，地面都是浅绿色地毯铺就的，上面雕刻着伊斯兰教内容的文字和图画，都是浅颜色。这是座新建的大型清真寺，据介绍说是中亚地区最大的。

参观这一清真寺，使笔者几乎改变了对伊斯兰教的很多认识。以前国际媒体不断报道来自伊斯兰教地区的恐怖分子制造的恐怖事件，再加上塔利班、“基地”组织和“伊斯兰国”恐怖组织的恐怖行为，使世界上不少人担心伊斯兰教中的少数极端分子。但看了阿斯塔纳的清真寺，使人切实感到伊斯兰教是和平、温和、和谐的，因为寺内所有部分的色调都是温和、和谐的。

阿斯塔纳另一主要去处是总统府和中央政府机构南侧的大广场。这一广场南北长近千米、东西宽百米。广场两侧是建筑群，不少是政府官员住处，是当时为解决迁到新都的官员的住房问题而建。住处基本是十层高，地面一层都是商店、餐馆，比较高档豪华。

中间的广场有几处水池喷泉，也有其他娱乐设施，吸引不少人在此游览，包括不少家长带着孩子。

阿斯塔纳城南边是2017年世博园。面积要比当年的上海世博园小不少，但场馆不少，人流也不小，一些主要国家的场馆都要排长队。中间圆球的建筑是东道国场馆。

阿拉木图与阿斯塔纳截然不同。她是座老城。首先面积很大，要比阿斯塔纳大两三倍，人口现在有150多万。其次风格完全不同。阿斯塔纳都是新建筑，阿拉木图几乎都是旧建筑，不少是苏联时期的。最大的不同是阿斯塔纳建在草原上，而阿拉木图位于阿拉套山北麓，城市建在山脚下。城的三面是巍峨的高山，仅在北面有少许平原。城的一些建筑依山而建，因而阿拉木图很有层次感、立体感。

阿拉木图是座旧城，但却没有多少古迹。有些清真寺，但规模、气势和装饰都一般，没有特别的地方。有苏军烈士纪念碑等场所。城市中心有个小广场，有座几十米高的纪念碑，还有两处人工水池，总面积也不大。令人难忘的是站在广场可以看到不远处的雪山。

阿拉木图城市很大，但建筑都是一栋栋中小楼房，大楼、高楼不多。一些政府建筑是前苏联式的火柴盒建筑，十层八层高。有几座新建的玻璃外墙现代化办公楼，估计是银行等商业建筑。

阿拉木图没有东亚、欧美式的商业中心、中心区和商场。商店都是些小商店，餐馆等处也是如此。

阿拉木图最令人印象深刻的是树木。树木繁多，覆盖城市，整个城市如在森林中，全都被树木遮掩，是座绿化非常好的森林城市。

市区南面是雪山。有缆车直通山半腰，是该市一个主要旅游项目。但缆车顶部离山顶还是很远，也只能遥看高山、雪山。在山半腰就可以俯瞰阿拉木图全城，整个城市尽收眼底。

雪山一年四季都有雪水流到市里，再流到市区另一方向的几处湖泊。在市区建有人工水渠，引导雪水流入市区。雪水凉爽，清澈见底。我们去的中石油在阿拉木图的办公地旁就有一条水渠，一天24小时听到哗哗的流水声，令人心旷神怡。

阿斯塔纳历险记

到目前为止，笔者30多年、300多次的海外旅行中，2017年7月在哈萨克斯坦首都阿斯塔纳的一次经历是最危险的。说“历险”是夸张了，因为没有遇上任何自然灾害，也没有战乱，没有遇到劫匪，没有任何生命财产危险。但说是“历险”也有些道理，因为发生了在国外旅行最大的麻烦是丢了护照。

那是到阿斯塔纳的第二天。上午9点开始参观该地最大的清真寺。参观完后，按规定上车的时间还有近一个小时，笔者就单独去了附近的广场，看一座纪念碑等建筑，拍照。

回到汽车附近时，距离规定的大家上车的时间还有十几分钟，笔者就脱下西装上衣，在附近的座椅上休息一下。

然后上车，去了总统府前面的政府办公大楼，与哈国教育部一个机构座谈。座谈后，距离午餐还有一段时间，当地陪同说在附近的另一个主要广场转转，拍拍照。大家边走边看边拍照，然后去吃午餐。

吃完午餐后上车去一家孔子学院座谈。要上车时，笔者习惯性地摸了摸装护照的西装上衣口袋，吃惊地发现口袋里没有护照了！顿时紧张，在全身所有的口袋中查找，都没有护照。

立刻想到可能是在吃午餐时脱外套时丢的。地陪给餐馆打电话说没见到。这下更紧张了，找不到怎么办？当即决定，其他多数人按计划去活动，一名同学和地陪陪同笔者去找护照。

先去那家餐馆，进去查找坐过的地方，确实没有。出来后，当地地陪说应该给警察打电话。笔者想也许有人捡到后会交给警察，所以给警察打电话可能有帮助，就同意了。电话打通后，说明了情况，警察让我们在打电话的地方等警察来。我们在原地等。没几分钟，上午座谈的哈国教育部的几位人士路过此地，问我们出了什么问题。我们说明后，他们打电话派了一名工作人员来帮助我们。

看来哈国警察效率不低，电话打了近 20 分钟后，一辆警车到了，下来两名警察，我们报告了情况。警察做了记录，随后与地陪说要笔者与警察一起去警察局，而且只能笔者一个人乘坐警察的车去，不许别人一起去。笔者又紧张起来，不是怀疑警察真伪，而是担心笔者不会当地语言，警察们也不懂英语，笔者一个人去怎么沟通？地陪说，他已与他们单位的负责人说了，接待我们单位的负责人会同时去警察局，我们在警察局会面。

只好听警察的。平生第一次以出事者的身份去警察局。以前多次去公安部、北京等地的公安局、公安厅开会和讲课。这回是自己出事了去警察局，而且还是外国警察局。

车行十几分钟后，到了一个居民大楼一楼的类似国内公安派出所的地方。带笔者去的两位警察把笔者交给了派出所的警察，说了情况。这时，接待我们的当地单位的两位负责人也到了，他们用哈国语言沟通了较长的时间，约 20 多分钟，笔者不知道为什么需要这么长的时间。然后，说笔者要回酒店拿入境时填写、盖章的入境卡。好在入境卡没有与护照在一起弄丢，因酒店办入住时是别人帮助办，笔者怕入境卡掉了，就单独放在口袋里。

接待单位来了一辆车，笔者同接待单位两位负责人一起去酒店。到了酒店房间前还抱着护照忘在房间里的一线希望，但怎么找也没找到护照。拿了入境卡后再度失望地下了楼。刚一出电梯，陪同的接待单位人士对笔者说：护照找到了。笔者立即惊喜，马上问在哪找到的，回答说在早上去的清真寺。原来接待单位早上陪我们一起去的陪同及我们团的一名学生在我们去警察局的同时，他们去了早上去过的清真寺，问清真寺门口工作人员有没有捡到护照，工作人员说捡到了一个，现在在保卫室。他们立刻去了保卫室，确认是笔者的护照，但保卫室的人坚持一定要笔者本人去取。

笔者喜出望外，几个人立即上车去清真寺。路上笔者还想这是真的吗？真的找到了吗？

到了清真寺保卫室，拿出笔者的身份证验证了身份，让笔者写了单据，然后把护照给笔者了。但接待单位负责人说我们还需要回到警察局。

笔者以为回警察局很简单，就是告诉他们护照找到了。结果不知为什么又在那折腾了半小时，接待单位人不断与警察说着什么。最后又填了个表，警察局的事算结束了，但要求我们还要去移民局走一趟。

笔者不理解丢了护照、找到了怎么还这么麻烦，还要折腾这么久，这么多单位，担心去移民局不知还会有什么麻烦，还要多少时间。出乎预料，在移民局窗口，几秒钟就完了，移民局官员说笔者在哈国停留四天半、不到五天，按规定不需要登记，让我们走了。

这回算完事了，笔者兴奋不已。接待单位那位男士负责人带笔者去我们吃晚饭的地方，喝茶等待我们整个团的成员来。闲谈中他与笔者讲了他在中国学习和在哈国的经历，汉语非常好，人也非常好。笔者问了为什么在警察局那么久，护照找到了还那么麻烦？他说，一是我们报了案，就要按程序结案；二是警察们想从中要些钱，他说这在他们国家很普遍。他说，他们一再与警察说我们是来自中国的客人，是公务，不能向我们要钱。

这件事对笔者震动很大。笔者知道国外旅行丢失护照是很麻烦的事，不应该出的事。过去也时常听到谁在国外丢了护照的麻烦，但从没有想到这种事会发生在笔者自己身上。一是笔者一直较为严谨，护照在专门的口袋中，但这次在脱衣时滑出去了。二是笔者在国外学习、生活、工作7年，30年内短期出国300余次，从没有丢失什么，所以也大意了。

发生这次“险情”，笔者感受到被人帮助的意义。地陪、接待单位给了极大的帮助，同行的其他学生也尽力而为，终于化险为夷，丢而复得。万幸！感激！

中亚古国乌兹别克斯坦

对多数中国人来说，世界的文明古国、古迹多的国家是中国、埃及、意大利等。中国有长城等古迹，埃及有金字塔、人面狮身像、木乃伊等，意大利有罗马斗兽场等古迹。

去过乌兹别克斯坦之后，感到乌兹别克的古迹之多、之古可以与中国、埃及、意大利等并列，在一个水平上。中亚五国没有都去过，但从去过的哈萨克斯坦和乌兹别克斯坦及对其他三国的间接了解来看，乌兹别克斯坦应该是古迹最多、历史最悠久的中亚文明古国，是中亚最完美的中世纪伊斯兰建筑典范。14 世纪，帖木儿帝国修建了大量蓝色穹顶，蓝、白、绿由此成为乌兹别克斯坦国旗的颜色。

首先是乌兹别克有布哈啦和撒马尔罕两座古城。世界上近 200 个国家中，有保存相对较好的一座较著名的古城就不错了，乌兹别克有两座。埃及有卢克索和开罗，中国有西安和北京。乌兹别克斯坦拥有 5 处世界遗产，包括希瓦、布哈拉和撒马尔罕。

和卢克索一样，布哈拉城市规模不大，但古迹很多：清真寺、旧城堡，城里的古建筑也很多，当然不少是后来重建或仿建的。我们住的一家小旅馆本身就是座古建筑。打开窗户、环顾四周，被古建筑包围。看上去基本是土色的伊斯兰风格建筑。布哈拉很多清真寺、广场、商业街、餐馆都是古建筑和仿古建筑。身在布哈拉就像生活在一座中亚、中东式的古城之中。

布哈拉的标志性建筑是座高达 40 多米的宣礼塔，它的周围有保存完好的神学院、清真寺和大巴扎。“阿里巴巴”与“四十大盗”的传说就发生在这里。

撒马尔罕要比布哈拉现代得多，被称作“文化十字路口”。整个城市规模不小，多数建筑是现代式的小楼，城市没有高楼大厦。但散在城内外的古建筑不少，有些规模很大。它的历史看上去要比布哈拉晚很多，她是铁木真时代的首都。

乌兹别克不但古迹多，而且历史悠久。在布哈拉等地，清真寺、城堡等古建筑有三千年的历史。中国人经常说自己的历史是“上下五千年”，但中国历史书、各地历史博物馆展现的多是两三千年的东西。古希腊、古罗马的历史也是两千多年。埃及博物馆展出的不少东西是三四千年的。所以，乌兹别克的历史与其他主要文明古国的历史长度相似，照样悠久。

乌兹别克展现的古迹、历史传统和文化基本是中亚、中东、伊斯兰的，包括各地旅游景点的工艺、手工纪念品。笔者去过其他的中东、北非等伊斯兰国家不少，世界上著名的清真寺也去过很多，包括位于伊斯坦布尔、开罗、阿联酋、摩洛哥等地的，但像在布哈拉、撒马尔罕、塔什干等地的清真寺要比世界其他国家的清真寺要多、要大、要古老。乌兹别克斯坦几乎是清真寺王国。展现的伊斯兰等历史文化丰富多彩，令人震撼。

问当地陪同，这些清真寺在苏联时期没有受到破坏吗？导游说苏联时期清真寺都关闭，但没有被破坏。20 世纪 90 年代初独立以来，国家陆续开放、修复、重建了一些清真寺等古迹。

乌兹别克斯坦等中亚国家的历史、文化、文明值得我们更多的中国人去了解，去欣赏，去借鉴。中亚地区是中国的近邻，但去中亚地区的中国人太少了，中国人对中亚这一近邻地区了解得太少了。布哈拉、撒马尔罕等世界著名古迹国际游客更多的是来自欧洲、日本、韩国的，偶尔有极少数来自大陆、香港和台湾的中国人。

印度之谜

印度和中国是两大邻国，但两国之间来往、了解并不多。而且两国有很大的不同。中国是典型的东亚国家，而印度是南亚国家。中国是地道的东方国家，印度也是东方国家，但印度比中国更接近西方。从人的外观长相上看就有很大不同。中国是地道的黄皮肤亚洲人，印度也是黄皮肤，但颜色更深；印度人的皮肤是亚洲式的，但五官却接近欧美人，所以印度人在世界选美大赛中获奖的很多，因为她们的五官得到欧美人的认可和欣赏。

对笔者和不少中国人来说，印度是个谜。她既是世界大国，又不是标准的世界大国；她既具有古老的文明，但在很多方面又落后。

笔者到目前为止只去过两次印度。第一次是 2008 年春夏，去了首都新德里和北部很远的一个中文叫列城的地方，是印控克什米尔地区。

多年来听到很多关于印度落后、时间观念差、飞机火车不正点的说法，所以去前有思想准备。但实际去后感觉不是像很多人说得那么差。无论我们乘坐的北京出发后转机往返新德里的国际航班，还是从新德里飞往印度其他城市的国内航班，所乘坐的飞机晚点情况都不严重，至少不比中国国内航班晚点的情况严重。新德里机场给人留下的印象也可以，不算差，人很多。

但新德里城市给人的好印象不多。从机场到市区不是高速公路。实际上不论是在首都活动，还是在较远的外地，我们去时没有看到一条高速公路。路都是普通的柏油路或土路。几年后第二次去印度走了高速公路。

第一天我们住在新德里城边的一家酒店。机场路和城边比较破旧，道路、建筑基本是 30 多年前中国开始改革开放、发展前的样子。路上各种车辆不少，但都是破旧的车辆，三轮车、人力车等非标准的车很多，很杂、很乱，人也多。

新德里城里有较为干净、发达、富裕的地区。我们去过的使馆区就属于这类地方。面积很大，中间路很宽、很直，绿化很好。各个使馆多数是一座座独立的房子、院子，周围花草树木盛开，一片幽静的景象。

去了新德里的中心地带，类似北京的天安门广场，叫“国家广场”。新德里中心的广场面积不比天安门广场小，气魄也较大，但不干净整洁。广场很多地方是裸露的黄土，草坪上的草也是稀稀拉拉，长得不茂盛，维护得也不好。周围和中间的政府大楼、纪念性建筑和印度门等规模不小，也较为庄严，但颜色不明快，基本是深黄色，给人感觉不太好。

商业区有些现代化的建筑，但多数为破旧的中低高度的旧建筑。没有见到标准的出租车。很多出租车是三轮车，也没有价格标志。

在新德里人行道上走路是个麻烦，尤其在晚上。因为印度城市有无穷数目的野狗，它们浑身脏兮兮地躺在地面上，几乎和地面一个颜色，黑天根本看不出来。走路不小心很可能碰到、或踩到它们。

从新德里飞了两个小时到达北部城市列城。这里属于印度控制的克什米尔地区。世界地形图上这一带的颜色是白色，表明这是高海拔的雪山地区。其实飞机快要飞到这里时下面就看到常年不化的皑皑白雪，一座座雪山林立，无边无际，是飞行中难得的景观。这里接近喀喇昆仑山脉，是世界最高的地区之一。

飞机降落在列城机场时，一下子就使人感到气氛紧张。首先是看到很多荷枪实弹的军人，而且不许拍照，拍雪山也不行。原来克什米尔地区经常发生暴力和恐怖事件，印、巴两国在自己控制的克什米尔地区都保持高度戒备的状态。

这里离中印边界也很近，当地人说离中国只有五六十千米。

由于是高原地区，到的当天晚上就出现高原反应。总结原因是当晚洗了澡。很多人说到高原地区第一天不要洗澡，但笔者当时忘了。

反应是头痛，睡不着觉。第二天上午也没好，下午必须参加个重要的会见和会议。同行的美国人给了笔者一片美国止痛药“特立诺”，国内有生产和销售。吃了后很快见好，看来这药对笔者管用，以后出行就总带着这种药。

列城一带极为落后，没有完整的柏油路。路坑坑洼洼，汽车颠得要命，有时路不好不能乘车，要下来走路。路上步行的人很多。即使坐在车上路好走时，车也时常停下来或行驶缓慢，原来不是车多，而是路上有老牛在行走或过马路。印度教把牛作为崇拜的动物，所以一定要让牛慢慢地先走。

这一带也是流亡海外的藏人集中居住的地区之一。所谓西藏“流亡政府”和达赖居住的所在地就在这一带。在这里我们见了不少藏人，去了藏人居住区管理机构和学校，普通藏人在这里过着十分简朴、但同时看起来很安稳的日子。

新德里和泰姬陵

与几年前去印度相比，新德里有些发展变化。机场似乎比以前扩大了，管理也提升了。但机场附近的环境还是不好。出机场，从航站楼到停车场的百余米路面不平，坑坑洼洼，停车场杂乱无章，破砖碎瓦。不知道机场管理部门为什么不整理一下。

从机场出来的机场路好多了。看起来是高速路，而且绿化较好，看上去基本干净、整洁、通畅。道路两侧建了一些新的建筑，包括酒店，比较现代化了。

新德里市内没多少变化。这个首都城市不太像大城市，因为城市不集中，比较散，但不是不好。城市的中心地带是国家广场一带的国会、总统府和广场，以及附近的政府建筑、使馆区、酒店等。这一片较大的区域简直就是片森林。到处都是树木。建筑没有几座高楼，多是一两层、两三层的别墅式的小建筑，掩映在树林中，从街道上几乎看不到。这一带也较为干净整洁。

两次去新德里都没看到、没搞清楚该市的中心和主要商业区在哪？问当地导游，导游说这片地带就是市中心。至于商业区实际上在市区外有一个大商场。

但出城不远楼房不少，很多是高楼，也比较密集，看上去是新德里的居住区。从市中心向外行驶不断看到一些新的现代化建筑，有写字楼、商业楼，也有新建的成片公寓楼。看来印度这几年的经济高速发展的模式与中国有相似的地方，即都是发展房地产。在谷儿岗有一大片新建的现代化商业区，主要是公司、酒店、商场、餐馆等，是政府试图在德里发展的一个新区，规模较大，比较繁华和现代化。

从新德里开往泰姬陵要 4 个小时的车程。走的是印度导游说的“印度最好的高速公路”。公路状况还不错。离开新德里 20 千米内有很多建筑，很多新建、在建的公寓楼，也有大学、商业楼等。但 20 千米之后一直到泰姬陵的 200 多千米内则再也看不到市镇，都是农村。农村住房与中国北方的差不多，但看来村子规模都不大。从这 200 多千米的路程来看，印度城镇化率还很低。

到了泰姬陵所在的泰姬市，终于看到了印度的城镇。但这个市的规模、发展程度、整洁程度远不如现在中国的乡镇。城市没有一栋高楼，没有一家看上去是中等规模的商场、酒店或餐馆，都是一座座小房子，少数新些、干净些，绝大多数破破烂烂，脏兮兮的。整个天空弥漫着难闻的味道，当然这一点不止是这里，一下飞机从新德里到这里都是如此。不能怪印度，热带地区容易这样。路边、破烂房屋前都是积水，污水，下雨后较长时间留下的，几乎每栋房前都有积水，且都是污水，因长期不流动，也不消失。水中、水旁垃圾遍地，不时有牛与人在一起，在遍布垃圾的房前蹲坐。印度把牛当作神，不能杀、不能攻击，因此牛和野狗在城里与人混住，随地拉屎撒尿，更增加了环境的脏乱和空气的怪味。

整个旅游胜地没有看上去可以吃饭的餐馆，只好去吃肯德基，但其环境、卫生程度也比在中国、美国等国家的肯德基店差多了。

泰姬陵本身还是非常好。陵墓很大，从大门进去要走三四百米。沿途和泰姬陵四周也有别的建筑，主要是伊斯兰教的寺庙，也不错，但游客都是去看泰姬陵，没有多少人关注其他建筑。

泰姬陵远近看都很壮观。一是它规模大。高度有二三十米，宽度主体建筑也有百米，加上两侧有一百多米高的塔。陵前水池有两百多米长，因此从水池开始就看到泰姬陵，感受到泰姬陵的壮观和气派。陵墓让人感觉很好，主要原因是颜色都是纯白色，都是大理石建成的，使人感到肃穆、整洁、纯洁、崇敬。

泰姬陵内面积不大。陵内中间放着泰姬和他的夫君的陵墓，是大理石做的棺木形状，也是洁白如玉，令人静穆。游客围绕棺木走一圈，规定不许拍照。

要走进陵墓内的游客很多，总是在泰姬陵外围排大长队。但导游告诉我们外国人可以走一条单独的路，基本不用排队，很快就走进陵墓内。在世界各地，在人多的景点专门给外国人这样的优惠是很少的，上个世纪80年代之前中国有。可见印度人对外国人还是较为友好的。不过也有说法是因为外国人的门票贵很多，所以才有专门的路让外国人单独快进。

到了泰姬市，验证了印度导游以前说的话。在新德里等大城市，较少有印度妇女穿传统的莎丽，因太花时间，太麻烦，但在印度农村、小地方则有很多妇女穿莎丽。在去泰姬陵200多千米的路上，不断在长途汽车上、在公路上等车的人中看到穿莎丽的印度妇女，在泰姬市则更多。看到在环境并不卫生的地方有这么多人穿莎丽，真佩服她们的思维，看来她们每天都要洗一遍衣服。在环境并不整洁、不够先进、发达的印度乡村和小城市，穿着色彩绚丽的莎丽的印度妇女们确实是一道美丽的风景线。

这次是第二次去新德里以外的印度地方。沿途200多千米的景象及在泰姬市的观感，看到、感受到印度多数地方和总体上仍然是世界最贫穷落后的国家，与笔者去过的蒙古、柬埔寨、缅甸、南亚其他国家、非洲国家等程度一样，是世界上最不发达的国家和地区。因而也就钦佩莫迪等印度近几届领导人聚焦发展、追求现代化的意志和战略。发展中国家最需要的还是经济发展、现代化，提升人们生活水平，解决贫困问题，摆脱贫困。

孟买

孟买是印度第一大城市。城市规模确实很大，面积与中国的上海、北京等看上去不相上下。东西距离多远不知道，南北我们一次从城市的北面去南面办事，在主要是高架路、快速路上走了一个小时。可见孟买规模很大。

但孟买最大的特点还不只是大，而是散和贫穷落后。

问印度陪同孟买市中心在哪？回答说孟买没有市中心。这对笔者和很多人来说是不可思议的。世界各地一个城市大小通常都有一个中心，或叫市中心，或叫商业中心，闹市区等，总之应有个中心。

在孟买活动几天，证明印度陪同说得没错，孟买确实没有一个中心的地方。

从商业和酒店集中的地方来说，奇怪的是机场附近反而勉强算得上相对的中心了，或主要区域。这是更奇怪了。世界各地，机场都是远离市区的郊外，而且基本是远郊。而孟买机场附近就是城市，而且是城市里相对商业、酒店较多的地方，确实与世界各地不同。

我们一下飞机，当地陪同及车辆来接。上了车，注意观察周围环境。发现机场附近及机场路比德里好些，现代化些。正在我们陶醉相对现代化的机场路及周围的环境时，车停了，陪同说到酒店了。

我们预定的是君悦酒店，是当地、也是世界酒店系列中最好的之一。世界各地好酒店一般都在市中心或名胜区。机场附近怎么说也是两者都够不上。下车办入住，看到酒店还不错。但负责订酒店的人感到我们是不是搞错了？是不是孟买有两个或多个君悦酒店，陪同给我们带错了地方。但查地址、问陪同，回答都是没错。是机场附近的君悦。

后来几天在孟买的活动证明我们没搞错。酒店内客人很多，而且看上去是印度及外国来办事的商人，显然这不是偏僻的远郊。而且周围还有几家高档的酒店，也不止我们住的君悦一家。

第二天活动是去孟买的金融区。距离我们住的酒店、离机场也不远。看上去是孟买最现代化的地方了。但也谈不上是市中心或中央商务区。有几座现代化的玻璃楼，大都有十几、二十多层高，周围环境相对整洁一些，绿化好一些，但总体仍旧破烂。

去了孟买的南部，是孟买发展较早的地方，海边。但也不是市中心，也不是商业区，甚至连高档饭店都没看到。看到高的建筑，最高有20多层的，反而是居民楼，也不是新的建筑。孟买这一点在世界也是出奇的。一般的城市自然环境最好的海滨地带都是商业、饭店区及高档住宅区。孟买南部海滨区则主要是住宅区，而且绝大多数建筑是普通住宅。尽管印度首富的著名20多层住宅也在这里。

这一带海岸线很长，海滩面积较大，有沙滩。但海水基本是黑色的，当地陪同说不能游泳。也没有看到有人下水，只是有些人在海边坐着或散步，包括不少情侣。

奇怪的是印度工业不多，为什么污染严重？什么东西在污染环境？包括海水及海岸？

孟买另一大特色是贫穷。孟买的贫民窟是世界有名的，是仅次于里约的世界第二大、亚洲第一大贫民窟。印度人、包括陪同说起这些时并没有感到有什么不光荣。

我们去看了孟买贫民窟。面积是很大，方圆有几千米。首先是味道不好闻，很刺鼻。在印度德里和孟买一下飞机就感到味道不好，贫民窟味道更重一些。

孟买贫民窟比原来想象的好些。建筑多数并不是铁皮、塑料板、胶合板或纸板搭成的，看起来是固定的水泥建的。但也不是标准的房屋，样式与乱搭的没有根本区别。面积很小。每个房屋基本几平米，看里面没有什么家具，都是地面，一些人躺或坐在地面；里面黑黑的，没有窗户，只有似乎永远敞开的小门。

贫民窟的路弯弯曲曲，很窄，不平，走路要小心，防止摔倒、绊倒，或者被上面横着的什么线、什么横着的东西撞上。

贫民窟里有些手工作坊或半手工作坊。基本是把废弃塑料等重新简单加工，也有用皮革做鞋和包。

其实孟买，也包括德里的贫民窟并不只是集中在一个大的区域。整个城市到处可以看到规模大小不等的贫民窟地方，主要路边时常可见。可以说，几天下来在孟买密集活动，跑了很多地方，看不到贫民窟的地方较少。德里的贫民区也很多，包括路边。

孟买的车很多，尽管都是印度和日本产的小车，三轮车也多。因此交通很难走。但没有看到多少交通事故，没有看到因为碰撞或路不好走有争吵的情况。看来由于宗教、文化等原因，印度人确实相对温和，随遇而安。

去了宝莱坞一家制片厂。在市里，面积不大，里面拥挤，杂乱无章。看到一些排练的场景，演员倒是时髦，漂亮，高挑。印度人的五官接近欧洲人，眼睛、鼻子较大，眼睛深邃，有些人个头也高，较为漂亮。

两次去了印度，去了德里、孟买、列城、泰姬市等地，感到印度最重要的事情是摆脱贫困，让那众多生活在贫民窟、马路边居住的人们、尤其是儿童能过上世界多数人正常的生活，有正常的房屋可居住。

六、东亚北南的不同

蒙古高原的苍凉

蒙古是中国的近邻，按说中国人去蒙古是很容易的事，但笔者直到几年前才有去蒙古的机会。原因是蒙古是个偏僻的小国，国际会议、国际活动很少，而笔者出国多数是参加国际会议、活动、访问或讲演。

记得去的时间是七八月的盛夏。笔者乘飞机经常愿意通过窗外看地面的地形、地貌、城市、乡村等自然和人文景观。这次从北京飞乌兰巴托两个小时的时间，和笔者20多年来多次从北京经蒙古上空飞欧洲的经历一样，即使在盛夏，沿途也是荒凉的，基本是戈壁荒滩，很少有绿色植被。从北京向西、向西北，内蒙、外蒙、中亚、俄罗斯西伯利亚等地区很多地方都是这样，只有到了俄罗斯中部开始向西，才出现地面郁郁葱葱的景观。有报道说蒙古90%的土地位于干旱地带，76.8%的土地已遭受不同程度的荒漠化。

快到乌兰巴托机场时，地面出现较大面积的绿色。乌兰巴托机场很小，小于笔者飞过的国内任何机场，每天航班不多，人也不多。出了机场，来接我们的是位蒙古姑娘，20多岁，会说汉语，她说是在内蒙古一所大学学的。

从机场到乌兰巴托市区行走了约30多分钟。路基本是像中国30年前的柏油路。不宽，好像中间连线都没有，但较为平坦。路两侧与飞机上看的差不多，虽然有些绿草绿色，但稀稀拉拉，草不高、不茂密，没有多少生机。

快到和到达乌兰巴托市区后有些堵车。乌兰巴托总体上车不算多，但质量不差，与中国一样多数是日本、欧洲、韩国、美国牌的外国车，越野车不少，接我们的就是。

乌兰巴托市不大，看来人口也不多。市中心是个广场，叫苏赫巴托广场，中间是成吉思汗骑马的铜像，广场北部是成吉思汗宫，后面是政府建筑，如议会大厦、总统府等。广场其他三面有博物馆，商业楼等，但除了一栋蓝色玻璃楼十几层外，很少有超过十层的建筑。

从建筑风格上能看出苏联对蒙古的影响很大。不少楼房是苏联式的，文字的标记看上去都是俄语。问蒙古东道主，他们说是，上个世纪初苏联使蒙古文改成接近俄文，虽然现在蒙古在推行自己的文字，但历史长期的影响人们多数还在使用苏式蒙古文，但语言发音还是蒙古的。

我们住的饭店是成吉思汗饭店，说是五星级，但实际上就是国内四星级的水平。饭店和房间面积较大，但设施、服务、商业气息等还不如国内的四星级饭店。

乌兰巴托除市中心广场一带还有些气魄外，其他地区较为一般，甚至有些破烂，与中国 30 多年前的地级市、甚至县城相像。但人还较为安逸、和蔼。

会议及活动中，蒙古人的穿戴还是比较讲究，可能是长期受苏联欧洲式生活方式的影响。给我们讲话的总理、外交部长个头都不高，但有气质，有风度。活动时表演的蒙古模特和演艺人员形象很好，也很专业。在一个近千人的大型活动上，看到在场的蒙古人、特别是女士，穿戴都上档次，很得体，显得有风度。在大街上看到人们、尤其是年轻女士穿戴也较为时尚，与中国等其他亚洲国家没有区别。

到机场要返回北京时，在乌兰巴托机场看到的中国人不少。很多中国人是在当地做生意的人，包括在蒙古矿业投资经营的中国人。

日本及日本人

世界上所有去过日本、或对日本有点了解的人都同意，日本是个非常有特点、有特色的国家。

日本的特色是这个国家人多地少的国情。在世界各国中、尤其是在人口超过一亿的人口大国中，日本的人口密度是最高的。

日本这一国情决定了日本人必须精细。土地少，每个空间都要精确计算，充分利用。人口密集，人与人之间说话、接触、相处就要非常小心，一不小心就可能影响别人，冒犯别人，制造问题。

这就形成了日本人做什么都非常精细，是全世界最精细的民族，连德国、瑞士人也赶不上；日本人相互之间也要精细、小心；相互之间讲规则非常清楚，规范，大家都知道，都遵守，才能保持平和。

这种国情形成了日本和日本人在世界上很多优点和问题。

优点如上所说，日本人做事认真、精细，产品质量世界一流，服务一流。日本人多地少，基本没有资源，如人再不超常地努力和认真，就无法在竞争的世界上生存和发展。

日本的拥挤使日本人把国土面积相对较小的国家搞得规规矩矩，整洁、条理清楚。无论是乡村还是城市，都规规矩矩，整洁干净，清楚规范，方是方，圆是圆。飞机快降落时，往下一看日本的国土就会得到这种印象。

面积狭小，每个人、每个家庭、每个单位都没有太多太大的空间；已有的空间要充分利用，精心使用，精心维护，保持整洁规范。养成了日本人“干净成癖”的习惯。在日本的机场和办公室、酒店等地方，经常看到日本的清洁工人在一个地方不断地擦来擦去，因总共就这么大的地方。

人口密集、拥挤，使日本人平时与人接触时养成规规矩矩、小心翼翼，谨小慎微，“不给别人添麻烦”的行为方式和习惯。

有文章说日本的文化特点是讲究淡雅和蕴涵，而不事浓烈和张扬。

像任何事物都有两面一样，日本人口拥挤密集、面积狭小的国情也形成日本文化、习惯、行为方式问题严重的一面。

日本的岛国、空间狭小拥挤使日本人和日本文化形成相对狭隘、封闭的特点。日本是个狭隘的民族，日本文化是个相对封闭的文化，日本人很难与世界其他国家的人真正交流、交心。日本在文化上也是个孤岛。与日本打交道、在日本学习、生活、工作过的各国人都有这样的感受。世界各国人都感到，日本是个现代化国家，但本质上不是个开放、善于交流的国家，它的文化、经济、社会开放性是远远不够的，达不到它的现代化水平。包括在日本的外资是相对较少的，日本的外国移民是极少的，在所有发达国家中都是排在后面。

这样精细、封闭、狭隘的文化形成日本人的固执，坚持自己的东西。因日本长期是这样的国情，使日本长期养成了一些习性，即他们认为这样是对的，不能和不应改变，难以同别人交流交心，不能听取别人的意见。全世界、包括美国盟友都说日本在二战中犯了错误，犯了罪，但多数日本人就是不认错。日本人就是有这样的本事：全世界都说日本错了，日本人也认为自己没错，因为他们不考虑别人的意见，他们只认为他们自己是对的。德国总理到日本，婉转地劝日本学习德国，承认历史罪行，日本从上到下就是半个字也听不进去，不予理睬，还口口声声地说“日本不同于德国”。

所以这些特性也从根本上制约了日本的发展。日本近代以来一直是个现代化发达国家，经济、军事、科技世界一流，但日本从来没有成为世界的一流大国。日本在成为世界经济大国后，甚至在成为世界第二经济大国后，仍然成为不了世界政治大国。原因不是别人制约它，是它自己制约自己。

日本文化独特，有很多优秀的方面，但日本文化也从来没有成为亚洲和世界的主流文化，日本文化的影响远远不如它在世界经济和科技方面的影响。因为它的文化本质上是封闭的、狭隘、固执的。

日本人给人的印象是老老实实，谨小慎微，规规矩矩，文明礼貌。但二战等历次日本发动和参加的战争中，全世界看到日本人的行为惨无人道，毫无人性，凶狠无比，残忍无边，包括对各国人、对俘虏、对妇女儿童。原因在于日本狭小、拥挤的国情和谨小慎微的长期的紧张和压力，使日本人长期以来非常压抑，一旦这种长期被压制、压抑的本性和性情释放出来，就变得极其不平和、不平衡、不正常，极其不符合常规、常理和人性。

美国人鲁思·本尼迪克特写的《菊与刀》被世人认为是写日本和日本人的经典著作。书的开头一句就说："日本人的生性既好斗又和善，既尚武又爱美，既蛮横又有礼，既顽固又能适应，既驯顺又恼怒于被人推来推去，既忠诚又背叛，既勇敢又怯懦，既保守又好新"。

日本、日本人这些正面和负面的特点都是非常明显的、独特的。

东京

东京是世界最大的城市之一，无论是按规模、人口及现代化程度都是如此，因此东京也是现代城市的标志之一。

东京与纽约不同。东京的高楼没有纽约的高和密集。东京更像上海、香港、新加坡，尤其是与上海相像的地方多。

东京的路像上海一样，不规则，不整齐，不是横平竖直。纽约和北京的路都是南北或东西走向，整个城市布局给人以整齐的感觉，非常清楚。而东京的路很少有东西、南北走向直的路，似乎所有的路都是斜街，而且不直，拐来拐去。事实上可能不完全如此，但给人的印象却是如此。

东京很大，给人的印象无边无沿。走成田机场进入东京，似乎城市东边的界限还是清楚的。但城市的北边、西边、西南的界限在哪似乎不清楚，城市好像一直在向外延伸。

东京楼房密集，与中国的南方城市相像。楼与楼之间距离较小，不像中国北方城市那样，楼与楼之间有较大的、明显的距离。

东京很繁华。不止是银座，而且有好几个繁华的中心，如六本木、涉谷、新宿等。每个区域的中心都是人山人海，充分显示出日本人口密集的特点。特别是主要地铁站和地铁车厢里，人挤人，人靠人，都没有吵架和有怨言的，大家习惯了人口密集和拥挤，找到了在此状态下生活和相处的规律与秩序。

东京城市大，人口多，车辆多，但交通畅通，不是很堵车。东京近几十年来车辆有600多万，与北京近年来的数量差不多，但并不感到东京的交通像北京这么拥挤。原因可能是日本人较守规矩，大家按规矩走，显得好走些。另外一个重大贡献是高架路。据说城市高架路是日本的发明，是东京的创造。东京高架路很多，很长，城市的主要路基本都架在空中，都是高架路，这样等于多了一倍的地面交通能力。高架路长，没有红绿灯，速度快，给人以交通不堵的感受。

东京除了规模大、人多、繁华、现代外，似乎没有给访问者留下其他鲜明的印象。东京没什么著名的旅游景点，包括历史古迹。按说日本也是历史悠久的国家，但历史古迹主要在京都，而不在东京。东京不像北京有那么多著名的历史古迹。皇宫、首相府、国会大厦等建筑也没有明显的特征，在世界上也没有什么名气。东京也没有宽广、著名的广场。

东京人工建筑吸引人的也不多。过去东京电视塔似乎是亚洲和世界的最高建筑，但早已不是。东京也没什么人人都知道、都想去的博物馆或其他人文景观。

东京是一个首都，是日本政治、经济中心，也是个商业中心。对中国等外国游客来说，东京长期是个购物中心。但随着全球化、网络化，购物越来越容易，价格差别越来越小，近些年东京作为购物中心的地位在下降。有多少商品是除了东京别的地方买不到或更贵的？似乎越来越少，甚至没有。银座是繁华的，但世界上大的城市都有商业繁华的地方，银座也没有什么特别的。

因此，东京除了像世界其他特大型城市那样广大、人多之外，似乎没有什么特色，没有让人印象深刻的地方。

日本的古迹在京都，有首诗写京都：

迷蒙马背眠，
月随残梦天边远；
淡淡起茶烟。

但这不是说东京，东京没有这样的味道和意境。

富士山

富士山是日本最有名的自然景点，也是亚洲和世界的名山。日本很多著名的东西以富士山命名，或以富士山为标志。逐步上升、收窄的山峰，白雪皑皑，直入蓝天；山的背景是蓝蓝的天空。这一景象印在很多人的心目中。富士山给人以雄伟、洁白、干净的印象。

30多年来在日本上空飞行，有时在飞机上看到富十山，一直想去。十几年前一次去日本东京开会，开完会决定与参会的朋友一起去富士山。在会上问了日本朋友怎么去，同会的日本学者国良分成（后来担任日本国防大学校长）给笔者找到了几份出行指南。

去程到新宿火车站坐火车。中途换一次车，前后4个小时左右，但基本还顺利。现在有特快列车，一个多小时就到。

到达富士山是中午，打车去订好的酒店。办入住时遇到麻烦。酒店说不是按房间收费，是按住的人数收费；一个房间一个人就按一个人收，如200美元；如住两个人则按两个人收，400美元。我们感到很离奇。在全世界旅行酒店都没有按人数收的，都是一个房间么。同行的一对美国夫妇不接受这种离奇的“日本规则”，我们决定去找别的酒店。

离开了所订的酒店，拉着行李向富士山下湖泊的另一方向走，看到一个酒店不错。这酒店较便宜，按人数收也不贵，但别的问题来了，说是要下午4点后入住，现在是中午不能入住。我们知道全世界的酒店都有规定的入住时间，一般是下午2点之后，但如客人来了，如有空房也会让早到的客人入住。这时是淡季，客房不满，笔者问没有空房吗？酒店人员说有，但规定的时间前不能入住。日本人的规矩就这么死板，没有灵活性，没有商量余地。

只好又拉着行李找别的酒店，终于找到湖滨一家传统日式风格的小酒店。这回办入住没有什么麻烦。房间是塌塌米，很大；叫了日餐，服务员不久就送来一大盘各式日餐，大大小小盘子有几十个，味道又好又丰盛。

在富士山地区去餐馆吃饭、去商店和旅游景点，所到之处的日本服务员很少有年轻人，年轻人都去大城市了，服务员基本上是六七十岁的老年人。这么大年纪的人为你服务，感觉很不好意思；加上日本人工作又认真，六七十岁的老人端着盘子小步紧跑，真担心她们会不会摔倒了。

那天运气不错，天空晴朗，看到了白雪皑皑的富士山头。当地人说，一年到头能看到山头的时间不多。以前在日本坐飞机飞行时，时常能在飞机上看到、遥望富士山。

游客在天好时是可以上到富士山一定的高度。我们没有上，感到在山下遥看富士山，已经很满足了。照了很多像，留下美好的记忆。

富士山位于东京西南约 90 千米，在山梨县、静冈县交界处。海拔 3776 米，为日本第一高峰。山下是个小镇，叫箱根，有个湖叫芦之湖，面积不小，富士山倒影在湖面上，与富士山一起构成湖光山色，有山有水。小镇规模不小，有火车站，在山脚下，沿着湖边建有一排排日本式的建筑，多数是宾馆、餐馆、商店。游人在湖边慢悠悠地散步，闲谈，说笑，一片温馨祥和景象。

回去时知道有从富士山到东京的直达汽车。我们坐上车，用了 3 个小时顺利返回东京。来时也应该有，但我们不知道，帮助我们的日本人看来也不知道。现在应该用手机一查找就知道。在外旅行，信息还是重要的。

“汉江奇迹”及不足

2001年韩国仁川新机场建成后，飞到韩国是令人震撼的。飞机下降时可以看到海天一色的景象，海水湛蓝，海面、地面相接，视野辽阔。

仁川机场是填海填出来的，整个机场及附近地区地面平坦，海陆相连，一马平川，海水和地面交织，视野宽广，使人心旷神怡。

从机场去首尔市区的半个多小时令人感觉愉快。路面很宽，双向经常是八车道。路面平坦，各种标记清楚、规范、现代。沿线两边海面、地面平缓，一望无际，其间还有一大片红海滩，据说是亚洲两大红海滩之一。

快到首尔市区时开始有些民居和农田。韩国民居有自己的特色，即屋顶较宽，绿色较多，也多是一层房子。

接近和到达首尔市区时，最引人注目的是那些横立在汉江上的大桥，据说有十几座，红色、灰色等不同，结构、样式也各异，但都气势雄伟。因为汉江很宽，江上的大桥自然也就长，有气派。

首尔作为韩国的首都，集中了韩国5000万人口中一半的人，自然是个大都市，而且是个现代化的大都市。但除了现代化、楼房多、城市大等一般现代化大都市的特点外，首尔没有给人印象深的东西。

城市内景点、包括古迹并不多，也没什么特色。南大门、北大门等历史古迹与北京的德胜门、建国门相比没什么两样。其他现代化的建筑也没有什么世界闻名的。市中心是“市政厅”不大的楼，这几年扩建了。楼前有个100平米见方的广场，基本是草坪，没什么特殊的。草坪这面是“广场饭店”，是笔者等外国人来开会经常居住的地方，周围还有“高丽饭店”等众多五星级不错的酒店。沿广场一侧的宽宽的马路往坡上走，到一座不高的山脚下就是总统府青瓦台。总统府楼不高，是几座小房子组成的一个较大的院子，面积很大，位置显赫，显示了权力的尊严。

首尔不是个旅游胜地，没有著名的旅游景点，不知为什么吸引那么多中国人去首尔和韩国其他地方旅游？每年好几百万。笔者的看法一是韩国宣传得好，二是离中国近、方便、不贵（交通）。去首尔的游客、特别是中国人购物较多，因为首尔有很好的免税店，无论在机场还是市区，都有较大规模、引人注意的免税店，货物总类多，价格不比中国的贵，所以很多中国人购买。

首尔的交通拥挤程度比北京好得多。但在首尔和韩国打车则不方便，主要是出租车司机基本都不会英语，只与你说韩语，尽管他知道你不会、听不懂韩语，他也一直与你说。首尔地铁发达，只要能看懂站名坐地铁是个好方法。

济州岛在韩国是个旅游胜地，也是韩国人结婚度蜜月的地方，据说是受以前一部电影的影响。笔者住过那部电影所演的主人公浪漫故事的饭店，饭店外还立了个标志。但整个济州岛给笔者留下的印象一般。岛上没什么著名景点和建筑。一般世界的岛是以海水、海滩闻名，而济州岛的海水和海滩也一般，照比夏威夷和海南岛差多了。

济州岛有韩国的最高峰汉拿山，主峰海拔 1950 米。与韩国较近的中国长白山最高处是 2700 米。

韩国作为旅游谈不上是吸引人的地方，但韩国的发展成就举世公认。一个不到 10 万平方千米、到现在也仅有 5000 万人口的地方，成为世界第十三大经济体，人均国内生产总值近 3 万美元，基本成为先进的发达国家，造船、汽车、电子、机械、体育、文化产业走在世界前列，这确实是韩国人所说和引以为自豪的“汉江奇迹”。每个人站在首尔汉江边，看着江上雄伟的大桥和汉江两岸的现代化建筑、马路，就会想到和感叹这一“汉江奇迹”。

韩国在现代化硬件上是达到了发达国家的标准，但在人的观念、开放程度、法规、规则意识、与人交往等方面，与欧美、日本、新加坡等真正发达国家还是有明显的距离，任何与韩国交往多的人对此都会有切身的体会。少数人做得很好，多数人还不够。当然韩国人会说多数中国人的距离更远，这恐怕也是事实，因为中国还是个发展中国家。此外，中韩文化接近，但还是有明显的不同，这在人们的交往中明显体现出来，也是造成中韩两国媒体、网络和社会近年来经常互相掐架的原因之一。

秋天的景色

秋天的首尔，宽阔的汉江两岸，色彩斑斓，各种树木层林尽染，天空湛蓝，天高气爽。首尔的纬度、季节与北京基本一样，但天空多数情况下比北京清澈，空气比北京新鲜，树叶也就比北京干净、好看。

汉江两岸的公路，单向多为四五条车道，道路宽阔，车流滚滚。车流上了江上的十几座各式大桥，行驶于两岸。几座红色的铁桥格外显眼，点缀在辽阔的汉江上，真有辽阔之间一点红的意思。

首尔秋天的立体感较强，原因之一是这里的地形地势。首尔是山和平地构成的城市，不像世界很多城市一马平川。首尔市中心龙山就是座山，总统府所在地青瓦台也是座山，首尔四周基本都是山。城中有山，城周边都是山，所以使首尔有山城特色。秋天在大小山上的树木颜色变了，举目一望，自然有层林尽染的立体和层次感。

世界各地的北方的秋天都是美丽、辽阔、色彩斑斓的，但最令人向往的秋色应是在喀纳斯、黄龙九寨沟、长白山、加拿大东部等地。基本上是越是人少、人迹罕见的地方自然景色就会越美丽，壮观，因为它们没有受到破坏，是纯自热的。自然真是个神奇的东西，在很多地方它本身就具有自然、和谐、美丽的本来面目，如诗如画，诗画不如。

缅甸有待发展

缅甸近几年开始变化，一定的民主化、自由化，经济也开始以较高的速度发展，外资进入多了，游客也多了。

笔者2014年秋季去缅甸访问几天，看到的缅甸还是一个很落后的国家，是笔者去过的亚洲和世界各国中最不发达的国家之一。

最大的城市仰光看上去不小，但比较散乱、不集中，通常是一栋或几栋房子之间是面积不小的树木杂草，建筑不集中。市中心也不明显，并不像较为发达的城市那样有一片高楼大厦集中的市中心商业区或办公区。仰光也有市中心，只是有些以平房为主的商店，人是不少，但建筑非常一般。连使馆区也是稀稀拉拉的散乱分布，没有一片看上去较高档的“使馆区”或区域。

我们住的酒店前是个圆形道路口，四周倒是集中有些房子，基本是平房和二三层破旧的房子居多，建筑算是集中的一片，但离开这十几栋房子之外又很少看到建筑了。站在几层高的酒店向窗外看，整个城市看不到多少房子，满眼是绿色的树木。因缅甸接近热带地区，各地树木茂盛，绿色不少。这给人印象是不错。

仰光市区还有一个较大的湖，我们每次活动都路过这座湖，给人印象较好。一个城市中有大片水域使城市变得温和及富有生气。

仰光最著名的建筑和景点当然是“大金塔”。离很远就能看到它的金碧辉煌和气宇轩昂。因仰光没有多少高层建筑，始建于公元前6世纪，位于仰光市区北部的一座小山上，所以“大金塔”就显得高大雄伟。

大金塔金碧辉煌，灿烂夺目。加上基座共113米高塔里面分为几座庙宇，基本都是金色。大金塔四周环绕着64座姿态各异的小塔和4座中型佛塔。里面游客很多。很多缅甸人在里面四周没有墙壁的殿堂内合腿打坐，没有走的意思，也没有吟诵任何经典，只是静静地坐着，或与同样坐着的同伴闲聊。外来的游客却急于拍照。

去了缅甸外交部等政府部门，建筑基本是二三层的楼房，散落在一个与其他建筑较远的院子中，院内基本是杂草丛生，完全没有多数国家政府建筑的气势和整洁。

仰光大学校园不算小，但建筑同样不集中，一些二三层的旧式楼房散落在校园中。去一些院系，楼房、设施虽然陈旧，但人却很热情，礼节不少。其中无论是去政府机构，还是学校等研究机构，主人都要给我们上咖啡。也许是缅甸盛产咖啡。有时还上点心。

缅甸也是个佛教盛行的国家，但社会并不总是温和。经常有各地区、各民族间的斗争，包括武装冲突和战争。但缅甸人对人较为温和，老实，客气。

仰光倒没有使人感到不安全，不像在美国一些城市那样，很少听说有抢劫。但一天笔者在酒店附近的小摊买份夹着一张英文的当地报纸时，付钱时那位带着孩子的妇女却索要近三美元的报纸钱。笔者知道她看笔者是外国人，数倍多要钱，因全世界都没有什么报纸是一份近三美元的。但笔者明知受骗也没有与她讨价还价，按她要的价格给了她钱。

在中国云南临沧市的中缅边界看缅甸一侧，包括果敢地区，还是比较发达的，与中国一侧的建筑、城市布局没什么区别，因为当地的居民主要是华人，生意也是与中国人做，较缅甸其他地方要发达得多。当地政府工作人员告诉笔者，对方的中小学校都是使用中国的课本。

金边的变化

第一次去柬埔寨、去金边是2001年，第二次是2009年，第三次是2018年。近20年间，看到、感到金边和柬埔寨的变化是明显的。

第一次去时，金边的机场像座农村简易的平房，乘客从飞机走下旋梯，接着就步行走向很简朴的机场入境处。第二次来金边看到的金边机场是座现代化的中型建筑，据说是中国帮助建设的。规模虽然不太大，但是个现代化机场了。可是机场官员的腐败增加了。入境和出境在查完护照、盖章后，要3美元。这3美元不是政府规定的收费，是机场官员的腐败勒索。不知是仅勒索中国人还是所有外国人。入境时笔者没想到是腐败，就给了；出境时再要3美元笔者就坚决地回答“NO”，他也没办法，没说什么。因他是错的。

出了机场，道路有很大的变化。过去金边机场路是条普通的柏油路，中间连隔离线都没有，路两边是泥土，与30多年前中国的国道相似，只是比乡村公路土路好一点。所谓著名的“毛泽东大道”也是如此。10年、20后再走机场路，虽然还不是高速公路，但快速路的标准、明显的双向柏油道路是有了。

城里有些变化，但不是中国大小城市翻天覆地式的变化。一些新的现代化建筑多了，包括在湄公河边的赌场和商场，有些是中国公司建的，有的是马来西亚公司投资、建设、经营的，但总的说来金边的现代化建筑多了，漂亮些了。

城里的车是明显多了，而且看到大的越野车很多，占车辆总数比例明显高于中国以及笔者去过的世界百余个国家的城市。谈起感受，国王的弟弟等柬埔寨朋友说是因为柬埔寨人爱脸面、爱虚荣，所以愿买、愿开大车，显示气派和有钱。笔者想也不只是柬埔寨人，中国人和世界不少国家的人也是这样，这也许是由贫穷向较为富裕转变过程中必经的一个阶段。

湄公河边建设得比以前漂亮多了。10 年前是脏乱差的地带，走在路边、包括王宫前面的河边，湄公河上、实际上是河边传来的怪味让人不舒服。10 年、20 年后，不但这些怪味没有了，干净多了，而且绵延数千米的湄公河边的公路、步行路修饰一新，花草树木错落有致，行人走在路上、眺望着身边的湄公河，感到惬意。

王宫一带没什么变化，还是金碧辉煌，不愧一直为金边最繁华的建筑。可笔者也纳闷：这么漂亮的王宫为什么西哈努克国王在后来的很长时间内不住在这里，而是住在数千里之外、气候截然不同的北京？

金边和整个柬埔寨还在继续变化，可能是越来越现代化，越来越发达，但像其他国家一样是不是所有各方面都越来越好就难说了。

吴哥古迹

东南亚是亚洲国家数量最多的一个区域，从缅甸开始南到印尼共有10个国家。从笔者的经历来看，整个东南亚，最著名的旅游景点、最值得去而且应当去的是柬埔寨吴哥古迹。

吴哥古迹位于金边西北约300多公里远的柬埔寨暹粒市郊区。整个古城遗址集中区比天安门广场大，比北京故宫小些。与故宫不同的是，吴哥古迹不是在墙院中，而是在野地中，四周没有什么围栏和建筑挡着。这是个王宫遗址，四周别的东西都没了，唯有这一片古建筑。吴哥古迹吴哥通王城（大吴哥）和吴哥窟（小吴哥），前者是公园9—15世纪高棉王国作为都城，后者是始于12世纪的国寺。15世纪吴哥王朝衰败后，这些古迹群淹没于丛林中，直到1861年被法国人发现。现在被称作东方四大奇迹之一。

吴哥古迹是一群古建筑，颜色是黑中有些白，基本是黑色但又不完全是黑色，是黑色建筑中有白的小点点，因而看起来像浅黑色。小吴哥是整个遗址群保存最完好的寺庙建筑，各种塔式建筑和石雕群集。

建筑风格既不是西洋式，也不是中国或东北亚的大屋顶压抑式，而基本是由下而上的印度教寺庙塔式，即下边建筑宽大，越往上越小，最上边是尖型，有点像东南亚佛教庙宇式的，但颜色与庙宇不同。

吴哥古迹面积很大。除了不比北京故宫大之外，看上去大于目前世界遗留下来的所有其他古建筑，如埃及金字塔、罗马斗兽场、法国巴黎凡尔赛宫等。

因为吴哥古迹不是在一座城市中，四周也没围墙，因而显得苍凉悲壮。一群浅黑色的建筑横立在一片荒野之中。

但吴哥古迹的建筑令人震撼。除了一些主要建筑高大雄伟之外，整个建筑群和每栋主要建筑里边曲折、复杂，拐来拐去，显示出当时设计和建筑的复杂、巧妙和成熟，令人钦佩。

吴哥古迹四周遗留的零散的类似建筑也不少，在四周的路上、草上乘车和行走时，不时看到大大小小类似古迹集中区里的建筑。看来没人、没有专门机构去收集和集中整理。笔者看到这些，感到这些散在古迹四周的遗物，如一个建筑，或一块砖，如果被收集、被运往外地都是价值连城、甚至是无价之宝，但在吴哥古迹却无人理睬。也许是这里古迹太多了，或者柬埔寨还没有认识到这些大大小小古迹的价值，只注意到集中的建筑群，没有在意建筑群四周零散的古迹。近年来这种情况有改变。

吴哥另一令人瞩目的景象是榕树。许多寺庙被古树缠绕着。巨大的热带榕树，用像巨蛇一样的根紧紧地缠绕着庙墙寺塔，或者石头。有些古树骑跨在围墙或石头上，盘根错节，蜿蜒攀附，令人不解。

吴哥古迹给人总的感觉是震撼与悲壮。古迹的规模、气势、建筑风格和艺术是令人震撼的；但古迹横立于荒野之中、周围无数零散、无人问津的遗物又使人感到吴哥古迹的悲伤和凄凉。也许这是所有古迹给人的感受，而吴哥古迹尤其如此。

越南的变迁

随着越南近十几年来经济的快速发展，河内、胡志明市等越南各地的变化是明显的。

记得第一次去越南是十几年前，21 世纪初的头几年。飞机降落河内机场时是夜间，没有留下什么特别的印象。但从机场到市区的一路则印象极深、极差。整个 40 多分钟的路程没有高速公路，也没有中国国道标准的路。路面起伏不定，小车不断颠簸，令人恐惧。好在车内还有三名同伴，其中包括一起开会的人高马大的一位欧洲人，否则不知车行驶在这么偏僻、落后的地方会出什么事情。

到达河内市区后，给人的印象还可以，但很落后。有几座国际上知名的连锁饭店，如谢尔顿、喜来登等，饭店内现代化程度与这些饭店在世界其他地方没有大的差别，但饭店周围的环境较差，不少小摊小贩，很多地方杂草丛生。我们住的河内市著名的湖区附近亦是如此。

到了河内城里原法国殖民者建设的区域，看到的一座座法式、欧式建筑，还呈现一些发达、繁华的景象，包括一些较为高档、繁华的商场。

河内等东南亚一些城市的摩托车让人生畏。行走时浩浩荡荡，噪音铺天盖地；在红灯前停留时像一排排千军万马，随时快速启动，让人不敢过它们前面的马路。

但近几年后再去河内时，看到变化得截然不同了。河内机场虽然仍然不大，但焕然一新，比较现代化了。机场到市区好像还不是标准的高速公路，但平坦畅通。市区摩托车少了一些，汽车多了不少。高档地区的湖区的环境有很大改善，周围的著名饭店很多。

只去过胡志明市一次，是六七年前。城市规模比河内大，商业气息也浓厚；现代化高楼比河内的多几栋，但高了不少。感到胡志明市人口很多，到处都是人。市中心的广场面积很大，很大块地区是草坪绿地，两侧旧式欧洲建筑不少。与河内市比，胡志明市饭店周围和马路上骗子不少，小偷也时常出现，要格外小心。

没有去过越南的其他地方。报道说越南其他一些城市发展很快，如中国人去的多的中部海滨城市岘港、芽庄等，已成为有特色的旅游胜地。十几年内两次到河内的经历，感到、看到河内由一座类似中国30多年前的地级市的样子，变成接近今天中国一座中等规模地级市的样子。胡志明市在规模上接近中国今天规模较大的地级市的样子，但在现代化、繁华程度、高楼数量和高度等主要方面还没有达到中国较大的地级市的程度。

去越南、包括在中国接触越南学生、学者和官员，感到越南人与中国的广东、广西人没有本质的区别。不但个头、身材、五官、长相等几乎一样，而且能吃苦、肯干的工作精神也一样。热带地区，一年365天天天炎热，但他们不分男女，个个在乡下、在工厂、在马路边等地方辛勤工作。所以从长远来看越南发展是有希望的，是会发展起来的。因为人能吃苦，肯干，努力。

泰国的温和

泰国是亚洲和世界少有的受佛教影响非常重的国家。也许是由于佛教精神的作用，泰国民众和社会显得非常温和，泰国南部其他宗教极端势力为主的暴力恐怖活动除外。近几年出现的“红杉军”“蓝杉军”政治上的对立较为激烈，但人们和社会总体是较为温和的，这可能是泰国给人最大的印象。

泰国人的温和特征在马路上就表现出来。曼谷一直是非常拥堵的城市，从机场、机场路开车到市区主要路段，几十年来就没有不堵过，但无论怎么堵，看不到汽车乱来、左右乱挤乱串司机不断按喇叭这类不文明、不礼貌的无理现象。究其原因是宗教的作用。

泰国人处处显示出温和的性格。很多地方人很多，很拥挤，但没有看到吵架、打架的情形。

在餐馆、咖啡店、酒吧、商场等服务场所，泰国服务员在服务中、包括结账时，经常的动作是做个佛教合手作揖点头、表示感谢的温和姿势，让人感到是在佛香缭绕的庙宇的气息。

在笔者 30 多年参加的数百次国际会议和出访泰国的访问中，参加活动的泰国领导人、官员、学者、媒体人士、企业家从来没有人在会上和交谈中出现情绪激动、慷慨陈词的情况。无论是讲与泰国有关还是无关的话题，泰国人总是慢调私语，语气语调永远是平缓的。在亚洲等世界各国人士中，泰国人可能是唯一这样的。

泰国面积不小，旅游景点也不少。曼谷的王宫是个所有游客及泰国人都要去的地方。王宫很大，是个占地面积广大的建筑群，很多建筑金碧辉煌，是典型的佛教建筑。其实泰国国王早就不住这个王宫了，国王住在曼谷市里一片静静的院子里，外面有条静静的人工河。

泰国的北部地区清迈和南部的海岛、海边也是著名的旅游胜地，如普吉岛。特别是海岛和海边，海水、海滩不错，价格非常便宜。不少中国朋友在中国的冬季去泰国海岛、海边旅游时，一个人一周，飞机、住宿、餐饮等所有费用加一起才三四千人民币，这是不可想象的，笔者至今难以相信这是可能的。但笔者知道，很多人是这样旅游的，是事实，是可能的。因为物价低，泰国人信奉广销薄利，和气生财。

马来西亚有什么？

马来西亚有什么？这个问题可能对这个国家不公平。因为马来西亚面积实际不小。人们想起、提起马来西亚，更多的是指以首都吉隆坡为中心的西马地区，实际上马来西亚包括东马和西马，海洋东边的东马面积也不小。这么大的地方肯定有一些特别的地方，只是笔者对这个国家的经历和了解有限，认为她具有令人感兴趣的东西不多。这就是个人认识的局限，即所有人只能根据自己的了解去认识世界。

近30多年来去马来西亚的次数不少，但去过的地区只有首都吉隆坡和马六甲海峡边上的一个地方。

去马六甲海峡时在海峡边上的一个酒店开会和居住。酒店离当地的城市市区还有较远的距离。市区不像首都吉隆坡，没有高楼大厦，没有车水马流，人口也不多，印象中像是中国一般县城那样的城市。

海峡边上有一些建筑，主要是酒店。酒店看起来都不大，楼不高，没什么气派，因这里的酒店不是讲名气和气派，而是讲环境、位置。来这里的人都是慕马六甲海峡而来，是为了看海峡，而不是别的什么目的。

所住的酒店窗外就是世界最著名、最繁忙的海峡。每天每时每刻，从窗户向外看，总能看到船只在慢悠悠地经过海峡。据说每天有近万艘船只经过马六甲海峡。从古到今，这一海峡一直是世界最繁忙的海上交通要道之一。

吉隆坡也是座现代化城市，没看到和听到这里有什么著名古迹。但其现代化程度和气派则远不如亚洲其他现代化城市如新加坡、东京、首尔、香港、上海，甚至至少规模上也不如曼谷和雅加达。曼谷除了规模很大，还有个著名的旅游景点、也是泰国国家历史和文化的象征的大王宫，而吉隆坡连这样反映国家历史和特征的著名景点也没有。

所有人都知道吉隆坡有个“双子座大厦”，即两栋高楼中间有一层相连。这确实是马来西亚政府、旅游机构、媒体等宣传机构当作吉隆坡和马来西亚的标志和吸引人的东西。但当笔者数次去看和去里边开会、办事的时候，实在对马来西亚这一标志性建筑和最著名的景点不敢恭维。

因为那没什么国家、民族、地方和文化特征及意义。双子座大厦只是座现代化建筑，尽管它是现代化，高度也不低，但类似样式、颜色、高度的现代化建筑全世界不少，越来越多，越来越高，而且论高层建筑数量，世界上没有哪座城市可以与纽约相比。所以，如就是以现代化为特征，那吉隆坡和马来西亚比不上亚洲和世界上很多国家和城市。因此，把现代化建筑作为自己城市和国家的主要特征和吸引力，马来西亚是搞错了。这样只能让人失望。

实际上也是这样，人们去马来西亚和吉隆坡，总是要慕名去双子座大厦看看，拍拍照，但感觉一般。因楼高不如很多世界其他建筑，风格、样式也一般，除了两栋高层建筑相连外没什么特色，而两座高层建筑有一层相连也不是什么艺术性的杰作，没有使人感到有什么令人刮目相看和令人震撼的东西。

除了双子座大厦，整个吉隆坡就再也没什么吸引人的东西。城市规模相对不大，也就不显得特别热闹和繁华。商业没什么特色，价格也没特别的，购物方面不是个独特的地方。历史、文化、景点方面除了双子座没有其他的了。所以，人们来到这里，除了看看双子座大厦，拍拍照，就再也没看到、没经历到其他有特别印象的东西，没留下多少特别的记忆。

也许马来西亚有更多、更有国家民族特色的东西值得发掘和展现给世界，除了马六甲海峡之外。

马尼拉的落后和现代化

没去菲律宾之前，从文章和别人口诉中一直听说菲律宾是东南亚最贫穷落后的国家。但在 2017 年 2 月底真正去东亚最后一个没去过的国家后，看到、感到事实上远没有这么简单和单一。

机场是一个国家、一个城市的门户。马尼拉机场谈不上是世界和亚洲最大、最现代化的机场之一，但也不属于多么小、多么落后的一个国家的首都机场。机场属于中游，但机场周围较为破旧，也没有全程机场通向市区的高速公路或快速路。

所住的酒店离机场不远，20 分钟的路程，是家美国的四星级酒店。第二天打开窗户一看，吃惊不小。酒店周围是现代化的建筑群，欧式的，有酒店，会议中心，商场，写字楼，高尔夫球场，以及高档住宅。后来当地人告诉笔者说这是一位 20 年前来自厦门的中国人开发的。

从酒店窗户向远望去也令人震惊。近处虽是片较破旧的房屋，但远处的马尼拉市中心区则是一片高楼大厦现代化气派，一片蓝玻璃高楼群，成为城市的象征，是现代化的象征。

为了更多地了解马尼拉，有一天笔者步行了 3 个多小时，从所住的酒店走到市区中心。反正方向是那片高楼，不会迷路。

从酒店出发的两小时内所经过的都是落后的地区。房屋都是一两层、或两三层旧式简单房子，窗外挂着各式杆子晒衣服。马路边各种简单、甚至是较脏的小店和摊位。几乎没有餐馆，有不少屋前摆一两排大的饭盒，盒子里放着各种菜饭，供路过的人购买就餐，这大概是马尼拉平民的餐馆了。

快到中午了，小学生放学了。看到很多学生、也有家长带着学生，坐着一种其他地方没见过的简易交通工具。不是中国的三轮车，是一辆自行车右侧加个轮子，轮子上有一个座椅，可以坐一两人。在马尼拉城市的多数地方，到处可以看到这类简易交通工具，看来不少人中短途乘坐这种交通工具，应该很便宜。

马尼拉有一种独特的交通工具叫吉普尼，车身有中国中巴那么长和宽，但前面的模样很像过去欧美老爷车那种气派，车身、车顶色彩斑斓。这种车大家都从后边上下，车后的门经常开着，供乘客们随时上下。车内是两排坐，看上去每一排可坐8—10人。这种车规模像中型中巴公交车，但在车内站不起来，只能坐着。外观非常漂亮鲜艳，是马尼拉所独有的，世界其他城市看不到。问后也说是特产的。马尼拉民众、特别是白领坐这种车的很多。这种车在城市到处行驶，是马尼拉一道亮丽的风景线。

到了市中心令人震撼和感叹。因为它与亚洲、世界其他现代化大城市最现代化的地方没有区别：蓝玻璃高楼大厦直入云霄，楼下到处是树草花木，街道整齐干净，人们穿戴得体；现代化商店、餐馆、酒吧、咖啡店比比皆是，晚上灯火辉煌，人潮鼎沸，与置身于上海、东京、首尔、新加坡、曼谷、雅加达等大城市没有明显不同。特别是有一大片叫“high city”（高城）的地方，更是让走遍世界一半多国家、所有现代化的国家和城市的笔者第一次看到：在城市中心有一片一千米长、100米宽的地方，中间基本是一片大草坪，草坪中间有几条人行道；大草坪两侧都是世界名牌商店、装饰时髦的现代化餐馆、酒吧、咖啡屋等。世界大城市中有大片商业区的地方不少，但市中心主要繁华商业区中有一大片草坪、草地的大概只有马尼拉。所以可以说马尼拉“高城”是全世界大城市市中心最现代化、最繁华、最绿化、最宜人的商业区、中心区。

但马尼拉多数地方则较为破烂。包括同样是一片草地的“国家广场”。离海边不远，方圆也有一两平方公里，其中草坪面积很大，有些休闲的人在草坪上。草坪一角是个高尔夫球场，被铁栏杆围了起来，看来不是公共的。在铁栏杆外市中心最繁忙的马路边，一堆堆“无家可归者”。马尼拉的“无家可归者”看着着实让人心酸。因为美国的无家可归者基本都是单身男人，很多人是因为精神上有些问题；而马尼拉的

“无家可归者”多数是一家一家的，特别是妇女带着幼小的孩子的居多。而且马尼拉、菲律宾处于热带地区，一年到头都是炎热的气候；在这么热的天在室外流浪、常住，没有空调，没有水洗澡，没有卫生间，这怎么生活？想一想那些可爱、正在成长期、对生命对世界充满好奇的孩子们，在生命的这个开始的阶段就过着流浪街头的乞讨生活，每天以马路为家，缺食缺水，无法及时洗澡，身体衣服内外都是较肮脏的世界。每个人看到这样的情形都不能不心酸难过。不过能做的除了当时多给点也做不了什么了。看到这情形所有人都会发誓以后有钱一定做帮助这些人的事情。

有生以来第一次真正看到贫民窟。以前只在电影、电视、书刊报纸上看到。现在近距离、眼前亲眼所见。都是各种木板、石板、铁板、纸板搭起来的房屋，板与板之间的空隙明显。看到这样的居住场所，笔者不禁担心：这类住所在刮风下雨时能遮挡风雨吗？而且马尼拉、菲律宾、东南亚雨水又多。

去了一趟马尼拉，就思考一个国家、一个政府真正应该做什么。很多东西都是瞎掰，让你的人民过上有保障、有温饱、有尊严的生活才是国家和政府真正的职责、意义和目的。可惜世界上不少国家和地区连这样最基本的人类生存条件都没有实现。

新加坡的现代化

概括起来说，新加坡只有一个特色，那就是现代化。新加坡没有古迹，没有自然风光，也没有什么特别的人文景观，她有的只有现代化。

新加坡是个几百万人口的城市国家。但她的现代性、现代化程度是全世界最高的地方之一。新加坡现代化程度可以与纽约、东京、香港、上海、迪拜等世界最现代化的城市媲美，是在同一最高水平上。

新加坡的现代化体现在她的机场、城市规模、高楼大厦、交通、绿化、商业服务、金融和城市管理等方面。

樟宜机场是亚洲和世界最大、最现代化的机场之一。这么一个小国、几百万人口有这么一个世界级现代化的大机场，这本身就反映了新加坡的现代化。樟宜机场不仅是出入新加坡的空港，而且是重要的国际中转站。很多欧洲、美洲、非洲、甚至亚洲的乘客是从各自国家飞到新加坡机场，再转机去东南亚其他国家，特别是去印度尼西亚、文莱等国家。

樟宜机场很大，而且还在扩大。机场内设施很发达，绿化也很好。机场内设有布满花草树木的小亭子，而且还有流水，这在世界机场中是少有的。

新加坡城市高楼林立，街道干净整齐，秩序井然，植被充沛。新加坡没有多久的历史，所以整个城市旧建筑不多，多数建筑都是现代化的。以乌节路（Orchard Road）为中心的西北至东南大路是城市的商业中心，总统府和总理办公的地方、大型商场、主要酒店都在这条路两侧，是很多去新加坡的旅客旅游购物的地方。

最近几年，在东南边最靠海的地方又出现更现代化的区域。多数地方是填海填出来的。填出来的地方建有由酒店、商场、会展中心等组成的现代化建筑群。特别是由并排三栋几十层建筑组成的建筑群，三栋楼的上边横着、顶着一座船式的建筑，看上去是三栋楼支撑着一条大船，显示着新加坡海洋城市和国家的特征，很有艺术感，很有特色，是近几年涌现出的世界有特色的建筑之一，现在似乎是新加坡的地标了。

船式建筑相邻的是一个巨大的商场，里边世界名牌一应俱全。而且里边行人走路的通道十分宽，有十几米，显得壮观气派。里边除了名牌店，高档餐厅也不少，是当地和外国人聚集的地方。

新加坡给人另一深刻印象是绿化。她被称作是“花园城市”，整个城市是个巨大的花园。花草树木随处可见，比比皆是；不少马路出入在幽静的树林之中；公园、植物园精心设计，各种植物、花草搭配美轮美奂，令人叹为观止。这除了是精心设计、实施外，也与新加坡是个热带国家有关，植物自然茂盛，一年四季常青、常开。

新加坡有个叫“小印度”的地方。建筑是印度风格，是几排黄色的二三层的旧房子，是印度裔人经商和居住较为集中的地方。新加坡也有“中国城”，但规模不大，也没有名气，因为新加坡70%的居民是华人，整个城市就是“中国城”。尽管很多新加坡人与中国在理念、观念、习俗等方面有不小的差别。这些差别时常给中新关系造成问题。

新加坡近来又创造出世界一个现代化的东西。那就是政府领导人、官员上班、活动时多数时间和场合不扎领带，包括议会开会、李显龙总理的国务活动等。笔者最近去新加坡公务活动一周，无论是去见第一副总理和几个部的部长、副部长，还是在政府部门看到的其他工作人员，人们都不扎领带。只是里边穿件正式的衬衣，外边穿西装外套就行。这在亚洲和世界所有发达国家是唯一的，也是新加坡近年来给世界带来的革命和创新之一。

如去新加坡旅游，那就是看现代化，看现代化的城市是什么样子，现代化管理是什么样子。至于别的就没什么了。新加坡是世界最昂贵的城市之一，近几年经常被权威的国际机构评为“最贵的城市”，购物不是理想的地方，除非不在乎价格。

印尼的大与小

印尼是个领土面积和人口大国，但印尼给去过的人的印象并不深，好像不是领土大国。原因是与世界其他大国不同，印尼领土不集中，而是散在数千个大大小小的岛屿中。

笔者最早和去的次数最多的印尼的地方是巴厘岛。这是世界著名海滨、海岛旅游胜地，名气很大，但笔者去过几次的印象并不太好，不觉得是个著名的海滨旅游的地方，感到名实不符。

首先是海水、海滩不怎么样。海滨旅游最主要的就是海，是海水和海滩，人们去海滨、海岛就是去欣赏、享受海水、海滩。巴厘岛的海水不太干净。好的海水应是蓝色的，而且清澈见底，像夏威夷的海水。巴厘岛的海水总看不出是蓝色，好像发黄，还有些浑浊，不清澈。

海滩的沙子还行，但也不是白白的，或黄黄呈金色的。人们去海滨多数时间是在海边的沙滩上坐着、躺着，欣赏大海，因此海滩的沙子很重要。好的海滩沙子都是细细的，颜色或者是金色的，如北戴河、南戴河、青岛的一些海滩，要就是白白的，如夏威夷和三亚亚龙湾的海滩。巴厘岛的海滩沙子基本是黄色的，但颜色又不够黄，谈不上金黄；沙子也不够细。

巴厘岛海滩给人印象不如世界其他著名海滩的另一原因之一是人们的着装。海滩的风景之一是人，是那些体型优美、穿着各式漂亮泳装的人们，海滩是优美体型和美丽泳装展示的地方，与蓝天大海组成美妙的景象，令所有人赏心悦目。而在巴厘岛，由于伊斯兰教的教规和习俗，到海边的本地和本国及其他来自伊斯兰教国家的游客在海边都要穿覆盖身体几乎全部的衣服，包括裙子或裤子，是不能穿露出身体大部分地方的泳装的。这一是使漂亮的身材和泳装无法展示出来，二是使在海边和在其他地方的着装就没有区别了，没有海边的特色了。不但与海边的气氛不符，而且使人感到奇怪。因看到一个个、一群群女子在海水和海滩上，衣服被海水浸透湿湿的，让人也感到难受。宗教规定与习俗需要理解和尊重，但在海滩上穿着湿湿的包裹全身的衣服确实让人没有美和愉快的感觉。

巴厘岛游客另一可去的地方是看当地歌舞表演。多数表演场地是在一个小院子里，一个或几个男女伴随着当地音乐跳舞。舞蹈节奏很慢，有些像夏威夷的当地土族音乐舞蹈。每个舞曲似乎在讲述着一个故事，慢慢地在讲。

印尼首都雅加达是印尼和亚洲一个大城市，而且变得越来越大，也越来越现代化，体现着印尼的发展和进步。大型现代化商场越来越多，马路上的车越来越多，交通越来越拥挤，高等酒店也越来越多，人们的着装也越来越好，越来越时髦。笔者 20 多年间几次来雅加达明显感到印尼的发展变化。

但感到雅加达仍然没什么特色，也没有著名的旅游景点，没有像曼谷大王宫、仰光的金庙、甚至吉隆坡双子座大楼那样较著名的建筑。雅加达既没有著名的古迹，也没有称道世界的现代建筑或者国家和政府著名建筑。

巴厘岛除了海还有文化，包括当地有特色的舞蹈和庙宇，宗教和文化气息极浓。雅加达这些有特色的东西也没有。购物无论物产和价格也都没有突出的地方。

但印尼很大，应该还有很多有意思的地方笔者和人们没有了解，甚至也没有被开发。期待随着印尼的发展，以后会有更多令人向往和感兴趣的地方。

东南亚在崛起

近几年去东南亚，与20多年前第一次去和20多年来不断去这一地区的印象比较，明显感到东南亚地区在崛起。如果不是整个地区的所有国家，也是该地区的很多国家。

所谓崛起就是发展快、变化大，越来越现代化。

最明显的变化是新加坡、泰国、印尼、越南、柬埔寨等。马来西亚似乎变化不大，缅甸刚开始变化。

新加坡更现代化了，更时尚、更漂亮了。特别是东南部海边一带，新填海造地的地方，上边建设的新的现代化、时髦建筑、商场、会展中心、写字楼等，使人更加感到新加坡总在变“新”，是亚洲和世界最现代化的地方之一。难怪美国人、包括小布什总统也喜欢新加坡，特朗普与金正恩的会见地点也选在新加坡。

曼谷、雅加达变得越来越大，高楼、大型商场越来越多、越来越时尚。当然路也越来越堵。曼谷、雅加达正在进入亚洲和世界现代化大都市行列，越来越接近东京、香港、上海、北京、首尔和新加坡的规模和样子，当然还是有明显的距离。

越南和柬埔寨变化不小。过去基本是中国过去地级市样子的河内、金边现在则越来越像大城市，越来越现代化，也越来越时尚。高楼大厦、汽车等越来越多，人们的穿戴和举止也越来越优雅。当然不是所有的人，甚至不是多数人。

这些发展变化使东南亚越来越接近发达国家和地区。可以预计，如果东南亚继续保持过去20多年的发展势头，20年、30年后东南亚作为发展中落后地区的面貌将根本改变，将成为亚洲和世界一个新的发达地区。当然不是整个地区，而是地区内一些国家和地方，估计是一半的国家和地方。

澳大利亚是大国还是小国?

澳大利亚应该是地球上距多数国家距离最遥远的国家之一，属世界上三四个最南端的国家之列。世界多数国家在北半球，而澳大利亚不但在南半球，而且是南半球最南的国家。独立于南边一隅。

澳大利亚是大国还是小国?从领土面积上看澳大利亚是大国，是世界第五领土大国，人们扫一眼世界地图就感受到澳大利亚之大。在经济发展方面，她也是较大的国家之一，经济总量世界前十几位，经济质量是发达国家。

但澳大利亚从人口上算又可以说是小国。诺大的面积只有区区2000万人口，少于朝鲜和中国台湾的人口，也少于上海或北京市的人口。

澳大利亚少数人口又集中在东南部沿海几个城市地带，特别是悉尼、墨尔本和首都堪培拉，最近由于能源的发展，西部伯斯也发展起来。

悉尼是澳大利亚最大的城市，也是亚太地区和世界大城市之一，其城市规模堪比上海、新加坡、首尔、东京等亚太地区大城市。城市规模大，人口也不少。

悉尼不但大，而且很美。像旧金山等世界很多沿海城市那样，悉尼是建在海边的高地上。不少世界美丽的海滨城市都是这样：海边的陆地距海平面明显较高，而且呈山体状，从海边开始，离海越远地理位置越高，这样整个城市就呈现明显的层次感，不像多数城市建立在平原上，一马平川，没有层次。

特别是悉尼的居民洋房建立在海边漫无边际的山坡上，那些以白色、黄色等浅色为主的一栋栋、一排排淡色的洋房散落在海湾山坡上，不但呈现悦人的层次感，而且像整个巨大的油画，铺散在蔚蓝色的大海边。这应是人类最宜居的景象。

悉尼不但大，而且丰富多彩。海湾大桥雄伟壮观。大桥边是著名的悉尼歌剧院。那像五片半花叶的片子覆盖下的建筑早已成为世界上最艺术的建筑之一。她整个的乳白色，宛如是镶在蔚蓝色大海和广阔无际的绿色大地之间的一朵永不凋谢的巨大花朵。

歌剧院边上一排排酒吧、餐馆、博物馆等是悉尼最浪漫的地方，也是比较奢侈的地方。在这里就餐，或手中轻摇着杯中的红酒，与好友对面饮谈，遥望海湾及歌剧院，应是令人难忘的经历。

再往市区走就是商业和办公区。这里世界名牌商店林立，总是人来人往，川流不息，一片繁荣景象。

流动、活动、涌动是悉尼的特征，而堪培拉却是出奇的平静。这个首都面积不小，但人口很少，所以城市面积中不少地方被用来绿化。特别是国会大厦前那片几乎一望无际的草场比天安门广场大很多倍。诺大的草坪四周没有几座建筑，只有白色的、建筑优美的国会大厦和外交部等少数政府建筑。

附近的国立澳大利亚大学是该国最好的大学，整个校园也是平缓铺开，面积很大，绿化很好，但人也不多。

堪培拉的平静让人受不了。特别是周末和节假日，整个城市几乎空无一人，因为本来就少的人口周末又多数呆在家中，少数开车去了郊区和外地，整个城市成为空城。尤其在晚上，无论平时还是周末，晚 7 点后市区里几乎看不到人。偶尔疾驶而过的诺大的奔驰大公交车上，除了开车的司机外往往只坐着一两名乘客，有时一位乘客也没有。

一次应邀去堪培拉开国际会议，笔者与北大一位教授、也是多年的好友同行。好友曾在澳大利亚工作生活几年，有澳洲驾照。我们飞到悉尼后租辆车去堪培拉，几百里路程一路很少看到人和车，路也只是每一方向一两条车道的普通公路。20 多年来数次去澳大利亚从不记得走过高速公路，包括悉尼的机场路也不是高速。可能是这个国家面积太大，人和车太少，不需要高速公路，这在世界较发达的国家和地区中是少见的。

一路人和车没见到几个，但路边的牛、马、羊倒是见到不少，一群群地在路边两侧无边无际的绿野上悠闲地吃草或打坐。也看不见牧羊人或照看牛马的人。同行的学友告诉笔者，澳大利亚很多牛马羊群的主人是春季把他们的牲畜带到一大片草地牧场去，自己就回家，不再管这些牲畜了；等到秋天再去把它们带回家来，再看看多了多少牲畜，因为几个月期间有些牲畜有生育了。这听起来挺浪漫，但不知道是否真实如此。

途中在一个有麦当劳的休息区休息一下，笔者和学友一边吃饭，一边望着一望无际的澳大利亚广阔的地域，心胸无限。有篇写澳洲的文章说：从堪培拉到墨尔本，走在大洋路上，站在雷尔斯上、奥特威山顶上，你尽可以饱览茂密森林深浅不一的绿意，马铃薯的棕红，还有大海的蔚蓝。

学友说：在这买栋房子未来养老怎样？房子不贵。当时只是说说，没人认真想过。不过仅仅十几年之后，中国人在澳洲大规模购买房产成为人人皆知的平常的事情。

澳大利亚面积大，著名的旅游景点不少，但距离远，不容易去。大堡礁世界闻名，但远离悉尼、堪培拉等城市，几次去澳洲都难以“顺便”光顾。澳大利亚四周都是大海，人又少，多数海边是“无人区”，人类没有足迹的地方，十分美丽、自然，需要人们用专门的时间去体验。遗憾的是很少有人有这样时间上的遐闲，尽管是值得一去的。这应成为笔者和很多人的梦想，只是不知道一生中实现的机遇有多少，什么时候能实现。

新西兰的安静和孤独

如果说整个澳洲是地球南边一隅，那么位于澳大利亚东边的小国新西兰就是被地理大国边缘化的孤独的小国。本来由于远离多数国家，人们就经常忘记或忽略澳洲，其中的边缘小国新西兰就更加边缘和孤独。

新西兰面积不大，人口更少，几百万人口。因此不但从世界看新西兰感到她的孤独，就是去了这个国家，由于人口少，缺少人气，也感到在那里生活的人们过于安静和孤独。

奥克兰和首都惠灵顿是新西兰两座最大的城市，人口也最多。其中位于北部的奥克兰更大。按世界城市标准，奥克兰应是座中等城市的规模，按中国的标准也是这样。该城商业气息算是较为浓厚的，有着发达国家和地区城市的样子，即市中心有一片以酒店和写字楼为主的商业区，而且建筑多为玻璃楼的现代化建筑。

奥克兰大学位于市区，面积不小，建筑较多，特别是校园中花草树木繁多。因为澳洲一年四季常青，冬季气温也多在零上 10 度左右，所以花草树木一年常青常开。笔者曾在校园仔细观察那些花草树木，发现有很多是世界其他地方少有的、叫不上来名字的植物，非常漂亮。

奥克兰市中心商业区算是人多的地方，总算有些人气。市中心南侧的港口不小，每天都停泊着不少轮船。新西兰远离世界其他地方，陆路是没有的，货物进出口只能多数靠海运。

位于新西兰中部的首都惠灵顿规模比奥克兰小得多，人也少得多，像是西方发达国家典型的首都的样子：规模不大，功能不多，以政府和政治为主。一些政府建筑还有些规模，保存着一些“古”式建筑，即作为英国殖民地时期的早期建筑。市区边有片水域，应该是座湖，面积不小，每天都是波平浪静。在湖边散步走路，感到整个城市都在平静之中。

最近一些年来不少中国人移民新西兰。笔者在新西兰开会访问时，已移居那里的一些中国人也劝笔者考虑移民到新西兰，并说福利特别好；不但移民本人福利好，连同来的全家都有覆盖所有方面的福利。但站在奥克兰海港码头边，看着市区；走在奥克兰和惠灵顿市中心，看到不多的人群，感受新西兰过度的安静，真是难以想象长期在中国、美国大城市生活的人们怎么能在这么过于安静和孤独的新西兰生活下去？

是的，一切都美好，包括自然环境和福利生活，但一切都没有生气，那还有什么意义？也许长期在那里生活的人不感到过于安静或孤独，或者已习惯了这一生活方式，或者说他们不得不习惯这样安静和孤独的生活状态。

新西兰的美丽不应是在城市，因为较小和人少，也没有著名的建筑。这个国家的美丽和吸引人的地方应该在她罕有人迹的大自然。

七、“江山如此多娇”

台湾从北到南

在中国大陆成长的人，从小学教科书就开始被教育说“台湾是祖国的宝岛”“宝岛台湾”等，但这到底是什么意思并不很清楚。

如果说台湾是中国领土一部分，不可丢，因此是宝岛，这可以理解。但人们听说“宝岛”的说法，不会立刻从政治上去理解，而基本首先是从自然方面去理解，会理解为“台湾物产丰富”，因此是“宝岛”。

但从物产和自然资源方面，台湾的情况一般，谈不上丰富，也就谈不上是“宝岛”。至今尚没有发现台湾有特别丰富的石油、煤炭等自然资源。台湾多是山区，可耕地面积小，虽然人口相对大陆不多，农业可以自给，但也谈不上多丰富。

因此，说台湾是“宝岛”，究竟“宝”在哪里？有什么“宝”？

台湾的自然风光不错。地方虽然不大，但著名的、值得一去欣赏的地方不少。

台湾是个北南长、东西短的狭长地带。从北到南风光不少。北边有迷人的海岸线，沿着这条海岸线有不少有味道的小镇、海边的咖啡馆、餐馆、酒吧等休闲廓静的地方。野柳的石头千奇百怪，是台湾著名的旅游胜地。向南向台北的阳明山风光不错，特别在春季和秋季。经过台北，向南到中部是日月潭和阿里山，几乎是台湾的别名，特别对大陆人来说。东面海边有花莲县，海边景色宜人。到南部恳丁海岸别有特色，自然开阔，恳丁小镇人气很旺，是台湾人去海边度假的主要地方。

台湾不大，最长的距离从北到南开车沿中山高速公路走 6 个小时左右；坐台湾引进的日本高铁只要 2 个小时。因此，一次去台湾游遍台湾主要景点是件相对容易和愉快的事情，也是段难忘的经历。笔者因为开会和访问，尤其是带领其他人去台湾，20 多年来数次从北到南走遍台湾的主要城市和地方。有好几次台湾朋友说，你这些地方都去过，怎么又要去？笔者回答说：这次带来这些人没去过，所以还要去。

日月潭·阿里山

对中国大陆的人来说，台湾最著名的景点是日月潭和阿里山，原因就是以前流行的一两首关于台湾的歌曲提及阿里山日月潭。人就是这样，一生中某个时期在读什么、听什么中知道了什么，就无意中在心底里存留下来，以后如有可能就总想去看看，去实践。如几十年前听过“万泉河水清又清”，一生就总想去看看海南岛万泉河。实际上真正去看了、体验了，知道多数不如以前想象的那样。当然也谈不上失望。只是满足一个心愿，没有功利性。

但日月潭名不虚传。笔者 20 多年内 3 次去日月潭，印象一直较为美好。因为那一片水确实很清晰，很幽静。四面环山，湖水在青山包围中。水面不小，比不上杭州西湖大，但与北京颐和园的昆明湖面积差不多。湖的形状确实像日月，一个太阳的形状和一个月亮的形状，或两者放在一起。

日月潭环境保护得不错。周围除了一些酒店和小商店外没有别的东西。周围的酒店有几十家，但除一家规模大一点外，其他都是小酒店，与环境匹配，没有喧宾夺主。那家大的酒店楼也不高，只有四五层。

三次去住过两家酒店，其中叫“水莲”的住过两次。这家酒店是日月潭最好的酒店之一。规模不大，但有十层高，与周围环境也很和谐。两次台湾方面都把笔者安排在较高的楼层。一早起来，从窗户外看湖，人和楼如在湖水中，因楼层高就显得与地面脱离，像在水中。这感觉很好。

游日月潭要坐船。每次都是好几个人一起去，所以就租一条小船，几百台币。时间大体要一两个小时，包括在水面缓缓行进和到湖中的小岛观光。有个岛上船处有个卖茶叶蛋的老太太，有个牌子叫“婆茶蛋”。据说此妇人卖茶蛋有名，当地政府特意批准她在岛上卖茶蛋，这一卖就是几十年，成了日月潭一景。每次去都要买她的茶蛋吃吃。

日月潭因是在山中，所以总是波平如静，加上周围都是绿色青山，山水相应成景，令人安静祥和，心旷神怡。

湖的北面像个小镇，规模不小，餐馆、商店很多，游客游完湖总会在这里逛较长的时间。

阿里山离日月潭不算远，但景色就差远了。笔者两次去阿里山，没留下什么特别的印象。因为这山和中国大陆、世界多数的山没什么不同。山在台湾算是高的，但在整个中国和世界不算高山。

阿里山不高，但挺难走。第一次去时是起大早，坐小火车上山，再走段路。起早的原因是为了看阿里山日出。早上的夏日山里，气温很低，大家都紧缩着身体，等待看日出。日出是等到了，看到了，但没有感觉有什么特别的景色，与其他山区的日出没什么两样。

第二次是坐中巴上下阿里山。这次是几次台湾行中最苦最难受的一段经历，每次想起都难受。原因是山区路弯道太多，拐来拐去，起起伏伏，把笔者和车上好几个人弄得恶心头晕，感到坚持不下去了，真想下车不走了，但又不行。

据司机师傅说，有一条较好走的路在维修，就只能走这条苦路。一路唯一印象好点的事是路边、包括观光点石头上不断有活蹦乱跳的猴子。

小镇恳丁

对笔者来说，二十几年来十几次去台湾，感到台湾景点最好的地方有三个。从北到南依次是以野柳为主的北部海岸、中部的日月潭，以及最南部的恳丁。

恳丁很大。它是指位于台湾最南端的一大片沿海地区恒春半岛及大海，东望是太平洋，南望是巴士海峡。“垦丁是一块奇异之地，它那一角小小的岬地，却拥有着辐射三大海域的奇异能力。”

恳丁很开阔。在那里使人有一望无际、海阔天空的感觉。沿海地区地面是比较平的，不像台湾北部、中部、东部多数地方是山区。从高雄开始，往恳丁两个小时的车路都是平地，都是在海边的平地，所以使人感到无限开阔，心旷神怡，无忧无虑。

恳丁除了大海和海边其实没有什么特别的自然景观。这里有一个台湾人认为著名的鹅銮鼻公园。公园里主要是两个建筑。一个是标有鹅銮鼻样子的约 10 米高的石碑。游客们都要在石碑前留影，以表示或纪念来过此地。石碑四周是面积很大的漂亮的草坪，草坪后是树木。

另一个建筑是一栋白色的小房子，是座气象站，现在是官方单位，据说是以前荷兰人建的，确实是欧洲式风格建筑。游客们都要去这个建筑，在里外走一圈。在建筑的门廊里可以看到四方的景致，因建筑位于这一地区最高的地方。眺望大海大洋，视野是满开阔的。

恳丁地区最美的景观是从白色气象站向海边走，也是向下坡走。经过一片树林后，是条长有一两公里的海边栈道。这实际并没有路，但为了让游客方便，台湾相关单位在沿海边用木板搭建了供游人行走、休息、欣赏大海大洋的栈道。栈道有约一米宽，很平缓。走在木板上，眼望无边无际的大海，令人无限欣慰。木板是自然的，脚下和两边是郁郁葱葱的绿色植物，眼前是蓝色的大海。很难在全世界找到这么令人平静和舒适的海边木头道路。

行走一段，同行几人坐在木椅上，喝喝饮料，遥望大海，欣赏海边无尽的绿色，述说各种经历、感受，这一定是人生中最难忘的时光之一。

栈道边上多是低矮的绿色植被。因为常年被海风吹拂，植被很难长高。但这里四季宜人，植被总是鲜嫩的绿色。走着走着，用手轻轻触摸绿色植被，接触自然，接触植物，使人感到自然的美好和温柔。

恳丁另一令人难忘的景色是小镇。小镇不大，位于半岛，三面都是大海。建筑都是较矮的酒店、餐馆、酒吧、商店等。没有高楼，与周围的环境非常和谐一致。

白天大家欣赏完自然之美后，晚上都出来逛垦丁夜色。前面说过，这里是台湾最著名的夜市之一。人头涌动，熙熙攘攘，热闹无比，很有人气。各种小吃丰富多彩，味道不错，也令人“胃旷神怡”。

恳丁一带三面面海。南面隔巴士海峡与菲律宾相望，东面是一望无际的太平洋。恳丁及台湾的东部都是高山、大海、大洋，而且常年风大浪涌，甚至波涛汹涌，使人在海边有难以站立的感觉，头上戴的帽子一定要用手按住，否则会被吹向找不到的远方。这里是中国和世界少有的暴裂的海边，使人有些恐惧，但又使人激动、难忘。去台湾一定要去恳丁，去恳丁也不要忘了去体验一下东面的海边海风海浪，狂风巨浪。

台湾小吃

二十多年来十几次去台湾，留下深刻印象、甚至有些念念不忘的经历之一是台湾的小吃。

台湾从北到南盛行小吃。去过的、有名的有基隆夜市小吃、台北士林夜市小吃、西门夜市小吃、高雄小吃、恳丁夜市小吃等。

从北到南几个小吃夜市规模都不小，每天晚上人也较多，人山人海。本地人、游客、包括来自大陆的游客很多。去夜市小吃成为台湾旅游必需的内容之一，也是受欢迎的内容，因为人都喜欢热闹的氛围，都喜欢吃。

按规模，感到夜市小吃最大的要属基隆。记得是以一个较有名的庙为中心，四面八方，横贯好几条街道，到晚上都是小吃的摊子和店铺。经营者五吆六喝，招揽顾客。人们依此行走，看哪种感兴趣的小吃一定要尝尝。也有卖衣服等商品的。小吃的种类感到是无数，但印象最多的是臭豆腐。因为味道重，感到满街都是臭豆腐味。

因为人太多，在夜市行走移动是较为困难的，好在大家都没别的事，就是来看来吃的，也不着急。

台北士林、西门的夜市印象中要比基隆的小得多，人似乎也没那么多，那么拥挤。这里的夜市，尤其是西门的，感到小吃少了些，反而是水果、商品多了些。

垦丁的夜市小吃是沿一条街，很长，种类很多，人也多。我们去台湾一般是从北到南，到恳丁是最后一站了，正事都办完了，大家都较为放松。笔者带队去时发给每人几百元台币，让大家“自行解决”，是建议大家去吃小吃。

这条街很长，除一摊摊各种小吃外，也有买各种商品的摊位和店铺，还有些娱乐场所。我们几位逛时看到一家跳钢管舞的场所，门口揽客的女朗穿戴奇特，打扮时髦。第二天，同队但逛夜市时单独行动的一男士说他昨晚去了那家钢管舞场所。从此以后在台湾几天里大家都叫他“钢管先生”，以此逗乐。这位男士从此也就跳进黄河也洗不清了，一再辩解说里面没什么不像话的东西。他越说没什么东西大家就越偏说有。

高雄的夜市规模不大，街不长，但人很多，很热闹。因高雄是大城市，本地人来的就不少。再加上游客来南部肯定在高雄至少住一夜，晚上最好的去处就是逛夜市，吃小吃。

近些年来，台湾不少人在“台独”势力教育鼓动下更多地认为自己是台湾人，而非中国人。但在文化上，包括饮食文化上，台湾是抹不掉中国的传统和印迹的。

琼瑶的小说、剧作和席慕容的诗

台湾地方不大，人口2000万多一点，无论面积和人口在中国都不算大省，但由于传统中国文化要比大陆保存的好一些，包括他们的“国语”即我们叫普通话，因此其文学作品一直比较兴旺，小说、诗歌、音乐等走在整个中国及华语社会前列。

对笔者来说，几十年来，台湾文学艺术对大陆影响较大的是80年代的校园歌曲、八九十年代的琼瑶小说、电影和剧作，以及90年代以来的席慕容的诗歌和散文。

改革开放过来的成年大陆中国人，尤其是七八十年代上大学的人中间，无不流行台湾校园歌曲。可以说，台湾校园歌曲流行了大陆大学校园和整个社会一二十年，至今至少一半的大陆中国人会唱几首台湾校园歌曲，如“外婆的澎湖湾”“兰花草”等。当然，台湾其他的歌曲，如蔡琴、张惠妹、罗大佑等的歌曲也一直在中国大陆流行，深受大家的喜爱。笔者这些现在上了年纪的人，想起台湾校园歌曲就想起了自己的大学生活和青春的时光。

琼瑶的作品主要写男女间曲折的爱情，故事跌宕起伏，引人入胜，令人完全沉醉在主人公的故事中，被故事征服。琼瑶所写的爱情最终多数以悲剧告终，更使人难以忘怀。加上台湾林青霞、秦汉等“颜值高”的俊男靓女演员演绎，更增加了“琼瑶电影”“琼瑶剧”的吸引力和表现力。八九十年代十几岁以上的大陆人，没有几个没读过、不收藏琼瑶小说的，如《夜朦胧，鸟朦胧》《在水一方》等，没有几个人没看过根据这些小说改编的电影和电视剧的。可以说，上世纪八九十年代，琼瑶是中国文学第一人。

琼瑶后来接受采访时说她的一生从小到老有些非常艰苦的岁月。“人生是很艰苦的旅程，对任何人都是”。“我的小说里常常有句话：

‘当动物受伤，它会躲在没有人干扰的角落里舔自己的伤口’。”读起来、想起来让人心里难受。

90年代初以来，席慕容的诗歌和散文被引进到中国大陆。到今天为止，其流行和影响的程度远不及台湾校园歌曲和琼瑶的小说。但读过、喜欢席慕容作品的人，无不被她作品的怀旧、悲情的基调和情感所感动。席慕容的作品真正走进了人心底，永远在心底回荡。

有一点一直令笔者感到不解的是，席慕容一生生活在过去所说的达官贵族家庭。她祖父、父亲都是内蒙王公贵族。虽然后来流离飘荡，但从北到南、从中到外，去的都是好地方，如香港、台湾、德国、荷兰等，过着也是上层社会的生活。但她的作品基调是悲情，是怀旧。这可能是从小离开故乡，离开固有的生活环境，生活“在外”所产生的漂流感、“乡愁”感所表达的无奈、失望、向往和怀念。

席慕容说：我的诗很简单，但是很真诚，写的都是自己想说的；开始写诗时只是因为无处诉说。“诗是写给我自己看的。”

凡是读席慕容这些“悲诗”和“悲文”的人，很容易勾起个人的悲情和经历，这些悲情和经历倒不一定是真实的，也可能只是某种怀念、意境和想象，但却是人心灵中深沉的东西。

而在大陆，席慕容的诗由著名配音演员配音，加上适当的配曲，使她诗歌的悲情在声乐方面被演绎的炉火纯青，达到了极致，在打动人的心灵方面达到了无以复加的程度，令人听时完全融入其中，听后难以忘怀。

曾有几年时间，笔者每次出国、出差包里总是放着席慕容著名的诗集或《全集》，路上、酒店里不时拿出读读，唤起心中无限的共鸣。至于她作品的配乐诗朗诵，更是不知道听了几百遍，还是几千遍。现在有时仍然还在听。

香港及香港人

香港的特点是现代化和发达。

现代化首先是其建筑。香港的现代化高楼大厦的数量和高度在亚洲和全世界也是属于一流的。能和香港排在一个档次的大城市在亚洲恐怕只有上海、广州、首尔、东京、新加坡，亚洲之外只有悉尼、伦敦、巴黎、纽约、芝加哥等少数城市。高楼大厦的高度和数量大概是当今世界城市现代化的标准和标志，而香港当之无愧是位于这一标志和标准的一流之列。

香港不但是现代化的大都市，也是发达的城市。机场、港口、交通、商业、海运、金融等是亚洲和世界的中心之一。其在某些方面的中心地位，连亚洲的日本东京可能都无法与之相比。香港确实是“东方明珠”，闪耀在亚洲的大地和天空。

当然香港今天和未来面临严重的挑战。深圳、广州、上海等港口城市越来越发展，香港的航运中心地位受到削弱；如果上海的金融越来越发达，香港的金融中心地位将受到影响；香港每年一半的游客来自内地。如内地人越来越对香港没有兴趣，不去香港旅游，那香港旅游胜地的地位也将大大降低。随着上海迪士尼乐园的建成和内地很多地方有海洋世界，香港迪士尼乐园和海洋世界这两个最大、最著名的旅游景点对内地民众已没有过去那样有吸引力力了。

香港繁华、人多、热闹，人气旺，这对很多人来说还是有吸引力的。风光方面，上到太平山顶部，向下、向远俯瞰维多利亚湾及整个香港，还是令人兴奋和感叹，这也是内地和世界各地少有的景观。

香港的地铁在全世界最方便。因为所有站换乘都在下车的对面，不用爬上爬下，走来走去，这在世界是唯一的，连日本、新加坡、欧美国家也没有这么方便。真是设计、建设为乘客考虑，非常人性化。

香港购物中心的地位已不复存在。过去内地民众去香港买电器、买裘皮衣服等服装、买黄金饰品、买药，买化妆品。现在除了化妆品比内地便宜不少外，其他商品的品牌、价格等都和内地几乎没有差别，没有多少人特意在香港买什么东西。如去香港没有什么东西可买，没有什么特别的景点可看，那人们去香港干什么？

笔者没有长期在香港生活和工作过，接触的香港人多数是短期的接触。在香港的酒店、餐馆、商店、旅游景点等地，香港人给人的印象是工作认真，不多说话，很敬业。

但在地铁旁、报刊亭等一些地方问路时，香港人往往显得不热情、不耐心、不愿意帮助人，给人印象不好。这大概是很多内地人“香港人瞧不起内地人”的来源和根据之一。

在学校接触很多来培训的香港公务员、企业家、律师、媒体人士、社会工作者、学校教师和工作人员，给人印象极佳。学习认真，思维活跃，愿意思考和提问题，为人谦虚、礼貌，衣着得体，举止规范。与新加坡、日本公务员一样，处在世界最高层次。当然收入也在世界最高层次。

香港学生总体上比较老实，学习也算认真，较有礼貌。其中少数极其优秀，这多数与家庭背景有关，可见香港是个社会财富分化十分严重的社会，社会精英和非精英具有极大的不同。这点是源自英国的传统，不太像亚洲的文化和传统。这正是香港人和香港的两面特征：一方面是中国、亚洲的文化和特征；另一方面，骨子里、血液中早已加入了英国和欧洲的一些东西。香港人、香港就是在这两个世界、两种文化中生存和发展。让他们的精英减少任何一部分都是很难的，会遇到强烈的抵制。

澳门的温馨

大陆中国人总把“港澳”放在一起说，其实港澳有根本性的不同。

一是香港大，澳门小。香港很大，属于世界大都市一级的城市。而澳门很小，在世界上也算小，在中国比绝大多数地级市都小，比一些县级市大不了多少。如按人口，60多万人，就更小。

但就因为澳门小，则小出了特色，小出了温馨。在香港，总给人以人太多，路太窄，楼太高，太闹，太吵，生活太不容易的感受。而澳门人不多，车不多，高楼不多，比较安静，城市不吵不闹，很文静，很温馨。看上去澳门人生活也比较悠哉悠哉，尽管与一些澳门人交谈知道他们抱怨不少，感到压力不小，主要是物价、房价太高。

澳门分两大部分，澳门岛和氹仔岛。2014年中国国家领导人访问澳门又把横琴岛一部分租给了澳门。

最大的澳门岛实际上是个半岛，北面陆地与珠海连接。这一直是澳门的主体和中心。不大的澳门岛布局较为清楚，靠北、靠西主要是居民区，有些房子很小，很旧，餐馆、商店的样子比内地最脏乱差的低级店看上去还不如。不少澳门居民就生活在这种环境中，可见澳门普通民众生活的艰辛。笔者有几次乱走走进这类地区，吃顿饭不用30澳元，买芒果等热带水果与北京的价格一样。

靠海边的东边、南边和岛的中心一带是澳门最繁华的地区。这些地方基本是三种建筑：酒店赌场，商店商业区和少数办公区。澳门的著名赌场如金沙、美高美、新葡京等都在这面积不大的地区；商业区、步行区、过去建的酒店也在这一带。多次去和住在这一带，酒店生意还不错，顾客不少，但商店、包括步行区的商店则冷冷清清。和香港一样，现在澳门的商店没有多少有特色的商品，基本都是金银饰品、药品、电器、没什么特色和档次的服装，不再吸引人购物。

澳门岛中心是以新葡京为中心的一小块地区。新葡京是澳门的象征和地标，尽管它没有附近的电视塔高，但它看来永远是澳门的中心。一是地理位置的中心，二是周围酒店、赌场、商店的中心，三是它的建筑样式真是世界独特。笔者总是与其他中外人士讲：“新葡京是世界最漂亮的建筑”。笔者有理由这么说。世界其他建筑，如纽约的、迪拜的、上海的、东京的等，其实都是在比高度，看谁最高；谁最高就最有名。而新葡京不是比高度。按高度它大概 60 几层。但它在比美、比艺术。它整个建筑形状是个盛开的花朵，好像是莲花。整个建筑是一朵花，一朵大花；花里面是赌场、酒店、商店等。世界上没有这么艺术的建筑。尤其晚上，建筑本身和四周照射它的灯光齐放，不断变换颜色，使它美轮美奂，远远地就能看到它，被它吸引。

世界上能与新葡京比美、比艺术的建筑可能算悉尼歌剧院。但这两个又不同。悉尼歌剧院也是朵花，但是平开的几朵花；而新葡京是一朵花，开到半空中的一朵非常张扬又不失优雅的巨大的花朵。

澳门的街道、建筑、性情是欧亚风情的结合。离新葡京不远的大三巴是澳门最著名的景点，每天中外游客络绎不绝，可以说人山人海。它是失火后剩下的教堂的一面墙留下的，经过不断修缮和加固保留下来的，成为澳门一景，澳门历史和过去殖民文化的一景。

大三巴前这条小路很有特色，很幽静和温馨。它转来转去到大三巴，长有几百米。路都是铺着淡黄色石块的石头路，是欧洲和过去中国典型的路。澳门这类路还很多，这是使澳门不同于香港和其他中国城市的又一主要特征、特色，因中国古城石头、石块路不少，但淡黄色的不多，是黑黄相间的葡式碎石路，是葡萄牙的风格和颜色。

沿途主要是各种小商店，一家挨一家，规模都不大，卖澳门特产食品、药材、化妆品、服装等，每天游客、顾客不少。

从澳门岛过三座横跨海面的颇有气势大桥就到了氹仔岛。这个岛面积比澳门岛还小。过去人很少，很破旧，很落后。现在一些民居、商店等建筑还可看出破旧的样子。但随着近二三十年澳门的发展，这个小岛不断填海造地，不断出现世界最现代化、最繁华和奢侈的赌场，如威尼斯人等，完全仿造在美国拉斯维加斯的威尼斯人建筑和室内布局，赌场、高档商店、餐馆、酒吧、酒店等，包括建筑内的人工河。

在氹仔的最北边是澳门城市大学，几年前是澳门大学所在地。地方不大，建在山坡上，楼也建在山坡上，学生、老师要不断上台阶、坐电梯在校园内活动。以前去过很多次。近几年一位好友担任澳门城市大学校长，有机会去校长办公室，即山坡上最好的地方。紧靠在海边，在办公室往东看，大海就在十几层楼的脚下；往北看，楼下的三座大桥连着另一端的澳门岛。

香港是个世界的奇迹，中国的奇迹；澳门也是个世界的奇迹，中国的奇迹。这两个中国和欧洲人一起创造的世界奇迹有相同的东西，先进、发达、繁华、中外文化交融；也有明显不同的东西。

在两者不同的方面，笔者更喜欢澳门。因为她小巧玲珑，安静、平和，温馨。

有些文章写澳门：澳门的味道神秘而迷人。澳门是块福地，是一方生活乐土。一踏上这座小岛，一种异国情调让人耳目一新，建筑多以欧洲风格为主。著名的酒店娱乐场，汇聚了欧洲建筑风格的特色。登上澳门旅游塔顶层，饱览海天景色。从高处俯瞰，三座连接澳门半岛与氹仔的跨海大桥尽收眼底。小城的山水，街巷，大炮台的沧桑，石子路的谐趣，葡人旧居的落寞……。“澳门的魅力，在于她厚实的文化底蕴和淡淡的异域风情……在于她的风情万种，在于她的繁荣和沧桑，优雅和古朴。”澳门是个奇妙的地方。漫步在澳门的大街小巷，又随处可见那种温馨和睦优雅的生活气氛，像是安详从容、自由自在的心态和对生活心满意足的体悟。

深圳的崛起

世界历史上恐怕没有哪一个城市崛起的规模和速度能超过深圳。在短短的30年左右的时间内，一个小渔村崛起成为1000多万人口、经济规模千亿美元、中国第三、世界一流的现代化大都市。

中国也没有哪个城市能像深圳那样，在20年前就认识到总是做劳动密集型的“世界工厂”不行，一定要转型，要走科技、创新发展道路。在整个广东、全国还处在劳动密集型“世界工厂”的热潮时，深圳前瞻性地预见到要转型，比广东和全国转型提早近15—20年；在整个广东和全国还处在较为痛苦的转型之中时，深圳已较为成功地转向以科技、创新为主的发展道路，已成为中国的“硅谷”。

全中国和世界也没有哪个城市有那么多全国和世界著名企业、著名的、走在世界前面的高科技企业：华为、中兴、腾讯、华大、大疆等。

全中国没有哪个地方像深圳那样能代表中国30多年的崛起，深圳的崛起是整个中国崛起的代表和象征，当然也走在整个中国崛起的前面，代表着中国未来崛起的道路和前景。

深圳不但经济、科技、产业发达先进，城市建设也先进、发达、现代化。在亚洲和世界，深圳与广州、香港、上海、北京、东京、大阪、首尔、悉尼、伦敦、巴黎、罗马、纽约、芝加哥、洛杉矶、圣保罗、里约、墨西哥城等一样，处于世界一流现代化大都市的行列。

深圳给所有去过的人的感受就是现代化。现代化建筑、现代化交通、现代化管理。深圳是中国和世界最新的、最年轻的现代化城市，其城市的历史无非30多年，而北京、罗马等世界一流城市的历史有几千年，其他的至少也有几百年或近百年。

深圳是现代化的，很大程度上因为是新的。新的建筑、新的道路、新的产业、新的人口，都是最近二三十年出现和形成的。

深圳给人另一欣喜和难忘的印象是绿化。规划、布局整齐的、新的城市到处郁郁葱葱。这一方面归结于气候。接近热带的广东到处是绿色，一年四季常绿，四季有花。另一方面也是人力的结果，意识和努力的结果。深圳的主要道路如深南大道、沿河大道道路两侧、甚至是道路中间，树木林立，花朵盛开，整个城市像个绿色的大花园。

深圳没有什么自然景点，海水、沙滩不美、不吸引人。深圳的景点除了城市和道路外，都是人工的“景点”。如锦绣中华、世界之窗、欢乐谷等。但深圳的人工景点建设的不一般，气魄大，视野宽。20 多年前设计、建设的“世界之窗”“锦绣中华”占地面积大，园内景点多，活动气魄大，包括“世界之窗”每晚的花车巡游和演出。至今是全国和世界城市公园中少有的，几十年下来吸引力不减。到深圳去的人总想着要去这些景点看看。这样的景点在中国和世界的城市中有多少?

深圳仍然是座年轻的城市，她还在发展中、创新中。再过一个二三十年，她会是什么样子?

广州的变迁

广州现在给人的印象就是与过去长时期内相比变化极大，广州真正变大了，变高了，变美了，变得现代化了。

之所以这么说是指 15、20 年前的广州，基本是新世纪前的广州，虽然贵为中国大城市之一，华南最大城市，广东省省会，但较为破旧。城市不是特别大，与过去没有多大不同；房屋比较破旧，新建筑不多；道路拥挤，没有什么宽广的主干道；新的、现代化建筑不多，楼房多数是过去几十年、甚至百年前建的；除了越秀公园外几乎没什么令人赏心悦目的景致。从城市风貌和现代化程度来说，新世纪前的广州落后于北京、上海、香港和深圳一大截。广州落后了，落伍了。而且看起来广州人对此浑然不知，不在乎。

与广州人交谈其原因，得到的解释是：广州、包括整个广东民众和政府的理念是“藏富于民”。广州不图城市好看，而在意民众生活过得好；广州是“民富国穷”；广州、广东人不在乎城市是否壮观、好看，在乎日子过得好，过得快乐，每天三餐之后再宵夜，一有时间就到全国和世界各地去旅游。这才是广州和广东人所要的“发展”。

但进入新世纪后，特别在准备亚运会的时候，广州发生了脱胎换骨式的巨变。城市大规模扩大，向南、向东扩展；城市长高了很多，高楼林立；城市交通大为改观，建设了“华南快速路”等横跨市区东西南北的主干道和环路；城市变得漂亮了，珠江两岸高楼挺立，夜间灯光闪烁，一片温馨的繁荣景象。

广州现在不但是一个国家级、世界级的大都市，而且是个漂亮的城市。特别是珠江两岸。不，广州市内不是珠江两岸，是珠江四岸、六岸，因为珠江在进入广州市后，不知是人工还是自然地分出了两三条支流，这样珠江在广州市内就变成两条江，三条江。每条江当然都有两岸，加在一起就变成四岸或六岸。

广州在每条江岸的两侧都进行了认真的规划和建设。江的岸边建起了漂亮的建筑，有电视塔、写字楼、住宅、宾馆等，还建起了亚运村等场馆、博物馆。一些高档的居住小区也在各条江岸两侧分布。这样整个广州市南区形成水边有城、水边有家，城中有水，家在水边；一条条江水，一排排建筑或公园，交相辉映，形成了一个美丽、温馨的广州城南。

特别是珠江主干流，江水清澈，江上大小船只缓缓行走。珠江两岸各种现代的漂亮建筑错落有致，形成一道亮丽的风景线。位于市区珠江中下游的“小蛮腰”广东电视塔，白色的身段弯弯曲曲向上舒展，一直亭亭玉立到天空，与塔下的缓缓的江水一起，构成了南国广州的魅力，让人流连忘返。

广州珠江的沿江景色已与上海的黄浦江、天津的海河一样，构成了大都市中少有的主要风景线。这类风光在中国和世界城市中都不多，国外主要有伦敦泰晤士河、巴黎塞纳河、首尔汉江等沿江城市才有。

广州其他地方经过整修也变得更漂亮了。越秀山、越秀公园仍然屹立在广州城北，走到山上可以俯瞰整个现代化的广州。山上有几处温馨浪漫的餐馆和茶室。亲朋好友三五相聚于此，一面欣赏山下城市的秀丽风光，一面交流着世上风土人情，世事、国事、市事、家事、人事，不正是陶渊明式的“世外桃源”的生活吗？

城内“古迹”保留尚好。黄埔军校等历史古迹，上九段、下九段等商业街变得更加整洁，但风味依旧。

广州经过这轮变化，变得现代化了，更宜居了，更温馨漂亮了，而且仍然保持着南国式的秀气玲珑，而不是现代化大城市容易出现的只是千篇一律高楼林立式的“高大上”的“大气”。

广东乡镇

去过广东一些乡镇的人都会吃惊地看到：这哪是镇，这和国内和世界其他地方的地级市没有什么差别。

就其经济规模，广东很多乡镇的产值远远超过国内其他省区的地级市，甚至能达到一些省区的规模。一般多数地级市的年国内生产总值是百亿或一二百亿，广东深圳的沙田、东莞的长安、虎门、厚街等镇的年产值有千亿或数千亿元。

更令人吃惊的是，在广东一些镇，如虎门、厚街等，竟然有五星级酒店。世界、中国绝大多数地级市也没有五星级酒店，而在广东不少乡镇有。在厚街镇，五星级酒店有三家，分别是嘉华、国际和喜来登。喜来登这种国际一流品牌著名酒店竟然出现在广东一个镇中，不知在世界其他镇这一级或类似的地方还有没有，旅游胜地除外。

这些镇的规模很大。有看不到头的厂房，多数是几层楼高的四方或长方的浅色的房子，一座挨一座。不仔细看不知道是什么房子。仔细看就看到是厂房，能看出房内的设备和工人。厂房边肯定有一座或几座工人公寓。广东"世界工厂"是否景气、中国经济如何，在广深高速路走一趟就知道。只要公路两侧厂房还在使用，工人公寓室外走廊上还挂着很多工人的衣服，说明广东的经济就好，中国的经济就好，反之亦然。

这些小镇都有很大的镇中心，即商业区，其规模和繁华程度不亚于任何较大的地级市。商业区商店、餐馆、酒吧、快餐店、美容店等一个挨一个，世界著名名牌店应有尽有；路上、路旁车流、人流络绎不绝。其热闹、繁华程度具有大都市的样子。

因为这些小镇特殊的经济规模和繁华程度，十几年来这些镇的党政领导和部门一直感觉他们的行政级别过低，与他们的实际情况不符。近年来，中央也批准广东省的一些镇的行政级别提升，上升到县处级。其实按它们的发展程度和经济规模，提升到地市级也不过分。

近年来也有些变化。当地人都说，随着经济不够景气和工厂外迁，广东这些小镇人比以前少多了，生意少了。这是事实。而且即使经济、生意没有减少，全国愿意来广东打工的农民工也少多了。现在的年轻一代不再愿像他们的父母一样为了每月几百元、几千元的收入，从河南、四川、贵州、广西、安徽、湖北、湖南、江西等地来广东这些小乡镇打工。这些乡镇的工厂前、马路边现在经常看到常年招工的牌子。

因此，广东繁华的小镇向何处去是个问题。

天籁之声：音乐改变世界

4 月 29 日，五一假期的前一天晚上，从三亚转机到广州白云机场，转机飞回北京。没有买三亚直飞北京的航班的原因是直飞一般较贵。图便宜买了海航飞北京最晚的航班。

三亚至广州的飞机下午 4 点就到广州了。辗转来到登机口，刚下午 7 点，离登机还有两个小时。刚在机场吃了碗过桥米线，啃了一小盘泡椒凤爪，现就在机场坐着。无事，看不进书报。这时最好的事就是听听自己喜欢的音乐了。

先放苗族舞曲，接着放萨拉·布莱曼演唱的《斯卡布罗集市》，这一直是笔者最喜欢的英文歌曲。布莱曼的天籁之声一下子改变了笔者眼前的世界：机场内外、候机大厅眼前的所有灯光似乎都开始天地旋转起来，忽隐忽现，都像舞者那样跳动起来，如郭沫若写的《天上的街市》，充满幻意。眼前一个个等机的男女似乎忽然变得美丽无比，世界忽然美好无限，生死一下子都充满了快意。

此情、此景皆因一首音乐。音乐真是能改变世界，至少是改变眼前的世界，想象中的世界。好的音乐能改变世界，改变环境，或改变对环境的感受，改变心情。

能真正改变人生吗？不知道。

孤独的珠海

说珠海是孤独的，是说她经常受到人们的无视和忽略。人们说起、想起广东，总是在说广州、深圳，有多少人会说起、想起珠海？

这样对珠海当然不公平。因为实际上珠海一不偏僻，二不小，三不落后。

珠海的地理位置实际上位于广东东西的中央，而且离广东、华南最核心的地区广州、深圳、香港、澳门很近，位于广东和华南的核心圈内。

珠海也不小，人口近千万，规模和经济产值在广东名列第三，仅次于广州和深圳，在全国和世界也属于大城市之列。笔者多次在珠海市内坐车，无论是出租车还是大巴，从珠海市区东北部的香河到西南的拱北，正常交通情况下基本要一小时，与正常交通情况下的北京市内从西北到东南的时间差不多，可见珠海市不小。

珠海也不落后。整个市区新楼居多，高楼遍布市区各个地方，不少地方四五十层的高楼林立，高楼数量和高度不亚于临近的澳门。在澳门时往北看，感到珠海的现代化程度不亚于澳门。

珠海的楼不但多，而且颜色都以浅色调为主，白色居多，显得干净、现代。城市绿化又好，楼四周、道路边到处郁郁葱葱，因为处在热带地区。市里和郊区绿化带不少，面积很大，给人以被绿色环绕的感觉。

珠海也很有情调，南方的情调。单是沿着海边、数公里长的“情侣大道”就显示出珠海的情调与浪漫。全中国、全世界有几个城市的主要道路称之为“情侣路”？看出城市设计、起名人的情怀和胆识。

“情侣大道”是珠海一张有别于其他城市的名片。弯弯曲曲在珠海市区南部的海边延伸。大道宽阔，为步行道，没有车辆干扰；道路一侧是一望无际的大海，另一侧是花草树木。花草树木是精心选择的，充满温馨、浪漫。漫步在这样温馨、平和、温暖、安静、在大海与花草树木之间的人们能不觉得浪漫和爱吗？

“情侣大道”和整个珠海差强人意的地方是海边不美。整个广东基本都有这样的问题，绵延千里的海岸海水不好，沙滩不好，少有吸引人的海边景象。海水基本是浅黑色的，看不到海边应有的“蓝色”，可能是工业和航运的污染；沙滩也基本是黑色的、硬的，没有海边普遍有的细细的白沙或金色的沙子。也许是广东沿海自然就没有这样的沙子和海滩，因为世界上不少金色和白色的沙子也不是当地自然有的，是从外地运来的，如夏威夷和大连的不少海边那样。

珠海另一让人感觉不够好的是机场离市区太远。即使从离机场最近的城西开始，车开到机场最快也要 50 分钟。一个不是特大城市的机场离市区这么远，让人感到既不方便，也无必要。据说当年选址时是考虑供珠海和澳门两个城市共用，才选了接近两个城市的地方。其实这样的考虑不切实际，因为不论是澳门还是珠海，相对来说都不是大都市，人口加在一起也不太多，两个机场都存在吃不饱的长期问题。自己都吃不饱，怎么会需要用别人的？

珠海一个特色是因为她紧挨澳门，所以很多广东和内地人通过珠海来往于澳门。这在广东越来越方便。不但大巴很多，而且高铁在广东很发达，大小城市之间很多有高铁连接，通过高铁从广州、深圳、东莞等地不到两小时就到珠海站，下来珠海高铁站往前走两三分钟就是拱北口岸。看来当时建珠海高铁站时就是考虑了这一需求。

内地很多人去澳门也经过珠海。因为这样比从澳门抵离要便宜不少。笔者多数去澳门时都是这么走的。从北京飞珠海，下飞机后坐大巴或打车去拱北口岸进入澳门；回程时也按这样的线路走。即使加上打车费，整个成本也低得多。

因为这么多内地人这么走，所以每天经过拱北口岸看到的都是人山人海。不少人还会在珠海住一夜，看看珠海，买些热带水果等，吃吃当地饭。所以，珠海也是个热闹的城市，尽管没什么旅游景点。

海边城市没有漂亮的海滩、海水是海边城市的缺陷和遗憾。

南方木棉树

有好几年时间内，一去广东、尤其是广州市，就看到有一种奇怪的树：几十年来在世界上看到所有的树都有叶子，但在这里看到一种完全没有叶子的树；不但没有叶子，而且树干又高，树又比较大；没有叶子，但有花，而且都是大红大红的花，热烈绽放。

感到新奇又吃惊。不懂，问不少人，这是什么树？得到的回答多数是说不清楚，人们对植物的知识很缺乏。少数几个当地人和在广州生活很久的外地人回答说：是木棉树。

看到过的木棉树在广州市最多。道路旁，十字路口边，楼前楼后都有。在广深高速路旁有时也能看见。记得在从广州去广西的高速公路边也有见过。

木棉树被称作“英雄树”，引人注目。因为它高大，高过多数树木，树干挺拔，树枝四张，傲指苍天，雄踞一方，英气十足；五星形花瓣，离很远就能看到。木棉树最大的特点，没有叶；其实是有叶子，只是木棉树是先开花后长叶子，开花时没有叶子，或叶子较少、较小，直面天空，兀自凸显。中国有句老话：好花还需绿叶扶。木棉树打破了中国人几千年这一说法和逻辑。木棉是好花，但没有绿叶扶，没有多少叶子扶，也不需要叶子扶。自己本身就高大、富贵、荣耀、高大上、自豪、挺拔，独树一帜。

木棉树光秃秃的树干树枝上开着灿烂的红花，是大红，“红得撼人心魄”。花体也较大，随风摇动，悠然自得，好不气派。

在广州市、在广深高速路旁、在香港到广州的路上，每年春季都看到木棉花开，光秃秃的、高大的树上总有大大的灿烂的红花，一朵朵，挂在树枝上，美丽动人。

四川有座城市叫攀枝花，“攀枝花”就是木棉花。木棉花也被称之为“英雄花”，“美人树”。在海南、西南地区金沙江、怒江、澜沧江三江并流的地带也有大片的木棉树，木棉花沿江绽放。

有首诗写木棉树：

人勤日日新
风吹年年荣
冬月无倦色
南国木棉红

不知道这种树为什么独特，反常，没有叶子，或叶子很少。不管它，反正这木棉花太吸引人，太红，太灿烂了，有这就足够让人永远不忘，永远喜爱。

海南等地也有木棉树。2018 年 1 月去泰国、柬埔寨也看到木棉树正开花，与中国的木棉树一样，花通红通红的，没有叶子。

自然世界真是充满奇迹和惊喜。

亚龙湾的海水海滩

20 多年来，每次与别人说起三亚，笔者都会说三亚亚龙湾的海滩与美国夏威夷一起，是世界上最好的海滩。

这是真话。在笔者去过的英国布莱顿、美国大西洋城、大洋城、洛杉矶长滩、圣地亚哥海边、南非好望角附近、印尼巴厘岛、韩国济州岛、悉尼、中国的青岛、大连、北戴河等海边中，三亚亚龙湾和夏威夷的海滩确实是最好的。也许还有其他好的海滩，笔者没去过，不知道，如法国南部的，泰国的等。

好的海滩一般是两个东西好，一是海水，二是沙子。亚龙湾的海水看上去没有夏威夷那样湛蓝湛蓝，但也是清澈透明，人在浅滩能看到海底的石头，海水是透明的，舒适的。

亚龙湾的沙子白白的、细细的，赤脚走着、把脚挤进沙子中感觉舒适、自然，像是沙疗。这就是好的沙子。

亚龙湾的海滩一流部分原因是她开发的较晚，人也少。亚龙湾是 20 世纪 90 年代起被开发的，至今不到 30 年。同时亚龙湾远离市区，加上酒店又贵，便宜的也得一晚一千多元，所以绝大多数去海南旅游的人不住亚龙湾，也就不在亚龙湾海滩游玩。旅行社一车一车拉来的人多数是来这里潜水，潜完了就走了，始终是在水下，不在沙滩上，因此对沙滩没什么影响。

三亚、海南其他地方的海边没有亚龙湾海滩那么好。三亚市海岸线很长，因她是沿海边建立的城市，乘坐汽车从三亚市西边向东边的“天涯海角”等旅游景点，沿途在市区南侧行走，十几公里的路一直在海边，不高的建筑，绿油油的椰子树，一望无际的大海，令人的心绪也进入了无限的海洋。

沿途十几公里的市区都是在海边，也基本一直是浴场。但细心点看，有时也去走走，海水还可以，但沙滩较硬，沙子也呈些黑色，不是好海滩。原因是开发很久了，加上在市区方便，附近的酒店又便宜，多数游客都来，沙子早就被踩硬了，踩黑了，包括三亚另一著名景点大东海。

“天涯海角”景点不错。周围各类大石头很多。“天涯海角”四个大红字字体漂亮，写在两个大石头上，选得也好。每到此地确实使人感到到了天边，到头了。

亚龙湾是中国一宝，三亚是中国一宝，海南是中国一宝。不断听人说去韩国济州岛、印尼巴厘岛等地时，笔者总感到这些人受了旅游宣传的欺骗。因为如要去海边，欣赏海水、沙滩、大海，哪还有比中国三亚亚龙湾更好的地方？除了夏威夷。

海南岛、三亚、亚龙湾值得不断去，一直去。

北海银滩

广西北海银滩是过去很长时期内笔者非常向往要去的地方：一是笔者喜欢大海，喜欢海边，因此著名的海边都想去；二是“北海银滩”长期以来名气不小，笔者的心愿中一直存留，等待有机会时去实现。这也是“名气”的作用。

但真正去了以后却令人失望。

失望的原因还是海滩两个最重要的东西。一是海水。海边吸引人的首要的东西就是海水。国内的海边，海水湛蓝的地方几乎没有。这可能是我们的污染的后果；二可能是我们的海边绝大多数在大陆的岸边，不像夏威夷那样是大洋中的孤岛，因此很难有湛蓝的海水。

“北海银滩”第二个令人失望的是沙滩。海水不蓝也就算了，能算干净也可满足基本需要。沙子好坏一是颜色，二是是否细软。“北海银滩”的沙子既不像威海、南戴河的黄色、金色；也没有三亚亚龙湾的白色。沙子相对较粗，不够细，脚踩着感觉就不好。

“北海银滩”的海水、沙滩不行，海边的建筑也不行。像夏威夷、亚龙湾海边都有漂亮、高档的世界级著名酒店，其建筑造型与海天一起，增加了海滩的美丽。“北海银滩”海边大道有些酒店，好像也有四五星级的，笔者住过，但档次、设施和服务都距世界一流水平差得太远了。

北海市除了海边又没有其他什么景点。市区不大，高楼不多，不高，也没有什么著名的土特产。整个城市与国内其他一般的地级市差不多，没有呈现海岸城市多少特色。

最近有一次去，住了几天，看到海边的样子没什么变化。只是城市变大了，在向东西两边扩展，海边高层住宅新建了很多。但仍然没有什么特色。

北海市、包括所谓著名的“北海银滩”属于去过一次就不再想去的地方。但愿她这今后能有改变，变得更好，更美丽，更吸引人。

德天瀑布

多数人可能不知道、甚至没听说过德天瀑布，但去过、看过的人都知道她确实是一个美丽、不同于别处的瀑布。

德天瀑布位于广西大新县硕龙镇或乡，在中越边境上，从南宁向正西方向开车约三个小时左右就到，是国道的三个小时，笔者去时还没有高速公路。

中国、世界上大小瀑布很多，但德天瀑布却是与众不同。因为多数瀑布基本是立体的，即从上到下水往下流，越立体，即从上到下高度越高、距离越远、落差越大就越显出瀑布的气势，如美加边界的尼亚加拉大瀑布、中国贵州的黄果树瀑布等。

而德天瀑布一反常态，它的形状主要不是高低的立体，而是平面的，即它的高低落差并不大，看来不超过十米，显得不气派、不壮观；但它很宽，主流、支流蔓延100多米宽。平面面积不小，水上一大片水域，下来后又有一大片水域；它是个瀑布，但看上去又像座有落差的湖，又是瀑布又是湖，所以独特。

德天瀑布上下都很美。不止是上下水的面积很大，而且都很平和，水域和地块不断交织，地块都是由绿色覆盖的一座座“孤岛”，面积大小不一，多数是几米见方的青苔。所以，看上去又像湖，又像湿地，上下之间确实又是瀑布。

整个德天瀑布就是个面积大的水上世界，其中点缀着很多大小不一的青苔绿地。它是个典型的南方瀑布，南方水域；不像北方瀑布、水域那样气势磅礴，以落差、水势见长，而是以平和、平缓、上下景致为特征，像一位中国南方的少女，低调、含蓄、温柔地平卧在中国的南方，在中越边境线上。

德天瀑布附近还有处漂流的胜地。应该是黑水河上。四周没有人烟，比较原始式的原野。中间的河水从漂流启始地还较为平缓，但越走河水越湍急，漂流的筏子开始上下左右摇动。漂流的人都被要求系好安全带，每船五六人，船夫非常专业。

最惊险的河段是在一座山洞里。山洞很长，有好几公里。山洞里漆黑一片，只有船上的微弱的灯光，令人恐惧。更加惊险的是，有几十米长的山洞河段间，上边落水，而且水势很大，像天漏下来式的。船在河上，上边又有河。估计是山洞上面也有河流或湖泊，在这一段几十米的地段出现下漏。船夫绕来绕去，要躲避上边较大水流。

在美国、澳大利亚、中国其他地方都漂流过，但这是最惊险、独特的一次。不但有很长一段在漆黑的山洞中漂流，而且还有水从头上山洞的上边狂泻下来，真是惊险！

桂林、阳朔

以前中国人总说“桂林山水甲天下”，有的还说“阳朔山水甲桂林”。这种说法和观念是中国改革开放初期之落后时期的产物，那时中国各方面不发达，旅游景点较少，很多景点没有被开发。但随着中国经济发展，特别是旅游业、旅游景点大发展、新开发，这种说法是否还成立？是否还是多数人的认识和说法？

实际上，从山水角度，现在有些景点的美丽和吸引力不亚于桂林、阳朔，如四川的黄龙、九寨沟，湖南的张家界，海南的三亚等自然景观。所以，现在人们即使还有“桂林山水甲天下”的观念，但肯定不强烈了。实际上，近十几年来也很少听到有人再说这样的话。

当然，这不是贬低桂林和阳朔。实际上大家都清楚，桂林山水还是漂亮的，有吸引力的；桂林山水如不是“甲天下”的话，也肯定是“甲”类之一。

整个桂林市不大，但一到桂林市人们就感觉不一样，和中国、世界其他地方不一样，整个城市和地区如在画中。桂林景点不是某一两处著名景点，如七星岩等，而是整个桂林地区，不是市区。

整个桂林地区都是景点。总体平平的地面不断出现水面，水面之间是平整的稻田，春冬是绿色，夏秋是一片片金色；在片片稻田之间是无数座突兀而起的小山，即熔岩，典型的喀斯特地貌。这种地貌真是奇特，是其他地方所没有的。是山，但不是连在一起、连绵不断的群山，而是一座座单独、独立的小山，平立在平原之上，稻田之间。

山都不高，也不尖，基本是圆型的，或竖立放着的蛋型的，使人感到妩媚、温柔、平和及温馨，不是典型的山给人以气势和威武的感觉。

在这样如花平展的地面、稻田和不断突兀而起的座座独立的山峰之间，漓江缓缓而过。漓江可能算不上大江，但江面很宽，特别在桂林市区一段，宽度不亚于长江、黄河。漓江很平缓，很平静，不声张、不张扬地静悄悄地从桂林驶过，像个南方温柔的姑娘。

十几年前去桂林时在漓江上还看到鱼鹰，即站立在船上的鹰，多数时候在船头或船尾，随时等待看到鱼；如果看到鱼，就立即飞入水中，将鱼儿叼起，送给主人。不知道漓江上现在还有没有这样打鱼的船夫和鱼鹰。

桂林到阳朔行船要一个小时左右。船走得较慢。景色与水期有些关系。如是丰水期，行船较容易，江面宽，两岸的景色也感觉好些；如是枯水期，江面窄，行船要多注意，江岸的景色也感觉差些。

到了阳朔，景致与桂林相比又完全不同，简直是感到到了另一个世界。因为桂林是城市，是较大的城市，而阳朔是个县城，以前是个很小的县城，实际上就是个镇。

21 世纪初去阳朔时没有高楼，多是南方典型的一二层的房子。街道没有几条，最著名的是西街。阳朔是个水镇，江边有一片码头，上了码头就是镇里，就是各条街道和商铺。

江边有些酒店。我们选择的是一下船就到的酒店。中式的，古色古香的建筑和家具，与阳朔的景致完全和谐一致。出了酒店在西街街面行走，商铺一个挨着一个；逛街的人不少，中国人、外国人都有。商品中以当地土特产为主，包括南方针织、刺绣品。笔者买了些。

当时在阳朔游玩的一项流行节目是租自行车骑游。我们是 2003 年去的，当时租一辆一天是 15 元，雇个当地导游一天是 20 元。骑游在阳朔真是个愉快的经历，感觉就一个字：爽！

阳朔地势平坦，适于骑行。道路是一般的小地方的普通路，但当时路上车很少，骑起来不用担心车，不用躲车。道路两侧都是稻田。我们去时是收获的季节，稻田一片金黄。一片片金色的稻田之间不时矗立着喀斯特小山峦，是青灰色。在这样的景致下悠然慢骑：蓝天白云下，一片片金色的稻田；稻田中、蓝天下是一座座独立的青灰色小山峦。这不是画是什么？

我们就在这美丽诱人的画中骑行。累了就休息一会，在餐饮小铺喝点东西。中午在一家小餐馆吃了午餐，是当地的食品，感觉很好。

回程时赶上大雨。倾盆大雨，无法骑行。找个避雨的地方等待雨停。雨停后继续骑行，回到酒店。

一个多小时漓江的行船令人难忘，因为行驶在世界最美丽的山水之间；一天的阳朔骑行令人终生难忘，因为那确实是在江山如画中不被打扰、慢悠悠地骑自行车的游行，是段如诗如画的旅行。

“八月桂花遍地开”

“八月桂花遍地开”是现在上了年纪的中国人从上幼儿园时就开始听、开始唱的一首脍炙人口的歌曲。但笔者听了、唱了几十年，从不知道桂花是什么样，在哪开，更没有闻过桂花的味道。2003 年第一次去桂林几天，也没有想到桂花，也没有把桂花和桂林相联系，尽管它们都有个“桂”字。

但在 2005 年第二次去桂林后，桂花就成了位于笔者心底里、永世不忘的花儿。

心中难忘的其实不是花，而是花香。那是当时作为中国全国人大代表团专家参加“欧亚议员对话会议”，跟随一位全国人大副委员长、人大副秘书长和 20 几位人大常委和工作人员去桂林开几天会议。

会议被安排在桂林榕湖宾馆，这当时是一座政府的宾馆。各国议会代表团住主楼，有十层八层，规模较大。中国人大代表团住在榕湖宾馆的几座别墅中。

这是初秋十月，即农历八月。从机场到宾馆后，一下车就感到一股香气扑面而来；味道清新、淡雅，真是沁人肺腑。从没有闻到这么好的味道的花香，问周围的人这是什么味道？从哪来的？然后才知道这是桂花的味道，现在正是桂花盛开的时候。“八月桂花遍地开”。桂林是桂花之城，桂花是桂林的市花，现在桂林满城都弥漫着桂花的清香。

名不虚传。确实在那几天的活动中，无论走到哪里，都处于桂花的清香之中，被桂花沁人肺腑的味道包围，沉浸在弥漫的桂花香气之中。

特别是在所住的榕湖宾馆，因湖面较大，沿湖有很多桂花，花味更比市区其他地方浓烈些，真是每时每刻都生活在桂花清香之中。应该说，每到桂花盛开的时候，桂林的空气被凝固了，整个城市被浸润在桂花的美味之中。

后来与其他人说起这段激动人心的经历，有同学和朋友就说，不止桂林有桂花，杭州、郑州等地也有大片的桂花，桂花也是杭州的市花，每年十月桂花盛开时，杭州也是满城的桂花清香，并一到这个季节就邀请笔者和家人去杭州体验杭州桂花的清香。还没去，但一定要去。因为那几天桂林桂花的清香太令人陶醉，太令人难忘了；以后一定要找时间在十月桂花盛开的时候再去桂林，不为别的，不是去看桂林的山水，而是再次领略桂林桂花的沁人肺腑。

当然，也一定要在桂花盛开的时候去杭州看看、闻闻杭州桂花的清香。

这是一生中经历过的最清新、最淡雅、最沁人肺腑的花香，永远难忘的花香。

“八月桂花遍地开”。

苍山洱海

在中小学学地理课时就知道苍山洱海，从此就心存向往。那时中国还没有“发现”丽江古城，苍山洱海是云南最著名的地方。

云南大理著名的景点不少：古城、苍山、洱海等。

古城主要是一条街，在苍山和洱海之间，即苍山脚下。这条古街以前可能更有名，更吸引人。但20世纪90年代丽江成为著名的旅游景点后，大理古城逊色不少，名气下降很多，吸引力也不如以前了。

去古街时，人有些，但远没有周庄、丽江古城游客那么多，显得冷清不少。古街的商店不少，卖的是本地的土特产品和其他商品，包括药材、食品、工艺品、少数民族服装等。

古镇有些小酒店不错，有些是民居改过的，古色古香，房屋、家具都是木质的，都是过去的风格，给人回到过去的感觉。而且价格都不贵。白族民居坐落在街道两旁，青砖白墙，有些像皖南和江西的徽派建筑。

古街北侧就是苍山。苍山很高，面积很大。从山脚下看苍山，苍山就像个庞然大物在那里，东西走向，看不到头。云南是南方，气候宜人宜物，整个苍山郁郁葱葱，满眼绿色。

苍山脚下有著名的“崇圣寺三塔”。白色的塔体横立于苍山的绿野之中，塔后绿色的苍山与山前白色的三塔组成了一幅相互辉映的图画。

苍山脚下的洱海面积很大，南北还能看到湖边，东西长，有一望无际的感觉。水很清，在湖边把手放在水中感到很舒服。

观赏洱海，在古镇这边看位置不够好，只能看到和欣赏洱海本身的广阔。坐车到洱海的另一边，包括到大理新城那里看洱海，整个苍山洱海尽收眼底，苍山洱海连成一片，一片广阔水域的洱海连着巨大黛色的苍山，顿时展现出苍山洱海的整体美丽和气势。

大理、古镇、苍山洱海现在都较为安静，比不远的丽江要平静得多。一些中外人士喜欢这里的安静，喜欢苍山洱海，在这里长住下来。有的做些生意，有的在这写作，也有的就是图这里安静、平和的生活，就长期住在这里。笔者想，退休以后是否也要来这里常住一个时期，阅读、写作、闲呆？

美丽的丽江

丽江是近十几年来中国最热门的旅游胜地。

因为丽江是中国最大、最美丽的古城。以笔者的经历，也是世界保留较为完好、最大、最美丽的古城。

中国、世界古城不少，但像丽江这么大的完整的古城很少。丽江古城呈椭圆状，整个古城方园几十公里，人口有一百万。今天世界上其他地方有这么大的古城吗？

中国、世界的古城基本都是某一个小地方、或者城市的某一局部地区，如周庄、同里、大理、北京、京都等。而丽江市整个城市被保留下来，保留完好。整个城市建筑，格局，街道，风貌，文化，而不是一部分，一条街等。

丽江古城很大，从哪里进古城是个难题。因为是个椭圆或四方形，有很多路进出古城。第一次去古城时感到这是个难题。与出租司机说，司机是根据所订的酒店位置，知道在哪进古城最近。而车又开不进古城，一般是停在离酒店最近的路口，下车后步行。

古城很大，很难每个地方都走到。记得主要的景点是两条街，古城中心是四方街小广场。

步行是游古城的主要方式。丽江的街道布局全世界都少有。中间是石头垒的小河，不宽，基本是两三米宽那样，到处都是江南风格的小桥流水，青瓦白墙，烟柳石桥。全古城有东、西、中三条河道沿街绕巷，穿墙过屋，水边杨柳婆娑；有 354 座小桥在密密麻麻纵横交错的水流上。河道两边没有任何栏杆或阻拦物；河道直上直下，因为是石头垒得嘛。河道两边就是人行道，仍然是石头铺就的。因为日复一日，年复一年，不断有人行走，石头路被踩得光滑锃亮，更显得丽江的骨气和靓丽。街道两边是一个挨着一个的各式小商店。

中间是小河，河两边石头路，两边石头路的两侧是商店，中国及世界的街道有多少是这样的？所以丽江真是独特的。

古城里的河水都是从附近雪山流下来的，所以清澈见底。河底的小石头、水草、流动的小鱼都看得清清楚楚。把手伸到河水中，感到凉意，因为是雪山融化的水。

四方街是古城中心，从这里四条主街放射开来，与四周巷子连接，但游客却走来走去不知去了哪里，很容易失去方向感。古城的商店在道路两侧，一个接一个，永远逛不完、看不完。这些商店都是保留过去的建筑风格，多数是木制的。出售的商品什么都有，包括本地产品和其他国内外产品。本地产品，包括工艺品，饰品，服装比较吸引人。这里有一些多年著名的小店，如“一米阳光”等。不少店主不是本地人，是来了后喜欢这里就不走了的，在这生活、经营一家商店。

丽江还有几处有纳西族古韵表演的地方。纳西古乐演奏者多是老人。在古城还时常看到当地纳西族人，穿着民族日常服装，基本都是灰色的土布，背着背篓，走在小路上。

丽江古城的小旅馆、客栈很多，很有特色，保留着古式的阁楼形状，房间里的桌椅、床等家具也都是传统中国的木式。住过的几家店位置较好，在坡上。坐在房间外走廊上，可以看到几乎整个古城的风光。

丽江本身独特，风光无限，周围的著名景点也很多。所以来丽江旅游的人，不但要把古城玩够，欣赏够，还要去周围的景点。一定要去的首先是玉龙雪山，海拔 4600 米。要通过索道上下山，也有些人自己爬，不知要花多长时间。

即使在盛夏，4000 多米的雪山山顶也是寒冷的。所以到玉龙雪山后，大家都租羽绒服。当时不贵，租一次 20 元。

由于海拔高，有时会有高原反应。笔者去过两次，有一次就出现高原反应，头痛。在山上休息一会后会好些。

雪山上真的有冰川。冰川表面是白色，里边就是翡翠绿色，不知有多厚。看着让人兴奋，终于看到冰川的真实情况。而且冰川的颜色真是诱人。淡淡的翡翠色，令人心中安逸和平和，非常吸引人眼球。

还有些人到丽江附近的长江虎跳峡、泸沽湖等地旅游。这需要很多的时间。

丽江古城历史悠久，民风淳朴，整个古城古朴自然。丽江市属于去过还想再去的地方，而且是属于去后就让人打算有时间要在这常住的地方，几个月，一年，两年，或更长的时间。一些中国人、外国人都这么做了。笔者也计划着以后有大段的时间时，也要来丽江住上几个月或一两年。那样可以慢慢欣赏、享受丽江的古韵和风光。

说不尽的丽江，看不够的丽江，住不够的丽江。

香格里拉

《香巴拉并不遥远》歌词唱道：

有一个美丽的地方
人们把它向往
那里没有痛苦，那里没有忧伤
那里四季常青，那里鸟语花香
……

1933 年，英国作家詹姆斯·希尔顿在小说《消失的地平线》中描述了一个东方的地方，人们把它称作香格里拉。1937 年，这部小说被拍成电影《香格里拉》，风行一时。很多地方试图表明和声称自己的地方是香格里拉。传说中的香格里拉位于喜马拉雅山东部的梅里雪山，中国最终确定云南迪庆是香格里拉。

因为这个名气很大，很神秘，很多人就想去看看传说中的香格里拉是什么样子。

几年前与朋友去了一趟香格里拉。飞机快要降落时就感到香格里拉的独特之处，看到四周群山之间一大块草甸子，草甸子上到处开放着黄色的、白色的小花，应该是格桑花。降落后首先感到头痛，因为是高原反应，不记得这一带海拔多高，应该有近 3000 米。

从机场到镇里的路就展现了香格里拉与各地的不同。机场是位于几公里的平地里，周围都是平缓的山坡。看来在这一带能找到这么一块平地建机场已很不容易。

机场周围、机场到镇里的沿途都是香格里拉，即与其他地方不同的地方。植物都很矮，时间是盛夏，倒是一片绿色。最奇特的是每隔半米、一米左右就会有朵花，多数是红色的，也有黄色的、白色的，整个几公里方圆的地方都是这样，一片绿色中点缀着均匀分布的小野花。不知道是什么花，可能是西藏高原地区所有的雪莲花、格桑花之类的，低矮，贴地。

香格里拉所在的小镇也是座古城。街道是石头铺的，房子都是木制的平房或二三层小楼。我们在网上查看，订了两间房间，也都是木制的，很有乡土气息，住着舒服。但洗完澡后感到头痛，看来是高原反应了，忘了别人告诉过的到高原地区第一天不能洗澡。

古城商店、餐馆很多，因是旅游胜地。所卖的商品也多是当地的土特产，包括纯羊皮制造的毯子。

后来新闻报道说，古镇起了火，整个古镇都被烧毁了，如是这样真是太可惜了。

香格里拉地区面积很大。先要坐车到景点大门。买完票后再坐景区的环保车在景区旅游。景区很大，设了很多景区专车停靠站，游客可随时上下车。

可能大体看一遍景区至少要一天的时间。不能每个景点都去，游客只能根据自己的兴趣选择几个景点。

景点的样子看起来与九寨沟差不多。面积比九寨沟大，景点不够集中。水有一处与黄龙、九寨沟相似，叫“碧塔海”，即是淡蓝色的水，林木葱郁，蓝天白云，绿树，淡蓝色的湖面一片寂静，花季时岸边是一片片火红的杜鹃。其他地方与黄龙、九寨沟不同，水没什么特别，但非常清澈，因也是在大山之中，没有任何污染。雪山树影倒映在碧蓝的湖水中。

有一处很大的草场，是牧场，有些牛羊在低头吃草。整个草场面积很大，在大山之中。人们站在山坡的路上往下看，俯瞰草原，别有一番景色。

还有一处海子，在湖边修了木质的人行栈道，很长，因为湖面和周围草地面积很大。人们下车后在栈道上慢慢走，一遍走一边拍照，欣赏着辽阔的风光。湖水，草场，高山，蓝天，一切都非常广阔，无限，大气。

香格里拉就是这样给人以无边无际的感觉，宽广无限，蓝天无限，山峦无限，草场无限，湖水无限，人的心情也就随之宽广无限。这就是香格里拉，这就是香格里拉的独特之处：宽阔，原始，粗犷，野生，美丽。

藏族作家道帏多吉认为有个更大的“大香格里拉”“大香巴拉”，即川滇藏三省区交界地带：九寨沟、黄龙、四姑娘山、丹巴、康定、稻城、理塘、巴塘、香格里拉、贡嘎雪山、海螺沟、梅里雪山、木里、玉龙雪山、南迦巴瓦雪山、丽江、泸沽湖……它们让你折服，让你神魂颠倒，让你魂牵梦绕，让你向往不已。

三角梅路

从云南临沧市到其所属的镇康县，中缅边界的县城，200 多千米，4 小时车程（国道）两侧到处都是盛开的三角梅。有红色的，多数是紫色的，可谓“三角梅长廊”。据同行的市宣传部门的干部讲，该市上任市委书记喜欢三角梅，提议公路、市区路旁多种此花，各单位包干负责，市委宣传部也承担了三公里。

这也许是领导个人爱好的原因，但笔者认为它根据地区的植物等特点，造福广大民众，包括笔者这一生可能偶尔只来一次的外地人。因为它给路人带来了快乐，给地方带来了美化。

那一路从临沧市到镇康县城、到清水河中缅边境口岸，单程 200 多千米，往返四五百千米，沿途都是三角梅，长在路边，长在山上。云南这一段多是山路，但山不太高，也不险峻，还算平缓。绿化很好。无论在路上行进，还是下车远望，远近一片绿色。其中不少地方是香蕉林。三角梅每朵花瓣不大，但经常是几十朵在一棵小树上一起开，集中一片，赏心悦目。三角梅树都不算高大，属于高于地面一两米左右的地面树，但树枝多，枝叉由中心向四周分散；一棵三角梅树会有几十树枝，簇拥在一起，也显得郁郁葱葱。每一棵三角梅树、几十枝树枝，几百朵花朵，开得像一团火，点缀在一片绿色的群山中，盛开在道路两旁，构成了云南西南地区一道亮丽的风景线。

道路两侧的三角梅树，有的是十几米、几十米间孤零零的一棵，有的是一段距离内稀稀拉拉几棵，有的则是十几棵、几十棵一棵一棵地紧挨着。无论怎么排列都很好看，特别是那些十几棵、几十棵连在一起的三角梅，粉色的或红色的连成一片，非常醒目，看了令人兴奋。

三角梅娇艳，温馨；红色的是正红，看着壮观，强劲，特别是在背后一片绿色之前，格外鲜艳，显眼。

在清水河中缅边境等口岸，看到中方管理较为严格和规范，边境检查设施齐全，检查站建筑不大，但较为现代化，反而缅甸那边似乎看不到检查站。中方检查站由武警负责，检查过往人员和车辆。因不是旅游胜地，看到人员往来并不多，但车辆不少，总是排着队等待过检查站。过往车辆多是从缅甸方面向中国方面开的车，在两个检查站没有看到车辆由中国开向缅甸。大卡车上装的多是蔬菜，尤其是大大的冬瓜，当地人说是从缅甸进口，多数运往四川、重庆等地。

去看了一座中缅边境的界碑。是一块石碑，上面刻着红字，标明是第多少号界碑。除界碑外再没有其他人工建筑物，没有铁丝网或任何栏杆，边界地区也没有住房和人员。边防巡逻队定期开着越野车来界碑地方巡查，下车看看，然后就又开走了。只有道路交通口岸才有检查站。

临沧至镇康县公路两侧，特别是一些公路至河谷的低地处，长着一片片香蕉，郁郁葱葱。正式成熟的季节，一大朵一大朵的香蕉上包着白色、蓝色的塑料，可能是为了防止香蕉过重掉在地上。

而从公路到山上的山坡上，则是一片片橡胶林，树干细长，挺挺直立，一片繁茂景象，一望无际。

被忽略的福州

多数中国人很少想起福州。想到中国南方的大城市，多数人想到的是广州、深圳、上海、南京等地；甚至人们想到福建时，想到的也是厦门，而不是省会福州。

这是不公平的。第一，福州城市不小。无论按中国的标准，还是世界的标准，福州都是地道的大城市。按世界的标准，即按面积和人口，福州是世界特大型城市。按中国的标准，在中国省会级城市中，福州也不算小，是大城市，不比哈尔滨、长春、石家庄、济南、银川、兰州、太原、南昌、南宁、合肥等城市小。

福州高楼不少，也比较新，是个现代化城市。其现代化气息在世界上也是一流的。

福州还是个历史文化名城。主要是历史上出现过不少名人，如林则徐、沈葆桢、严复、林启、林觉民、林徽因、冰心等。

福州还是个有特色的城市。建筑除了现代化的高楼大厦外，福州还保留了不少明清古建筑及街道，如“三坊七巷”和朱紫坊街区等，保留了大量、成片、成排的明清街巷、私家庭院园林民居古建筑群。面积达40公顷的“老街”，构成中国南方少有的“古城”风韵。这在中国南北城市中是很少有的。因为难以想象的是，福州作为中国最南方的城市之一，远离历史上中国的中心中原地带，却保留了较为古老的中国建筑和街道风味，这是难能可贵的。在中国现在的城市中，仍然保留较多较古老建筑和街巷的恐怕只有北京、西安、开封、成都等少数城市。在这方面福州在南方独树一帜。

“三坊七巷”位于福州文化名城中轴线以西。以南后街为轴，向西三片称“坊”，向东七条称为“巷”。“三坊七巷”自晋、唐代形成，清至民国时成为高峰，现为“中国历史文化名街”。

福州也一直是中国较为开放的城市，有洋气。福州鼓岭有一个过去的外国人居住区，到处都是西洋别墅，据说最多的时候有数千外国人住在那里。因此，福州也一直是一座国际化的城市。

2018 年秋去福州几天，为了更多时间欣赏“三坊七巷”，特意选了一家在“三坊七巷”的酒店。酒店不小，是以前较早的建筑改的，古色古香，很有特色。

因为就住在“三坊七巷”，所以三天里在“三坊七巷”里走了很多遍，三坊和七巷都走遍了，而且走了很多次。每一条巷子房子都是白色的，瓦是黑色的，都是明清的建筑，不少是后来翻修的，路不宽，都是石板路，是地道的古镇模样。“三坊七巷”方圆几千米，这在中国和世界上都是较大规模的古镇。在整个中国很少有保留、或者重新翻修这么好、这么大、这么完整的传统地方。

还去了位于城南的闽江，晚上坐游船游览闽江夜景。一个多小时往返，两岸楼房、灯光闪烁，体现了福州的现代化气息。

是坐火车从北京到福州。临近福州一两个小时时是早上。火车沿着闽江行走，闽江较为宽阔，早上多数地段雾气重重，闽江两岸绿色一片，构成一幅标准的中国山水画。笔者在朋友圈发的一些照片起的名字叫“烟雾闽江”。不是“烟雨闽江”，因为那时没下雨，只是雾。

厦门、鼓浪屿

厦门是中国一类漂亮的城市之一。这类城市当然不是首都，也不是省会城市，但属于规模不小、很有特色、又很有味道或浪漫的城市。从北到南，这类城市有吉林市、大连、威海、青岛、苏州、无锡、桂林、厦门、三亚、丽江等。

很多人觉得，厦门就是鼓浪屿漂亮，离开鼓浪屿厦门什么都没有。这话以前可能对，但现在不对，近十几年来不对。

厦门大学一带很漂亮。校园中心的湖，湖四周的景观和建筑、花草树木荡漾着南国的风光。湖的南侧，站在厦门大学教职工住宅的位置向南眺望，是一片无限的海洋。这里的厦大在山坡上，真是好位置，依山望海，人间仙境。

厦门东部新开发的地带则是一片现代化的办公楼、饭店和商场。高楼林立，气象万千，现代化程度不亚于世界任何大都市。新区海边一带，绵延几十千米修建了海边大道。道宽，整洁，绿树成排，鲜花盛开，与南边的大海组成了一条清新、绚丽的海边风景线。

从海边再向南，天晴时则能看到金门岛。

厦门美不止于鼓浪屿，但鼓浪屿却仍是厦门最美的地方。

鼓浪屿很独特。国内海边城市中，海边之外又有一个较大、漂亮的岛屿，唯厦门独有。

鼓浪屿美在自然。四面环水，与厦门大陆分开，人们都是通过摆渡船进出鼓浪屿。

鼓浪屿美在安静。因为是岛屿，又只能通过船进出，就限制了人流和工业、商业，特别是汽车的数量。因此，鼓浪屿确实是市外桃园。身在大城市之中，作为大城市的一部分，却没有现在世界大城市摆脱不了的拥挤和喧嚣。没有多少人，基本没有工厂，没有多少商业，又没有几辆车行驶，当然剩下的就只有属于人类的安静了。

鼓浪屿美在建筑，美在洋气。在一个不大的岛屿上，竟然有那么多不同风格的建筑。鼓浪屿上的建筑密集，都不太高，多数二三层、三四层，但座座有特色，所以被称作“万国建筑博物馆”。

鼓浪屿的建筑几乎都是西洋式的，几乎没有看到过过去的中式建筑。19 世纪中叶后，外国教会在这里建了十多座教堂，相继还有 16 个国家在此设立领事馆，从 19 世纪中叶到 20 世纪初期，这里是中国第一“富人岛”，几十年间建起了 1014 座欧式别墅和洋楼。有些建筑还有袖珍的小院子，同样设计巧妙，充满特色。“千余栋别墅，白墙红瓦，小巧玲珑，散落在山坡、海边的绿树丛中，幽静别致，构成鼓浪屿最靓丽的一道风景线。”“道路两旁，参天古树枝繁叶茂，层层叠叠的绿叶间，鸟儿婉转啼鸣。窄窄的小巷里，墙头上藤蔓交错，南国花木从院落里探出头来，丫枝横斜，花影婆娑。”

现在不知道是哪些人拥有鼓浪屿上的西式建筑。几次去鼓浪屿，发现一些西式建筑改成了酒店，属于特色酒店之类。特色即浪漫，酒店的房间不大，但按年轻人度蜜月的情调设计房间，圆床、洗浴间、卫生间、吊灯、家具，无不充满温馨和浪漫气息。

因为这里的酒店都不大，自然不能与喜来登、香格里拉等现代化大酒店相比。因此，鼓浪屿的酒店就另辟蹊径，利用鼓浪屿的自然美景和西式建筑特点，改成一些规模不大、但有特色的温情酒店，吸引年轻人和追求特色及浪漫的人群。

晚饭后，在鼓浪屿四周的海边散步是鼓浪屿最浪漫的事。周围寂静，万物深邃，海风习习，一两或几个人漫步岛上，在座座漂亮的西式建筑和大海之间闲走，漫谈人生和世界，这不是神仙的地方，神仙的生活吗?

武夷山

武夷山是中国一座名山，但总感觉在中国人的心目中，武夷山名气不如黄山、泰山的大，甚至不如近十几年来出名的张家界。

去过武夷山后感到人们的感受是准确的。武夷山确实不如泰山气势那么大，那么雄伟；不如黄山那么秀气，特色鲜明。

但武夷山总体也是属于秀气、有特色的一座名山。

首先是绿色。可能因为处于南方的位置和离海洋较近，大概是中国名山中离海洋距离最近的大山，处在中国南方多雨的地带，武夷山一年四季气候温和，降水充沛，因此漫山遍野都是绿色，郁郁葱葱。山上山下，正面背面，东西南北都是无穷的绿色，是绿色的海洋，而且是无边无际的绿色海洋。因为武夷山面积很大，地域很广，不知是从哪开始，到哪里结束，总之是绿色的世界。

武夷山另一特点是水多。山脚下有条大河，忘了叫什么河。我们旅游武夷山就是从山下的水开始，即漂流。武夷山漂流是其旅游一大特色，恐怕也是别的名山少有的。我们一行近百人，浩浩荡荡到武夷山后，大巴把我们带到山下水边，登船后就开始漂流。这一行有十几艘船，每条船上十个八个人。有一个年轻的女孩划船。姑娘身穿蓝底白花的农家上衣，下身蓝裤子。典型的中国民间年轻妇女着装，看上去典雅、漂亮、顺眼。

漂流时间很长，两个小时左右，沿途水绿山清，船在水面缓缓前行，两岸青山缓缓过后，令人完全是在绿色的大自然中行走。划船姑娘一身蓝衣白花与青山绿水完全融合，其曲线的腰肢、身段与河水及秀峰组成一幅完全、和谐的美丽图画。

划船姑娘还不时应客人要求唱当地的山歌。不唱歌时就介绍两岸的风光和名胜。整个漂流给人留下愉快美好的回忆。

武夷山山下有水，山上、山间很多地方也都有水，即山涧，这可能是因为整个山区、地区水多的原因。武夷山不低，慢慢爬起来要两三个小时，但感受不像爬其他山那么辛苦。原因就是武夷山的水。因为整个地区水多，显得湿荫，爬山没有口干舌燥的感觉。加上整个山区郁郁葱葱，被绿树覆盖，即使烈日当头也不受日晒，全程都在树荫下活动。

爬山道路设计得较好，每隔一段路段就建有茶亭。武夷山茶是有名的。当地人在山道上设立的茶亭提供新鲜的武夷山茶。大家爬了一段在茶亭休息，喝喝本地清新的绿茶，交谈对自然美景的感受，自然是山上神仙过的日子。

茶亭也都建在绿色中，与周围山景、山涧混为一体。人在这样的自然、和谐、绿色的环境中，人自然也与山、与水、与绿色植被浑然一体。

这可能就是过去200多年前工业化、现代化之前人类长期生活的状态。

杭州得天独厚

世界上美丽的地方确实都有水，而且相当大程度上也是因为水而美丽。纽约有海，也有哈德孙和东河两条河；华盛顿有宽宽的波特马克河；旧金山、洛杉矶本来就是海滨城市；芝加哥有世界最大的淡水湖；夏威夷在世界第一大洋中间；伦敦有泰晤士河，离海也不远；巴黎市中间有条塞纳河；日内瓦因日内瓦湖而闻名；维也纳、布达佩斯有多瑙河；莫斯科城中有莫斯科河缓缓流过；首尔有宽阔的汉江；悉尼在海边；香港其实是个岛，周围当然是海水；上海不但离海不远，而且城中有宽如长江的黄浦江及苏州河。北京没有海和江河，所以古代皇帝开凿了大运河；后来建了京密引水渠，密云水库的清流经引水渠一直流到颐和园、再从颐和园分流到京西、北二环，市内有北海、中海、南海、后海，水域面积都不小。

杭州也是因为有水而美。而且杭州不止有一种水，且有多种水。

世界其他美丽的城市多数有江河、湖、海中的一种水，少数有两种水。而杭州有三种水，这在中国和世界都是少见的。

杭州有湖，西湖，有湖水，而且是大湖，美丽、秀气的湖。有人说“西湖无疑是江南的代表，她美丽得近乎虚幻，活生生地把自己装进了一卷古画里。西湖在中国相当于《红楼梦》之于中国”。

杭州有江河，即钱塘江，而且是条大江大河，江面宽广，水量充沛，浩浩渺渺的样子，还有著名的钱塘江大潮自然景观。杭州离海不远，在不远处钱塘江流入大海。站在六和塔上，宽阔、浩渺的钱塘江就在脚下，在远方，江面多数时候波平如镜，船只稀少，安静、缓缓地流向远方，流入大海、大洋。

杭州得天独厚，不但三水具有，而且还有山。世界上美丽的山城有，美丽的水城也有，但同时有山有水的城市很少。

杭州水那么多，西湖西边又紧连着山，西湖西面都是一些不算太高、但很秀气的山，和西湖一样美丽。山上山下，都是绿色，没有间隙；山上山下，总是云雾缭绕，因为山下、四周江河湖海水多，水多就产生水汽、云雾，云雾就总是缭绕西湖边的山区。

有这样美丽、和谐、秀气的山水，西湖边上的山里就出了宝贝——龙井茶。龙井茶不可能不好，在山水、云雾缭绕的环境里、滋阴下长得东西怎么会不好？

所以，在有山有水、得天独厚的杭州处处都是人间仙境。在西湖边、白天、晚上沿湖信步，不是等于在天上漫游吗？在美丽、平静的西湖中泛舟、不时登上三潭映月等景点，不是在画中吗？游完西湖，到湖边山里漫步，在树荫中的楼阁里小歇，品尝着新鲜的西湖龙井茶，人的一生意境还需要别的吗？

有篇文章说：“杭州让人迷恋的，其实不过三点，那就是清茶、山水和承载了千年历史的淡淡素雅。”

杭州这样美丽、秀气的山水城市中国少见，世界少有。

上海的现代化

上海最大的特色是现代化。现代化也即是“摩登”（英文 modern 的音译）。“摩登”中文一词是从上海来的。上个世纪二三十年代，上海是中国最“摩登”的地方，比当时的香港还要“摩登”。

今天上海的最主要特色仍是“摩登”，只是现在人们不再叫“摩登”，而叫“现代化”了。中国很多地方都现代化了，但最现代化的地方还是非上海莫属。

上海的现代化首先是现代化的高楼大厦。中国、世界高楼大厦多、高的城市很多，但多数高楼都不如上海多，不如上海高。迪拜的楼世界最高，但其他高楼不是太多，不成群连片，那不是真正的高楼大厦的城市。

全世界高楼最多、最高的大城市应首先是纽约，其次应是上海、东京、香港、新加坡。伦敦、巴黎的城市历史性建筑多，现代化建筑不是最多，这是他们有意为之。北京、首尔、曼谷、里约、墨西哥城等地高层建筑也不少，但数量、高度、现代化程度与上海等地还是有明显的距离。因此可以说，上海是全世界高楼最多、最高的三五个现代化城市之一，是全世界一流的现代化大都市。

上海另一引人注目的地方还是外滩。世界上城市中有江河的有些，如首尔、巴黎、伦敦、开罗等。但论河面之宽广、壮观，江岸两侧之繁华和现代化的只有上海。

上海浦江两岸令人感叹不止的建筑有两类。一类是新中国成立前外国在上海建的银行、保险公司等办公楼，典型的欧洲风格，至今仍不过时，仍然展现着欧洲最辉煌时期的风貌。上海很好地保留、维护了这种风貌。另一类是今天世界最现代化的高楼大厦，基本是直上直下，高入云霄的那种，如浦江两岸的高档饭店、写字楼、银行、保险公司大楼等。在这些建筑之中还有“东方明珠塔”，虽然难以长期保持上海和中国第一高度，但在一片高如云天的建筑中仍有自己的位置和特色。

外滩百年来经过几度变迁和重建，但格局没有大变，依然的宽广、大度、包容。沿江两岸步行道路长达几公里，宽一二十米，每天容纳百万、千万人在这里漫步，欣赏宽阔的江水和两岸的“万国建筑博物馆”。到巴黎、伦敦、纽约、东京、香港、新加坡等世界最大、最现代化的都市走走，看看哪个地方还有类似上海外滩这样供百万人同时闲庭信步的地方？

近十几年来，上海又出了一个现代化、时髦、时尚的地方，那就是新天地。这个方圆不大、基本是一条主要小街的地方现在成了中国、世界闻名的地方，是中外人士来上海“一定要去”的地方。

新天地吸引人的当然不是自然景观，也不是高楼大厦，更不是商业繁华、购物等，而是她的情调。这类可以被称作“小资情调”的地方，由灰色两三层小楼、石板和灰砖路组成。地方不大，街巷不多，但也有几条小巷曲径通幽，令人回味中国南方小城、小巷的古韵。

主街、几条小巷两边基本是酒吧、餐馆、小商店。每家酒吧、咖啡屋、餐馆都有室内室外座椅，典型的中国和欧洲城市街头餐饮的布局和格调。颜色基本都与建筑、街巷颜色一致，暗调，含蓄，不张扬。人们成群结伴，在这里走走、坐坐、喝喝、聊聊，在巨大的闹市中取一小静地，在繁华喧闹中体验下缓慢、低调、温和的生活时刻。这在现代化的大都市生活中是独树一帜的，也是需要的。

紧挨新天地有一座有名的房子，即中共一大会址，现在每天都有些人在新天地逛完后也去一大会址看看。笔者每次到这里、写到这里、讲到这里就情不自禁的想：100 年前那 21 位创立中国共产党的人的目标是否就是把中国建成会址边上“新天地”这个样子？或者他们想到他们以后的中国会是这个样子吗？

沧海桑田，世事难测。

上海的现代化不仅是大，是楼，是路，是商业，还是人。上海女人一直是全中国最洋气、最会化妆、最会穿着、最时尚的女人。中国女人的着装、打扮、举止大概都是以上海女人为榜样的。

而上海男人被说成是最有风度、最有教养、做家务最多、对妻子最礼貌的“好丈夫”型男人。而且说起来奇怪，上海是中国南方，但很多上海男人个头、体廓却有北方男人的高度和块头，但又不失清秀、整洁、优雅、得体。可以说上海男人是中国最绅士的男人。

上海倒也不是什么都是现代的，一些“古迹”、旧的东西也保存的较好，如城隍庙。上海城隍庙位于离现代化的外滩不远的地方，但整个建筑却完全是中式的，旧式的。方圆一平方里多，十几栋大小建筑都是仿唐的阁楼，红柱格窗，显得古气古香。每条石路两边都是商店和饭店，商店出售的商品多数是旗袍、丝巾、首饰、服装等传统中国制品。

城隍庙小吃闻名全国。几次去城隍庙都要吃些小吃。种类很多，规模很大，但吃起来却没有觉得多好，也吃不出上海食品的精致。原因可能是每天游客、吃客太多，小吃不能小做，只能批量制作，味道就差多了。

城隍庙每次去都看到人山人海，川流不息，热闹非凡。可见不论是现代时髦的东西，还是古老旧的东西，只要是好的东西，好的地方，人们都喜欢。

苏州园林

苏州园林是中国一大景致，是东方一大景致，因为它体现和代表的是东方的美、东方的艺术。

对中国人来说，苏州园林代表、体现着南方的情调，南方人生活的品味与文化，是非常有别于北方的。

苏州园林是家的公园，家的理想、风格和舒适的展现。设计、建设这些园林的人们，是想把自己理想的东西建在自己家的庭院中，想把自己和家庭理想的生活建在自己的家中，建完之后，好每天过那样理想的生活，生活在理想的状态中。

与公园相比，苏州园林都比较小。很多北方人可能并不那么在意苏州园林，也不认为有什么了不起，原因就是觉得小，不气派，没有什么。

但苏州园林就是体现着南方人的精致思维和风格，细微之处见精神，见文化，把一个不大的地方建成一个有着完整艺术体系的园林。

那些园林的内容仍然是中国文化中的山水、花草、树木、雕塑、楼堂亭阁等。这些不大的园林把它们艺术地组合在一起。一座座不大的楼堂亭阁被放置在清水环绕、曲径通幽的小路之间，周围布满花草树木，有的还有些石刻等雕塑。这一切，无不展示着中国人对家庭生活的理想追求，对美好生活的向往。

品味苏州园林需要仔细和耐心。而不够仔细和耐心的笔者及很多北方人不大容易真正体会到苏州园林的味道。

每一座苏州园林充满故事传说。可能是一个人的，一个家族的，一个设计理念风格的，一个建筑艺术的，一种园林文化的，体现在园林的布局和一草一木、一梁一栋、一雕一塑之中，这些都需要仔细观察，听解说，去理解。

这些庭院可以平静人们的心情、心性。

苏州园林中，笔者最喜欢的还是寒山寺。错了，寒山寺可能不属于苏州园林。它不是座园林，而是一座寺庙。但笔者想，多数去苏州看园林的人都一定会去寒山寺，一定把寒山寺作为苏州园林之一。

如把寒山寺作为苏州园林之一，则它没有代表性，也肯定不是最好的，远不如拙政园等。但它的名气可一点不亚于拙政园等苏州最著名的园林。

原因就是那首诗。

我们去寒山寺那次是全家一起去的。笔者站在寺外看运河，也并没有感到寒山寺的特别之处。寺庙建筑不高、不大、与全国其他寺庙建筑风格也没有多大不同。但站在那里几乎无所感受之时，忽然听到十岁的女儿在背诵唐代诗人张继的诗：

月落乌啼霜满天，
江枫渔火对愁眠。
姑苏城外寒山寺，
夜半钟声到客船。

此时，笔者立刻感到整个寒山寺动了起来，活了起来。头脑中立刻出现寒山寺外客船到达的情景，立刻出现江南水乡、人来船往的繁华景象，也出现了到了深夜，在一切寂静之中，一艘不大的小船缓缓驶入的情景，或驶过寒山寺，沿着运河缓缓驶向远方……

自然、人文景色有了人文的东西就更令人充满情感，充满想象，也就有了生命，有了诗和远方。

苏州当然不只有数个著名的园林，整个城市也像大园林。古城保留较完好，至今仍保持着自五代开始的建筑群。苏州带私家园林的宅邸解放前有 200 多处，现在留下 24 处。

古城外围是约 16 千米长的护城河。河内由三横三直为骨干的水系纵横贯通，54 个前街后河的街坊、大小水巷 600 多条。“古城内，临街商铺，沿河人家，依旧粉墙黛瓦”；建筑最高不超过7层，有几座古塔。黑、白、灰是姑苏城的颜色。新城建在古城外面，对古城没有多少影响，这点象欧洲的城市，不像北京、西安等不少中国城市，新城取代了古城。

太湖水

太湖在笔者心中一直是座遗憾的湖。不是说太湖本身有什么不好，有什么遗憾，而是笔者几次去太湖，从没有感到自己完全看到了太湖，了解太湖的全貌。

第一次去太湖是 20 世纪 80 年代中后期，是陪一位美国客人去上海，上海外办安排一天去无锡。在无锡的重要内容是看太湖。其实就是去叫鼋头渚的地方，说是太湖最美的地方。

印象中名实相符。这一片太湖确实很美。弯曲的地段湖水碧绿，湖边玉树成荫，整个湖面在绿树之下，水岸一色，一片绿的世界。

但知道太湖很大，号称“八百里太湖”，水面很宽，只看到这一片水域，尽管很美，但总觉得没有看到太湖的全貌，没有真正看到太湖。

所以第二次去决心一定要好好看太湖，要看到太湖整个面貌。这次是全家一起去苏州，从苏州附近去太湖。不知道怎么到了一个大的汽车站，看到一个站牌写的终点是太湖，招呼全家上了车，去太湖。

车坐了较久，约有一个多小时时间，停过好多站，终于到了终点太湖。下车一看，基本是个小镇的样子，一排排房子，很多商店，没见到水。不甘心，按问到的方向向湖边走，经过一段杂草，到了湖边，看到了太湖。但看到是湖边一角，没有看到浩渺的太湖，没有看到全貌。这时知道上错了车。这个地方名叫太湖，不是太湖最好的地段，不是观赏太湖的景点。

第三次是在太湖附近的城市开会，会后东道主组织去太湖游览，这回觉得肯定能看到太湖的全貌。先坐大巴，坐了一段下车，上船，船在太湖上走了一段时间，应有半个小时，然后在湖边一个什么地方上了岸，大家吃午饭。午饭后基本按原路返回。

船在湖上行驶时，笔者用力去看太湖。看到雾气缭绕，看到水面广阔，但仍感到没有看到太湖的全貌，没有真正看到整个太湖。

至今不确定究竟是自己几次都没有找到好地方观赏太湖的全貌，还是没有乘船在湖上行走足够的时间，所以始终没有看到太湖的全貌；抑或是太湖太大，根本就不可能看到、感受到她的全貌。

所以至今在心中，太湖仍是模糊的。似乎湖面永远没有蓝天白云的晴天，湖面永远灰蒙蒙的；湖水永远高深莫测，永远望不到头；永远没有感到哪一处是太湖最好的地方，是可以看到、了解整个太湖的地方。

南京的风味

南京是个挺特别的城市。她在南方，但又不像南方城市，没有南方城市那样的精巧和妩媚，与她附近的苏州、无锡、常州和上海不同。南京位于南方，但像北方的城市，粗犷，城市道路、格局东西南北，横平竖直，不像多数南方城市那样曲径通幽，格调含蓄。

南京不像南方城市也是因为南京人不像南方人。与南京人接触，与接触南京人多的非南京人交流，大家都说南京人不太像南方人，而像北方人，直截了当，有时脾气也不太好，没有南方人多有的细腻、温和的气质。

这也许是因为南京过去长期是中国的首都。首都嘛，就是汇聚全国各地的人，所以就具有了较为综合的性格。

景观上，南京同样没有与她临近的苏南城市普遍多有的小巧玲珑的众多园林小景。南京的公园都是北方式的大气。玄武湖像北方城市的湖，中山陵以气势为主，修饰不多。

莫愁湖小很多，看上去是南方的精致，但其实不是。小倒是小，但不是小巧，更不玲珑，找不到什么精致的东西。

市中心的中华门更像是北京各个门、如建国门、德胜门等的翻版，气势如虹，威武庄严，完全不是南方的格调。

南京主要景点中唯一的南方式的地方应该是夫子庙地区。这是笔者最喜欢的南京景色。对笔者来说，也是南方所有地方中最吸引人的景色之一。

夫子庙地区方圆不小，东西南北应有一平方公里的范围。景色主要是两个：一是秦淮河；二是商店和小吃。

夫子庙地段的秦淮河是该河的精华地段。一座桥连接河的两边，游人不断站在桥上欣赏静静流淌的河水。这段有百米长的河段，河两边由白色的、雕塑般的玉楼碧柱构成，凸显秦淮河古色古香的特色。桥下、玉栏之间的河水宽约 20 米。水是绿的，水面平静，不时有古式游船载着游客缓缓驶过。来到夫子庙，观赏秦淮河，就像回到了古时的南京，古代的中国。

夫子庙广场不大不小，每天人流涌动，热热闹闹。广场南侧是秦淮河，东北西三面是商店和餐馆。商店都不大，出售江南特色的产品，绫罗绸缎，风情扇子，各种工艺品等。

除秦淮河外，夫子庙一带吸引笔者的是这里的小吃。有单一小吃摊或亭子，也有几家较大的小吃餐馆，一般有两层楼。斜对秦淮河、夫子庙西侧的一家餐馆忘了叫什么名字，是笔者喜欢的以小吃为主的较大的餐馆。整个二楼有几十桌。每次去南京，只要有时间笔者一定与朋友去这家餐馆吃南京小吃。种类多，味道好。坐在靠窗的位置，品尝着美味的小吃，眺望不远的秦淮河，使人回到过去江南的生活之中。

正对着秦淮河的也有一家较好的餐馆。位于最热闹地段的正北侧。是家比较正规和高档的餐馆，食品以正餐为主。装饰较为讲究。选一处靠窗的位置，看着窗外川流不息的行人，望着秦淮河上缓缓驶过的游船，品尝着较为精美的食品，与对面的朋友边吃、边看、边谈，体会到什么是生活。

这家餐馆晚上还邀请当地艺人坐在餐馆的一边，弹奏古筝等传统中国乐器乐曲，与周围的环境、气氛浑然一体，展示的是真正的中国味、中国风、中国情、中国人、中国曲、中国文化和精神。

周庄、同里

周庄、同里是苏南的古镇，但笔者感到两者虽然有些相同相似，实际上也有很大的不同。周庄要比同里秀气些，精致些。

到目前为止共四次去周庄。

第一次是20世纪90年代末，周庄那时游客还不很多，整个古镇比较悠闲。记忆中大家都是慢慢地游，慢慢地走，慢慢地看，船也慢慢地行驶。当时树很多，绿化很好。走在水边干净的石板路上，看着一座座小桥架在水上，水中悠悠行驶的小船，路旁一家家、一排排木质的建筑，感到这就是画中的江南水乡。

第二次是2002年夏天，陪基辛格访华团到上海和周庄，因是官方活动，一行20多人，整团一路不停、匆匆忙忙在周庄走了一趟，走了20几分钟，照了一张集体像。这次对周庄的印象就是我们急匆匆地赶路。

第三次去苏州讲课，课后东道主又拉着笔者去周庄看看。这次有时间，不赶路，但是冬天，整个周庄没有几个人，游客也少，营业的门店也少，以为周庄破落了。

后来最近一次是与家人一起去上海后去周庄，这次准备好好看看，住了一晚。这次对周庄感觉有好有坏。

坏的是古镇封了起来，要从专门的路口进去，进去后首先是交钱、拍照，给制作个证件，今后几天如不出“庄”则不必再交钱。

钱不多，好像一人100元，但令人很不愉快。本来是个古镇，不是个相对小的公园，还封起来不让人自由出入，其实就是为钱。但又想也不能怪周庄，近些年来国内除杭州西湖外，所有旅游的地方不是都封起来了吗？不是都收“维护费”等费用吗？周庄是少的，100元，丽江古城等很多地方动辄就两三百元，如一家四口去游，光“维护费”近千元，然后去各个景点还要再买门票。

但进去后的感觉还不错。除了人更多，更拥挤外，周庄没有多少变化。小船还在慢慢地行驶，小桥还在水上，只是桥上人太多了；路还是石板路；路两边的小店还是林林总总。白天、傍晚人很多，但街灯照影，很有水乡人家的感觉；早晨则没有多少人，整个古镇静悄悄的，如在云雾中。有篇文章说周庄最美的时刻是清晨五、六点钟。五点的周庄，天色微微发亮。水乡古镇还在睡梦之中，河水中映着它的倒影，房屋小巧玲珑、鳞次栉比。

同里的感觉很大，要比周庄大几倍；水也不少，一条条的位于一排排房屋之间；房屋的样式与周庄也相似。但不同的是一切都太粗糙，好像没有经过多少整修就开放了。房屋粗糙，道路也粗，景点也粗。不但粗糙，而且有些脏乱。到处都不整洁，不精致，不像南方小镇的感觉，倒像北方乡镇的大集。

也许人家有意要保持这样本来的风貌。

黄山归来不看山？

“黄山归来不看山”是十几年前在中国流行了几十年的话，意思是说黄山是中国最美的山，看了黄山后就不必再看其他的名山了。

这话在十几年前是对的。那时中国还相对落后，很多景区没有被发现、被开发出来，黄山在少数名山中是最美丽的。但随着中国各方面的发展，被开发的景点越来越多，有些景点越来越漂亮，“黄山归来不看山”这话还成立吗？黄山还是中国最美的山吗？

回答可能仍是肯定的。在中国的名山中，东北的长白山海拔2700米，山高，处在原始森林中，很有特色，但秀美方面不如黄山。泰山雄伟，但树木相对较少，缺少绿色，是比较秃的山。西岳华山没去过，从照片和电视片上看，险峻挺拔，但也不够秀气。峨眉山俊俏，但似乎高度不够，谈不上雄伟。南岳衡山，宗教意义不小，但留下的印象是既不秀美，又不雄伟。武夷山秀美没问题，但也不够高，雄伟程度也不够。

可能可以与黄山一比高下的是后来开发的张家界。张家界的主要特征也是雄伟。一座座山峰几乎是突兀而起，十分险峻，人在山面前感到其伟大和壮阔。但秀美方面不明显。

既雄伟又秀美的中国名山大概只有黄山了。黄山的雄伟是毫无疑问的。从山脚下往上爬，正常情况下要两三个小时，可见山的高度。在山顶上，一座座山峰也几乎是直上直下，矗立在人的面前，座座山峰连绵不断，显示着山的伟大和气势如虹。

但在雄伟和秀丽两者之间，黄山的秀丽胜于雄伟。由于位于南方，雨量充沛，因此黄山总是雾气蒙蒙，使山在云中，在天上的感觉。站在黄山任何一处山顶，眼看着云雾在眼前不停飘过，座座山峰在云雾中时隐时现，山像是在天上移动着，漂浮着，山在浮想联翩，人也在浮想联翩。

黄山是典型中国南方的山。山上的花草树木也较为秀美。本来英雄气概的松柏，在黄山却变成秀美的姑娘。原因是她们时而直上直下地长在山顶上，山坡上，时而在一个白色岩石的侧面横空出世，几乎是挂在山坡旁，这既展示了黄山松柏的挺拔，又活灵活现地表现着黄山树木的秀气；像个活泼的姑娘，并不拘泥于直上直下的生长常态，而是展现各种各样秀美的身姿。

黄山山上的几家酒店也有特色。规模都不大，但在山上依山而建，建筑样式和风格随山势而定，与大山完整和谐地融为一体。可随时观赏黄山变换的景象。这对游黄山非常必要。因黄山是南方的气候，雨水说下就下，几乎没有规律，而雾气、由雾气决定的山景也就随时变换。住在山上，可以随时根据雨水、气候、雾气的变化，欣赏不时变换的黄山风光。因此笔者与朋友们去时，特意选择住在山上的宾馆。

黄山脚下的屯溪市也是典型的南方古城，确切地说是典型的徽式建筑。一座座、一排排徽式一二层小房，白墙青瓦，矗立在雄伟秀丽的黄山脚下。古老的街道依然是石头铺就，街道中间从山上留下的溪水缓缓流过。石块路两侧是一家家、一排排店铺，出售当地各种土特产。到达屯溪，你眼前立刻就展现出在电影、电视中看过无数次的南方古镇、特别是徽式建筑的模样，似乎千百年来它们的样子和风貌从未改变，从不改变。

有一篇文章有一段写徽式建筑的地方：雪白的马头墙，高耸的牌坊，群山怀抱中，蜿蜒幽深的古道，旖旎的青垣黛瓦……

这就是屯溪的样子，美丽的黄山脚下秀美的徽式建筑古镇。

游黄山很值，一是欣赏了雄伟秀丽的黄山，又体验了山下传统的徽派古镇，一举双得。

从庐山到井冈山

江西在中国属于不算发达的省份，但江西的地理、自然条件不错。

江西位于南方，气候湿润，雨水充沛，因此江西从北到南，从东到西植物茂盛，郁郁葱葱，一片绿色景象。

江西旅游名胜很多。东边有近年来开发的婺源、三清山，北面有庐山，南面有井冈山，中间还有省会南昌。这些地方笔者都去过，但印象最深的还是庐山和井冈山。以笔者来看，这两座名山一北一南，构成了江西的中坚。

庐山在长江边上。长江中下游是平坦的平原，庐山几乎是突兀而起，横卧于长江南岸。与长江平原比，庐山是高。但庐山的特色其实不在于高，也不雄伟，而是她的秀美。

庐山秀美来源于她的绿。整个庐山，山上山下，到处都是茂盛的植被，郁郁葱葱，遮天蔽日。汽车在山中行走，如走在原始深林式的绿野之中。

庐山也美在雾气。离黄山不远，像黄山一样，由于周围水多，雾气就多。到了庐山，无论在哪，总看到缭绕的雾气，整个庐山永远在白雾缭绕的雾气之间，增添了庐山的神秘和秀美。

庐山还美在建筑，即那些别墅。据说是当时在上海的外国人为了度假在庐山修建了这些众多的别墅。别墅都是欧式的，建筑模式似乎永远不过时，永远令人喜欢。

从庐山到井冈山不算近，在高速公路上行走，汽车也要三个多小时。沿途几乎经过了大半个江西，依然一路绿色，令人愉快。

井冈山很大，“八百里井冈”名不虚传。到达井冈山脚下，从山下往山上开，汽车还要走一段时间，给人感受到井冈山的广阔和气魄。

井冈山革命历史景点很多。红军医院、朱德扁担休息的地方、小井等，所以感觉井冈山旅游内容很丰富，因为看的地方很多，听的“故事”很多，很多也令人动情，流下热泪。在井冈山几天旅游，观看、听讲、回忆，不断使人想起红军当年艰苦卓绝的岁月，令人情不自禁地唱起“小米饭，南瓜汤……”，背诵毛主席的《西江月·井冈山》。

井冈山故事最吸引人的是黄洋界。很大程度上是毛主席“黄洋界上炮声隆，报道敌军宵遁”的词。所以，来井冈山的人一定要去黄洋界看看。

黄洋界位于井冈山的高处，往下看地势开阔，是江西、湖南两省交界处，“一鸡鸣两省”。解说员述说着当年的战斗。听着解说员的解说，看着周围的环境，特别是一眼直视从山上到山下数里路的情景，对红军的激情油然升起，耳边又想起毛主席诗词的声音：“黄洋界上炮声隆，报道敌军宵遁。”

“八百里井冈”不仅革命景点众多，感人，而且风光秀丽，有山，有水，有河流，有瀑布。井冈山瀑布从上到下有几十米，声势浩大，很远就能听到水声。顺着瀑布流下的水流走，很远都是溪水潺潺，使人心里都是湿润润的。山路两侧，一会儿是各种树木，一会儿是挺拔的竹林，主要是毛竹，亭亭玉立，想起以前学过的课文“井冈翠竹”。有人说，“八百里井岗”“五百里林海”。

“八百里井冈”，八百里红色典故，八百里迷人风光，令人难忘。

从庐山到井冈山，江西东中部的婺源这些年来名气很大，主要是油菜花和徽派建筑。婺源江岭有被称作中国四大花海之一的万亩梯田油菜花，是华东一带人们春季赏花的热门地方。笔者曾夏天去过婺源，没有见到油菜花，但古村小巷、徽派建筑给人以深刻的印象。远看一处处村庄静静地位于山下稻田之中。走进小村，两百余栋明清代的建筑仍然保留着，白墙黛瓦，马头墙檐角飞翔，高低错落，背以青山，环绕溪水和稻田；“白墙、青瓦的农舍一挨一栋，屹立在一片金灿灿的稻田中间，郁森森的青山，呈环状耸立在村庄的周边是……”。白墙黛瓦马头墙，加上稻田雾气青山，是一幅典型的江南中国古画。

橘子洲头

长沙在中国省会城市中不算个热门城市，但很有特色；景点名气不大，但很有味道，值得细细体验。

长沙与其他吸引人的地方一样，有水，有水就活了。著名的湘江从南到北，从长沙城中间穿过。在长沙这段，湘江很宽，真是一条大江。

长沙不止有宽宽的湘江，而且在江中有个较大的岛屿，这在城市中是少有的，有江河的城市中国、世界不少，但江中有较大的岛屿的有多少？

这个岛细长，与江面平行，也是从南到北延伸的长方形状。应该是个半岛，因与江岸有连接，或是人工建设的连接，本来是个岛。

这座岛叫橘子洲。肯定是因为洲上盛产橘子。笔者 20 世纪 90 年代后期去长沙时，是朋友开车开到橘子洲的。记得那时路很畅通，从岸边开到洲上很容易，路也较宽。

橘子洲绵延数千米，呈细长形状，伴随湘江。令人印象深刻的是绿色。整个橘子洲在宽宽的湘江中呈现满眼的绿色。洲的四周是江水，湘江西岸不远的地方是同样绿色的岳麓山。橘子洲与岳麓山交相成辉，绿色相映。一幅自然和谐、平和的景象。

橘子洲上确实有橘子，越到洲的南头橘子越多。记得笔者是夏秋之交时去的，正是橘子快要成熟的时候，只见茂密的橘子树上挂着一点点金色的橘子。金桔绿树，交相搭配。

对笔者等很多人来说，橘子洲吸引人、一定要去，是因为毛主席那首诗。小的时候读过那首诗，就知道了长沙，就知道了橘子洲，就想有机会时一定要去橘子洲看看。

沁园春·长沙

1925 年

独立寒秋，
湘江北去，
橘子洲头。
看万山红遍，
层林尽染；
漫江碧透，
百舸争流。
鹰击长空，
鱼翔浅底，
万类霜天竞自由。
怅寥廓，
问苍茫大地，
谁主沉浮？

携来百侣曾游。
忆往昔峥嵘岁月稠。
恰同学少年，
风华正茂；
书生意气，
挥斥方遒。
指点江山，
激扬文字，
粪土当年万户侯。
曾记否，
到中流击水，
浪遏飞舟？

这首诗是毛主席诗词中少有的一首回顾青少年岁月生活、不是以革命活动内容为主的诗篇。读了这首诗，就使人了解一些毛主席青少年时代的生活和精神，也就回到了毛主席的青少年时代，也可能联想起每个人自己的青少年时代。

除了橘子洲，江边不远的岳麓书院也令人印象深刻。岳麓书院萌芽于唐末五代，北宋时成为一所“高等学府”，是中国最古老、最著名的几大书院之一。书院所在的岳麓山较高，从江面上、地面上看，岳麓山高高矗立在湘江之滨。山上山下满眼绿色。到了山上，感到到处都是绿树，密密麻麻，如入森林之中。绿树之中的岳麓书院呈大四合院形状，基本是白墙绿瓦，与整个岳麓山浑然一体，甚为和谐一致。书院楼牌横幅上四个书法大字“惟楚有才”，让笔者格外兴奋。尽管笔者知道其中的“楚”是地理概念，不是姓氏之意，但还是感觉良好。

试想，在这样气候湿润、满山绿色、濒临湘江的书院读书，书能读不好吗？书院能不名垂千古吗？

岳麓山下，沿山脚一字排列三所大学，湖南师范大学、湖南大学、中南大学。一个城市有三所大学连在一起，而且是在郁郁葱葱的山下，宽宽流淌的江边，这在中国和世界是少见的。

湘江、橘子洲、岳麓山、岳麓书院，构成了长沙最美丽的景象。是自然和人文混为一体、相互交织、辉映的自然与人文和谐景象。

长江黄鹤楼

武汉黄鹤楼大概是中国最著名的牌楼。虽然很多人说中国有四大牌楼：武汉黄鹤楼、岳阳楼、南昌滕王阁、烟台蓬莱阁，但在笔者看来，其他几座楼是无法与黄鹤楼相比的，不在同一层次。

原因之一当然是那两首唐诗。黄鹤楼出名主要不是楼本身，黄鹤楼本身与中国各地建在水边的楼和塔没有什么太大的区别。黄鹤楼的特色是那两首脍炙人口的诗：

黄鹤楼送孟浩然之广陵

李白

故人西辞黄鹤楼，
烟花三月下扬州。
孤帆远影碧空尽，
唯见长江天际流。

另一首关于黄鹤楼的著名诗篇刻在黄鹤楼上，中国人登上黄鹤楼时都要看着、读着这首关于黄鹤楼的名诗：

黄鹤楼

崔颢

昔人已乘黄鹤去，
此地空余黄鹤楼。
黄鹤一去不复返，
白云千载空悠悠。
晴川历历汉阳树，

芳草萋萋鹦鹉洲。
日暮乡关何处是？
烟波江上使人愁。

中国人多数是从这两首诗中知道了黄鹤楼，产生了对黄鹤楼的向往，一有机会一定要去黄鹤楼，去武汉首先要去的地方、最想去的地方就是黄鹤楼。人们想知道，这楼什么样？为什么产生了那么美妙的诗篇？

而黄鹤楼也从没有令人失望。这不仅是因为这两首诗，而是它的位置，或它的地理位置。

黄鹤楼雄踞于浩渺的长江之滨。因为江面是平的，黄鹤楼建在江边上，加上这一带地势高些，江面极宽，有几百米，大桥长千米左右，就显得极其雄伟、高大。黄鹤楼也确实高，几十米的高度，一层一层。无论你走到哪一层停下来，眼看楼下宽阔的长江，登高望远，想起著名的诗句，都会浮想联翩，思绪万千。

所以那两首脍炙人口的诗篇和浩荡的长江，造就了黄鹤楼的名气和气势，造就了黄鹤楼的独特和雄伟，也造就了黄鹤楼不同于所有楼阁的位置。

记得有一次陪一名印度籍美国人去黄鹤楼，笔者照旧无限感叹，与他述说黄鹤楼的奇特，情不自禁地给他背诵那首诗。客人听着笔者的汉语朗诵，频频点头，然后说，虽然我听不懂你说的汉语，但我从你的语调和情感中感受到这一首伟大的诗篇。

这就是伟大诗篇的力量。她使黄鹤楼永远屹立在长江之滨，永远屹立在人们的心中，在人们的心中占有她的位置。

长江三峡

在20世纪八九十年代，长江三峡是中国最热门的旅游胜地和项目，那20多年，每年有很多中外游客乘船游三峡。

笔者三次去过三峡。第一次是90年代中期参加旅游团，从武汉到重庆；第二次是就是90年代末期全家参加旅游团，从宜昌到重庆；第三次是21世纪初去三峡讲课。

从武汉乘游船游三峡，到重庆全程要四天三夜；从宜昌也要三天两夜。

从武汉到宜昌这段是长江中游地区，船要走一天。景点主要有岳阳楼、荆州古城等。沿途地势平坦，两岸风景不多。岳阳有岳阳楼，是由于那篇《岳阳楼记》而出名。岳阳楼位于洞庭湖畔，不乏雄伟；从楼上看洞庭湖，湖面一片汪洋，令人畅想。

荆州古城城墙很长，在墙上可行走很长时间。在那还看了湖北著名剧目《编钟》，很有气势。

过了宜昌长江葛洲坝就进入三峡地区。整个三峡是中国面积最大的旅游胜地，绵延千里，横跨湖北、重庆两省市。

三峡中巫峡这段最长，“巴东三峡巫峡长”，从宜昌开始一直到瞿塘峡段，有几百里长，船要走一天。这段水面较宽，江水平缓。巫峡段景点较多，有大小凌河，河水不像长江是黄色，而是清澈见底的溪水，不少人乘坐竹排游览。在岸上看着清澈的河水，心里也感到清晰。

笔者对巫峡段最有兴趣的是白帝城。白帝城没什么特殊的景色，吸引人的是李白的诗：“两岸猿声啼不住，轻舟已过万重山”，据说写的就是这一段。

在白帝城一带，行船中注意看两岸是否有猿猴，倒还真是看到了一些猿猴在两岸群山中跳跃。但白帝城在三峡大坝建成前后，因蓄水太多，按计划已淹没了，白帝城往山上后迁了。

巫峡段当时还有段著名的地方是丰都鬼城。主要是公园室内建有很多鬼的雕塑，栩栩如生，满吓人的，解说员又述说着那些鬼的故事。三峡建设后，不知这一景点是否移地了。

可能是逆水行舟的原因，游船在长江江面上始终平缓而行，没有经过什么波浪险滩。这是江河行船和海上行船的最主要的不同。也可能是长江航道上的险滩早已被清除了，长江航运才这么平缓。

游船走得很慢，两岸青山不断驶过，使人感到平和、放松。长江水早已也变成黄色的了。两岸青山，中间黄色的长江水带，船上前后红旗飘飘；青山，金色的水流，鲜艳的红旗，倒是构成一幅色彩斑斓的图画。

两次游三峡全程，感到最美、最险的一段还是瞿塘峡。瞿塘峡在三峡中最短，但气势最宏伟，绵延 8000 米，两岸绝壁高耸；山很高，山体大体是个正三角形，最上边的角向左有个回弯。因为山高，离很远就能隐隐看到，所以在船上行走很久总感到一直能看见瞿塘峡，一直在向着瞿塘峡前行。这一段也成为各种关于三峡的照片、电视片、宣传片的标准照，以瞿塘峡为代表展示三峡，因为这段三峡最美丽壮观。

过了瞿塘峡就是西陵峡了，也很长，是三峡中最长的，船也要走一天。河道一直比较狭窄，因为一直穿行在湖北西部和重庆东部的大山中。

西陵峡这段不记得有什么特殊的风景，只是在涪陵市下船时感到涪陵不错，江边码头人和船都较多，比较热闹；市区多是石板路，磨得很光滑，走在路上感觉挺好。道路两侧当时多是灰色的木头房子，仿佛使人回到古代和近代的中国乡镇。但不知后来又有什么改变。

到重庆朝天门码头下船，从武汉到重庆的四天三夜、或从宜昌到重庆的三天两夜的三峡游也就结束了。很少旅游在船上过几天几夜，很少旅游在山水间行走这么远。游过三峡就知道中国面积之大，山河之美丽壮观，历史、文化之悠久。

所有中国人都应在一生中游一遍三峡。

第三次去三峡是应约给三峡总公司做一次报告，所以只去了三峡大坝，没有去长江三峡其他地方。当时三峡大坝还在建设中，但已能感受到三峡大坝和三峡工程的雄伟壮观。报告后，东道主安排笔者参观建设中的大坝，还到大坝里面参观。这是笔者有生以来第一次到大水坝里面去。不看则已，看后则心中不安。因为以前在国内外看大水坝，看到宽十几米、几十米的水坝都是实坝，都是石头水泥填满的，所以坚固，可以挡住那么多的水量。但到了三峡大坝里面，才知道坝内部不是实的，都是空的，是用于安装发电设备的空间，原来大水坝与住房一样，只是两边、边上有墙，中间多数地方是空间。这使笔者非常担忧，这么薄薄的墙面能挡住那么巨大的水面、水量吗？如挡不住，哪天水冲破坝墙怎么办？

其实这完全属于非专业的杞人忧天。那么多水利等各方面的专家当然知道大坝两边的厚度和材料是如何能够长期地挡住水流的压力与冲击，确保大坝的安全的。

高铁车厢内外

2015 年 3 月 7 日上午 9：24 至下午 14：50，笔者乘坐武汉至北京的 G512 高铁。

坐在火车上长途旅行做什么？读书是传统的主张。坐飞机升空后除了天空什么也看不到，应该读书。但笔者主张坐火车不要读书，应该更多地看沿线的风光，因为这正是“行万里路”的一种方式，很重要。不能因为总是为了“读万卷书”而失去“行万里路”的机会。读书的机会经常有，但行路、亲眼观赏的机会并不总有。

窗外城市、村庄一一驶过。要看看沿途的城市规模都多大？发展如何？高楼大厦多少？与过去路过或去过相比有无变化？变化多大？这一路 1000 多千米，经过湖北、河南、河北、北京四省市，看到二三线、四线城市高楼确实不少，呈现现代化景象。但仔细看来，高楼多是住宅楼，写字楼和商业楼不多。而且看来很多都没有人住，没有都卖出去。中国城市楼市供过于求的状况在一线城市外是较普遍的。同时也证实房地产行业这十几年来在中国各地经济发展中的地位与作用。

更多的是农田和村庄。村庄的变化主要取决于民居。湖北境内的农民住房不错，多数是二三层小楼，比较新，样式也较新。但进入河南境内后，一直到北京，民房的样式与过去比变化不大，多数是一层的房子，样子也和过去几十年差不多。

农田种什么？主要是小麦。3 月时华北地区小麦也都绿了。有时看到田野上有农民在作业。是些什么人？想看看，想知道现在农村谁在种地？但车速太快，看不清楚。有时看到种地人附近有摩托车或电动自行车在停靠，看来农民种地都现代化了。农田上的女子的穿戴花花绿绿，色彩鲜艳，颜色与在城里看到的没什么区别。

看看环境如何？是否像国外和环保组织说的中国的河流都被污染

了？一路下来1000多千米，四个省市，看到的大小河流也有几十条，看来一半左右的河流是被污染了，水色不好看，发黑。但有些也比较清澈，像好水的样子。每当看到这样的河流，这样的水，心中就一阵欣喜。

路过黄河时水量较小，因为是冬季。但奇怪的是过了石家庄后看到两条宽宽、水较清澈的河流。不记得石家庄附近或以北有大河啊，也可能是南水北调新建的人工河。

沿线交通四通八达。可以看到很多公路，高速公路、国道、省道、地方和乡村小路。看来经过30多年的发展，中国的公路交通确实现代化了。

列车沿线停了几个大站。停车时，向其他站台望去，看到每站都有人在站台上排队等着别的车，是向南的火车，每10米有一队，每队有10人左右。看到排队等着上车的绝大多数是20多岁的年轻人，男女数量差不多。这些青年男女在刚过完春节后离开家乡，又去外地工作了，包括不少农民工。外出是他们的生活，是他们的前途和希望。

车内5个多小时，旅客们多数是在聊天，或在睡觉，其中睡觉的更多些。没有聊天和睡觉的多数在玩手机，玩游戏，有的不戴耳机，还发出声音来。偶尔有的人翻阅车上的杂志，但全车厢没有看书的。个别的电话打得没完没了，声音不小，真是噪音。

笔者乘坐的这一排过道那边坐着两位白人青年男女。男的一路在看电脑，用电脑，在干什么不得而知；女士一路上在看一本书，有时也磕睡。

中国的高铁令人乘坐舒适愉快，因为时间准，车内干净整洁、宽敞，座位也较为舒适，英国主要媒体《每日电讯报》曾说“连二等座位提供的腿部空间也是英国火车标准座位的两倍”。

以前笔者在坐火车旅行时也是一路看书。但近十几年在国内外火车旅行时笔者不再看书，而是一直向窗外看，只要是白天。不管是几个小时还是十几个小时。因笔者认为，书什么时候都可以看，但各地的实情、景象、风光、山河湖海却不是什么时候都可以看到的，了解的。读万卷书、行万里路都重要，同等重要，缺一不可。

从武汉到北京 5 个多小时，包括几个月前笔者从日内瓦到维也纳 11 个多小时的车程，笔者基本都忍住磕睡，不停地向外了望。实在困的不行是就眯十几分、20 分钟。

车上卖盒饭，与平时开会时提供的盒饭差不多，但量的差别太大了。与平时盒饭大小、宽窄相似的车上盒饭，盒内每个小格的量只有一半，包括米饭，都不放满，这确实过分了。价格是平时盒饭的一倍，每份 40—45 元，但量只有盒子的一半。其实即使放满了也没几个钱，尤其米饭和白菜，也多不了几毛钱，在这几毛钱上缺斤少两显示出制作者、经营者的职业、商业和道德观念太差了。

山城重庆

重庆越来越发展，越来越高，越来越大，越来越像美国纽约曼哈顿。

说她像曼哈顿，是说她的形状。重庆的中心是渝中区，渝中区两边是两条江，两条江外是其他区。这与纽约曼哈顿相像。曼哈顿是纽约的中心区，中心区东西两侧是两条河，两条河之外是其他区。重庆这一格局与纽约市相像。

说重庆越来越像曼哈顿主要说的还不是格局，而是高楼大厦。重庆因为越来越发展，再加上地理特点是平地很少，没有多少空间扩展，只能向天空扩展，所以重庆的楼越来越高，在狭小的两江之间和之外的有限地区向高度发展。

从江北机场向城里走，快到城里时，就看到眼前高楼大厦林立。而且因为地理空间小，重庆的高楼不但集中在相对较小的范围内，而且楼特别高，又高又细，与中国其他城市的高楼大厦不一样，反而与纽约曼哈顿相似。

从机场路驶来，快到市区时，看到市中心的样子，一下子使人感到似乎到了纽约，与纽约相似，而且越来越像。

这表明重庆的气派，一个新型的现代化大都市的现代化步伐和气派。作为山城，高楼随地形起伏，立体感强烈；夜间，两江四岸，灯火辉煌，视觉冲击远远大于其他城市。

重庆的发展是中国发展的一个缩影。一个在中国较为偏僻的一般性大城市，在短短的20几年中，就能在大山之中崛起成为一个世界规模的大都市，一个看上去越来越像世界最大城市纽约式的高楼林立的城市。

重庆的景点倒是不多。市内解放碑附近是个小广场，是城市、特别是商业中心。重庆以前最著名的地方是朝天门码头，但随着航运的减少和周围高楼的影响，码头则显得越来越小，越来越不显眼。但朝天门码头还是应该去的地方，因为这里可以看到两江四岸的景象，可以看到长江和嘉陵江的交汇。多数情况下是一黄一清两个水流交织在一起。长江一年多数时间内水是黄色的，而嘉陵江多数情况下水是清的。当然嘉陵江水流小，长江水流大，所以交汇后很快就都变成黄色的了。

站在朝天门，遥望两江四岸，看到四周各式建筑越来越多，越来越美，包括朝天门对面的重庆歌剧院，造型艺术有点像悉尼歌剧院的味道。

重庆市内红色旅游的地方是白公馆和渣滓洞，是当年国民党关押和杀害共产党革命者的地方。这两个地方因为小说《红岩》及改编的、长演不衰的歌剧《江姐》而闻名，在中国是属于无人不知、无人不晓、无人不想在一生中要去看看、表达对革命者敬仰的地方。地方不大，含金量极高，在中国境内恐怕还没有一个地方像白公馆、渣滓洞那样在人们心中有那么深的印记，有那么多的悲壮，对牺牲的革命先烈有那么多地敬仰和惋惜。或者说，白公馆、渣滓洞永远是大陆中国人心中的痛。

离重庆市不远的一个景点是个什么大佛的地方，距市区开车应有一个多小时。佛很大，而且是横卧形态。其他大佛都是坐卧姿势，唯有这里的大佛是横卧姿势，但照样不失佛主的慈悲和欢快的样子。

成都的淡定

成都是中国西部特大型城市。中国的主要城市多在东部和中部，西部特大型城市不多，就是西安、成都、重庆。兰州、乌鲁木齐、昆明属于与其他省会型城市相似的地方。

成都在中国人心目中声誉不错。原因不是她的繁华，而是她的淡定。

成都好像从来不急，从来不争什么。国内很多城市在争什么中国或世界的“中心”，也在攀比其他城市。但好像没听说过成都提出过建什么中心，也没有与其他城市攀比过什么。

成都的淡定来自她的富足。作为西南地区唯一的平原地区，四川盆地自古以来一直是富裕的，自给自足，不需要别的什么，不太在乎外界。

成都的淡定在于她对美的自信。四川不但是富裕的，也是美丽的地方。成都不远有峨眉山、黄龙、九寨沟、长江等中国和世界著名的景点。而成都历来是这些美丽地方的首府和中心。有了这些国家级、世界级的美丽地方，成都还会担心什么吗？还会不觉得自己是最美的吗？

成都的淡定可以在城市建设、建筑中体现出来。

成都不是中国著名古城，但建设、保留了不少著名的“古迹”，即仿古建筑。像宽窄巷子、锦里、春熙路这几个仿古的街道，在中国城市中恐怕只有北京、西安、福州可以比美的，甚至北京、西安这类中国最古的故都的古代或仿古建筑也没有超过成都这两条仿古街的水平。

特别是宽窄巷子，小巷悠悠，长有一两里。悠悠的街道两侧都是二三层明清式的小房子，或干脆就是一层的四合院。古色古香的仿古门内，或者餐馆、茶室，或者商店、住宅。甚至包括西洋的咖啡店、快餐店，无不是中式的古建筑风格。来到这里，就使人回到了一二百年前的民国早期或明清时期的生活。

小店里面无论经营什么，家具、用具也都是中国传统的木式家具，或原木色，或红木色，或四方桌，无不透露出中国传统的味道。一些餐馆和茶馆除了提供令人陶醉的川菜和中式茗茶外，不时还在一楼或二楼有一两位艺人穿着旧时中式服装，用中国的乐器，弹奏脍炙人口的中国古典名曲；或在演唱京戏或川剧的片段。坐在这里，品尝着沁人肺腑的中国茶，或享受着令人心花怒放的地道川菜，听着、看着传统的中国乐曲或戏曲表演，真不知自己是在人间何处。

在何处？大概只能在成都，或其他几个少数的地方才能享受到这传统中国的雅致和平淡。

九寨沟、黄龙：世界最美的水

笔者去过现在世界199个国家中的100多个，人们通常说的世界名胜都去过了。去过这么多地方，看山看水，可以非常负责任地说，世界上最美的水就是黄龙、九寨沟的水。

九寨沟、黄龙的水最美，但两者又有些不同。

九寨沟位于四川阿坝九寨沟县境内，有三条沟，原先沟里有9个藏族村寨，现在保留着4个。九寨沟海拔2000米，沟内原始森林遍布，有108个湖泊。一个个大山中寻常的湖，大小不一。位置和形状与世界其他一般的湖没有多大区别。不同的是，九寨沟的湖都在大山中，在四川西部，接近西藏的人迹较少的深山中。川西、滇西、湘西的大山是中国和世界少有的大山、深山地区，高山成群，连在一起，连绵不断，走向世界最高的青藏高原，这在世界都是少有的。

这里人迹罕见，因此保持着原始、原野的状态，无边无际的群山，郁郁葱葱，被森林覆盖。

大山中静静地存在着一个个大小、形状不一的“海子”，当地的叫法，其实是湖。这里水的独特在于，个个清澈见底，水不论多深，水中的物品在岸上看得清清楚楚，因为少有人迹，是完全的大自然，没有任何污染。水中有的是一根或几根倒在水中的大树，或一根横卧，或数根没有规则地躺在水中，加上各种各样、大小不一的石头，树叶等，水中世界一览无余、清清楚楚地展现在人们面前，毫无保留地面对周围的群山，面对天空，面对偶尔来观赏的人们。这在世界其他有水的地方是看不到的。其他水域多数只能看到岸边的水下，再深了就看不到了。

九寨沟、黄龙水最美的还是其颜色。水本来是无色的。在大山中的水一般是绿色的，大海中的水是蓝色的。唯有在九寨沟、黄龙，水有了各种各样神奇、耀眼的颜色。有无色的，从水面看到底，清澈见底；多数是淡蓝色，不像大海的深蓝色，也有呈淡黄色等。来到九寨沟和黄龙，就像来到了五彩斑斓的水的世界。其中一座湖就叫“五彩湖”，即在不同的阳光下不同的水域出现五种不同的颜色。

看到水有这么多神奇、耀眼的颜色，来到这里的人们无不惊喜，无不为大自然的鬼斧神工所赞叹不止。人们无不迷惑：世界怎么会有这么美的水？这么美、这么多不同神奇颜色的水是怎么形成的？

当地人的解释说是这里的地质中含有某些化学的元素，造成了这些水不同的颜色。九寨沟、黄龙的地下水含有大量的碳酸钙质，湖底、湖堤、湖畔水边均可见乳白色碳酸钙形成的结晶体。

黄龙的水多数确实是黄色，淡黄色。九寨沟的水域还是通常的一座座大小不一的“海子”，只是水的颜色令人吃惊和兴奋。而黄龙的水多数是自然形成的台阶状态，像人工修建的梯田那样一层一层流下来；水域有大有小，有十几个，但多数属于淡黄色，少数是淡蓝色。无论哪种颜色，都是在其他有水的地方看不到的，都是最美、最耀眼的颜色。

黄龙、九寨沟知道它们水的神奇，因此这里保护工作做得非常好。所有的景观都是自然的，没有人工的东西。人工的东西只有各个水域边上的小小的木头牌子，介绍该水域。另外的人工产品就是路，沿山势修建供人们步行的路；行走的汽车都是环保型的电动车。不少景点之间修建有行人行走的栈道，都是木头。所以，在黄龙、九寨沟，几乎所有东西都是自然的，使人陶醉在自然之中，欣赏着大自然的美妙和神奇，尤其是水，世界上最美的水。

蜀南竹海

竹子一直是笔者最喜欢的植物。为什么？可能是喜欢它高高挺拔，以及风来时摇晃的姿势。竹子是一种树，但比绝大多数树要高、要直、要挺拔、要绿、姿态更美丽动人。

中国有幸竹子很多，种类很多，有湖南的斑竹，也叫“湘妃竹”，四川的慈竹，云南的凤尾竹，江西井冈山的毛竹，湖北南部的楠竹等。

因为一直喜欢竹子，所以一直想去蜀南竹海，想看看遍地都是竹子的地方什么样，把竹子看个够。

于是在2015年乘五一放假几天，与一位朋友飞到重庆，在重庆当地一位朋友借我们一辆车，朋友和笔者开始了蜀南竹海的旅行。

从重庆向西南方向开三个多小时就到了蜀南竹海。蜀南竹海是方圆几十千米的地方，有好几个门、好几条路可以进出竹海。问了当地人，找到一条路，开了半个小时左右到了竹海的核心地区。

蜀南竹海不负所望，到处都是竹子，看不见头，看不到天，密密麻麻。我们找个酒店住下后，就在附近散步，享受着竹海的美妙。

第二天一天由近及远，开始在竹海里旅行。开一段车，看到那个景点好，基本是按竹海旅游手册的介绍，就到那个地方停下，再步行去看和体验。

竹海里风光不少。是成片成片望不到头的竹林。有各种各样的竹林区，高的，矮的，粗的，细的；也有各种类的竹子，牌子上有介绍，但没记住。

竹林的竹子挺拔屹立，直向云天，遮天蔽日。每到一片竹林区，笔者都要用手握一下竹子，想亲身感觉竹子的身体。这是笔者对植物的一种长期态度，看到喜欢的植物就想用手直接触摸，除非是禁止的。

每次手握竹子，感觉都很真实和充实，那种感觉真好，就像又回到了自然，人本来就是自然的一部分。

竹海里很多竹林区有水，或是不大的湖，或是潺潺流过的小溪。青青翠竹直立在这些水边，与水为伴，翠竹和溪水融为一体。

有一处地方非常美。从竹林往山下看，山下是一大片梯田。每一块梯田内，白水汪汪。梯田再远是个村庄，白墙灰瓦，渺渺炊烟，一幅山水画或国画景象。让人流连忘返。

蜀南竹海很大，但竹海内景色并不多，不奇特。但对爱竹子的人来说，有这样方元几十公里的茂密的翠竹，一切就都够了。

去了蜀南竹海，了却了几十年来要去竹海、要看成片的竹林、要在竹林中与竹子共同睡眠的长久心愿。

但对竹子的喜爱没有完结。还要不断看竹子，摸竹子，感受竹子。

向往的地方

西藏是中国三十几个省市自治区中唯一一个笔者尚没有去过的地方，当然也是一直向往的地方。

以前没去过西藏是没有机会。后来有机会但担心身体情况不太敢去。所谓身体出问题就是高原反应及连带可能出现的严重问题。

笔者近些年去过一些高原地区，有时有反应，有时没有。海拔4600多米的玉龙雪山去到山顶两次，一次有反应，一次没有，取决于当时的身体情况。青海西宁2000多公尺，去过几次没有反应。青海湖3000多公尺，没有问题。去黄龙、九寨沟，去时没有高原反应，回程前往3000多公尺的黄龙机场时，因为要赶飞机，车开得快，弯道又多，出现了高原反应，头晕、难受。那年去印度，在位于印中边境几十公里的地方有反应。

和其他所有中国人一样，一直向往着去西藏，去雪域高原，因为西藏太独特了，是中国和世界别的地方不能替代的。蓝蓝的天空，辽阔的高原，独特的文化和风土人情。

向往着拉萨布达拉宫及广场，向往着纳木错高原湖泊，真正寂静、清澈的水面。向往着如诗如画的林芝风光。向往着可可西里无人区和世界屋脊喜马拉雅山，只是这两个地方更不敢去，没能力去。

向往着乘坐火车从北京一路到拉萨，特别是青海到西藏这一段。想想在平均海拔3000多公尺近千里的路上行驶，沿途看到、穿过一望无际的高原、草原，远眺着一座座高耸入云的皑皑雪山，不时看到远近处一群群低头吃草的牛羊，这种情景太吸引人了，是人的一生最激动、最令人向往的时刻之一。

虽然年纪越来越大了，越来越不敢去了，主要是家人不允许，但一直思考找个时间一定要去西藏一次。即使最后不能去拉萨，至少也要去趟林芝，因为那里海拔相对不高，植物茂盛，空气含氧较高，应该没问题。

林芝是西藏地区另一处美丽、令人向往的地方。有篇散文描写林芝的色彩丰富。每年三四月份，桃花盛开的季节，四周高耸的雪山包围着村子，大片的桃花、油菜花、青稞呈现出红、黄、绿不同的颜色，把田野装扮得五颜六色，气味芬芳。到6月，这里又会是杜鹃花的世界，漫山遍野的各色杜鹃花尽情绽放，掩映在郁郁葱葱的原始深林中。秋天，天空碧蓝如洗涤、火红的枫叶折射灿烂的阳光。林芝，真是一个色彩荟萃的大世界。

去西藏是人生的向往，是人的梦想。向往和梦想应该尽可能努力去实现。

实不能行，心欲往之，特别是读过《羌塘草原》这首诗时：

这里什么也没有，
除了远处的一座座雪山，
和雪山上漂浮的一朵朵白云。

这里什么也没有，
除了雪山下一片片苍茫的空旷，
和空旷里铺展的一地阳光。

这里什么也没有，
除了开在阳光下的几朵野花，
和野花散发的淡淡清香。

这里什么也没有，只有
一群群肥硕的牦牛和一群群羊，
低头啃食一地阳光。

计划2019年去西藏！

接触过的藏族人

到目前为止遗憾的事是西藏还没去过，但接触几个西藏人时间较多，留下的印象都不错。

有些是来自西藏的学生。国家近几十年来在内地办“西藏班”，即一些藏区的学生来内地上初中和高中，不知道有没有上小学的。这些学生有的后来考入内地的大学。还有国家有政策，东、中部地区的一些高校每年要给新疆、西藏的少数民族学生留有一定的名额。数量不多，笔者所在的学院相当于系，多数时候每年都有一名来自西藏的学生。

也去过云南迪庆、青海西宁等有些藏族的地方，感觉与来自西藏的学生一样，人比较老实、朴实、真诚，不世故，不耍小聪明。

还去过在印度北部的藏人居住区。是印度政府在印度北部设立的10个“藏人居住区”，英语叫“Tibetan Settlements”。在居住区去过一个区的区长办公室，与他交谈，去过居住区的小学，还去了达赖集团所谓“流亡政府”所在地的印度的达兰萨拉，去了距中印边界不远的印控克什米尔的列城。在这些地方，除了印度军警人员外，居住的人都是藏人。据说有十几万。

这些地方仍然很穷。区长、校长的办公室都简单、简陋的不能再简陋了。房屋基本是土房，房间里的家具只是几个最简单的木质桌椅。但所到之处，接触的每个人都很简单、真诚、朴实。

接触最久、最多的是在美国的一对藏人夫妇。女士是父母已在加拿大生活的第二或第三代藏人，她后来在美国哈佛大学读书，获人类学博士学位，毕业后在华盛顿和弗吉尼亚大学工作。丈夫原来是中国人，在北京的中央民族大学学习过，后来到了美国，留了下来，在美国之音工作。他的家人、亲属多数还在中国。

两人都不属于海外藏人激进分子，不主张西藏独立。女士经常来中国，因为她退休的父母和姐姐把几乎在美加的所有资产都变卖了，在四川阿坝州藏人居住区办一个技能学校。

这对藏人夫妻，女士比笔者要小20岁，男士要小10岁左右。两人都属于传统的藏人，政治上温和，不极端；为人真诚、朴实，很容易与人接触和交往。

无论是在美国的这对藏人，还是在印度藏人居住地，还是在国内接触的藏族学生、教师，去藏区旅游时的藏族司机、导游等，所有藏族人给笔者的印象都是一样的：简单、真诚、朴实、憨厚，当今世界上像这样的民族似乎是不多了。

“我们新疆好地方”

“我们新疆好地方”是在中国流行很久的一首脍炙人口的歌曲。当人们去新疆各地，看到那么多“好地方”时就会想起这首歌，也会觉得名副其实。

新疆面积广大，占全国的六分之一，好地方也自然就多些。除了著名的喀纳斯、伊犁河谷、乌鲁木齐天池等景点外，南疆的喀什、北疆的吐鲁番、达坂城等名气也不小。

喀什老城保留着某种古城的风貌。很多石头、土的东西、民居、商店等展示着过去西域的特点。民居、民风、食品等穆斯林风格突出，很多东西是中亚地区和巴基斯坦的样子。

吐鲁番是中国夏季最炎热的地方，很多时候气温高达 40 多度，无法生活。外地游客多数也正是在这最热的时候去吐鲁番旅游。能做的就是在有空调的车里。下车后赶快去遮光的地方。这里的葡萄最有名，“吐鲁番的葡萄熟了”的歌声吸引着很多人前往这里。这里的葡萄多是淡绿色，葡萄不大，但很甜。去吐鲁番，人们都愿意在葡萄架下坐坐。一是乘凉，躲避太阳；二是一边休息一边品尝吐鲁番的葡萄，确实口感很好。

吐鲁番的坎儿井是当地一大特色。因为气温太高，地面的水很容易蒸发掉。因此当地人保留着一个传统办法，即在地下挖水沟，让水在地下走，保留宝贵的水。这一方法很管用。去吐鲁番时游客都会去参观坎儿井，一到那里就感到凉爽很多。大热的天看到眼前清洁的水静静地流淌，人们的心也一下子清爽很多。

达坂城因为“达坂城的姑娘”歌而闻名。其实这地方很小，可能是个镇的样子，而且没有任何有名的景点和建筑。但这一带风大，有很多风力发电设施。

达坂城附近有著名的“火焰山”，即《西游记》里描写的猪八戒用爬犁爬出沟的火焰山。火焰山夏天地面温度可以达到50多度，在那里人们站不了几分钟就想离开。火焰山不高，呈暗粉色，像火，估计火焰山就是这样得名的。

这一带还有一座叫“交河古城”的遗址，面积不小，颇为壮观。遗留下来的都是一座座土堆，方的、圆的，各式各样，能看出这在几千年前是座规模较大、较为繁华的城市。

新疆真正最令笔者向往的是天山。天山横贯新疆中西部，海拔最高处近7000多公尺，很多山段终年白雪皑皑，蔚为壮观。坐飞机多次在天上看到雄伟的天山。2010年去新疆时，本来有机会与领导一起乘车从库尔勒经过天山到乌鲁木齐，很是令笔者期待、向往，但当地领导要求笔者第二天给州的干部们讲一次课，错过了乘车经过天山的经历，只好在课后乘飞机飞越天山去乌鲁木齐。留下一大遗憾。不知这一生是否还有机会真正在地面上经过天山，跨越天山。

穿越塔克拉玛干沙漠

2010 年到新疆库尔勒，给州的领导干部讲了一课后，当州领导看到笔者对了解塔克拉玛干沙漠有兴趣后，让州水利局长等带笔者去。

从中学上地理课时就知道，塔克拉玛干沙漠是我国最大的沙漠，是世界第二大流动沙漠。对这类“最”的地方人们倒没有一生一定要去的意愿，但当到了新疆、到了它的附近后，这种愿望就强烈起来，想看看“最”的东西到底什么样。

我们两辆越野车早上从库尔勒出发，经过 4 个小时的行程穿越了塔克拉玛干大沙漠的东部地区，到达沙漠的南端若羌县后休息了一会，吃了顿饭，然后原路返回。前后 8 个多小时，两次穿越了大沙漠。

新疆从北到南穿越塔克拉玛干大沙漠的公路有两条。中西部的是 217 国道，从阿克苏下属的阿拉尔市到南疆的和田市。另一条就是在东部穿越沙漠的笔者走的 218 国道。两条道路距离相似，约 500 多千米。

塔克拉玛干沙漠有些方面与人们想象的一样。一望无际的沙漠，苍天下除了沙子几乎没有多少人工的东西。

但实际去看后，你会看到、知道、感到真正的大沙漠与人们的想象相去甚远，至少是在中国的大沙漠。那就是，穿越大沙漠的公路路况不错，双向单车道的柏油路。路面平整，行车很稳。因为路上车辆不多。这些沙漠公路体现了中国人的意志和愿望，表明了中国经济建设与国防建设的成就。这完全是人类在荒凉的沙漠中建设出来的奇迹。

沙漠中有水，当然是人工的。沿着公路是人工建设的引水渠，沿着沙漠公路一侧走，几乎是沙漠公路有多长引水渠就有多长，是为了向沙漠中的一些设施中的人们供水。这里人迹罕见，没有污染，水很清。行进在荒凉的沙漠中，不时看到清澈的水流，使人感到湿润和平衡。

沙漠中不止是沙子。沙漠公路两侧是树木，当然也是人工建造和维护的，引水渠作用之一是用来浇树，保持树木的生存。树木也一直沿着沙漠公路两侧，使人在沙漠中看到了绿色，感受到生命的伟大和创造性。

沙漠中的沙子不是流动的。这与人们平时的想象不一样。平时人们想到沙漠就会想到沙浪滚滚，飞沙扬尘，漫无天日的景象。其实不是。沙漠中的沙子是固定的，不动的。有些起伏的形状，但形状也是固定的。不知道有几级大风的情况下沙子是否会流动起来。但在无风和风小的正常情况下，沙子、沙漠几乎纹丝不动。

沙漠中还有些人工设施，据说有生产建设兵团的连队，不知道他们在沙漠中做什么。也许沙漠中也有点小的绿洲，有些例外，或者有些气象和科研设施。

穿越塔克拉玛干大沙漠后，使人看到、感到自然的伟大和气魄，也为人类在自然面前并不屈服，利用自然、适当程度改造或改善自然的伟大、气魄和艰辛所感动。

伊犁河谷

从伊宁市到边界口岸霍尔果斯近百千米，到10月底北方深秋时这里还是植物茂盛，郁郁葱葱，无愧于北方绿洲。这里地势平坦，一望无际。地面被各种高低不平的植物覆盖，有杨树，有胡杨林，以及其他各种低矮的植物，看不到黄土，也有不少农田。

霍尔果斯距乌鲁木齐657千米，距哈萨克斯坦、也是中亚第一大城市阿拉木图300多千米，可见新疆地域之广，面积之大。

伊犁河谷的中心当然是伊宁市。以前有新疆人与笔者说新疆最美的地方是伊宁，可能是指伊犁河谷。论地势平坦、开阔，像大平原，这可能是对的，但依笔者经历和多数人的旅游来看，新疆最美的地方恐怕还是最北边的喀纳斯。

伊宁市像个平原城市，四周没有山，是一望无际的平原。城市规模类似内地一个小型中等城市。市内现代化新楼有些，过去、特别是50年代的建筑还保留不少。

我们停留的市政府的宾馆是原苏联驻伊宁领馆，都是苏俄式建筑，颜色是淡黄色。宾馆内院子很大，绿化很好，到处都是参天的白杨树。一座座小黄楼被覆盖在高大的白杨树下。那天下着小雨，更显院子的幽静。

市区边就是伊犁河。河面较宽，几座大桥也有气派。河中有些岛屿，岛上、河边植被茂盛，增添了伊犁河及伊犁河谷的绿色和秀气，这在多数地方是戈壁荒滩的广大的新疆地区显得独树一帜，有些另类，给人欣喜。

但对伊犁河谷印象最深的是从飞机上看。从乌鲁木齐飞到伊宁，在经历了茫茫的雪山后快到伊宁时，往下看，就看到一条绿带在山谷中曲曲弯弯地流淌。河谷在群山中非常醒目，河道也较宽，有九曲黄河的样子，但周围不是黄土，都是高山。而周围的群山即使在 10 月也是白雪皑皑，只是快到伊宁时才开始变绿。

快到伊宁时，飞机下的房子不少是红顶的建筑，特别是那些一栋栋连片的小楼，看上去是农村和郊区，红顶与周围的绿色平原交相辉映，给人留下既有塞北江南的欣喜，也有酷似欧洲民居的印象。这在祖国最西边的边陲是难得的，少见的。

神往喀纳斯

喀纳斯有“世界上最美丽的湖泊”之称。应该有很多人与笔者一样一直神往喀纳斯，被刊物上和朋友们照的那一湾绿水吸引，想去亲眼看看梦中的地方。

终于到了2016年夏秋，笔者在去乌鲁木齐开会之前决定先去喀纳斯看看。

去喀纳斯不容易。首先是内地没有直飞喀纳斯的航班，都是要先飞到乌鲁木齐再转机到喀纳斯。

笔者中午到达乌鲁木齐后，再飞喀纳斯已没有时间上衔接较好的航班，只能选择下午5点从乌鲁木齐、经停伊犁再飞喀纳斯的航班。

下午6点多抵达喀纳斯机场。倒也不晚，8月底的下午6点多，喀纳斯还是白天，天还是亮着。但机场到喀纳斯景区很远，还有70多千米，坐车还要走一个多小时。这是抵达前所不知道、没想到的。

更困难的是到达景区门口时，景区虽然还在卖票，但景区内的车却没有了，下班了。笔者之前在网上订了景区里的酒店，是为了更好地欣赏风景。但这下却去不了酒店。问别人，酒店离景区大门还有20多公里，车要走半个多小时。

这时天已完全黑了。怎么办？大门口附近没有看到有酒店。无奈只好先买张景区票，记得250元左右；然后给所订的酒店打电话，问能否来车到景区大门口接笔者。对方说可以，但要300元。笔者无奈只好同意。

等了半小时，酒店的车来了，接笔者去酒店。进入景区后确实走了半个多小时，而且都是在漆黑的状态下走的。感到路确实不近，多给了司机50元。

到达酒店时较失望，比网上展现的状态差不少。从里屋打牌的服务员那办好入住手续后到了二层自己的房间。房间大小还可以，但没有洗漱用具。好在笔者经常出差，习惯自带全套洗漱用具，但没带毛巾，还是有些不便。

简单洗漱后睡觉，但感觉特别冷。喀纳斯的地理位置相当于黑龙江的最北端，8 月底已接近冬天了，晚上特别冷，应该是接近零度。

第二天早上起来顿时兴奋起来，因为真实地看到了喀纳斯的景象。景区深处都是大山，山间有些平地。在平地上看到一座座较为原始的木房，现在基本都是旅店。也有些本地人家。在旅店附近走走，看到不少黑乎乎的乌鸦，停在木栏上，挺吓人的。再往前走，看到当地居民养的牛。看到一匹牛在用嘴不断舔附近站立的一匹小牛，看来是她的孩子。世界上的母性是一样的。

店主用他的摩托车带笔者去旅游中心。到达旅游中心后，吃了早饭，然后乘景区内旅游车去景点。区内景点十几个，分别有不同线路的车前往。先去了一座湖的景点。湖面很大，波平浪静，远近的山和树木倒影在湖中。

坐该线路车回到游客中心，再换乘别的车去其他景区。这条线路好景点最多，含喀纳斯景区的标志“月亮湾”。这段河转弯的形状像月亮，周围都是深山和森林，河水呈蔚蓝色，在深山森林中蜿蜒流淌。河段在路边，人们都是站在路边拍“月亮湾”，有居高临下的感觉，拍出的照片也是这种河在下边的感觉。

还有其他一些湖及河段。水都是蔚蓝色的，静静的位于远近的群山和一望无际的绿野之中。喀纳斯给人的印象完全是自然的，原始的。这里的秋天应更富有色彩，更加美丽。有人描写喀纳斯的秋天“平滑如镜的湖面上映现着岸上火红的桦林、金黄的落叶松、苍绿的云杉、白皑皑的山头，这些热烈的颜色从湖底悄然升起，与湖水无声地互为映照。”

青海湖、油菜花

几年前，笔者和家人及一位朋友去青海和敦煌旅游。本来计划从北京飞到兰州，在兰州租车、开车去青海湖，从青海湖再向北，从青海东北进入甘肃敦煌。

但在兰州机场，笔者的朋友按事先说好的给当地租车公司的人打电话，要求按约定把车送到机场时，对方说原定的车现在没有了，并说给找辆其他的车，过了半小时，又说其他车也不行了。中国做生意的企业和个人很多人就是这样，毫无诚信可言。不知道他们是怎么做生意的。

怎么办？我们三人已在兰州机场。无奈之下笔者只好给在兰州工作的一个朋友打电话。朋友全力帮忙，说在西宁他的一个朋友有辆车正好那几天不用，让我们去西宁找他的朋友。说好后，我们三位花了 600 元从兰州机场打车去了西宁。

到西宁后，找到了朋友的朋友，拿到车。我们先在西宁住了一个晚上，第二天向青海湖开进。

青海湖离西宁不远，车走三个小时能到。沿途风景一般，没有什么特色，是西北空旷的样子。

青海湖是国人久已向往的地方：中国最大的咸水湖，位于广阔的西北高原。夏天湖边一望无际的油菜花，金灿灿的，令人向往。

车快开到青海湖时，首先看到的是油菜花。我们去的季节不错，是 7 月中下旬，正是青海湖油菜花盛开的时候。刚开始看到的油菜花还是一小片，一小片，很快就成为一大片，一大片，甚至变得一望无际了。

几乎所有开车的人这时都在路上停下来，下车去看美丽的油菜花，拍照，欣赏，感叹。中国有大片油菜花的地方不少，贵州、云南、湖北咸宁、江西婺源等，但在一片巨大的湖边有大片的油菜花的地方，恐怕只有青海湖了。花绕水，水映花，大自然奇妙无穷，美丽无限。

青海湖4500平方千米，面积广大，但还是能看到四周的边缘；海拔3260米。湖水很美，因为是咸水湖，过滤了很多其他物质。加上这些年来各地重视环境保护，湖边已经没有什么污染源了。湖水清澈到能清楚看到离岸边不远水下的沙子，石头等。当地一些牧民牵几头藏区的牦牛，供游客拍照。

在湖西岸的中间，一块大石头上的“青海湖”三个大红字很醒目，游人都在这块石头前拍照。三个红色大字后面是广阔无限、天水一色的青海湖，令人震撼。

站在青海湖边，看着宽阔的湖面波平如镜，水天一色，令人心中无限宽广和平静。

关于青海湖近年来有好消息，即湖面在增大。经相关部门监测，2014年青海湖枯水期面积为4372.94平方千米，比2010年同期增加了123.64平方千米。总体上看，面积不断扩大，逐步接近1974年时最大面积4477.53平方千米。面积增大的原因主要是降水丰沛，始于2008年的周边草地治理、植树造林、防风固沙等一系列措施开始显现效果。

我们原计划是在青海湖住一夜，然后开车经青藏高原东北部和祁连山进入甘肃西北，去敦煌。但我们的朋友出现了高原反应，只好改变计划。西宁、青海湖海拔已经是2000多米，有些人在这样的高度就会有高原反应。

我们只好开回西宁又住一夜。第二天上午从西宁开到兰州。开始从兰州向敦煌开进。

一千里甘肃

兰州到敦煌有1000多千米，是从甘肃的东边开到西边。甘肃面积不小，且呈东西走向的狭长型，这在地图上看得非常清楚。所以笔者把甘肃地形简单地概述为“一千里甘肃”。

“一千里甘肃”从较东边的兰州到最西边的敦煌主要经过的地区是河西走廊。河西走廊是中国历史名胜集中的地区。历史名城名地有武威、张掖、酒泉、嘉峪关，直到敦煌。恐怕整个中国没有任何地区具有这么多中国历史上的名城名地，承载着这么厚重的中国历史，包括交通史和中外交流史。

武威规模为中等城市，应该是兰州和敦煌之间规模最大、人口最多的城市。我们在这住了一夜。印象中城门还是很壮观，其他的方面与中国其他中等城市相似。

张掖、酒泉城市规模较小，人口也不多，但都很干净整洁。街道布局横平竖直，规范有序。当地民众生活看起来也较安逸，早上公园的大妈舞与国内其他城市相同。城市建筑、街道也都较新，现代化气息明显。除了少数古代的遗址外，基本是重建仿造的，如嘉峪关城墙，其他没有多少古迹。

“一千里甘肃”令人震撼的是自然景观。从兰州向西的1000多里，高速公路横卧在宽广的戈壁上。戈壁上很少有绿色的地方，多数地方是一望无际的荒地、砂石和土堆。10个多小时行进在这样的环境中，人们只能感到祖国地域的广大，西北的苍凉，自然力量的宏大。

在这样遥远、长途、荒凉的路上行走，不禁使人想起和赞叹1867年左宗棠奉调陕甘总督，不但抬棺西进，表达不收复和守卫失地不回的意志；而且沿途栽树，在西北地区3000里大道种植树木120万棵之多，被称之为“左公柳”。他的一个部下写下：

大将筹边尚未还
湖湘子弟满天山
新栽杨柳三千里
引得春风度玉关

另一印象深刻的是长长的路途中不时看到的车外、路旁的土堆，是有型规则的。这些多是古长城遗址，即秦汉长城。我们现在在北京、山海关等地看到的长城是明长城的重建。而河西走廊的长城遗址是真正秦始皇时修建的长城的遗物。这些土堆没有表情，也不高大，却默默地横卧在大西北，展现着几千年前的旧时光。

在嘉峪关前后，向西看能看到祁连山及山上的雪山。祁连山是青藏高原的余脉，是青藏高原与黄土高原的交汇处，高达5000多米，在最高处常年积雪。在一马平川、一片荒凉的戈壁地区，能有一座大山矗立在其西边，且山上终年白雪皑皑，自然给单调的河西走廊增添了色彩，是河西走廊重要的景观。

祁连山是青海、甘肃不少河流的源泉。山脚下一些地方由于雪山河流形成绿洲，有美丽的草原和马场。这在总体荒凉的大西北是难能可贵的。但由于祁连山山区冰川退缩，缺乏水源补给，祁连山下民勤地区的青土湖在1959年就完全干涸，并形成了长达13千米的风沙线。

中国是世界上除格陵兰和南极冰盖之外最重要的冰川集结地。但过去50年间，中国冰川总面积缩小了18%，平均每年有243.7平方千米的冰川消失。目前中国有冰川48571条，总面积51840平方千米，估算冰川储量为4494立方千米。西部的冰川是长江、怒江等亚洲10条大江的源头区，每年提供的融水量与黄河多年平均入海流量相当。冰川被誉为“固体水库。”

敦煌是中国最著名的古迹和文化遗址之一，在中国和世界名气极大。到了敦煌就知道其名不虚传。敦煌石窟中已编号的492个洞窟中，现在开发出的有几十个。尽管都已是残垣破壁，但经过一定的修复，仍能看出当初的辉煌灿烂。那一幅幅雕刻的笔画色彩艳丽，人、物形状栩栩如生，真不知道当时的人们怎么有这样的功夫、时间、毅力、财力、想象，在这些石头上刻出这么多流传千古也不过时的艺术作品。来到敦煌石窟，每个中国人都不可能不为中国光辉灿烂的文化、文明而自豪。也自然理解为什么会有“敦煌学”，也认同了“敦煌学”的丰富和深刻。

敦煌另一著名的地方是月牙泉。月牙泉并不大，现在看来只剩百米长、二三十米宽的水面，还不知这么小的水面还能保持多久。令人惊奇的是在周围方圆几十、几百平方千米的戈壁、荒漠之中还有这一片绿洲。可能就是这一湾泉水，才使泉水四周郁郁葱葱，花草树木茂盛。

月牙泉四周的沙漠形状极其美丽和壮观。有好几种形状和坡度，各种形状、坡度都是固定的了。沙漠之大，坡度之大，在沙坡下看正在往上攀登的上百人如像一个个小蚂蚁。不是人小，是沙坡太大，太壮观了。

月牙泉四周沙漠面积广大，上千人，数千人在这里行走、骑马、骑骆驼、爬沙坡，个个都显得很渺小，因为沙漠太大了。这里的沙漠、沙丘应该是中国和世界最美的沙漠和沙丘。

回程时在兰州住了一天。兰州城市建设得已很有规模，与中国其他省会城市差不多，但秀丽程度不高，现代化程度与东部、中部城市也有距离。黄河从兰州城中流淌而过，兰州是国内黄河流经市区的少数城市。黄河在兰州河面较宽，看起来庄严壮观。沿河公园是人们游玩、清闲的地方。同行三人也在黄河边的公园石阶上坐了很久，眼望面前川流不息、静静流淌的黄河，述说着海阔天空、风土人情、中国世界大小事情，应是人生中难有的悠闲时光。

塞外江南

中国一直有“千里黄河富宁夏”的说法，是说黄河流域在宁夏这段特别富饶。是的，从石嘴山到中卫这半个宁夏的区域，黄河河道特别宽，水量充沛；流域地势平坦，灌溉发达，植被茂盛，农业生产发达。与整个大西北多数地区一片黄土、戈壁荒凉景象不同，宁夏河套平原郁郁葱葱，被称作“塞外江南”。

宁夏首府银川市坐落在这一地区的中心。但银川市在旅游方面却没有什么著名的景点。周围有贺兰山，似乎总是阴沉沉的，并无特别之处。山脚下有个“西夏古国纪念馆”，里面展现西夏古国的事。但中国古迹很多，想呈现不同不容易。

宁夏，包括银川附近，最令人难忘的景点应该是沙湖。沙湖在银川市以北，距离约几十千米，汽车离开银川后近 2 个小时可以达到。

沙湖顾名思义，是沙漠中的湖泊，也叫“沙坡头”。宁夏与内蒙相连，沙漠也相接。沙漠地域广大，位于沙漠中的湖泊面积也很大，很是壮观。沙湖要坐船游览。游船行进在湖水中，可以见到一座座小岛，是沙子和泥土混合的土堆。可能是因为在水中的原因，水量充沛，所以沙土堆上的植被特别茂盛。植被都是芦苇，长势特别高，密集，一棵挨一棵，像一座座芦苇堆。在广阔的水域中不时出现这样的芦苇堆，让人感觉不错。

游船航行到另一岸边时，游客都下船去看沙海，即沙漠。这里的沙子金黄金黄，着实可爱。湖边的沙漠呈坡形，从湖水边开始向上一直升高。沙漠上建有各种游乐设施，有儿童玩的各种游乐场所，特别是有沙雕，主要是各种动物的形象，栩栩如生。人们在沙漠中行走，欣赏着各种沙子的创造。

河套地区可能是因为水域较多，沙湖不少。但最大的就是这个“沙湖公园"，值得一去。

宁夏连接内蒙、陕西，是盛产煤炭的地方。因此，从银川开往北方的公路基本路面、路边都是黑色的。是常年日夜不断的运煤车撒下的煤渣形成的，令人感觉不好。不知现在是否有所改变。

八百里秦川

“八百里秦川”是20世纪70年代后期笔者离开中学、在军队当兵时所订的《地理知识》上的一篇文章。这本通俗读物是笔者一生最喜欢、受益最大的杂志，笔者很多关于中国和世界的地理知识来自这一普通杂志。

忘记了“八百里秦川”起始的精确地点。从地图上看应指西从宝鸡开始、东至潼关的渭河平原。这是陕西中部一条发达的农业带。

陕西属于西北地区，其中北部地区是较为荒凉的西北黄土高原，地理条件不怎么样。而在渭河一带，可能是渭河的作用，却是一条东西狭长的、较为富裕的平原，是我国有史以来最重要的农业发达地区之一。再往南则是郁郁葱葱的秦岭地区、山区了。

“八百里秦川”的渭河平原是我国历史上最重要的地区。以西安为中心的这一地区从远古到隋唐，几千年来是中国的中心，中外交流的中心，是中国长期最富裕、最发达的地区。只是到宋朝以后，中国的核心地区才逐步东移和南移。

对外地人来说，“八百里秦川”中的宝鸡、咸阳没什么特别吸引人的地方，只是飞西安时机场在咸阳。渭河平原的东边潼关是个名气不小的地方。潼关南边的华山是西岳名山，但去过的人也不太多。“八百里秦川”最著名的地方还是西安。

西安是所有中国人都想去、也属于一生“一定要去的地方”之一，对外国人应该也是如此。因为中国是个历史、文明古国，而中国的历史和文化，最长一段、最重要的一段是在西安。

西安是中国、世界的著名古城，古迹保留得比较好。大雁塔、小雁塔还酷似古代模样。整个城市的规模、布局也似延续着古代帝都的气魄和庄严。

西安古迹最吸引笔者的是城墙、陕西博物馆和秦始皇兵马俑。西安城墙大部分地段是后来重修的。但不管是否是重建，其地理位置与历史上相近。城墙较长，在上面走要走较长的时间。城墙也有气魄。那些城楼与北京的德胜门、建国门等几乎相同。西安城墙应该是现在中国所有城市中古城墙、或仿古城墙中最完整、面积最大、长度最长、最有气势和壮观的城墙。

陕西博物馆的规模和馆藏是国家级、世界级的，在古迹的丰富方面不亚于位于北京的中国历史博物馆，也接近埃及国家博物馆的规模和水平。在中国30几个省市自治区中，没有哪个省级博物馆有陕西博物馆的规模和丰富的馆藏。这也不奇怪，因为中国没有哪个省市自治区的历史要比陕西（西安）更为悠久，包括北京。

陕西博物馆的丰富馆藏当然主要是从前古到唐朝时期的历史珍品。上下几千年的历史中心地区当然留下了最丰富、最珍贵的历史遗迹。

秦始皇兵马俑气魄极大。虽然对外人来说每一座兵马俑都是一样的，但相似的兵马俑数百、上千地按当时的排兵列阵摆在一起，真是蔚为壮观，充分显示了中国大秦时代的国力和军力的气势。兵马俑还没有发掘、整理完，最后还有多少、还有多少可以展示出来不清楚。可以相信，如果所有发现的兵马俑都发掘展示出来，那气魄不知会扩大多少倍!

兵马俑是令人震撼的。进去展厅立刻就被其阵势所征服：巨大的空间，一排排、一列列石头做成的将士，一辆辆战车，有序排列，就像当年的战斗队形和布阵。这里展现了中国二千多年前和二千年来作为世界大国的威武和气势。世界上几乎看不到展示几千年前状态的这么宏大的遗址。走世界各地不少地方都摆设有中国兵马俑的塑像，不知是从中国弄来的还是仿制的，可见兵马俑在世界的地位和影响。不少外国领导人来中国访问也是从参观西安兵马俑开始。

西安以东的华清池名气不小。尤其是唐玄宗与杨贵妃那段浪漫的故事使这里给人增添了无数想象、向往的空间。但真到了那里则令人大失所望。因为大家对华清池的印象是电影、电视中的，是制作中的穷尽奢华、绫罗绸帐、如梦如幻的情景。真正的华清池没有这些装饰，只是简单的建筑、破旧的廊柱，普通的地面和房间，自然与电影中的人间仙境相差十万八千里，所以给人印象不深。

延安面目全非

在20世纪50至70年代长大的中国人都有红色情结，即对过去革命圣地有较为强烈的向往之心。因为在长大的过程中、在记忆力最好的时候，不断在学校、媒体、活动、电视、广播、报刊等听到、看到关于过去革命时期的故事。

因此，在去过了井冈山、韶山、西柏坡等革命圣地、红色旅游地方之后，在近几年的一个“五一”节，笔者和一位年纪差不多的朋友决定去最后一个没去过的革命圣地延安看看。

乘坐从北京飞到延安的飞机、到达延安以后，一看到实际的延安，令人大失所望。因为延安面目已根本改变，完全找不到几十年来各种照片、影视资料和头脑中的过去的延安形象。

在过去长期的宣传教育中，包括各种图片、电影、电视中，革命圣地延安早已给人留下这样的印象：“滚滚延河水，巍巍宝塔山”；远处一座看上去不是很高的山上屹立着十几米高的宝塔，山下是一条静静流淌的延河水，河两岸是几乎平坦、一望无际的黄土地；虽然谈不上什么著名的景色，但河水和两岸的平地与较远的宝塔山在一起，还是给人以平坦、平静、巍然的印象。

但真正到了延安，则让人看不到、感受不到一丁点的留在脑海中的图像，看不到过去革命庄严的印记。

延河还在，但窄窄的河道已被水泥封住，在两侧高楼大厦中几乎看不到、感受不到它的存在。延河两岸一马平川的土地早已消失，代之而来的是拔地而起的一栋栋十几层、甚至几十层现代化的高楼。

宝塔山、宝塔还在。但几乎难以被看到、被发现，因为它已经不是在延河两岸一马平川的广阔地带边较为雄伟的宝塔山和宝塔，它的高度已经与附近的高楼大厦相同，甚至被一些高楼超过；它与延河及平地已不再有距离美，而是几乎紧紧靠着这些高楼，如不是特意去找、去看，则看不到它在那里。

延安已不是人们印记中的荒凉、贫瘠、落后的革命老区。延安市的规模、楼的高度和密度、高楼大厦的数量和样式，足以与世界上任何一个发达国家的中等或中大型城市媲美。这恐怕也难怪延安和延安人，谁愿意永远不变？谁愿意永远保持贫穷落后？永远停留在几十年前的景象中？想让延安永远保持 70 多年前样子的恐怕只是像笔者这类非延安人。

延安也有保留革命老区不变的地方，那就是枣园，毛泽东等几位领导人居住的窑洞。几乎一点没变，窑洞还是在黄土坡侧面，里面还是土旧的家具，窑洞外的小院子也没什么变化，没什么东西。

大礼堂也没变。还是两三层高的西洋建筑样子。去了、看了令人吃惊，在上个世纪三四十年代几乎是中国最贫穷的共产党领导的革命根据地，在战争时期，在周围都是土房、土造的窑洞之中，竟然设计、建造了一座相对高大的西洋式的楼房建筑；而且这明显的建筑竟然在战争中、在敌人对延安的攻击轰炸中毫发未损、保留至今！

延安的食品也没有变。在延安几天，无论是在居住的酒店，还是在餐馆，以及在延安大学讲演后食堂的聚餐，西北的面食仍然几乎是中国最好的面食，古朴、平实、不夸张、没有什么装饰，原始风貌，原汁原味、令人舒服、难忘。这可能是革命圣地延安之行给笔者留下的少有的不令人失望的东西和印记。

边城满洲里

满洲里的位置是奇特的，她与俄罗斯、蒙古两个国家交界，这在中国和世界的城市中是少见的。

满洲里城市规模不大，是较为标准的中等或中小城市的规模。但较为现代化，因与其他中国城市一样，都是最近 20 几年内发展起来的，建筑、道路、设施等比较新，显得现代化。

满洲里最大的特色是相对俄罗斯化。倒不是建筑风格有多少俄罗斯式的，没有多少，而是指城里俄罗斯人多。

对俄罗斯远东地区来说，中国是更加现代化的国家，满洲里等中国一侧的城市是更现代化、商品更丰富、价格更便宜的地方。其实俄罗斯人均收入略高于中国，人均国内生产总值 2017 年有 1.2 万美元，中国才 8000 多。但俄罗斯国内地区之间更不平衡，莫斯科、圣彼得堡之外的地方人均收入低不少。同时，俄罗斯商品经济不发达，特别是日用生活用品不丰富，价格不便宜。所以边境地区的远东俄罗斯人愿意来中国购物、旅游等。

在满洲里城，随处可以看到俄罗斯人，经常是一家一家的，包括母亲带着孩子，年轻男女。俄罗斯车辆也可以直接开进满洲里，停靠。在满洲里大街上，可以经常看到俄罗斯人或三三两两、或一群一群地在大街上逛街，在商店里购物。

不少俄罗斯人来满洲里度周末。当不购物时、或者不是来购物时，他们在餐馆就餐，在酒吧、咖啡店闲坐、喝酒或咖啡。这些设施在俄罗斯不多，或没有中国的漂亮和现代化，或价格比中国的贵。所以在周末和节假日等闲暇时，来满洲里休闲，也是不少远东地区俄罗斯人来中国的目的。

满洲里还有些娱乐设施，包括儿童玩乐设施也吸引着俄罗斯人。

满洲里也充分利用“俄罗斯化”的特色吸引其他地方的中国人来满洲里，购买俄罗斯的产品，如貂皮衣服、酒、巧克力、玩具等。一些餐馆、酒店和演艺场所还请俄罗斯人唱歌跳舞，吸引国人欣赏、花费。这也成为来满洲里的外地中国人一定要参加的一个有吸引力的项目。演出前会有俄罗斯女演员在入口处站着，同客人免费拍照。

在国门附近的广场和商场前，也有俄罗斯姑娘穿着漂亮的衣服站着等中国游客与她们拍照，不过这要收费，收多少笔者不知道。我们去满洲里时是盛夏的7月，骄阳似火，看到这些俄罗斯女孩站在没有任何遮阳的烈日下，为她们感到难受。也许她们和雇佣她们的公司为了盈利而让她们遭受这种“阳罪”。

满洲里城市布局有中国北方城市的特点，方方正正，横平竖直，中规中矩。城市较为干净整洁，秩序井然，给人也留下较为美好的印象。

呼伦贝尔美如画

“呼伦贝尔美如画”是笔者20世纪70年代上小学或初中时买的、读的一本诗集中的一句话。诗集名字叫《张勇之歌》，是歌颂当时一位为了救人或保护集体羊群牺牲的下乡知识青年的作品。其中写道：

呼伦贝尔美如画
白羊绿草接擎天
处处炊烟处处家
有志儿女遍河山

当时年纪小，读过什么就不经意地记住了，加上笔者认为诗写得不错，也喜欢，所以有些句子一直记着。

几年前，香港一个协会在黑龙江哈尔滨搞活动，请笔者做一次讲演；讲演后希望笔者与他们一起去呼伦贝尔旅游，笔者当然愿意，因为一直还没有机会去呼伦贝尔，去看大草原。山、水、平原等都看过了。

早就听内蒙的人说呼伦贝尔是中国现在保存最好、最美的草原。去看了之后感到名不虚传，货真价实。

呼伦贝尔得名于“呼伦湖”与“贝尔湖”。呼伦贝尔面积相当于山东和江苏两省面积的总和，平均每平方千米只有10人。呼伦贝尔大草原从大兴安岭山脉向西铺展，茫茫8万平方千米，春夏一片绿色。

呼伦贝尔真是美如画。一想到草原，想到美丽的草原，人们头脑中就会出现：青青的草原一望无际，草原中间一条河流弯弯曲曲经过草原，河流两岸、辽阔的草原上羊儿、牛儿、马儿在慢慢地低头吃草，偶尔看到一两个牧民骑着英俊的马儿在看管着吃草的牧群。

在呼伦贝尔大草原，你看到真实的草原与上述美丽画中的草原一模一样。而且场面极大，极其壮观。有人说呼伦贝尔大草原堪用“浩渺”来形容。从阿尔山到满洲里，漫漫五六个小时的车程，满眼都是野花、青丘，连绵不断。有人写道，这里“风也潇潇，雪也飘飘，情也滔滔，思也浩浩……”

从呼伦贝尔首府开车出来向南，走不远就看到草原了。草原中也有开采的煤矿，也有些建筑。但草原植被保护得不错，草原特征明显，并没有受开发的破坏。

辽阔草原上一座座蒙古包逐渐出现，有的一两座在一起，多的有几座或十几座，有些是为了旅游、招待客人而建的。

从呼伦贝尔市向西南车开了约一个多小时，我们到达了目的地。叫什么名字不记得了。看到的就是典型的、最美的画中的草原的景象。草原辽阔无边，远处有群山缓缓的山坡出现，山坡和草原都是一样的绿色；草原中间一条弯弯曲曲、河道不宽的水流，草原四处有不少在低头吃草的羊群、牛群和马群。

可能是通过旅行社定好的项目，一群马儿在我们面前，共有几十匹。马儿各个膘肥体壮，马身上几乎闪着光亮，表明马儿的健康。几个牧民在向我们表演驯马，马群随着牧马人的鞭子等号令奔跑。笔者忙着拍照，差点被奔跑的马群踩着。

观赏完驯马后我们去看一个敖包。以前以为敖包就是牧民所居住的蒙古包，歌曲《敖包相会》就是在蒙古包里相会，特别是青年男女相爱的时候。到了真实的敖包，才看到和知道敖包就是在草原较为高的地方堆起的石头，上面有时插些彩色布条。敖包在蒙古语中是“堆子”的意思，即石头堆，象征着山峦；在石堆上插上柳条代表着森林，而树枝之间的白、黄、蓝三色布条则象征火、地、天与河川。蒙古人视敖包为保护神。草原因广阔，没有明显的地标，所以牧民在较高的地方堆放些石头，作为一些地方的标记，也是祭神的场所。“敖包相会”就是在大家都知道、能找到的地方见面。

后来我们分散开各自在草原上行走，去草原中间的河流。河流河道不宽，水势不大，但河水很清，两边的土地都是黑色的。草原很大，远处的同伴看上去像无限绿色中的一点点。

晚上是在蒙古包里聚餐。食品自然是草原所特有的大肉，有整只羊的。自然少不了酒。有些牧民还表演了歌舞。

呼伦贝尔有 8 万平方千米的天然草场，3000 多条河流，500 多个湖泊，30 多个民族，春夏是绿的原野，花的原野。

第二天去海拉尔的途中去了呼伦湖。呼伦湖位于呼伦贝尔西北部，湖面很大，水域面积 2000 平方千米，一眼望不到另一边，是我国第四大淡水湖，北方第一大湖。水也较清，但没感到有什么特色，因为是大草原中的湖，四周并没有山景。湖的一面开发程度较大，到处是餐馆和停车场，以及旅游的人群，让人失望不小。

“长白山纪行”

“长白山纪行”是笔者中学时语文课中的一篇文章，笔者特别喜欢，所以就不经意地记住了，特别是其开始的第一段：

“巍巍长白山，绵绵千里，层峦叠嶂。那两千七百公尺的主峰，气宇轩昂。峰顶天池，波平如镜。一池天水，三江源头。鸭绿江、松花江、图们江从长白山飞流直下，源远流长。三江两岸，风景秀丽，谷物丰茂，林海扬涛，烟囱林立，铁水奔流。初秋时节，我们漫游了长白山。”

这篇文章应该是篇游记。其开篇把长白山写得非常自然、流畅、美丽，是笔者读到的写长白山景观中写得最好的。因此也就一记近50年不忘。可见小学、中学课本的重要。因为那时正是人生吸收知识的时期，一旦有好的东西自然心中就接受了，留下了，一生不忘。

长白山应该是中国东部、包括东北最高的山。中国的高山多位于西部，如喜马拉雅山、唐古拉山、昆仑山、祁连山等。东部的山应该没有超过长白山2700米的。

长白山最大的特色是自然、原始和野性。国内景点多数开发过度，商业过多，人工的东西太多，把景观、特别是自然景点弄得面目全非，喧宾夺主，其实都是为了钱，不在意自然的维护。

长白山可能是因为开发较晚，或者是自然条件较为严峻，因此人工的东西相对较少，尽管这几年有万达度假村等。

长白山主要景观是天池和原始森林。天池野性十足，周围没有非自然的东西。爬上天池，看到这一片自然奇迹，使人感到离开了人类社会，来到了自然仙境，自然的世界。当然，天池会随着天气的情况变化呈现不同的风貌。

长白山另一大特色是其原始森林。国内保存的大片原始森林中大概没有几处是像长白山这么面积广大，这么原始，这么野性。它完全是自然的。除了周围一些道路外，它没有人工的东西。当然它也是危险的，因为一旦走进原始森林迷失了方向，就很难走出来。多年来长白山不断有游客迷失在原始森林中迷路的事故，有些是借助手机定位被营救出来，但最安全的办法还是按景区的规定不要走进原始森林，因手机有时会没有信号，没电，不能假设每次迷失在原始森林后都能与外界联系上，被解救出来。游客还是要预防为主，不要冒险。

长白山一年四季风景如画。春夏是无边无际绿色的海洋，森林的海洋；秋天万紫千红，层林尽染；冬季白雪皑皑，一片银装素裹的世界。这么原始的世界在中国恐怕只有两个地方了：东北的长白山，西南的群山及连接的西藏。

沈阳和大连

沈阳和大连是东北两大主要城市，相对长春和哈尔滨名气更大，规模也大。

东北的城市在过去很长时期内是国内省级城市中的佼佼者，工业、经济、教育、文化发达，基础设施先进，规模也较大，是仅次于北京、上海、天津等直辖市之后中国最主要的城市。原因是东北过去是中国最早、最发达的工业基地。这有日本占领时期的原因，更重要是 20 世纪 50 年代中苏同盟时苏联帮助中国建立的 156 个工厂多数在东北。

但在 1978 年中国改革开放后的 40 年中，东北逐渐落后了。现在沈阳、大连、长春、哈尔滨等东北主要城市不但与京津沪不在一个层次上，也逐步被广州、深圳、重庆、成都、武汉、郑州、西安等省级城市甩在后面，在经济、科技、文化、人口等方面都是如此。

但沈阳和大连还是中国的主要城市，与直辖市之后的特大型城市基本在一个档次上。主要是在规模上。沈阳、大连的城市及人口规模还基本与成都、武汉、郑州、西安在一个水平上，明显超过其他省会或省级城市。

沈阳的城市建设、道路、楼房、设施还是先进发达的，与其他中国大城市没有明显的差距，仍是东北最大的城市，是东北的中心。

沈阳的城市绿化做得不错。城市南边沿着浑河建设的绿化带，东西走向有 30 多千米，是中国和世界大城市中少见的。绿化带建有车行和步行路，无论开车还是步行，无不感受在绿色的大自然中，使人不感觉是在城市中，这是非常难得的。一个地方政府把这么大的地带保留、建设成适合人居住、休闲的地方，而不是用来卖地、搞开发赚钱，表明了当地政府远见、雄心和以人为本的民本思想。

大连与青岛、宁波、厦门、珠海一样，是我国长长海岸线上的明珠之一，是美丽、令人向往的著名的中国海滨城市。

大连城市和经济规模不小，在中国和世界沿海城市中也是较大的。大连有着海滨城市特有的美丽和宜人。宽阔的大海，著名的海港，海滨公园等。城市建筑也有海滨特色。除了现代化的高楼大厦外，仍保留和新建了不少过去俄式、欧式建筑，即二三层洋房。老的被保留外，南山一带新建、改造的商业、休闲区是清一色的欧式建筑。一栋栋小洋楼在街道两侧一字排开；静静的小楼里是装饰时髦、环境温馨的餐馆、酒吧、咖啡店和小商店。

从中山广场到港口的人民路仍是老的商业中心。香格里拉、喜来登等国际著名酒店、高档写字楼在路两侧依次排开，展示大连的现代化气息。

从港口经老虎滩到海洋公园的沿海公路早已打通。开车行走在这长达几十公里的海滨公路上就是行走在世界上最漂亮的地段之一：一面是绿色的青山，另一面是辽阔的大海，人与车行走在山海之间。

海洋公园被扩大了好几倍，总面积有几个天安门广场大。公园南面是大海，其他三面是街道和现代化楼房，有住宅、饭店、商场和写字楼等。中间的展览中心规模不小。公园中间一本水泥建筑的巨大的打开的书，不断迎来众多的有心人走上去去阅读。

海滨城市大连是美丽的、现代化的，但也是孤独的。因为气候较为寒冷，这里每年有接近半年的时间是冬季。世界各地处于寒冷地带的人们都一样，一到冬天就多数待在室内，躲避室外的寒冷，所以整个街道、整个城市就显得死气沉沉的寂寞；没有多少行人，没有热闹的车水马龙，也没有多少室外活动。而这时广东等热带、亚热带地区，晚上十点、十一二点人们还在吃宵夜，马路上、室外仍是车水马龙，热闹非凡。气候是所有生命生长和活动最主要的条件。大连等北方城市在这最基本的方面是吃亏的，不利的，这是东北和北方城市的天然劣势与不足。

东北酸菜

东北菜都是家常菜，较受欢迎和有名的包括酸菜、猪肉炖粉条、小鸡炖蘑菇、猪肉炖豆角、白菜炖豆腐、干豆腐炒辣椒等。

东北酸菜应该是东北菜中最有地方特色的，因为其他菜如猪肉、粉条、鸡肉、蘑菇、白菜、豆腐等中国其他地方也有，只是具体做法不同。而东北酸菜是中国其他地方所没有的。四川泡菜也是酸菜、或叫四川酸菜，如四川菜酸菜鱼中的酸菜，但与东北酸菜完全不同。

东北酸菜是白菜制作成的。做法完全不用醋，是自然发酵而成的。小的时候与妈妈一起做过，东北人叫腌酸菜，也叫积酸菜。具体做法是用较大的锅把白水烧热，不要烧开，然后把清理、洗好的一棵棵整棵白菜放在锅里烫，锅里能放几棵白菜就放几棵；烫一会儿把白菜拿出来放在一个缸里，摆好一层白菜后，均匀地放一些食盐，不要太多；再放一层烫好的白菜，再放一些食盐；以此类推。放到缸的上部时，在最上层的烫好的白菜上放一块大石头，需要没有粉末的青石，压着白菜；然后放常温的白水，水要覆盖白菜。这样等约半个月至一个月，白菜就发酵了，也就有酸味了，酸菜就制成了。

做好的酸菜可以保留数月。关键是不能太热，太热就烂了。期间每几天要换水。就是把缸中的水弄出去，再放入正常的白水，保持水的清洁。

东北人过去一般是每年 8 月白菜下来时就开始腌酸菜，9 月份好了开始吃，一直吃到次年 5 月青菜下来。现在人吃的东西多了，很多东北人不怎么腌酸菜了，至少不腌很多了。

酸菜在过去是东北一年中半年多的看家菜，即冬季吃得最多、最受欢迎的菜。要比普通的白菜、土豆、大萝卜等冬季菜好吃；可以炖着吃，炒着吃，也可以切成丝后凉拌着吃。

酸菜是东北独特的大众菜，也是最受欢迎的东北菜。所以英达制作的《东北一家人》电视剧每集开场白都有那句话："翠花上酸菜"。这是东北人生活的代表，说到东北的深处。

酸菜做法主要有酸菜炝白肉，有时也放血肠；也有酸菜炖粉条，是较为清淡的，没有荤的；还有酸菜炖骨头，也很受欢迎；酸菜单炖，什么都不放的也有，但较少。

现在东北人的生活水平已完全不同了，但东北人一直喜欢吃酸菜。酸菜过去在贫困时期成为东北人一年中半年多的主打菜，因为它好存放，又比白菜有味道。现在东北人仍然喜欢吃酸菜，因为其味道是其他蔬菜所没有的，也是中国和世界其他地区所没有的特色菜。

无论过去和现在，东北酸菜最大的特色和优势是它的清淡。它是青菜，基本是白菜，是由白菜稍微改造来的，而改造用的是自然发酵的方法，不是用醋等调料制作成的。

酸菜的酸是淡淡的酸，酸味不重。如果不加肉，它就是略微改造、发酵的白菜。即使加上猪肉、骨头或血肠，它的白菜的本质也没有改变，微微的酸味也没有改变，因此它始终是一道清淡的蔬菜，少吃、多吃都没关系，对身体极有好处。由于酸菜有吸收油腻的功能，所以即使是酸菜炖猪肉、炖骨头，放很多肉，包括血肠，所做的菜也不油腻，也是清淡的，口感很清，原因就是油腻都被酸菜吸收了、中和了，人们吃时不再感到油腻。特别在春节等节假日，人们大鱼大肉荤的吃多了的时候，东北酸菜更是道调味菜、平衡菜，平衡饮食。因此，酸菜是道好菜。

多年来在北京生活，家里及气候不适合腌酸菜，自己很难制作酸菜了。去东北餐馆吃，多数在北京及全国各地的东北餐馆都有酸菜这道菜，但制作和烹调的方法不同，真正地道的很少。在超市经常有包装的东北酸菜出售，不少是黑龙江的企业生产的，有些还称之为"有机食品"，还有切成丝成袋卖的。很多时候买回家里做，发现根本不是自然发酵腌的，而是用醋或什么发酸的材料泡出来的，根本不是东北酸菜的味道，是偷工减料的假东北酸菜。这类假冒伪劣的东北酸菜是糊弄不了东北人的，也不会有多大的市场。

很久没有吃真正的东北酸菜时就想它，就想吃。2017 年 12 月一次去大连办事，到达的当天中午接待单位准备便餐，笔者事先说不用别的，炖点酸菜就行。到机场后，接笔者的一位女教师给了笔者一袋酸菜，笔者莫名其妙，怎么给我酸菜了？到了接待单位，才知道那单位的交流中心食堂规模不小，每天吃饭的人也不算少，但没有酸菜这道菜；所以接笔者的女教师心细，特意从她家里带来棵酸菜让交流中心的食堂给笔者做。这种为别人着想的精神真是令人感动。

当天下午办完事，笔者在大连的一位朋友请吃晚饭。事前笔者就说不用吃海鲜等大餐，就吃点东北酸菜就行。朋友很用心，在网上找了家做东北菜较好的系列餐馆。进入餐馆后，发现装修不错，一看就是中上档，而且是东北菜餐馆，有酸菜。点了以后，先上的东北凉菜，味道不错，看来是较为地道的东北餐馆。但当最期待的酸菜上来时，却让笔者大失所望，因为酸菜炖得太烂了，太过火了，吃到嘴里都无法咀嚼。朋友感到很过意不去，特意找家吃东北酸菜的东北菜馆，结果最想吃的东北酸菜还是没做好。

朋友说，好在我给你带了棵腌好的东北酸菜，你回北京后在家里做着吃。但到机场安检时，安检人员不让随身带酸菜，说是因为是湿的东西；笔者说水分都弄出去了，但还是不行。酸菜只好抛弃在机场安检处了。

一天三次试图吃东北酸菜都不大成功。中午吃的是较好的东北酸菜了，但属于自带食品，食堂给做，时间短，炖的时间不到，火候差些。晚上吃的东北餐馆的东北酸菜，烹饪是完全失败的。晚上乘机想把棵酸菜带回北京的家里做，又因安检原因没带成。看来想吃顿地道的东北酸菜即使是在东北的城市、东北的食堂和餐馆也是件不容易的事。

这一天在东北三次想吃东北酸菜不很成功的经历使笔者想得多了一点。东北食堂不做最主要的东北家常菜、东北城市较好的东北菜餐馆做不好最主要的东北菜，那东北人做什么？能做什么？能做好什么？自己擅长的东西不做、做不好，那自己不擅长的东西就能做、就能做好吗？如果擅长和不擅长的东西都做不好，那你还凭什么在世界上生存、竞争和发展？

承德、围场、茅荆坝

承德是河北及中国北方不算太大、不太有名的城市。但如果任何人现在或这几年去承德，会看到、感到这是一个不错的美丽城市。

承德之美美在避暑山庄。避暑山庄的美丽不亚于北京颐和园。首先它的规模不小于颐和园。避暑山庄中间也有一大片水域，水清，水面平静，给人以平和之美。山庄水面一边是类似于颐和园的清式建筑。楼廊搭配，朱红颜色，古朴、庄重，有皇家气派。水面四周柳树缭绕，随风起舞，婀娜多姿，几座小孔桥连接水面。

承德城市不大，但建设布局井然有序。特别是清理后的河流自北向南流经市中心。河道宽阔，水流充沛、平缓，河边建有行人散步的专用道。河流两侧高楼大厦不时出现，也呈现了承德的现代化。河的另一侧是市区主要道路，开车行进在路上，看着路旁静静的河流，远处的高楼，使人感到平和与温馨。

离承德向北不远，有几处美丽的草原和林场。包括御道口牧场、围场和茅荆坝。这些都是历史上有名的皇家狩猎的胜地，有很多历史的故事在这些地方发生，有些电影和电视剧在这里拍摄，如《还珠格格》等。

笔者与朋友、同事去过御道口和围场去看草原。这里的草原不如呼伦贝尔大草原那么大，那么一望无际，但面积也不小。这些地方的草原不像人们想象的草原那样一马平川，而是平地与山坡相接相连。但无论是平地还是山坡，确实都是绿草覆盖，草原由平地延缓到山上，是起伏的草原。草原也是牛羊成群，一片绿油油的景象。这些塞北草原建了一些风力发电设施，绿油油的草原、山坡上白色的高架屹立之上，白色、绿色相映明显，给人以清澈、透彻的感觉。白塔架上的风扇慢悠悠地旋转，是静静草原上运动的物体，给了草原以更多的活力和动力。

茅荆坝位于河北隆化县东北，在承德的西北方向，是国家级风景区—茅荆坝森林公园所在地。北部坝梁与河北围场县、内蒙古的赤峰市的喀喇沁旗毗邻，有“一梁分两省，一岭镇三县”之说。“举目远望，辽阔的草原与莽莽森林尽收眼底。境内层峦叠嶂，鹰扬鹿隐。”

天津和天津人

天津一直是中国最大的城市，工业、商业最发达的城市之一。

天津没有什么著名的旅游名胜。最吸引人的地方应该是海河两岸。海河流经天津市区，经过整治现在河水清净，两岸高楼林立，河水与高楼交相生辉。天津的高楼大厦，特别是海河两岸的，高度、数量、现代化程度不亚于世界多数特人型城市。

为了给人们提供旅游休闲的场所，天津在海河两岸也建设了几段步行街，包括从火车站向南北两个方向的海河两岸的步行街。在这些步行街上慢慢行走，或者坐下休息，眼望宽宽的海河水，以及海河边两侧现代化的高楼大厦，有一种在大都市中闹中取静的感觉。

天津作为中国长期的大城市，有一些较为古老的建筑，特别是西洋建筑。这些建筑包括作为住宅的小洋楼，以及作为商场的楼房。作为商场的保留的不多，但过去的住宅、领事馆、银行楼等还保留了一些。近些年来又重新装修、粉刷，显得更为引人注目，是天津现代化建筑中的一道独特的风景线。

天津其他吸引的人是食品。到天津总要去吃狗不理包子，去买十八街麻花。

长期以来，国人都发现一个现象，即天津是中国北方城市，但天津人与其他所有北方人都有明显的不同，特别是语言，即天津话。问过不少人，得到最权威的答案是原来天津人来自湖北，不是来自北方其他地区。说是湖北人很早前通过天津到海外，有些没有走出去的就留了下来，成为天津人，语言是湖北话与北方方言的结合，成就了后来的“天津话”。这也解释了为什么天津人比其他北方地区的人讲究吃、会吃。因为在中国，长期以来是南方人更为讲究吃，会做吃的。

天津在北方城市中商业是较发达的，这也源自于很多天津人来自湖北。因为近代以来中国南方人比北方人更重商，因此商业较为发达。

在人们心目中，天津人的形象最典型的就是演员冯巩。他在民众中口碑很好，得到大家的喜爱。他一出来大家就想笑，因为他那令人喜爱独特的可笑的样子；他的天津话也被认为是典型的、挺好听的天津话，特别是他多年在央视春节晚会上的标志性语言“我想死你们了”，已经成为中国人中脍炙人口、深入人心、让人欢笑快乐的名言。

山东的奇特

山东是一个奇特的地方。这么说是因为山东完全是中国北方一个省，而且可以说是最“北方”的地方，“山东大汉”几乎是北方人的象征。东北人多数来自山东。而北方被多数人认为是比较豪爽、直接、不注重细节、不够细腻、较为粗俗的地方；比起中国南方，近现代的中国北方文化上、经济发展等方面相对较为落后。

但山东在北方好像是一个特例。山东可以说是中国最有文化的地方。中国最有名、最大的文化人孔子、孟子都出生在山东，当代中国第一个获得诺贝尔文学奖的作家莫言也是山东人，作品主要写山东的事。山东从古到今还有其他不少各界、各类文化知名人士。

山东经济在全国也是较为发达的。经济规模，即国内生产总值居全国前列，大概仅次于广东和江苏。山东人也较会经营，有一批国内甚至世界著名企业，如青岛啤酒集团、海尔、海信等。

北京、天津的经济、文化发展层次可能比山东和全国多数地区高，但那是因为是首都和直辖市的原因，集中了不少全国或北方整个地区的资源，包括人力、科技、教育和资金资源。而山东作为中国北方一个普通的省份，没有这种全国和地区优势，只能靠自己发展经济、社会和文化等事业。

有人会说山东自然条件较好，有海。但有海的北方省份不止山东。辽宁、河北都有较长的海岸线，但经济发展照比山东是差多了，特别是改革开放 40 年来。原因可能还是人和地域文化。山东也是北方，但山东人不像东北人那样忽视细节、看不起小事，因山东不具备东北那样人少地多的优势。山东人也不像东北人那样“豪爽”，注重说、表达、承诺但行动能力、吃苦精神较差。山东人很多是朴实、扎实、务实肯干的，山东有那么多自己成长起来的著名企业和品牌就是证明。

青岛的海天

在中国的沿海城市中，从丹东开始，大连、天津、北戴河、烟台、青岛、上海、宁波、厦门、珠海、北海、海口、三亚等，青岛是最美丽漂亮的。红瓦绿树，碧海蓝天，游艇白帆，大海无限。

青岛美在建筑。人们赞誉青岛的美时都是用“蓝天、红瓦、海水”的话。意即青岛建筑的颜色是青岛美丽的一景。其实，青岛建筑上面的颜色多数不是红色，而是橘色，接近红色和金黄色。青岛与捷克的布拉格、挪威的卑尔根、匈牙利的布达佩斯一样，城市的漂亮很大程度上是因为建筑的颜色，而不是建筑本身有多少特别的。青岛的建筑，特别是海边的过去欧式建筑和新建的别墅，房屋上边都是橘色，在蓝天和海水之间显得格外色彩斑斓，如油画一样。中国的城市、包括沿海城市中，大片大片的房屋屋顶用同一鲜艳颜色的，青岛是独一个。

青岛外国建筑集中在八大关一带，被称作“万国建筑博物馆”，有俄、英、法、德等20多个国家风格的200余栋带有异国风情的别墅建筑掩映在花木林中，10条海边街道因地势起伏，交错纵横。

青岛的美也当然美在海水，但这方面已不如三亚。青岛海水浴场较多，从第一到第几，还要加上新开发的石老人海水浴场。人们去海边很大程度上是奔着海滩海水去的，所以有没有漂亮的海滩海水是沿海城市最重要的旅游条件。青岛的海滩过去不错，但由于开发很久，沙滩都硬了，人也太多，真像下饺子，特别是最大的第一海水浴场。

新开发的石老人海水浴场较好，首先是很大，沿着崂山脚下在海边绵延有几千米，有多少人也不显得多，不拥挤。沙滩还行，基本是白色的沙子，沙子也较细，脚感很好。但海水一般。海水既不湛蓝，也不清澈，在水中总能看到、碰到快要冲击到岸边的海草及脏物，还有白色的水泡，让人感觉不舒服。青岛的海水照比海南三亚的差多了。可能是附近地区工业较多，污染较重的原因。

栈桥是个老景点、老建筑，每天还是吸引不少游客。因它通过栈道，直插一百多米的海中，给人以进入大海的感觉。在栈桥终端的亭子里看脚下大海波浪汹涌，不断拍打栈桥；或者回头看青岛市区的美丽建筑，怎么看都给人以愉悦、别的地方难以经历的感受。

崂山没有什么值得旅游的地方。山不算高，树不多，唯一的好感是站在山上看大海的感觉。

青岛啤酒是中国在世界上最古老、最著名的品牌之一。近几十年来开发的崂山啤酒口感也不错。青岛还是中国工业产品品牌最多的少数城市之一。青岛啤酒、海尔、海信、澳柯玛等。但青岛到现在还没有著名的高科技和网络企业，如华为、中兴、阿里巴巴等，可见中国北方的商业精神和人力资源、文化与南方还是有不同、有差距的。

北京的壮观和优雅

所有到过北京的中国人和外国人都感到北京的大气。不仅是规模大，而且规整，东西南北，横平竖直，是个方向感很强，很规则的城市，给人感觉清楚、明朗、明确。

北京大气和壮观也来自它的悠久的历史和古迹。全世界古城不少，但像北京这样闻名世界的古迹这么多的城市是世界少有的。一般来说，一个城市有一个世界著名的古迹就很好了，而北京不止一个。北京故宫和八达岭长城是世界级的、世界著名的古迹，其他的还有天坛、地坛、颐和园、十三陵等。世界所有城市中有两个世界著名古迹的城市，除了北京外大概只有开罗，有金字塔和人面狮身像，其实它们是在一起，不像故宫和长城是在城内和城外。

北京的大气和壮观也在于它的街道。一是街道笔直，东西、南北走向，横平竖直，显得很长、很直。同时，主要街道很宽。像长安街长达十几里，单向三四条车道，在天安门一带双向有十条车道，世界其他城市没有这么宽的街道。难怪 20 世纪 80 年代来中国访问的美国总统里根感叹、赞叹北京“宽宽的街道，壮丽的广场”。

北京宽阔的街道不止长安街。前门大街很宽，二环、三环、四环、五环都是没有红绿灯的快行路，世界城市中有这么多多车道的快行路也是少见的。

北京不但大气、壮观，也是座美丽、秀气、优雅的城市。她与世界其他千万级人口的大都市不同，她的高楼大厦没有集中在城市的一块地区，而是散在城市各地，因此不显得拥挤和压力，而显得平缓、有序。

北京温馨、秀气、优雅的地方不少。除了一些大的公园景点，如天安门、中南海、北海、颐和园等外，南锣鼓巷、天街、琉璃厂、后海等处像隐藏在著名景点后面默默的秀女，处于深闺中不为多数人所知。

琉璃厂是仿古一条街。整个街道的两侧建筑都是仿古的二三层小楼，中国式的古色古香。一到这里就像回到了中国古代的优雅。两侧各个商店多数经营中国工艺、字画等，是个中国传统文化的集中地。

天街是条后来开发的现代化街道，是条不太长的步行街。长达 200 米的步行街上面不是天空，而是搭建的大屏幕，不断展现变化的各种图像，让经过的人不停地抬头向上边观看，欣赏着变幻的世界。街道两侧时髦的商店、酒吧、餐馆不少。可能是现在北京最时髦的地方。

南锣鼓巷是个民粹、民俗的地方。由南向北长约 1000 米的狭窄的街道两侧都是老北京四合院式的旧建筑，汇集了各种小店，礼品、服装、玩具、装饰、饮料、工艺品、用具、电器等。每天、特别是晚上和周末，小巷里人山人海，行进困难，热闹非凡，人气极旺。

后海是北京最神秘、最高雅的大众去的地方。在东西长、南北窄的宽阔的后海水面旁，集中着老北京很多著名的建筑，很多是清朝时期的王府等，也有后来领导人的住处，如宋庆龄纪念馆等地。在后海四周曲径通幽的小路旁是一个挨一个的餐馆、茶室、酒吧等，个个规模不大，但所有都装饰温馨、神秘，吸引人。在傍晚落日后，个个小屋的灯光开始亮起。各种温和颜色的灯光与路灯、湖水交映生辉，构成了后海夜晚的神秘和浪漫。人流涌动的人们在湖边石板路上三两成群，慢慢行走，边走边谈，闲庭信步；路旁各种餐馆、酒吧、茶室的人们坐在室内外舒适的座位上，在柔和、暗淡、神秘的灯光下，与对面的同伴品尝着精致的美食，或暗红的果酒，眺望着不远处灯光映照的湖面，交谈着对人生、国家、世界的各种观点和情趣，这大概是北京和在这里生活及游览的人最神秘、温馨的时候。

北京银杏树

北京各种树木中，银杏树是较为独特的，构成秋天京城温馨、美丽的一景，令人们喜欢。

北京城里和郊区很多地方有银杏树。成片的有些，但看到的不多，多数是两棵、几棵在一起，相隔不远。据说银杏树属于“夫妻树”，一定要两棵在一起，在附近才能成活，生长。所以你只要看到一棵银杏树，注意附近肯定还会有另一棵。

京城内成片、或成排的银杏树有几处。在钓鱼台国宾馆墙外的“银杏大道”，有数百棵银杏树；地坛附近地安门大道两旁，长达百余米的黄色长廊；清华大学校园内二道门附近银杏树高大整齐，秋天到来时，从二道门前向东看，一片嫩黄，令人陶醉和遐想。此外还有三里屯东五街东段。

清华园内另一银杏树集中区是东门附近。一进东门，向北主楼方向，中间是一个方圆几百平米的大草坪。草坪两侧各两百多米长，分别是两排银杏树，两排梧桐树。到了秋天，淡黄一片，与下边的绿草，旁边的梧桐树，及北侧雄伟的主楼和周边各个楼房连成一片，构成了一幅美丽和谐的景观，令所有人印象深刻。

市区内最喜欢的银杏树区是位于西城区车公庄西或叫车公庄外大街两侧，北京市委党校北边，即从西二环车公庄桥起，向西一直到百万庄，这长大约一公里的道路两旁，是整齐排列的银杏树。有多少棵不知道，但如按间隔两米一棵计算，两侧估计有千余棵。高度也差不多，都是两三人高的样子。北京秋季约有一个半月左右的时间，如从这里路过，特别是从百万庄路口向东看，或从车公庄桥下向西看，长达一公里的道路两侧是一片淡黄，嫩黄，仿佛是片浅黄色的海洋，使人感到说不出的美妙，是其他地方看不到的景色，不能有的感觉。此时，你会感到自然真是温和雅致，生活真是美好。北京城除大气外，还真不失温存和淡雅式的美丽，像位南方文雅的姑娘。在这方面，银杏树给京城做出了贡献，增加了北京城淡雅、温馨的一面。

据说北京最古老的银杏树是在郊区的潭拓寺，一棵银杏树高达 30 米，周长 9 米，唐代种植，距今 1300 多年。

清华园和“胡志明小道”

清华大学前几年被英国《泰晤士报》教育专刊评为“亚洲最美的校园”。名符其实。

清华首先大。它有北大校园两三倍大。中国和世界有这么大校园的大学很少。如果步行，正常步伐，从清华大学的西边走到东边，或从南边走到北边单程要 30 分种左右。

清华校园绿化很好。各种树木数不胜数，包括接近二校园的一片白桦林，树干白白的，很有特色，使人想起俄罗斯的森林。

清华园的草坪很多，很大。大的有东门一进门、主楼前，二道门后、礼堂前，以及图书馆东侧的三大草坪。每个草坪都约一二百米长、50 多米宽。一年四季中三季草坪碧绿，加上到处可见的各种树木，使清华园成为绿色的世界。清华园夏季的气温要比北京市低几度，原因就是校内这些面积广大的草坪和树木，加上周围北大、圆明园、颐和园、玉泉山和香山的树木和水面，使北京西北呈现大面积的独特景观和气候。

由于草坪、树木众多，清华园内各种鸟类、小动物也特别多。多在发达国家草坪上看到的松鼠在清华园内时常出现，成群的麻雀密集起降或在草坪、树木中觅食，总是在叽叽喳喳的喜鹊到处可见。院校内不知有多少数目的野猫，在享受校园内师生和居民提供的饮食。

清华园的建筑具有几个时代的特征。工字厅是建于乾隆年间仿唐代、清代的建筑群，几个大的四合院连接在一起或比邻，园中有园，院中有院，流连辗转。作为北京市文物保护的“清华大学早期建筑”是从二道门到大礼堂一带的清华最早的建筑，是美国设计、仿美国伊利诺伊大学香槟分校的建筑，包括第一、第二教室楼、清华学堂、大礼堂等；这些建筑环绕着中间的大草坪，是清华的地理中心和历史中心。它的南端的二校门是清华大学的标志建筑，白白的牌坊上刻着“清华园”三个黑色的大字，是几乎多数表现清代的影视作品中必有的标志，每天都吸引很多国人前来拍照。

位于东侧的主楼是20世纪50年代的“苏式建筑”。特点是规模气魄很大。天晴时从中关村东路向北远远就看到这一十几层高的苏联时期建筑。高楼东西长近200米，两端又连接四座配楼，每一座配楼的规模也足以成为一座独立的大楼。来到这里，不能不使人感受到当时“苏联建筑”的气势恢宏，像北京展览馆、火车站等苏式建筑一样。主楼前有几十座旗杆，在重大节日时国旗在中间飘扬，两边一字排开的是几十面校旗和各院系旗帜，迎风飘扬，气象万千。

近20多年来，随着国家和清华的发展，东门、东侧又出现了很多20世纪八九十年代和新世纪的建筑，包括为纪念建校百年建立的文科图书馆、新清华学堂、校史馆等，颜色和样式较为温馨和浪漫，是清华园新的景象。

清华园唯一的缺陷是水不多，但也有，只是面积不够大。近春园前面的湖面，中间是学生们称作的“荒岛”，四周是朱自清写《荷塘月色》的水面。水面不大，但夏季则荷花盛开，是清华师生和居民赏水、赏荷、冬季滑冰之处。

校园东北侧是十几座现代化学生公寓——紫荆学生公寓。西面和北面是十座左右中国学生公寓，东面是几座留学生公寓。每座公寓都有十几层高，连在一起非常壮观。清华学生是幸运的，有这么好的、气派的宿舍。清华是北京少有的所有四万多国内外学生都住在校园内的大学。

紫荆公寓前是两个巨大的运动场地。每天、特别是下午都有学生在长跑、踢足球等，东边还有现代化的游泳馆、篮球场、羽毛球场、排球场等各种运动场馆。清华是提出“为祖国健康工作50年”的地方。邓亚萍女士最近在清华一次讲演中把它改了，提出要“为祖国健康工作70年”！回家与老婆说当天见到邓亚萍及她提出的新口号，老婆说：“她做得到，因为她从10岁8岁起就开始打球，活到80岁没问题，能够为祖国健康工作70年。其他人就难了。”

从西门开始有一小河流经清华园的西部、中部，一直向北流去。这是条人工河，只是河水并不充沛，只是在工字厅和甲所、丙所之间才呈现潺潺小溪流绕树草的宜人景象。

清华园之大，除百余座各式建筑、几十条大小长短道路、草坪、水面外，幼儿园、附小、附中都在校园内，或在学校边。这在北京和国内外是少见的。

清华园内还有一条很多人不知晓、笔者命名的“胡志明小道”。是指洁华幼儿园西侧墙外的一条小路。小路南北走向，长有 300 米左右，宽不超过 2 米，有些路段只有一米多，不能走汽车，只能走行人和非机动车，所以显得很安静。小路的特色是幽静。小路的西边是一大片称作“新林院”的房子，几十栋房子多数是一层小楼。这是清华园内唯一一大片成片的平房区。小路过去长期是土路，是人们踩硬的土路，近几年把它改成水泥路了。走在这幽静、接地气的小路上，使人回到了过去，回到 20 世纪五六十年代大家都住平房的岁月。笔者用国际关系的语言把它称作“胡志明小道”，即 20 世纪六七十年代越南在抗美斗争中，在美国飞机对北越通往南越的通道狂轰乱炸后在越南西部和柬埔寨森林中开辟的小道，用做继续向南越越共武装提供各种物质的通道。

清华很多师生当然不知道笔者对这条小道的非正式“命名”。但当每次笔者带他们走过这条小道后，他们都对偌大的清华园内有这样一条幽静、原始味的“土路”感到吃惊和新奇。这就是清华“胡志明小道”的迷人之处。

喜鹊

不知具体是从什么时候开始，笔者开始注意和喜欢家附近和清华校园内的喜鹊。也许是从10年前笔者开始不骑自行车，开始走路去办公室及在校园内活动后，步行速度慢，可以注意到周围很多景色。

几乎每天出楼道门就会看到喜鹊，或在路上，或在草坪上，或在树上，或在哪家楼上，或在空中飞翔。而且喜鹊有个规律，不会只有一只在那，总是两只或两只以上在一起。说是在一起，但从没看见过两只或几只喜鹊身贴身地在一起，也没有看见它们并排在一起。喜鹊之间似乎总是保持至少几米之间的距离，若即若离。但只要你看到一只喜鹊，或你看到一只喜鹊在一棵树上，或在前面飞，你肯定能看到另一只或另几只喜鹊也在附近。它们叫时也是两只或几只一起叽叽喳喳，它们是在相互说话。

每次见到喜鹊都很高兴，因为喜鹊非常好看。在鸟类中，喜鹊是体积较大的，比麻雀大几倍。喜鹊不但体积大，引人注目，而且身子很漂亮，身体基调是黑色的，翅膀是蓝色的，而肚子是白色的。喜鹊身体总是保持得很整洁，不知它们是否经常洗身子，从没看见它们在洗身子，但身子永远是干干净净的，因此三种颜色在身上非常醒目和和谐。

另一种灰喜鹊就不如黑白蓝色喜鹊好看，体积也小些。

喜鹊身体较大，每个部分也较大。蓝色翅膀很长，有人管它叫喜鹊的燕尾服。有文章写道：喜鹊的样子满绅士的，不仅是它穿着黑白“西服”，近乎紫燕的“燕尾服”，还是它走路时一步一步、慢悠悠有节奏的样子，飞翔时从容辽阔的姿势。

喜鹊白白的肚子又圆又大又鼓。因此每次见到喜鹊，特别是看到它的白肚子就为它担心：这么大的肚子要吃多少东西才能填饱肚子？仅靠每天在野外捕食能吃饱么？特别是冬天没有虫子时。也许是杞人忧天了。

都说喜鹊是吉祥鸟，带来吉祥，看到喜鹊就带来喜事。笔者愿相信这一点，也把这几年一切好事喜事归根于天天看到喜鹊，是喜鹊给笔者带来了好事、喜事和好日子。因此，每次见到喜鹊就立刻想：我又有什么好事要来了？是要有钱了吗？

有一天从办公室回家，快到家时看到两只喜鹊从地面飞到 2 号楼二楼的楼道窗台上，有些费解，这些喜鹊飞到窗台干什么？没几秒钟，当进楼的一个人进入楼内，两只喜鹊立即飞到地面，去吃地面上的食物，像是面包渣。笔者立刻绕开，注意不要打扰它们进食。

有几天每天早晨在笔者快起床的时候，听到卧室阳台上有喜鹊叫喳喳。笔者静悄悄地走过去，看到阳台空调器上确实有只喜鹊。笔者告诉爱人，爱人在空调器上放了些小米，希望给来的喜鹊提供早餐，但喜鹊以后就没有再来，使我们感到非常失望。不知喜鹊为什么那几天总来，而以后再不来了。

喜鹊也有给笔者带来忧伤的时候。一是每次看到它大大圆圆的白肚子就担心它挨饿，吃不饱。另外是 2013 年春季，和一些学生、朋友去坝上草原。快到目的地之前，远近一片非常开阔的原野，远处是山的朦胧。路旁的原野即广阔又显苍凉。但就在这时笔者在飞驰的车窗外看到几只低飞的喜鹊。这一下子使笔者感到惊奇又担忧：怎么在这遥远的荒郊野外也有喜鹊？笔者以前知道、看到的喜鹊只在所居住的小区和美丽的校园，以为喜鹊只在有人居住的地方生活，没想到它们也在旷野中存在。后来在旅行的很多地方都见过喜鹊，在欧洲，在里约，在非洲，在美国等地都见过，知道它们在各地生活，是全球性野生的动物。

喜鹊多是一两只在一起活动，两只保持距离，但偶尔也看到多只在一起。最感到奇特的是 2017 年夏天，晚上近 8 点时分，在笔者所在学院楼前一排高大的梧桐树上，聚集了数十只、上百只喜鹊，而且在唧唧喳喳地叫。不知道为什么一下子聚集了这么多喜鹊？她们在叫什么？在开会，发言？近 20 年来从来没有看到这么多喜鹊聚集在一起。近百只喜鹊在高低不同的树枝上，上下左右地跳跃，大呼小叫，彼此呼应，甚是活跃，真是笔者平生经历自然界的一大景观，难忘的情景和经历。

在城市和乡村，喜鹊另一引人注目和令人惊叹的就是她们建筑的那些树叉上的家，由千百个树枝组成的圆圆的巢。有人统计说一对喜鹊在筑巢的四五天内的工作量至少得衔取枯枝、青叶、草根、牛羊毛和泥土共600余次。

一次在女儿家，看到18层楼的阳台上喜鹊叼来很多树枝在筑窝，因女儿家有孩子，靠阳台的窗户从来不开，喜鹊们以为这是筑窝的好地方。看到喜鹊叼来的条形状物质中有一根钢筋，有手指那么粗，有近半米那么长，真是感受到喜鹊的能量，能把钢筋叼到18层高的楼上！

据说喜鹊是逐人群而栖的，喜欢筑巢于人类居所旁高大的树枝上，所以在城市中喜鹊成了最靓丽的鸟。样子高大美丽，鸣叫声音好听，是人们喜欢的动物。

看到一篇短文说：在一些城市，麻雀在墙壁上预留的空调管道中、路灯的支架管里、街道两边的大树洞里筑巢，随遇而安，就像拾荒者一样卑微地度日。

还有一次坐在家里书房写字，忽然听到有鸟叫的声音。抬头一看，是书房外小阳台上空调机上一只麻雀在叫。叫了一会，钻进墙壁内空调管道外边的空间。笔者和家人知道，这几只麻雀把那点空间作为它们养孩子的家；有时看到麻雀妈妈或爸爸从外边叼小虫或什么食物归来，在阳台上的空调机上停一下，然后飞进去喂孩子；也看到几次里边的小麻雀听到妈妈或爸爸在外边，两只小嘴巴伸出来、张开要食物。后来没多久，这个麻雀一家就飞走了，让我们很失望，难过。不过，以后又不时有别的麻省住进来。

八、世说心语，心诉情思

生命的意义、人生的意义

人人都在思考和探索生命的意义、人生的意义。笔者多年的领悟和思考的结果是：生命的意义、人生的意义就是努力做好每一个阶段最重要的事。

很多人会说、会想：生命的意义、人生的意义就是要活得有价值，不虚度年华，不虚度一生；一生要对别人、对家庭、对集体、对社会、对国家、甚至对人类做点有意义的事。

这些都对。但这些意念、理想、原则、价值观本身是较为空泛、原则性、理念性的。它存在又不存在。说它存在是说它有时出现在人的思想中，写下来的文字中，甚至在行动中。说它不存在，是说很少有人经常想着这些，想到这些后去做什么。

而生命、人生真正的意义是努力做好每一个时期面临的、应该、想要、甚至是必须做好的事，这才是真正、真实的生命和人生的意义。如学生时期好好学习就是生命的意义，高考时考好成绩、上个自己想上的大学就是当时、甚至是从上小学就开始持续十几年时期内生命最大的意义；生病时把病治好就是当时的意义；当家人、别人、集体、社会一定时期需要你做什么时你能做好就是你生命的意义，如当老师时做好老师工作，教一门课时把这门课教好、学生满意，就是那段时期生命和人生的意义。

所以，生命、人生的意义其实不大，很具体，很实在，很真实，也很充实。做好一生多数时候想做、应做的事情，生命、人生就有了意义。

所以，生命的意义、人生的意义绝大多数时候其实就是这么平常、平凡、具体和平实，但它有意义，有意思，有价值；令人生充实，令人幸福和快乐。

有篇文章写道："做得对是科学，做得好才是艺术；科学求真，宗教求善，艺术求美。"

生活应该永远是真善美。

也一直在关注其他人对人生、生命的意义的体验和说明。

乔布斯有句名言："Stay Hungry, Stay Foolish."（保持饥饿，保持愚钝。）

《文汇报》大地副刊发表过一篇文章，题目是"多情人不老"。陈家兴写道：古往今来，骚客在无尽诗章里吟哦，哲人在无边哲思中追问：生命是什么？基于生活的经验，每个人都可以谈出一些感受；基于理性的研究，凡学者都可以归纳一点看法。陈家兴认为生命有三原色，即意志、爱人和被爱。他特别强调爱。爱在对生命的抚育与相守中衍生一种执着，愿意为他人奉献自己的一切，生命本色绽放的华彩，让一切冷漠和无情变得渺小，让奉献者在全新的境界中体验着独有的快乐，也让我们的社会充满温情。"生命需要爱，爱是生命的阳光和雨露。没有爱生命会变得孤独。"

很赞同章子怡接受采访时说过的话："人会随着年龄的增长而越来越感性，而且也越来越感恩和重感情。""人是情感动物，我不相信谁可以脱离感情的世界而独立生存。对我来说，家庭、情感和相互信任都是至关重要、缺一不可的。被爱和爱别人都是非常幸福和难得的事。"

人生都在追求幸福，幸福、包括自己周围人的幸福是每个人人生始终和终极的内容和目标，但幸福是什么由每个人感受决定。杨澜说："我对幸福的定义是获得一种内心的宁静和内心关系的和谐。"

也有观点认为"幸福是人现实中的一种生活富足状态，又是人内心的满足感受。"老子认为欲望是幸福的天敌。老子的思想描述了淳朴的生活哲学，展现了简易的生存智慧。

有篇《老人之歌》的短文说："你曾经从一个自然人努力转化为一个社会人，现在，你仍需要努力，从一个社会人回归为一个自然人。"这是到老的时候人需要清楚的人生和生命的意义。

生活的厚重、情感的厚重、思考的厚重

生活对每个人都是深厚、丰富的。想想现在世界上的人均寿命是73岁左右。这是不短的时间，尽管各种作品都说人生是短暂的，其实已经不短了。70多年超过世界上多数其他动物的生命时间，当然没有超过很多植物，也超过人类制造的多数物品的生命时间，如一架飞机、一部汽车、一台电脑等。

所以每个人的生命是厚重的。70多年，如按一年365天算，73年是26645天。26000多天看起来也不多，其实过起来是很多的。

生活的厚重在于70多年会经历不同的时期、不同的阶段，会经过很多，经历很多，接触很多人，经历很多事，了解很多，认识很多，因而是厚重的。

生活的过程中最重要的是情感，人的喜怒悲哀都是因为情感所致。情感使人快乐、激动、悲痛、忧愁、平和。人生的丰富多彩是情感的丰富多彩，经历太多对自己、对别人、对国家、对社会、对世界、对各种事物、事情的各种情感。人的一生使人们对很多事情产生情感，使人的一生情意绵绵，无法忘记，厚厚重重，无法解脱。

当然人是思考的动物。人的一生的厚重和丰富，不仅是每个人几十年的经历、各种情感、情绪的激荡，同时是人随着各种思考的履历，各种思考、见识、思想、意识、信念、道德、标准的检验与考验。人的一生不断经历世界，不断认识和思考世界，包括自己。

因此，人生其实是挺漫长的，是充实、丰富、多彩的，当然也就是厚厚重重的。沉甸甸的人生是人生的量和质，量是经过的时间和事情，质是人生的情感和思考、思想、心得、体会等。

生活是否厚重，是丰富多彩还是苍白单调，不取决于财富。主要取决于人情、与人的关系是否充满情谊、友谊。一个与家人、亲友关系融洽、密切的人一生是幸福的。

生活的厚重及富有也取决于个人爱好。一个有自己爱好的人是幸福的，充实的。生活不仅是“柴米油盐酱醋茶”，还应有“琴棋书画诗酒花”。读过一个外交官写的与美国老布什总统的接触，说布什自幼喜欢两件事：一是交友，二是旅行。恐怕很多人都是这样。笔者一生除工作、专业、家人外，个人爱好基本是三样：阅读、交友和旅行，旅行中包括对自然的喜爱。记得笔者有位朋友在谈到他父母那一辈人的一生不够幸福时说，除了他们生不逢时，赶上一生绝大多数时间中国贫穷和长期经常的“运动”之外，主要是“他们没什么爱好”。

爱好非常重要，非常必要。爱因斯坦说过：“人与人的差别在业余”。梁启超曾说：“凡人须常常生活于趣味之中，生活才有价值。”这趣味很多时候是食味，吃是人间快乐的源泉之一。其他趣味多是爱好，吃也属于爱好，只不过不止是头脑中的爱好，还是口中的、肚子中的。

罗曼·罗兰说：“世上只有一种真正的英雄主义，那就是认清生活的真相后依旧热爱生活。”

中国社会科学院 2016 年发表的《中国兴趣报告》显示，调查中 62% 的中国人认为自己兴趣广泛，音乐、运动、阅读是最受欢迎的“全民兴趣”。

在做好自己喜欢的工作、有个幸福的家庭的同时，越来越多的人有自己真心的、喜欢的爱好，越来越多的人就会有幸福和厚重的人生。

人生的长度、宽度和深度

人生有长度，即能活多久；也有宽度和深度，即经历、见识，以及如何看待和度过一生。多数人生的长度差不多，人的差别在于宽度和深度。

不同的人的经历、阅历有很大的不同，呈现了不同的人生。一些人在情感或工作、学习、生活等方面经历很多，见识很广，生命的宽度如海洋。像一些社会知名人士，包括体育、文艺明星、政治家、企业家、著名学者文人，一生阅世无限，经历丰富，见过很多人，去过很多地方，经历很多事情，一生真是厚实。人们经常读他们的经历和体会，他们自己写的和别人写的；感受到他们的经历和阅历，因为多数人自己无法在一生中有他们那样的经历和阅历，读他们的作品等于扩展我们自己的经历和阅历，收获很多。

还有一些人无论经历阅历是否丰富，但在一个领域、一个方面经历丰富，思考很多，很有经验和见地，这是生命的深度。他们的经验、思想、作品、成就等也给人们很多启示。这类人对世界的贡献和影响可能最大。比如科学家在某一领域的发明创造，思想家、理论家、文学文艺工作者在某一领域、某一问题的一部经典作品、一个理论、一种观点，可能影响古今中外，成为世界上永恒的东西。

绝大多数平凡人不能追求少数人的人生，但可以在他们的经历、经验中学习，加深自己对世界和生命理解的深度。而宽度是多数人都可以做到的。读万卷书、行万里路就扩展了生命的宽度；多与人、与世界和社会接触，适当多点兴趣和业余爱好，也拓展了人生的宽度；多阅读有益的书籍、报刊等也间接地扩展了自己生活和生命的宽度和深度。

每个人都有一次人生，基本都是几十年，不能随随便便、毫无意义地浪费仅有的人生，应当根据每个人自己的志趣特点和生活工作，扩展人生的宽度，在有些方面也会具备些人生的深度。这是每个人一生都可以、也应该做到的。做到这不是为别人，而是为了不辜负自己的人生，当然对周围的人、对其他人也有益处。何乐而不为?

人生三件事

人生要做、要经历的事情很多，很复杂和琐碎，无法一一列举，但笔者体会到重要的事情其实并不多，主要是家庭、工作、朋友三件事。

家庭是人生之本。人从家庭中来，在家庭中生长，生活在家庭之中，在家庭的关爱和帮助中死去。人不能没有家庭，不管是什么形式的家庭。成年之前依靠家庭得以生存成长，得到家庭的呵护关爱；成年后一定时期自己再组成家庭，在父母和自己的家庭中继续得到家庭的温暖、关爱和帮助。人们常说“家庭是生活的港湾”，再忙碌、再重要的人也要回到家庭中得到休息，得到身心的皈依之处。

工作是人生的基本意义之一，也是生存的条件。成年前靠父母的工作得以成长，成年后要靠自己的工作得以生存和体现生命的价值及意义。过去不少妇女全职做家务也是工作。她们维系家庭、帮助家庭成员在家庭之外工作，因而也是工作，也是人生的意义和价值。工作也是家庭之外生命的意义和价值。一个人总不能一生一切都是为自己，为自己的小家庭，也要为别人、为社会、为国家做些有益的事情，这些事情是通过工作实现的，正式的和非正式的工作。

人的一生都是生活在人群之中。其实不但人是群居的动物，其他多数动物也是群居的动物。仅与少数家庭成员接触和往来是不够的，还需要与工作单位等其他人来往、交流。人的一生接触多少人无法计算，但肯定很多，对所有人都是如此。但无论接触多少，什么层次，能够谈得来，喜欢的，信任的，志同道合的永远是少数，这些少数就是朋友。一个人需要与家庭成员不断交流思想、感情，也需要与家庭成员以外的人交流思想、感情、看法、主张，从交流中不断学习，感受到、得到人世间的需要和温暖，也得到、需要得到家庭之外的关心和帮助。

所以，无论是什么人，一生这三件事是必不可少的，是最重要的。能否做好这三件事决定一个人的一生如何。人的一生幸福与否、成功与否等取决于这三个主要事情、主要方面做得怎样。

“三书”人生：读书、教书、写书

经常听到“读书人”的说法，一些人把自己定义为“读书人”，也称呼别人为“读书人”，意思是指经常读书的人，或指知识分子、文人等。

想想笔者自己的一生也基本是个“读书人”。一生多数时间是在读书、教书和写书，而且多数时候不是业余的，而是职业性的。自从18岁离开家乡，到目前为止40多年来，除了3年军队连队工作不是职业读书、教书外，其余的时间不论在军队院校、政府部门、科研机构还是大学工作，不论是在中国还是美国，所从事的都是学习、研究、写作工作，读书（报、材料、文献）、教书、写书（文章、报告）的工作。

自2001年夏天来学校工作后，笔者的基本工作和生活就是读书、教书、写书，以及在这个基础上的国内外交流。

在这之前在政府的研究机构工作时实际也差不多，只不过是当时主要工作不是教书，而是研究，其他的相同。

读书、教书、写书的生活是教师的生活，也是一名知识分子较为典型的生活。这样的生活比较简单，也很有意义。

读书是一个人、尤其是一位知识分子最基本的事情。当然读书是较为泛泛的说法，实际上不只是读书，也包括读诗、读文章、读报纸。作为笔者来说，由于从事国际问题研究，当前的形势和政策问题非常重要，因此读报是笔者一生每天生活和工作的最基本的内容。从硕士毕业后，30多年来，笔者是每天看两三份英文报纸、六七份中文报纸。过去英文报纸是看纸版，来到学校工作后看电子版。中文报纸一直是看纸版。

其实任何一个人每天都应至少看一份主要报纸，当然可以通过手机、网络、微信上看。一份报纸也是一个系统，一天的报纸是一个系统的消息和报道、评论，是个知识体系。这与在手机和网络上看互不相关的若干条信息、报道、评论不一样。这也许是属于老式的看法。

任何一位从事社会科学、尤其政策研究工作的人特别要坚持每天读报的习惯。报纸是反映每天的动态、发生的事情。如不坚持每天读报，如何了解和跟踪国家、社会和世界发生的事情、形势和政策？如何做社会科学、特别是政策的研究？所以多年来不理解那些不看报的人是怎么做社会科学、特别是政策研究工作的。

读书要读自己专业的书，读古往今来的经典著作，读当前世界上影响较大的最新的书籍；当然也要坚持读些文学、历史、科普等著作，这些凭个人爱好。就笔者来说，年轻时还读过不少小说，但近几十年来很少读，因为感到读小说是进入故事情节。近十几年来读文学书多是诗歌、散文、游记等书籍。

关于读书的意义和必要性一直有很经典的说法。《文汇报》笔会有一篇写徽派建筑和徽商的文章，说徽派商人一生打拼，终极梦想却是把辛劳经营所得，换成一所大宅，换成后代人读书求仕。“数百年旧家，无非积德：第一等好事，还是读书。”

于丹说阅读不见得能直接给你个文凭，不一定给你专业的技能，但是它能让你的心灵变得辽阔。读书养心，是我们自己和世界相遇的方式。

有篇短文说“知识改变命运”正遭到越来越多的质疑，而我要说的是，知识哪怕改变不了命运，但读书却可以改变人生，至少可以使一个人活得更加从容而充实。世界那么大，我们所能游历的时空究竟有限，读书让我们去更远更广阔的地方，也让我们走进历史深处，用有限的时间，活出更宽的空间。况且，书里还有那么多有趣的灵魂，与他们相遇，多么难得。

也有人写道：读书不仅增长知识、提高能力，更重要的是把心静下来。

杨新元说：“撇开读书的功利因素，读书还有其他几点好处：一是益知增见，开阔眼界；二是培养情趣，改变气质；三是修身养性，平衡心态。”古人说：“养心莫如寡欲，至乐无如读书。”高尔基说：“读书，这个我们习以为常的过程，实际上是人的心灵和上下古今一切民族的伟大智慧相结合的过程。”富兰克林认为“读书使人充实，思考使人深邃，交谈使人清醒。”

有篇文章说“阅读是一种生活方式”。“阅读的生活与人生，草长莺飞，繁花似锦；不阅读的生活与人生，则是一望无际的、令人窒息的荒凉与寂寥。”在读书并接触人类精神智慧精华的过程中，去发现生活，体验世界，就相对能超越庸常的生活。

吴祚来说，书是镜子，使我们反观自己，不仅是自己的形象，更是自己的内心。书是烛光，能将我们幽暗的内心照亮。聂震宁认为，读几页好书，感受一份高尚的情感，认识一点生活的道理，享受一段淳朴的语言，与古人、哲人、贤达之人在书中相遇，为书中一个小小的幽默发一点微笑，为一个新的惊奇发现轻轻赞叹、点首，为一个新的领悟而欣喜满足……

陈应松说，人类需要阅读。阅读已经成为一种文化传统，一种生活习惯，一种跟饮食同等重要的精神营养补充。曾国藩曾说过：“一个喜欢读书的人，品德不会坏到哪去；一个品格好的人，一生的运气不会差到哪去。”

读书其实也是读人生。读懂书是为了读懂和享受人生。“读书是一种对话，和外部世界的对话，同时也是和自己内心的对话。一个人通过阅读，不但能洞察外部的现实世界，同时也更清晰地显示出自我人格。教育的目的是完善人，而阅读是最核心的教育方式，是完善人的途径。”

近几年的调查显示，中国成年人人均年纸质图书阅读量为 5 本左右，韩国 11 本，俄罗斯人超过 20 本，世界最多的以色列是人均 64 本。美国一所著名大学的资深华裔教授比较中美教育的区别时说：美国很多高校都非常重视经典文本的阅读，本科生每年的基本阅读量大约是 48 本，4 年读下来就是近 200 本书。《环球时报》2016 年 10 月的一篇报道说，某央媒曾反复播出一则国民年度人均阅读图书数量的公益广告，其中韩国 11 本，日本 40 本，美国 50 本，以色列 60 本，中国仅为

2.35 本。

教书、带学生是一位教师的主要职责和工作。教好书的基础是对教学内容的专业了解，也需要经历、阅历和“故事”，同时还需要较好的表达能力等。教好书是件不容易的事情。

写书是件痛苦的是。笔者时常深有体会地对别人说，作为一位学者，他（她）最想做和最不愿意做的事就是写书。因为学者要写书，要著书立说，要把自己较长期的思考通过写书系统地总结和展现出来，所以写书是一名学者必须、也是想做的事情。但所有写过书的人都知道写书的艰辛。这就应了中国古代千年之问：究竟是女人生孩子难还是写书难？笔者的回答当然是写书难。因为生孩子是有孩子可生，而写书是没有什么在那里，是作者一个字一个字写出来。

写书也是泛指。不只是写书，也包括写学术论文、会议文章、媒体文章、研究报告等。这也是一位学者一生要不断做的事。笔者这一生写了十几部书，文章30多年来每年数篇，加一起也有一二百篇了。过程不容易，但还是感觉挺好，挺有成就感，也有些影响。

有一篇文章说，一个人的视野、阅历、对世界的认知，经由作品被传递出来。

有人说写作的人，思维活跃，写的东西才好看。这是真理。但什么叫活跃？怎么活跃？可能有很多种，见仁见智。

平生写的第一本书是与妻子合写的《留学美国纪行》，1995年由时事出版社出版，被列为“纪实性文学”类作品。以后在中国外国、用中文和英文写了、编了十几部著作，都是学术性的了。现在写作、出版的这部《世界与人生》是计划中的最后一本书，不再是学术著作，又回到第一本书的原点，文学的，不管是“纪实性文学”，还是随笔、散文、游记、杂文，还是都包括，总之是随心而写、随看而写、随想而写，不在乎文体形式是什么，只图说出自己真心的话，真实的话，自己对世界和人生的观察和感受，与别人分享，看看其中是否能对自己和别人有些有益的东西。

有篇文章写某一作家的作品说，后期的作品是他清明淡定的精神世界对他所熟悉的过往生活的梳理和映照。作家对生活的肯定、迷茫、怀疑、讽刺、歌颂，通过一系列小人物展现。应该说，包括笔者的写作很多作品都是这样。

读书、教书、写书多数时候都是在做学问。什么是学问？一篇短文说：“学习以学为主，学问以问为主。这是学习与学问的根本差异。”

清初文人张潮在其《幽梦影》中说：“有功夫读书谓之福；有力量济人谓之福；有学问著述谓之福。”三福之中，笔者至少占了两个，足矣。

因此，读书、教书、写书的生活还是不错的生活，是有意思、有意义的生活，是值得古今中外、世世代代不少人所过的、想过的、正在过、应当继续过的生活。

读万卷书，行万里路

古往今来，国内外的人都赞成“读万卷书，行万里路”的观点和道理。美国总统奥巴马的夫人米歇尔在北京大学交流时也强调这一点。

笔者认为人们在说这句话时是在强调两者都重要，特别是在强调读万卷书的重要性时不要忘了行万里路同样重要和必要。

如果要问读万卷书和行万里路两者之间哪个更重要，那则是难以回答的问题。

关键是如何理解“行万里路”。人们说读万卷书行万里路时，多数情况下不是说真正旅行、行走一万里或更远，而是说在多读书的同时实践也是重要的，必要的。“行万里路”主要不是行走，而是实践，是生活和工作实践，接触实际。

行路如读书。哲学家圣·奥古斯丁说过：世界就像一本书。只不过这是一部巨大的、包罗万象的书。

如果这样理解，那么读万卷书和行万里路之间还真无法确定哪个更重要，因为两者缺一不可。一个人不读书，读书少，不读“正书”，肯定是无知的，在当代社会很多方面的能力会差，难以在工作和生活中做好。而一个人不注重实践，实践少，实际能力差，充其量也只是个书呆子，同样在生活和工作中会有很多问题和困难。

真正有能力的人，生活和工作都能相对搞好的人，学习和实践能力都要强；知识和能力要平衡。这是中国与欧美、日本教育的重大差别和差距所在。中国的教育，包括家庭和学校，过多地强调读书、知识的重要，明显忽略实际、实践能力的重要。所以多年来，中国培养出来的学生会读书、会考试，在国际上各种考试、测试时成绩不差。但真正学完，投入工作和生活后，很多人能力较差，与西方和日本等国有明显的差距。看来，中国很多人和整个社会还没有真正认识“行万里路”的重要性。

行万里路当然包括旅行。旅行不仅是开阔眼界，更是感悟人生、感知世界。“人生就像旅途一样在探索未知的世界”。著名作家卡夫卡说“我头脑中的广阔无限的天地”有相当一部分构建于他的旅行经验。美国一位社会学家说，人在三个空间中生活：居住、工作、还有购物和休闲空间。旅行应属于第三空间。

“行万里路”主要不是指行走，但行走、实地观察和了解确实对人的知识和能力是重要的，甚至是必不可少的。世界各个地方，你不去自己亲眼看，只听说，只阅读，只在影视上看，是不可能知道那里真正是什么样的。人不多走走，多看看，知识、思考、见识是有局限的，心胸是较为狭窄的。因此，“行万里路”中的旅行也是必要的，与读书、实践一样重要、必要，是世界上每个人一生都应该努力去做、去多做的事情。“开卷有益”，开步同样有益。

演员周迅对模特莫万丹说：“人有时间，一定要出去旅游。有时候人们心情不好或想不开，是因为你一直把自己封锁在一个固定的地方。”

有人写过：旅行是灵魂的自我放逐，是心灵之于自然的守望或回归。行万里路要手腿脑并用，它获得的体验和感知远比书本重要得多，读十遍不如走一遍。边走边读，走比读更重要，走是另一层次的读。在苍茫的旅途中，我们用眼睛和心灵去观察、阅读远方的世界。不游不能广见闻，不游不能扩心胸，游亦是游心。旅行的关键是要有颗感受的心，感受世界、感受自己。

还有人说：世界是一本书，不旅行的人只看到其中的一页。“爱情才能让一个人真正的鲜活、快乐。”爱情不是狭义的，不仅是男女之爱；还包括爱山、爱水，爱花、爱草，爱世界，爱大自然。

冯至写过：

哪条路
哪道水

没有呼应
我们走过的城市、山川
都化成了我们的生命

一篇写安徒生的文章说：他走过千山万水，写过百卷书稿，把浪漫与忧伤都夹在了文字里，洒落在旅途中……

还有一篇文章写道："无字天书，今生阅读多少？"即行万里路方面每个人行程了多少？

杨澜说：真正与我们一生快乐程度有关的实际就是两件事：一个是经历，一个是关系。个人经历越丰富，情感上就不贫乏。她说："我玩的时候挺傻的，不会去想很多，就觉得单'没有去过'这一个理由就足够让我激动了。"

还有一首小诗写道：

人生的地平线是多么辽阔
我们走过的地方才会有希望燃烧

还有把旅行写得更理想和浪漫，不过多少有些真实的道理；"旅行是解放，是求自由的人间性的奔腾；旅行是冒险，是追究未知之境的往古猎人时代的本能的复活；旅行是进步，是想从旧环境所拥抱的颓废气氛中脱出的、人类的无意识的自己保存的努力；而且，旅行是诗，一切人格在拘谨的世故中密藏胸底的浪漫的性格尽情发泄出来。这种种的心情，就将我们送到山边、海边、湖边去，赶到新的未知的都市去。"

赵丽宏说，在天地之间活相同的时间，走的路却可能完全不同，有人走得很远，看见很多美妙的景象，有的人却只是幽囚于斗室，至死也不明白世界有多么辽远阔大。

唐晓云总结旅游的意义时说：旅游作为一种高级的精神需求，能满足人们"求新、求知、求乐、求闲"的心里需求。

还有人谈到旅行的意义是：从朝九晚五的按部就班中跳出来，从办公桌边的循规蹈矩里跳出来，打破思维方式的条条框框，摆脱现实生活的患得患失，拥抱一个更广阔也更精彩的世界。特别是作为一名教师，“行遍大千世界，看过人生百态……再次站上讲台，应该能讲出不一样的精彩。”

“阅历成就眼光。”

生活和工作：工作是生活的基础，生活是工作的目的

人生的基本内容就是生活和工作，只不过少数人可能把更多的人生时间用于工作，绝大多数人更多的时间是用在生活方面。

算算具体时间，多数人一生中每天生活的时间绝对多于工作的时间。在工作日，人的法定工作时间是 8 小时，加上路上一两个小时也就是 10 个小时左右。其他 14 个小时应该算是生活：吃饭、睡觉、阅读、看电视、看手机、与人闲聊、休息等。非工作日多数人整天都不工作，都是一般性地生活。

人类的发展趋势，也是人类的进步，是每年 365 天或 366 天中，法定的工作时间越来越少，休息的时间越来越多。现在在中国和世界多数国家，法定的休息日一年有 100 多天，仅是周末两天不工作加一起一年就有 104 天，还要算上一些节假日。因此，现在人们每年白天三分之一左右的时间不工作，是完全休息、生活的时候。

所以，明显地看出人的一生中把最多的时间是用于生活、休闲，而不是工作；生活、休闲是人生的主要内容。对于多数人来说，工作的目的不是为了工作，而是为了生活。

但工作也是重要的。因为工作为生活提供了条件，没有工作，包括务农、务工和从事各行各业的工作，人就没有办法获取生活的物质。即使在自然经济时代，人们也要自己去获取食物，自己制作衣物等。这也是工作。

因此，即使对世界上多数人来说工作本身不是目的，但人为了生活也必须工作，因为它为生活提供基础和条件。

对一些人来说，工作不仅是谋生的手段和必要，而且工作本身也是目的，至少是一部分的目的。很多人从工作中发现、感受到生活和生命

的意义和价值；仅仅吃穿住行玩乐并不是生活和生命的意义。包括一些农民、工人也在普通的工作中感受到乐趣，感受到自己的价值和意义。

健康、合理的人生是工作和生活的平衡。对多数人来说存在着在工作中发现、感受工作的意义的问题，不仅是谋生的手段。如果一个人对自己的工作感受不到其意义和价值，仅是把它作为谋生的手段，那么工作是无聊的，难受的。所以，人应该尽可能地做自己喜欢的、感到有意思、有意义的工作。

对少数“工作狂”来说，应该认识到这是错误的，没有必要的，不应该的。因为生活才是人生最主要的内容和意义。如果把人生主要的时间和资源仅用于工作，很少用于生活和休闲，那么这样的人生是狭隘的，有偏差的，极端的，也是不健康的，有害的。其实，人们津津乐道谁如何如何“工作狂”，给予赞赏甚至崇拜，这只是在中国存在。在国外，特别在美、欧等发达国家，没有听到谁在显示自己是“工作狂”，也没有舆论和谁赞成、歌颂“工作狂”；反而看到总统、总理、议员等政治家，著名科学家和学者也照样每年多次休假，不工作，享受着生活和工作的乐趣。这样的人生和生活才是人的一生和生活，才是合理、合情、平衡、积极和健康的人生和生活。

简单的生活

生活是什么？每个人都不同，回答也不同；每个人的人生的每个阶段、各个时期的感知也不同。

人在小的时候、儿童时期的生活主要内容是玩乐，至少应该是这样。而长期以来，中国、韩国、日本等东北亚国家和地区的小学教育过度强调学习，上一天课后还有几个小时的学习和作业，剥夺了孩子们儿童时代应有的玩乐，对其身心成长是非常有害的，错误的。大家都认识到这一点，但在中国就是无法改变。

青少年、青年时期应主要是上学、学习。青少年主要时期应是中学，18 岁以后上大学就是青年时期了。这段时期人的生活主要是学习，这是应该认真学习的时期。一些人大学毕业后还要读研究生。就是工作后也要不断学习，因为在学校书本上学到的东西多数是理论上的、一般性的，而每个工作岗位有自己特定的要求，因此进入工作状态的青年仍需要学习。

青年、中年时期的人生，生活内容主要是工作、婚姻、家庭。如硕士研究生 25 岁毕业，到 45 岁这 20 年是离开学校、真正走向社会的青年时期。这是人生最繁忙的时期，要工作，把工作做好，成长起来；要生活，恋爱、结婚、生育，组成、经营自己的家庭，还要关照自己父母的家庭。这段时期最不容易，工作、生活上都是创业时期、“而立”时期。工作、生活能否立得起来、今后一生如何就取决于这一时期——这 20 年。

50 岁左右及以后，随着年龄增长、各方面都较为确定和稳定后，人的生活就相对简单了，而且可能是越来越简单，除非有些人故意闲不住，一定要找很多事情来做。

对笔者来说，现在的生活非常简单。除了做好自己本职工作，有时出国出差、参加会议、见人、接受采访、讲课报告、朋友聚会等外，正常的日子就是：读书、看报、吃饭、喝水、听音乐、睡觉。对名利、权力、活动早已没什么兴趣和追求。

著名企业家柳传志谈他的老年生活时说：到那时，我想还是会用百分之二三十的时间去了解企业的状况，其他时间体育锻炼、多看看闲书、听听有声读物。这大概是所有人理想的老年生活。

人有了第三代即孙子辈后，就会对其有强烈的关注，其程度不亚于当年对自己的孩子。因此对老年人来说，他们最重要的事情和生活是他们的隔代，即孙儿们的生活，关注他们的成长、健康、快乐、需求等；他们愿意把更多的东西用于自己的隔代。

“隔代亲”的重要原因是老年人生活很简单，他们自己除健康外已无重要的东西，因此他们愿意把自己生活的重心放在孙儿方面，而无需放在自己的工作和生活方面。在时间上他们多数已退休，有大把的时间关心孙儿们，而不像在有自己的孩子时自己正在工作生活中处于创业时期，很难有时间去细心关心孩子们的成长，每天只能应付那些必须做的事情。

读过的一篇文章写道：这个世界上，曾经有一种生活，是那么自足、自在、自得、自由、潇洒、浪漫、诗意、喜悦、幸福、圆满，但成本却低得只需要一片土地就足矣，甚至只需要一个好心情。

现代化生活，得到一片土地已经不容易，但有个及保持个好心情还是可以做到的。

追求幸福是每个人生活始终的目标。幸福是什么？有篇文章说幸福最真实的存在往往是人们最没有感觉到的存在，也就是无：无忧无虑，无病无痛，无冤无仇，无债无欠，无私无畏。《人民日报》一篇短文说：“幸福就是‘五个一’，一个好身体、一份好工作、一个好家庭、一群好朋友、一项好的爱好。”说得太对了，太好了，太准确和精彩了！

生活是自己的感觉和状态，自己的生活是自己的感觉和状态，不主要是外在的见解和认识。章子怡说她不太在乎外界说她什么，因为“没什么人可以真正走入你的内心世界，百分之百知道你的追求和意志。从

第一部戏到今天，我一直想做一个好演员，不管成绩怎样，都觉得要从头做起，才能做一个优秀的人。”“所有的头衔都是他人给的，无论褒与贬”。“不可否认，这些认可对我是一种鼓励，但我不会觉得有什么了不起，我从来没有这样的心态，我希望自己能继续脚踏实地的做事情。去奥斯卡颁奖那些都是很瞬间的事情，今年是你，明年是她，后年又换人了，不能留恋这些肤浅的绚烂……表面的东西很快就会过去。”

简单的生活绝大多数时候是安静、平静、低调的生活。著名歌唱家刘欢在回答为何不喜欢举办演唱会时说：“我不太喜欢热闹，还是更喜欢多待在家里，弄弄设备啥的。”任何开幕式、颁奖典礼上都很少看到刘欢的身影，刘欢说这是因为他太懒了，“很多聚会上，大多数人都不认识，我感觉很尴尬，也很不习惯，索性就不参加了”。

一位外国诗人写道：寡欲是幸福，无为即自由。

著名排球运动员赵蕊蕊从体育转向文学，写科幻小说，记录自己脑海中的奇思妙想。“一边是稳定的铁饭碗，一边是我向往的自由自在的生活，最后我还是下定决心，决定追逐自己的梦想。”

简单的生活是指本质、是最主要的方面，实际上一个人六七十年的生活经历是不可能很简单的，简单生活是由繁至简。王子潇编辑说：一个人的口味要宽一点、杂一点，南甜北咸东辣西酸都去尝尝，最要紧的是对生活的兴趣要广一些。古人曰“博观而约取，厚积而薄发”。

简单的生活应是尽可能的快乐的生活。丁玲说：“使自己愉快。只有愉快里面才有青春，才有活力，才觉得生命饱满，才觉得能担受一切磨难，才有前途，才有享受……所以必须每天都做点有意义的工作，都必须读点书，都能有东西给别人，游惰只使人感到生命的空白，疲软，枯萎。”

周国平认为，只有一次的生命是人生最宝贵的财富，但许多人宁愿用它来换取那些次宝贵或不甚宝贵的财富，把全部生命耗费在学问、名声、权力或金钱的积聚上。他们临终时当如此悔叹：“我只是使用了生命，而不曾享受生命。”他还说：“闲暇和休息也是神圣的。闲暇是生命的自由空间。只是劳作，没有闲暇，人会丧失性灵，忘掉人生之根本。”

简单的生活其实不简单，但人应该尽可能地使自己的生活简单，否则就太累了。

“成大事者不拘小节”？

这句话可能是句名言，不管人们是否赞成。可能是有道理，如拘泥太多小节，把很多有限的人力、物力、财力、精力放在小节上，确实没有多少时间、资源和精力去成大事。但同时的事实是，可能很多不拘小节的人最终也成不了大事。

因为国与国、人与人的差别最终可能就在这些小节、细节上。根据科学研究证明，人们之间智商差别不大，特别是民族之间，差别在把智力、能力用在哪里。

用在大的、基本的方面，多数情况下大家都会，大体上可以做得相似，但进一步到小节、细节差别就大了。如社会上、舆论上经常说，同样拧螺丝扣，认真的人、重视细节的人一定要拧到位，拧到最后一扣；不认真、不重视细节小节的人拧得差不多就行。最后产品质量、服务质量就差这一扣或几扣。

所以中国人“差不多”“差不多就行”的观念和实践是非常有害的。有越来越多的产品和服务证明，中国等发展中国家也能做、也会做，做得也差不多，但最后的差距就是那些小节和细节。如办航空公司，各国都会办，都有航空公司，使用的飞机都一样，很多机场差不多，但航空公司的盈利能力和服务质量却有很大的不同，我们存在很大的差距。原因不是因为我们从欧美买的飞机不行，也不是我们不会办航空公司，而是我们在办航空公司的工作中总是在小节、细节上有差距。

所以近几十年来中国也流行“细节决定成败”的观点，这是对的。但对于长期以来具有“差不多”“差不多就行”的观念的民族来说，真正在行动上克服长期错误观念，真正重视细节、小节不是短时期能做得的。世界上大的国家、民族，如美、中、俄，大体上都有不重视细节、小节的不良观念和习惯，因为人多、地大物博，不用“斤斤计较”。就是同一民族，地域、自然条件的差别也造成观念和行为的差距。中国的北方人因为人少地多等自然条件，长期具有“大咧咧”的习惯，不注重小节、细节，因此近代以来，在生产、服务等经济社会文化科学发展方面相对也就不如南方。

做什么、做好什么？

世界各国存在于世界上，各自的情况、地位、作用、意义说起来也很简单，那就是你这个国家在世界上做什么，什么做得好，受到大家接受、认可，对别人和世界有帮助、有意义；能做得多、做得好，世界就承认、接受、认可，对世界也就有贡献和意义。

全世界来看，很长时期内美国是世界上最先进、发达、强大的国家。美国的立足之本是她做技术、做高科技（如英特尔、微软、苹果），做飞机，做汽车，做武器，做金融，做农业，这些她相对做得多，做得好。

欧洲加在一起是世界最大经济体，也是世界最先进、最发达的地区。欧洲至今做飞机（空客）、汽车（世界上最好的汽车都是欧洲做的：奔弛、宝马、奥迪、劳斯莱斯、宝时捷、路虎、美洲豹等）、机械（如医疗设备等）、高档服装和化妆品、农业等。欧洲有些东西做了几百年了，仍是世界做得最好的。

日本二战结束后几十年，逐步做船、汽车、电子等在世界做得好，动漫、化妆品也在世界有一席之地。

中国还是较落后的国家，但改革开放 40 年来，中国逐步在世界上的服装、鞋、玩具、家具、箱包、家用电器、造船等中低档大众生活用品方面做得多，做得好，也做出世界第二经济大国，世界第一制造业/工业大国，世界出口及货物贸易第一大国，外汇储备最多的国家。中国也做些汽车，但做得还不够好，不被国内外认可；中国开始做飞机，希望能做好。中国依靠人多地大，网络、电商现在在世界做得最多。

人也是这样。人的一生，成功也好，有意义、有价值、对人有否帮助也基本是一生做什么，做得怎样，做得好不好。科学家、技术工作者在科技方面做得好，有发明创造，对国家、社会、对别人有帮助，做得就好了。企业家、经营者、包括个体户，生意做得好，对国家、对社会、对别人都有意义；学者、知识分子学问做得好，书教得好，科研搞得好，对国家、对社会、对别人也就有意义，有价值；艺术家、文艺体育工作者歌唱得好，舞跳得好，文学作品写得好、画画得好、电影演得好、导得好，项目做得好，都为世界、为社会、为民众做出了贡献，丰富和娱乐了人们的生活。政治家、领导者、管理者领导得好，管得好，更是一个国家和社会所不可或缺的，也是对国家、社会和别人的贡献。

绝大多数人像你我，是普通的人。普通人一生也要做事，也要把自己的事情做好，做工、务农、学生等，做事、把事情做好更是社会中最基本、最普遍、规模最大的事业和贡献。每项事情或多数事情做好了都对世界、对国家、对社会、对别人具有意义和价值，也是贡献。就怕一生什么也不想做，什么也做不好，那对别人、对国家和社会就没什么意义和作用，还给别人、国家和社会带来负担。

德国剪刀和中国的落后

2001年，笔者在离开前后工作了11年的政府研究机构后到学校工作。离开原单位时什么都没有带走，只带了两把剪刀。

原来的单位是个政策研究机构，研究人员每天阅读大量报刊杂志及书籍，很多报刊杂志有用的内容要剪下来归档，供以后使用，所以有一些资料员、研究人员自己也做很多剪报工作。单位不知什么时候从德国进来一些剪刀，笔者在那工作时日常使用，感觉很好用，就从别人那要了两把剪刀，因来学校后会继续看书看报，继续剪报，积累资料。

这种德国剪刀的特点是长。手握的部分正常，和国内出的剪刀一样，但剪子部分很长，有一个半成人的手长。这样一般32开的纸面需要剪时，一次就会剪下来。别小看这一点。如果一张纸面剪时省几秒钟，一天几十页纸面省多少时间？一个月、一年、十年、二十年省多少时间？小小剪刀带来高效。高质量的产品就是在细节上为使用者所想。

其次是钢材质量好。这种剪刀是不锈钢做的，笔者前后用了快30年，没有任何褪色，颜色、样式没有任何改变。国内生产的剪刀很多用不久后两张刀片就开始松懈，是固定两片刀片的螺丝部分质量不好，制作不精。这把德国剪刀天天用，用了近30年没有任何松懈松动，两片金属的距离还是较紧的，没有变化。

笔者时常在办公室给学生展示这把德国剪刀，是在说明它的设计和质量的高超之处，从中看出中国产品的差距。

小小的剪刀上有这么大的差距不在技术水平上，因剪刀绝不是高科技，不是他们能做我们做不出来的问题；也不是材料，国内生产的不锈钢材料质量不差。差距在观念，在工匠精神。德国剪刀是努力为用户所想，长度、质量、耐用等；国内产品差不多就完事，不太考虑用户，也不太考虑用多久，反正我卖时没坏就行。差距就在于是否认真、投入的工匠精神。世界绝大多数产品和服务不是高科技，不需要很高的技能，需要的仅是认真的工作精神，而很多中国产品和服务就是缺乏这种认真的工匠精神。

读过一篇报道说，德国现在有 370 万家企业，其中 95% 是家族企业，绝大多数做一种产品。像“螺丝大王”伍尔特，1954 年成立螺丝公司，几十年一直做螺丝。德国、瑞士、奥地利很多企业都不上市，担心上市时由于需要对股东负责，会过于关注短期回报而使品牌受损。德国有 8000 万人口，世界名牌 2300 多个。不浮躁、不取巧，有匠心。

有统计称，寿命超过 200 年的企业，日本有 3100 家，居世界之首。而这些“百年老店”的经营模式都不是急着“做大做全”，都不忙着资本积累、上市圈钱，而是专注一个商品或者一种技术。

毛主席曾说过：“世界上怕就怕认真，而我们共产党就最讲认真。”过去的不说，现在这几十年来，“最讲认真”的国人显然是不多，所以使中国产品和服务与世界先进水平有较大的差距。小小的剪刀只是在一个小工具方面说明这一点。

期待有一天很多中国人不认真、不投入的不足能够改变，工匠精神能普遍养成。那时中国很多产品和服务就肯定能赶上德国、日本、美国、瑞士等，中国就会在多数方面成为世界强国，先进发达的国家，人们也就能提高工作效率，过上高质量的生活。

国际会议上各国人士的特点

世界上每年、每天有很多各种各样的会议。笔者从事的国际问题的领域会议也不少。30 多年来，笔者基本是平均每月出国开一次会议，每月在国内平均下来总有一两次会议。

国际会议是个世界平台，展现世界各国与会人员的风貌、水平和特点，也反映各国的文化和习俗，同时是一个国家和地区特定时期经济、政治、社会状况的体现。

参会人员多数是各国的学者、官员或前官员，有时也有少量企业家、军人和媒体人士参会。时间长了，接触和观察多了，可以总结出世界各地人士的一些较为明显的特点。

在各国人士中，美国人还是显示出最投入、最有精神、最专业和活跃。美国参会人员，无论是学者、官员、前官员、媒体人士、军人，都显示出对自己所从事的领域、工作的真正的了解，都有自己的观点和看法，观点和看法都颇有深度；美国人说话，没有假大空话和套话，都是言之有物的，无论多大年龄、什么层次的人都是如此。因为他们是个高度竞争的社会，“混”的人没有位置，没有出路。

美国人有很多时候讲的东西我们不赞成，甚至反对，但他们所说的确实有他们的“道理”、逻辑和依据，不是胡编乱造、不是不懂装懂、不是没有研究没有根据的“随便说说”。所以，与美国人开会，听美国人发言，总是使人有所收获，得到一些启示，不管是正面的还是负面的。

欧洲人与美国大体相似，但有所不同。欧洲国家不像美国是全球性超级大国，有全球战略和利益及思考。欧洲很多学者、官员和前官员更多关心民主、人权、宗教自由、环境这类事务，发言带有较为强烈的意识形态特色，对中国等一些国家在这些抽象的方面批评较多，感到欧洲人不大务实，不像美国人那样“实用主义”。欧洲一些对中国、对亚洲有真正了解和研究的人与美国相似，不是那么意识形态、原则性和空洞。

俄罗斯20多年来参加、能参加国际学术会议的学者、官员和前官员不多，所以在国际场合很多情况下显得俄罗斯冷冷清清，参与不够，这包括在莫斯科等俄国内举办的国际会议。问起缘由，俄罗斯人的回答是俄罗斯学者等现在没有这个“闲心”去参加这些探讨，他们要忙于生计。这与中国学者和官员在上个世纪八九十年代的情况相似。

少数参加国际会议的俄罗斯官员和学者给人的印象是很能说，也愿意说，但说的内容很难给人留下深刻的印象。因为他们说的多是泛泛和原则的东西，显得较空，没有多少实际内容和深刻的观点。这与俄罗斯国际地位、作用的变化有关，也可能是俄罗斯学者和官员对自己所从事的工作投入不够，关注不够，研究不够，思考不够。也可能是因为无暇长期投入和关注，加上没有切身利益，俄罗斯与会人士显得对很多国际问题了解不够深入，思考、观点不多；英语很好，但发言缺乏真正的内容和观点，一般性的表述较多。

日本参加国际会议的学者、官员、前官员不少，讲话次数适中，不多讲，也不少讲，绝大多数英语都不错。近些年来日本人逐步说话多了，能说、愿说、敢说，英语也较好。中国人长期说日本人英语不行。但在笔者30多年在日本等世界很多地方参加的成百上千的各种会议上，日本官员、学者、媒体人士的英语多数不差，不比中国人、韩国等其他亚洲人的英语差。不行的是极少数。

日本与会人员给人的印象是很在意自己国家的原则、立场和利益，对于对日本的批评总是要反驳，不大接受和考虑别人的观点。极少数日本学者、前官员还较为开放，能够倾听和考虑别人的不同意见。日本人近些年来变得攻击性较强。在各种会议上，日本官员、学者、媒体人士对问题不回避，不客气，直言表达日本的看法；对中国、韩国都有严肃的批评、甚至攻击，有时也批评俄罗斯；但对美国很少批评和表达不同。

韩国研究国际事务的机构和学者很多，多于日本，而且很活跃，这与韩国作为一个“中等国家”的地位不相称。这可能是韩国、朝鲜一直生活在大国之间，因此有“大国思维”，另一原因可能是外国对韩国太重要，因此他们要格外重视外国和国际事务。

韩国学者、官员、前官员参加国际活动与亚洲和世界多数国家没有明显的不同，因为韩国很国际化，与会人员多数在欧美接受教育，具备西方人的语言和思维。但韩国人士受西方影响，在政治和安全问题上不认可中国，对中国批评较多，甚至与日本的立场相似。

东南亚国家学者、官员参加国际活动的人不少，也比较活跃，英语都不差。他们的观点总体温和，因为他们不是大国，对很多问题没有强烈的立场和观点。

澳大利亚、新西兰、加拿大人的特点与美国相似，但没有美国人那样经常非常具有强烈的立场和观点，因为他们不是大国，没有美国那样的战略和利益。

非洲参与国际活动的学者和官员不多，语言能力很强，但对多数国际问题没有多少兴趣和了解，因为他们认为不需要。南非的一些学者的视野和知识面较宽，但他们都是在南非的白人。

中东搞国际问题的机构和人很少，尽管他们那里是世界问题最多的地方。在中东地区开的一些会有些这一地区的学者、官员和媒体人士，但多数不够活跃。

印度这些年来参与国际会议的学者、官员、前官员越来越多，有时巴基斯坦等其他南亚地区的人士也有参加。印度人在国际会议上很能说，很愿意说，但说些什么则难以给人留下深刻的印象。看到一篇文章说印度人一个特点就是喜欢争辩，爱逞口才，享受站在道德制高点装圣人的感觉。但笔者在很多国际会议场合看到的印度人倒不完全是这样。

中国学者、官员、前官员、军人 30 多年来参与国际活动的人越来越多，能力越来越强，包括外语能力。但与国际需求相比还有很大的差距，还不能满足国际上的需要和期待。表现在参与的人的数量是不少，但质量参差不齐。很多时候会议主办者安排就一些问题各国出一名人士发言，不少情况下中国人的发言质量不高，与同一题目的其他国家的发言者显得明显不在一个水平上。根本的原因还是很多中国学者、官员、前官员、军人对自己工作的领域了解不够、思考不够、研究不够、深度不够，中国的专业人才、专家还是太少，很多人对工作不认真。毛主席早就说过："世界上怕就怕认真二字，而共产党最讲认真。"这话讲得对极了，但就是在现实中没有体现出来，没有落实，所以很多人到国际场合一比高下时就露怯，而这些人还往往没有意识到，甚至多数时候还自我感觉非常良好。可见人有自知之明不容易，了解自己不容易，或不愿意。

在不少国际场合看到中国学者、官员、前官员、军人浅薄的发言遭到其他国家与会人员、甚至韩国等小国人士的反驳和痛斥，而这些中国人这时又没有能力和依据去反驳别人的反驳，在场的其他中国人都感到很难堪。可是怨谁哪？还是怪自己平时学习、钻研不够、自己感觉太良好了吧，结果浅薄的东西被别人羞辱的时候却没有任何回应之力。人没有真本事毕竟是不行的。希望更多的中国学者、官员、前官员、军人等"专家"认识这一点，尽快改变。否则无法赢得别人的尊重和认可，更谈不上影响别人了。

高仓健、张艺谋和巩俐

高仓健是很多中国老一代人的"男人"形象。他是日本著名演员。20世纪80年代初，中国放映日本电影《追捕》，高仓健在影片中主演一名日本检察官，调查政界和商界勾结犯罪、腐败案件。他在影片中的形象给所有观众留下难忘的形象。

在影片中，高仓健扮演的杜丘是位正直、勇敢、机智、有能力的检察官。他一米八左右的个头，方正脸，魁梧的身材；特别是他沉默寡言、孤独坚韧、不善言辞、外表刚毅、经常处于思考状态、甚至总是忧郁的面容形象深入人心。自从80年代初看过《追捕》后，演员高仓健就一直是很多人心中的"英俊、标准男人"形象，几乎无可替代。有媒体称"《追铺》在中国创造的记录至今都难以打破：约有一亿人次的观众走进影院，被银幕上的'杜丘'折服，被高仓健的独特演技迷倒。"电影景象既有繁华的东京新宿，又有北海道广阔的山川。

著名导演张艺谋曾表示他对高仓健所扮演的形象及演员本人的崇拜。所以在十几年前，张艺谋曾把高仓健请到中国进行交流，同中国演艺界和媒体见面，并共同拍摄电影《千里走单骑》。"看着高仓健电影成长的张艺谋决定拍一部为高仓健量身定做的《千里走单骑》"。当时70多岁的高仓健在拍片现场从不要大牌，每天和大家一起站着工作到最后一刻；因为一个农民工在现场为他打了3天阳伞，他将自己的一块手表送给他做纪念。

"英雄惜英雄"。在笔者等人心中，张艺谋的形象如同高仓健。张艺谋崇拜高仓健，不知道是模仿高仓健，还是本来两人性格、风格就一样，反正张艺谋在很多方面像高仓健：个头高、身材好、有能力、有性格，不多说话，沉默寡言，甚至经常带着忧虑的面孔。几十年来，尽管是中国当代最著名的导演，导演出多部最受欢迎、最代表当代中国的电影和作品，包括2008年北京奥运会开幕式演出，但张艺谋很少接受媒体采访，很少公开露面，除非为所拍的电影搞些必要的首映式等活动；对社会、媒体的各种关注和传闻极少做回应或澄清。即使少数时候接受媒体采访时话也不多；也从不表现和吹嘘自己。张艺谋从里到外，都与高仓健如出一辙。

有评论说张艺谋是中国最勤奋的导演之一，这些年一直在求新求变，做各种各样的尝试。从《红高粱》到《秋菊打官司》再到《菊豆》和《大红灯笼高高挂》，张艺谋早期电影有一个强烈的核心，人的自我意识的觉醒、呼喊和冲突。张艺谋从不在意别人对他的评价，他说过："随便你怎么说，我还是那句话，就是知道自己值几两重。"他的生活方式也几乎没什么变化：依然吃馒头、吃面条、吃大蒜；依然精力旺盛地开会，对每一场戏、每一帧画面都孜孜以求。

著名演员巩俐与张艺谋合作及在一起时间不短，其性格、人格看起来也像张艺谋。写她的人认为她身上保留着一份冷静和清醒。她说："我还没有出校门，就跟张艺谋在一起。张艺谋的心态和性格是非常平和的，很老百姓。有人说他土土的，其实这是一种平和。""张艺谋的平和、待人接物的随意，不喜欢前呼后拥的排场，都让我从中学到了许多。这只是一项工作而已，恰恰你的工作就是作为一个公众人物，我很明白我应该怎么办，我要怎么做。炫耀自己，其实下坡路走得很快的。心态不好，可能很快身体状况就不好了，吃不好睡不好，给人的感觉就会是急赤白脸的，慢慢的人气就不对了。"

巩俐与张艺谋的淡定也在于否定"高峰"的说法，理由是她只想顺其自然，无所谓攀高峰。她说："对我来说，拍戏是个很愉快的过程，我很喜欢，喜欢之余其实就没什么了。我会在工作中投入很多情感。这是我生活中不可缺少的东西。""至于说什么才是高峰，哪个是土丘，我不太知道。我这个人比较直。做一件事时，不怎么考虑它的结果。如果拍一部戏前，先去想大家会不会喜欢呀、能不能获奖呀，那干脆就不要去做了。"

有评论说巩俐看起来确实像那种不急于当将军的士兵，所以对每部片子、每部戏，她总是能心平气和、不急不躁，这种良好的心态反过来又促使她能认真洒脱地处理每个角色。巩俐说："其实从一开始我就没给自己设定一个目标。到现在我也没有固定的经纪人，没有人管我。我一直很自由，基本是喜欢的就拍，不喜欢的就不拍，没有把自己框住，也没有什么压力。我没给自己规定今年是高产年了，明年又是低产年了……我只是不喜欢自己给自己压力，也不喜欢别人给我压力，一有压力就受不了了。有好戏就拍。也没有每年拍几部片子的想法，也没有经纪公司，没有人管我。我是个自由人。所以我愿意拍就拍，喜欢拍就拍，不喜欢就说不喜欢，以后再合作好了。我没有把自己框住，所以没有压力。平时闲下来，如果接下没有工作的话，就与朋友聊聊天，看看家里人。我喜欢比较轻松自由的生活，不喜欢有压力，不喜欢别人来管我。"

有一段2002年采访是这样描写巩俐的："该有的一切美好的光环，巩俐都有；该有的一切荣誉，巩俐都有；但这一切却都没有改变她纯真、质朴的本性。十几年间，她一直是平和而又随意，过得仍然是深居简出的生活。她只习惯于和自己熟悉的朋友聊天，而几乎谢绝一切社交活动和需要抛头露面的机会。她不在乎任何人对她说坏话，面对记者们的采访，她说得很少很少。她只想按自己的兴趣真实地活着，踏实地演戏，忠实地守护着自己的情感田园，在纷繁杂乱的娱乐世界内保存一点属于自己的个性和情趣。无论她的演艺事业是平淡还是辉煌，她都只把演戏作为自己最热爱的事情来做，永远不懈地做。"

高仓健、张艺谋是当代真正的"男子汉"形象，有能力，有成就，有名气、有地位，但非常低调，不张扬，不表现自己；经常沉默寡言，行胜于言。这是真正的"成熟男人""成功男人"的标准形象。

这种形象与现在流行的"小鲜肉"形象截然相反。以韩剧中男主人公等为代表的现代"小鲜肉"，个个身材娇小，白面书生，言谈举止女性化，或半男半女，不男不女。不知道为什么这种不伦不类的形象在影视作品和青少年中流行？这样下去，男不男、女不女，不知男人都会变成什么样子？还会有"男人"的形象吗？还会有"英雄"吗？还有人会打仗、保卫国家和人民吗?《战狼》等影片的流行可能是对这种社会病态的应有的反击和纠正。

中国、世界需要更多的像高仓健、张艺谋式的“男人”“能人”和“英雄”，而不需要什么男人“小鲜肉”。

中小学课本的重要

想想人的一生的成长，包括知识和爱好的形成，中小学时期应该是最重要的。因为这个时期的人在各方面处于成长阶段，是求知、欲望、好奇心最强的阶段，这个时期接触、沉淀下来的东西会留在一生中，一生记着、想着，终身受用。

中小学时期也是人生记忆力最好的时期。只要是喜欢的东西，不用有意记忆，则过目不望。尽管这一时期也是人的一生最玩痞的时期，很多孩子淘气，甚至干大大小小的坏事，有些孩子不好好学习。但不得不承认，人都有他希望的东西。假如真碰到他喜欢的东西，他是会接受的，会学习的。

而世界各国中小学课本都是众多教育者尽其所能，把本民族有史以来，甚至是全世界有史以来最好的东西精简地编辑在一起，供一代又一代的青少年去学习、欣赏、掌握。不是所有课文都受每个孩子喜爱，但一本、几本各个年级的语文、历史、地理、音乐、美术、常识、算术等课本中，总有些每个孩子都能发现有自己从心里喜爱的东西。从此就存于心中，一生中不断地回味、朗诵、思考、体会，有时使用。

比较而言，虽然笔者的中小学时期基本是“文化大革命”时期，自然也就属于没学多少东西的“失去的一代”之一。但中小学十几年下来，课上课外，还真读到了一些由衷喜爱、刻骨铭心、一生受用的好的作品。

其中包括唐诗宋词中的一些经典，毛主席的诗词，郭沫若的几首诗。也有一些文章，包括鲁迅的《故乡》《孔已己》等。一些不是名人的作品也给人印象深刻，如在中学时学过的课文《长白山记行》。对她如此喜爱，以至一生几十年来总是能背下她的开头段，时常谈起喜爱的文学作品时给学生和朋友背诵。

课后自己读的东西，当年有几年对《地理知识》很有兴趣，花钱订了好几年。杂志中一些介绍、描述中国各地的文章留下了一生的印象。如《八百里秦川》，介绍的是以宝鸡到西安方圆八百里的渭河平原的景象。读了这篇文章，才知道那一带为什么简称“秦”，为什么那一带是早期中国的核心地带，因为由于渭河而形成的平原的富泽，也知道那一带面积基本是方圆八百里。这类文章不是什么著名的东西，但对人理解中国的地理、历史、文化受益匪浅，终身不忘，终身受用。

所以，中小学课本是及其重要的。因为它在人的童年时期给了孩子们最早的东西，最基本的教育，给一个人一生的知识、能力打下了基础。因此，中国几十年来与其在中小学课本中灌输那些假大空的特定政治需要的东西，不如多教些孩子们真正的中国与世界的经典，多教些国家和世界的历史、地理、风土人情，多教些做人的基本文明礼貌、行为规范的生活常识。

留学的意义

这些年中国人到国外，特别是到美国留学的越来越多了，单是在美国每年就有 30 多万左右，占了每年美国吸收的外国留学生总数的 1/3。

物以稀为贵，似乎多了就没那么值钱，受重视，而且有些留学生回国后工作也不好找，找到了工作收入也不高，与留学几年花费几十万人民币相比，其留学的意义和价值受到怀疑，出现了出国留学值不值、意义何在的争议。

笔者从观察别人和自己的切身经历中感到，出国留学，只要条件允许，都是有意义的，是有价值、值得去做的一件事，人生的大事。笔者以前、几十年来在国内外各种场合都说：世界上所有的人一生中最好都应有在其他国家生活几年的经历，留学当然包括其中。

理由有几大类。

一是丰富人生的经历。一个人一生都在一个地方生活那肯定是单调的，如果不是无聊的，也是难有进步和发展的。很多人都是走出家乡才超越父母一代，至少经历上超越父母。一个人一生只在故乡生活、工作那与上一辈比会有多大进步、多少出息？因此，笔者从来质疑那些一生不肯离开家乡的人的心胸和志向。

二是丰富阅历。很多人说，一个人一生的长度差不多，差别在宽度、厚度，而宽度、厚度中重要的就是阅历。人生是来世间的一趟旅行，既然来了，为什么不多走走、多看看、丰富自己的知识、见解和阅历？

三是这些经历、阅历带来知识、思维、视野、能力。见的多了，经历的多了，对事物、对世界的知识了解就增多了，思考就多了，视野就宽广了，能力也就随之增强一些。一个人见识多，思考多，自然可说、可写、可想、可做的事情就多些。

四是文化上的丰富多彩。世界是由不同国家、社会、民族、文化、风俗习惯构成的。人们在一个国家、一个地方生活，就了解一个国家、一个地方的风土人情、社会文化和人的情况；在另一个国家、地区生活几年，就会又了解不同的国家和社会，等于生活过、经历过“两个世界”。把异同的东西做比较，自然就会发现彼此的优势和不足，在不知不觉的比较中对别人和自己的国家有了更多的了解和认识，甚至原来以为的缺点可能在比较中发现竟是优点，比如人多或人少。

因此，留学海外，在另一个、几个国家和地区学习、生活几年，对一个人的一生基本是有百利而无一害。重要的是如何渡过在国外的时间，使它真正充满价值，具有意义，使自己成长和富有收获。

小留学生/何时出国留学？

出国留学是好事，但何时出去则是件值得思考、慎重决定的事。

最近一些年来，国内流行孩子较早出国留学。不但出国上大学成为每年四五十万中国在国外留学生的主体，而且出国读中学、小学的人越来越多。因笔者在国外留学过，又经常给各界人士讲国际问题，因此询问笔者出国事宜的人也较多。

从国外情况和人的身心成长规律来看，孩子不宜较早出国。一个人最佳出国留学的时间还是大学毕业以后。

为什么这么说？因为大学几年，一般 18—22 岁，是一个人一生成长最重要的时期，是第一次离开家的时期，是第一次走向社会的时期，也是人开始谈情说爱的恋爱时期，还是一个人文化的形成时期。这个时期最好在本国度过。因为，如果高中毕业就出国，本民族文化没有完全形成，外国文化又难以接受，会成为没有文化根基、没根的人，没根的人是痛苦的。其次，这时高中刚毕业就出国，走上社会是个不熟悉的他人社会，作为一个外国人是难以融入这个社会的。至于谈恋爱，也要看所去的地方中国人是否多，如果中国人不多，谈恋爱的对象选择也少、也难，毕竟事实上中国人还是找中国人多。

至于更早地出国读中学、小学，那就更不合适，除非父母中有一方或全家一起出去。否则一个几岁、十几岁的孩子，独自一人离乡背井，在一切截然不同的异国他乡生活，少年的生活能力是否具备还是其次，最重要的是心理、情感的孤独、无助、无法忍受。连几十岁的成年人长期在国外都难以忍受孤独，何况一个几岁、十几岁的孩子？把一个几岁、十几岁的孩子一个人送到国外，孤苦伶仃，孤独无助，即使顽强地坚持下来，其过早地离开父母、离开家庭的孩子的身心健康和情感损伤是一生都无法弥补的。世界上什么东西无法重来？时间、青春无法重来，身心成长的阶段、情感也是无法重来的，失去了就无法挽回。

所以，出国留学不必着急，不需要太早，太早没什么好处和必要。在国内读完小学、中学、大学，出国读研究生是最合适的。

游学学了什么？

2013年2月26日，UA89飞机上。

登上美国纽瓦特飞往北京的飞机，看到近年来中美间航班常见的现象：机上多数乘客是中国人。这班航班的不同是有很多中国学生，特别是中学生，看上去是初中生，或高一学生，15—16岁左右。应该是寒假来美国游学的。

不知他们来多少天？去了些什么地方？看了听了什么？“游学”学了什么？

笔者像往常那样要了靠过道的座位。机上开始送餐后，笔者和周围的人开始把餐桌板放下，开始用餐。不久，靠着笔者座位的女孩用手轻敲笔者的肩，示意她要出去。笔者没说什么，把水杯拿起，餐盘端起，餐桌板收起，让她出去。

几个小时后，当大家用第二次餐后，笔者这排靠窗户的女孩也像第一次用餐时靠笔者身边的女孩那样，要求出去。笔者只好再次拿起水杯，端起餐盘，收起餐板，让她出去。

除了这两次外，一路十二三个小时，其他时间这两个邻座女孩并没有出去，不知为什么她们专门选择大家用餐时出去？

真不知道她们在美国“游学”学了什么？在中国学了什么？中美两国、东西方文化有很多不同，但都有一点就是尽量不要麻烦和打扰别人。为什么这两个女孩专门在别人用餐时要求出去？所有坐过飞机、在飞机用过餐的人都知道那将给人带来的麻烦。为什么不能在别的时间，再过十几分钟出去？经常坐飞机的人都知道、都看到，很多、包括我们自己，为了减少给别人带来麻烦，即使是要上洗手间，也经常是看坐在过道的人出去时自己才趁机出去。

不知这些中国学生在美国“游学”几天、几周或几个月究竟学了什么？恐怕不少人是只“游”没“学”。其实学不仅是在课堂听人讲，自己观察别人怎么做也是学习。看来我们很多人、包括学生无心在意、观察、学习别人的良好行为和习惯。这样的“游学”也就只能算“游”，谈不上“学”。

在美国华盛顿数年来每年曾接待、组织数十个中国学生“夏令营”“冬令营”游学团的一个很大的公司后来自己停止了这项业务。笔者问为什么？该公司老总说：中国学生（主要是中小学生）对学习不感兴趣；费了不少力气给他们安排美国学校、请美国老师讲课、参观文化设施等，没有几个学生投入；绝大多数心不在焉，毫无兴趣；或交头接耳，或玩弄手机；美方反应不好，不愿意再接待；他们公司自己也觉得这钱赚得没有意思，没有意义，就停止了这项每年数量不小、盈利不错的业务。

《光明日报》2014 年底发表过一篇关于大学生就业的长篇报道。根据大量的调查统计表明，用人单位对中国大学毕业生、包括顶尖高校毕业生在实践能力、时间管理能力、集体意识和纪律意识等方面不够满意。报道说：“育人不仅是专业知识的灌输，更是综合素质的培养和人格品行的涵养。”

我们的孩子们

2016年7月14日，北京飞往美国华盛顿的美联航UA808航班上。

像十几年来的往常一样，中美、中外航班上的乘客多数是中国人，包括国外航班。

但这次少见的、不同寻常的是飞机上中国孩子多。仔细看了下，飞机上有三个中国学生团，一个小学生团，两个中学生团，是学校暑假夏令营等游学项目活动。每个团为了识别和管理，都穿自己统一颜色和样式的服装，服装上标着学校的名字。

三个学生团占了经济舱一半的座位，年纪轻，一路精神充沛，浩浩荡荡，情绪高昂。

笔者座位周围都是中学生孩子们。坐在他们中间令人喜悦：中国确实发展了，学生们可以大批的出国看看，游学，交流，开眼界，见世面，长知识，锻炼能力。这种情景20年前只有日本学生是这样，成批地出现在国际机场和航班上。

孩子们都不大，但这次看到的个个挺规矩。一路上不吵不闹，英语可以应付机上服务员，行为得体、礼貌。刚上飞机，他们、她们频频换座位，不是为了靠窗或过道的好座位，而是为了要和自己要好的同学坐在一起。一路上同学们很多时间是在玩手机，或同学们间聊天，声音都不大，比较安静。

每个团有两三位老师带着，年纪都不大，看上去也就20几岁，看来是大学或研究生毕业不久的年轻教师。他们管得事不多，因为学生们都较为自觉和自立。老师们工作很敬业：点数，告诉学生们怎么填入美国境表，收表。学生们有不懂的也去问老师。他们男女生随身带的包都不大，但里面用的（手机等）、吃的东西不少，看来家里和学校做了精心准备和指导。周围一位女生对几位男生说："你们要饿了就与我说，我带了很多吃的”。

一路上十几个小时坐在他们中间感到心中愉悦：我们的孩子们生活在好的时代，受到好的教育，有好的机会学习、交流、旅行。

国家、社会、我们年长的一辈子工作、生活的目的就是这个，就是为了我们的孩子的幸福成长，能过世界上富裕、发达国家和地区孩子们一样好的日子。

华人学生的困境

近些年来，来中国大学学习的外国留学生越来越多。其中一小部分是中国人，是在国外的华人的后代。这些人长期被长辈教育不能忘了根，不能没有中国文化；因此，长期耳濡目染，他们心目中也就一直有个中国文化的影了，尽管他们多数人生长在国外，与中国没有任何关系。

但当他们受世界“中国热”潮流的影响，愿意来到中国寻找中国文化的根时，在他们感到终于回到自己长辈不断述说的文化的“祖国”时，却发现他们无法融入他们文化的根源，甚至受到他们文化根源的排斥。

很多华人学生都反映他们无法融入中国学生的圈子。其实他们很多人汉语不错，有些是在中国出生、长到几岁后才随父母移居国外，汉语有基础，因此他们来中国留学时完全是被编在中国学生的班中，与中国学生没有任何不同。他们被编在“某年某某班”，与中国学生上同样的课，要求同样，上下课同样，他们不是被安排在专为外国学生开设的英语或其他外语项目中。

但即使如此，他们仍然困惑地感到他们是“外国人”。他们甚至感到在中国他们的属性成了问题：中国学生仍然认为他们是外国人，而外国学生认为他们是中国人，他们夹在中间不知道自己是什么人。

一次在笔者的课堂上，一位来自亚洲国家的华裔学生做口头报告。上来她就提问：在座的华裔学生认为自己的属性是什么？一位加拿大籍华裔学生回答：“我们没有属性”。

他们的困惑是实际生活中遇到的。与中国学生他们谈不到一起去，没有多少话题或共同的东西可谈，因为没有共同的经历及其因此所产生的共同的兴趣、情感和共鸣。他们抱怨打不进中国学生的圈子，中国学生还是三三两两地与中国学生在一起，一起活动。他们最后只好更多地选择与他们有些共同经历与兴趣的外国学生在一起，一起活动，交朋友。

甚至来自香港的学生也有同样的感受。尽管香港离中国大陆内地不远，又是华人社会、华人文化，但香港的制度和价值很多是西方的东西，与内地学生交流时往往不具有共同的价值和观点，反而经常吵架。吵多了，大家就不再愿意继续吵了，继续交流了，因为谁也说服不了谁，反而都认为对方有偏见，不可理喻。

华人学生在中国大陆学习、生活中的困惑不是任何人有意制造的，而是因为经历和文化的涵义所致。文化不仅是语言和价值，而且是共同或相似的经历和记忆。这些生长在异国他乡的华人后代，尽管从出生到长大没有间断地被长辈灌输和强调中国文化和生活习俗，但他们毕竟没有在中国的同龄人所具有的经历和记忆。他们与同龄的中国同学因没有共同或相似的经历，也就少有共同的感受、情感、记忆和兴趣，也就难以进行密切的接触和交流，他们只好求助于或回到他们能有共同东西多一些的外国学生之中。

这是不好的，不应该的。中国的大学、老师和学生们应正视这一问题，尽一切可能努力改变、改善这一不利的局面，使充满希望和向往的华人后代回到自己文化的“祖国”时能有回到家的感觉，能真正融入自己祖先的文化和生活之中，并增加对自己祖先文化的了解和热爱。

年轻人在做什么?

2015 年 2 月 12 日从华沙坐飞机回北京。因还有几天就过春节了，所以本是淡季的航班座无虚席，而且几乎全是中国人，从欧洲各地回中国过年的中国人，有学生、旅游、出差和常驻欧洲国家的中国人，因波兰航空公司班机价格便宜一些。

坐在笔者右侧的是两位 20 多岁的中国人，一男一女，彼此不认识。从华沙到北京 9 个小时的飞行中，这两人多数时间是在聊天。有时环顾一下周围的人，也基本是二三十岁的中国乘客，一路上同样没有读书看报的。少数在用平版电脑看游戏，多数人在做两件事：或者看飞机座位前面屏幕上的电影，或者在睡觉，也有像右侧的两位那样在聊天。

看来，过去长期火车、飞机长途旅行时读书看报的情景在中国人中基本消失了。也可能有人说，我们也读书看报，只是不在旅行途中。但问题是在坐飞机、火车八九个小时的长时间内不读书看报，不学习，哪有多少“其他时间”读书学习呐？而当我们中国多数人八九个小时长时期内不读书学习时，多少其他国家的人仍保持着旅行中读书看报的传统，那我们的损失是多少？

长时间旅行不读书看报，只能无聊地打发时间，显得无所事事，时间过得没有多少意义，睡觉除外。旁边的人多次试图与笔者搭话，没有成功，因笔者不想加入“闲聊或无聊的一代”，或“失去的一代”。

老婆曾给笔者说她微信上的段子：头等舱的乘客看书，商务舱的乘客看杂志报纸，经济舱的乘客看电影、玩手机；是位置决定金钱？还是金钱决定位置？

看来，《人民日报》等国内媒体多年来报道相关调查统计说国人阅读持续走低的情况是在出现。比起俄罗斯人、以色列人、欧美人，中国人的阅读量是较少的，飞机、火车长途旅行中读书看报的人很少。那么一个人、一个民族的知识、能力、竞争力从何而来？没有人是天才，不学而知，不学而能。

也许有人说，我们还在读书看报，只是不是传统纸上的，而是手机、电脑上的。但就像乘坐这趟飞机显示的那样，那些在手机上、平板电脑上看的人，几乎都是在看游戏、看电影，不是在读书看报。平时在国内火车上、地铁上看到的情况也是如此。

“老四川” 一家人

深圳宝安区有一家“老四川”餐馆，其中毛血旺做得非常好吃，是笔者吃过的很多川菜馆中毛血旺这道菜做得最好的，包括在重庆和四川的餐馆。所以每次去深圳笔者都要找时间去这家餐馆吃毛血旺，有时要坐车一个多小时专程去吃。十几年来一直如此。

去的多了，这家餐馆也就熟悉了，尽管从没有与老板和餐馆任何人多谈过。

餐馆是家庭经营的。男老板现在接近 50 岁，中等个，但较圆，头也是圆形的，肤色挺深，身体看上去挺好。他的主要工作是接外卖的电话，收款，多数时间在收款台后坐着，忙的时候也接待客人，在餐馆外的饭台上给客人打饭等。

老板娘看上去年纪比老板小几岁，个不高，较苗条，肤色挺白，是典型的四川女人或南方女人的样子，主要工作是做服务员，点菜、上水上菜，也干其他事情。

另外有两个服务员，一位是老板的女儿，个不高，也瘦，皮肤较白；近年来看样子结婚了，生了个小孩。另一服务员看上去是他们的亲属，30 多岁。

老板的儿子个挺高，皮肤白，长得很帅。看样子 20 岁刚出头，身材、个头、长像都属于帅哥的一类，但做事挺认真，说话不多。工作包括做服务员、送外卖等。

里面厨房有两个人，不知道是不是都是大厨，应该其中一个是，一个打杂。

餐馆在路边一层，约有 15 平方米，10 人大桌 2 个，其他 4 人桌 6 个。平时生意正常，中午、晚上都有一半的桌子有人吃饭。忙时，主要是周围有展销会等活动时忙得不亦乐乎，就餐的人坐满每个桌子，要翻好几次桌；餐馆外也临时放好几张桌子，有堂吃，也卖盒饭，10 元一份。忙的时候，老板娘和女儿把孩子背在背后，飘来飘去，真不知道背后的孩子怎么能坚持，多数时候孩子是睡着了。平时不忙时孩子在餐馆内外玩，家人一边工作一边照顾小孩。

每次去吃饭，看到这一家子感到很佩服。一家人认真地经营这么一家很普通的小餐馆，过着普通的日子。看来他们的努力使他们的生活不差，全家每天看上去表情平和，有一辆小汽车经常停在餐馆前的路边。

在南方与很多年轻人聊天，发现很多年轻人有开店的想法。问他们今后的打算或理想，不少人说以后有钱了就开家店，餐馆、美容、服装、指甲、商店等。

反而北方人有开店想法的人看起来相对少得多。北方的人多数的想法是在政府和企业等单位找个稳定、舒适、待遇较好的工作，呆一辈子。

这是中国南北重大差别之一。南方很多人都想开店、创业，有自己的事业或企业；北方多数人不想开店、创业，没想有自己的企业，只想依赖一家靠得住的单位稳稳活一辈子。南人北人这样的差别是中国近代以来呈现南方相对先进发达富裕、北方相对贫穷落后的重要原因之一。

“老四川餐馆”是中国普通南方人和家庭吃苦耐劳、创业和奋斗精神的写照。

麦当劳、肯德基等美式快餐

美式快餐的流行说明形式与内容同等重要。中餐内容可能比美式快餐丰富、受肯定，但中餐馆、尤其多数在美国和其他外国的中餐馆，装饰、销售的形式比较差，包括外观、卫生整洁程度。也比较散，没有一个统一一致、被人喜欢、认可的标准和规范。美式快餐店，它在全世界都一样，它就是用这种统一、一致、规范，让人接受和认可的标准吸引人，而中餐就没有这样的统一样式。所以，任何一种单个中餐馆，包括系列店，在世界的名气没有麦当劳、肯德基等任何一家美式快餐的规模大，被接受、认可程度高。

美式快餐另一吸引人之处是它的可预知程度高。一看到、想到麦当劳、肯德基、比萨饼等美式快餐店，你就知道它们有什么食品，你可以吃到什么。人们去一个餐馆就餐最困惑的就是不知道这家餐馆的饭食是什么，是否符合自己的口味，特别是去不熟悉的地方和餐馆。而美式快餐不存在这些不确定性和令人担心的问题。所以每次出国在国外，在找不到中餐馆时，特别在各地机场，笔者一般都会选择吃美式快餐，因至少你知道你会吃到什么。

近些年来，美式快餐在美国和世界的影响似乎有下降的趋势。媒体报道麦当劳等美式快餐店的数量在美国、中国等很多地方呈现减少的趋势。笔者认为这也是必然的。因为美式快餐最主要的特征是快、就餐环境较好、食品种类清楚，至于它的味道谈不上什么突出之处。它对年轻人有一定的吸引力，因为年轻人可能更重视形式。对真正想品尝美味的人们来说，美式快餐则没什么吸引力。再加上美式快餐这些油炸、高蛋白食品确实对人的健康不利，考虑健康多些的中老年人会在意这方面。

中国人讲“民以食为天”，这句话太正确了。因为食是维持生命的必须，食也是人可以经常体会、享受的生活的乐趣。医学证明，人的胃对某类食品的习惯在 4 岁之前就形成。也就是说，到 4 岁时自己的胃习惯什么食物后，一生就会习惯、喜欢这类食物。英国《金融时报》曾发表文章说：备受青睐的馒头直达中国人的内心，任何玉米片都没有这种功效；中国人坚守包子和稀饭的传统。

有人研究咖啡是 13 世纪诞生于非洲，经过阿拉伯人三个世纪的独享，16 世纪传到欧洲。喝咖啡的习惯在欧美流行了几个世纪，逐渐发展出"咖啡文化"。有人说有几种不同的"咖啡文化"：法国的浪漫、奥地利的高雅、意大利的热情、美国的快捷。这是指人喝咖啡的状态和风格，不是咖啡本身。

美式快餐和咖啡店是西方人两种最大众、最普遍的餐饮场所，代表着他们的习惯和文化。中国能与之相比的是餐馆。但中餐馆则缺乏较为一致、被广泛接受和喜欢的形式。

《国际歌》的悲壮

《国际歌》是笔者等不少人喜欢的歌曲，不但是因为她的曲调深沉、有力、雄壮、有时激昂，而且她的歌词富有哲理。歌词写得好，翻译得很好，因为她是中国当时的大才子、中国共产党早期领导人之一瞿秋白翻译的。

《国际歌》的歌词寓意深刻，富有哲理，一针见血地说明世界很多问题，不公正、不合理、无产阶级的遭遇等。

起来，饥寒交迫的奴隶，
起来，全世界受苦的人。
满腔的热血已经沸腾，
要为真理而斗争。

旧世界打个落花流水，
奴隶们起来起来。
不要说我们一无所有，
我们要做天下的主人。

从来就没有什么救世主，
也不靠神仙皇帝。
要创造人类的幸福，
全靠我们自己。

《国际歌》通篇都是类似这样道理深刻、意义激昂的词句，每次听到、唱起都令人热血沸腾。

但每次听到、唱起《国际歌》也同时令人感到悲壮。因为经历一百多年的奋斗，《国际歌》中呼吁实现的目标在世界范围内仍远没有实现。

不要说我们一无所有，
我们要做天下的主人。

可在全世界范围内，有多少地方无产阶级或广大中下层人民真正成为“天下的主人”了？

最可恨那些毒蛇猛兽，
吃尽了我们的血肉。
一旦把它们消灭干净，
鲜红的太阳照遍全球！

但这一天似乎远远无期。

《国际歌》的悲壮在于，在世界几乎所有地方，无产者或者说占人口多数的中下层收入的人们似乎永远在社会的底层，永远过着不富裕甚至艰难的生活。这包括在所谓中产阶级占多数的西方发达国家和福利国家，即使在这些国家，多数人的生活仍然是相对困难的，为了维持基本的生活承担较大的压力；各个社会占人口约 20% 的人甚至过着艰难的贫困生活。世界多数人真正的“解放”似乎一直没有到来，甚至可能永远不会到来。

因此，我们还需要继续高唱、倾听、憧憬《国际歌》。

毛泽东诗词

中国是诗的国度，诗词对中国人的影响是普遍的、永远的，每个中国人都会背诵几首或几句诗句。林语堂说“中国诗在中国代替了宗教的任务”。也有人认为“诗的感性容易被人领悟，诗的优美容易激发人的想象，诗歌中那种结晶的语言，深藏着许多精致的心灵”。

毛主席诗词是我们这些20世纪50年代及之前出生的中国人耳熟能详、都会背诵的文学作品。原因一是当我们成长时、特别是在上小学、中学记忆力最好的时期，毛主席诗词是语文教材中的课文，是媒体经常发表、报道的内容，所以大家从小就接触了这些内容。第二个原因是喜欢。当时也接触其他很多内容，包括极左的东西，可大家没有记住，因为不喜欢，早忘了。

喜爱毛主席诗词，确实像官方等文人说的：“毛主席诗词是高尚的革命内容和完美的艺术形式的统一。”革命不革命大家不是经常在乎，但大家确实感受毛主席诗词包含和反映重大历史和现实题材，思想丰富，观点鲜明，富有哲理；形式完美，既遵从古典格律诗词的规定，又有些个人灵活创新。笔者一直感到，毛主席诗词是唐宋诗词以来中国诗词的高峰。唐宋和近现代以来尽管也有不少人写过不少优秀的诗篇，如郭沫若、鲁迅、海子等，但优秀诗篇没有毛主席写得那么多，气魄那么大，哲理那么深，历史感那么强。换句话说，毛主席诗词的成就是唐宋以来无与伦比的，没有人可以与之相提并论，更不用说超越，在内容和形式方面都是如此。

因为喜爱，并没有试图背诵，很多毛主席诗词就记住了，能背诵下来，脱口而出。也一直读，买过不同时期出版的不同的毛主席诗词文本及介绍、描写毛主席诗词及毛主席的书，不断翻看，包括坐飞机、出国、出差时，还有时同时买好几本送给国内外的朋友。

按笔者的认识，毛主席诗词写得多、写得好的是战争革命时期，包括长征前反围剿斗争和长征两个重大、艰难历史时期。1949 年新中国成立后，毛主席也写出和发表一些优秀的诗篇，但总体上不如战争时期。看来，诗词写作确实需要时代、需要激情，较为平淡的生活难以出现激动人心的诗篇。

几次反围剿时期毛主席领导的红军被敌人追赶，要战斗，逃亡，生存存在严重的危险。这一动荡、危险时期，看起来毛主席见缝插针，利用行军、作战间隙时期诗兴大发，写出不少反映现实斗争生活、激动人心、脍炙人口的诗篇。如：

如梦令·元旦

1930 年 1 月

宁化、清流、归化，
路隘林深苔滑。
今日向何方，
直指武夷山下。
山下山下，
风展红旗如画。

毛主席诗词另一高峰期是长征时期，写长征，感悟长征的诗篇。《忆秦娥·娄山关》是“长征诗”中经典的一首。

忆秦娥·娄山关

1935 年 2 月

西风烈，
长空雁叫霜晨月。
霜晨月，
马蹄声碎，
喇叭声咽。

雄关漫道真如铁，
而今迈步从头越。
从头越，
苍山如海，
残阳如血。

娄山关战役胜利后，毛泽东随中央军委纵队登上娄山关，极目四望，感慨万千，创作激情涌动，诞生了这首著名的诗篇。

前几年笔者与一位朋友在从遵义驾车回重庆的路上，忽然发现高速公路旁是娄山关，立刻决定驶离高速路去娄山关。下高速后辗转找到了娄山关，看了纪念馆，登上关口，想体验一下毛主席当年登关的感叹及诗绪。但站了半天、想了半天，怎么也出现不了“苍山如海，残阳如血”的意境。看来，不是真正经历过那样的历史是写不出反映那一壮举的诗篇来。

毛主席描写、总结整个长征也是绝作。寥寥几十个字，把长达两年的二万五千里长征的艰苦卓绝、生离死别写得淋漓尽致，完整无缺。

《七律·长征》

1935 年 10 月

红军不怕远征难，
万水千山只等闲。
五岭逶迤腾细浪，
乌蒙磅礴走泥丸。
金沙水拍云崖暖，
大渡桥横铁索寒。
更喜岷山千里雪，
三军过后尽开颜。

诗词把人类历史上的壮举用几句诗句简明、直截了当地高度概括；没有悲欢离合，没有低沉小调，都是气魄万千的思维和词汇，直抒胸臆，气宇轩昂。

除写反围剿斗争、长征外，毛主席对其他历史大事的描述也是举重若轻，全局在胸。《七律·人民解放军占领南京》就是这样。

钟山风雨起苍黄，
百万雄师过大江。
虎踞龙盘今胜昔，
天翻地覆慨而慷。
宜将剩勇追穷寇，
不可沽名学霸王。
天若有情天亦老，
人间正道是沧桑。

短短几句，既描述了“百万雄师过大江”的历史事件，又表达了“不可沽名学霸王”的见解，还归纳出“人间正道是沧桑”的普遍历史定律。

毛主席写历史、总结、归纳历史最经典的诗篇，绝大多数人认为是《沁园春·雪》。这篇在中国的知识界几乎家喻户晓。

1949 年新中国成立后，革命战争时期你死我活的残酷斗争的岁月结束了，国家进入和平建设时期，没有战争时期那样波澜起伏，毛主席的诗词数量不如战争时期那么多，质量也总体上不如战争时期那么高，但还是有几篇成就巨大。《七律二首·送瘟神》是其中一篇。

毛主席的诗词不仅描写、反映重大历史经历和思考，也有些是纯情感的。所以，对毛主席来说，诗不仅“言志”，也“言情”。其中有两首特别感人。

一是他解放后回到年轻时成长的地方长沙写的《沁园春·长沙》。

同样是“沁园春”，但与《雪》写的内容和意境完全不同，这回完全抒发对青少年时代的回忆。

人人都有青少年时期，人人都不时地回忆起自己的青少年时代，但有多少人能把自己的青少年时代写得这么淋漓尽致，神采飞扬？

毛主席另一首著名的抒情诗是写前妻杨开慧的，读着、想着令人悲痛欲绝，藕断丝连，情意绵绵。

《蝶恋花·答李淑一》

1957 年 5 月 11 日

我失骄杨君失柳，
杨柳轻飏直上重霄九。
问讯吴刚何所有，
吴刚捧出桂花酒。
寂寞嫦娥舒广袖，
万里长空且为忠魂舞。
忽报人间曾伏虎，
泪飞顿作倾盆雨。

《人民日报》发表过一篇文章，说 1958 年 3 月在成都召开中央工作会议期间，毛主席从古代诗词中挑出 65 首作品，编成两个小册子发给与会者。有人不理解中央工作会议为什么要发文学作品给大家读。毛主席解释：“我们中央工作会议，不要一开会就说汇报，就说粮食产量怎么样，要务点虚，要务实和务虚结合”，“要拿一点时间谈谈哲学，谈谈文学，为什么不行呢？”毛主席生前很多次给中央等高级领导干部推荐书目，包括马列著作、历史、中外文学、政治、科技、人物传记等，有时一次就推荐 30 本要中央及高级领导阅读。

毛主席谈到诗词功能时说，“这种东西最能反映中华民族和中国人民的特性和风尚。”

毛主席确实不但是位领袖，而且是位杰出的文人、诗人、才子，这点连国内外反对他的人也承认和钦佩，连西方也把毛主席列为20世纪世界几大伟人之一。

脍炙人口的中国诗词

中国是诗的国度。中国人有幸受到诗的熏陶，享受诗的美妙。世世代代中国人，无论是否受过教育，文化程度高低，都熟悉、能吟诵一些著名的诗篇。这是中国人特性之一，也是中国人的精神之一，幸福之一。

中国很多诗词篇幅很短，寥寥二十字或几十个字，就把一个故事、一大段历史、一种至深的情感、一个深奥的哲理表达地非常完整、准确和深刻，使人过目不忘，永记心中。

几十年来，笔者不停地去买这些诗词集，各种版本的，各个时期出版的；时不时地翻翻，有时默读，有时朗诵，思绪、情感随之激荡。除了那些类似“飞流直下三千尺，疑是银河落九天”等最著名的诗句外，笔者也特别喜欢一些情感型的诗词，不知读了多少次，将一直伴随笔者的一生。

崔护的《题都城南庄》是桃花诗、人与花的诗经典，富有哲理，令人喜欢：

> 去年今日此门中，
> 人面桃花相映红。
> 人面不知何处去，
> 桃花依旧笑春风。

李白有《赠崔秋浦三首》小诗，看起来在说平凡小事、小景，但表达的是美好的感情：

吾爱崔秋浦，
宛然陶令风。
门前五杨柳，
井上二梧桐。
山鸟下厅事，
檐花落酒中。
……

杜甫的《绝句》从小写到无限大，可见诗人的心胸与气魄：

两个黄鹂鸣翠柳，
一行白鹭上青天。
窗含西岭千秋雪，
门泊东吴万里船。

杜牧的《山行》也是同样的好诗：

远上寒山石径斜，
白云生处有人家。
停车坐爱枫林晚，
霜叶红于二月花。

杜牧的另一首《江南春》绝句展现了中国人触景生情、触景生史的思维，借景表达对历史的思念与观感：

千里莺啼绿映红，
水村山郭酒旗风。
南朝四百八十寺，
多少楼台烟雨中。

陈子昂的《登幽州台歌》更是大气，对历史的感怀无边无沿，气宇轩昂，又悲切感伤：

前不见古人，
后不见来者。
念天地之悠悠，
独怆然而涕下。

王安石的小诗《泊船瓜洲》是借景思考、悠思自己：

京口瓜洲一水间，
钟山只隔数重山。
春风又绿江南岸，
明月何时照我还。

苏轼写西湖的《饮湖上初晴后雨》是人们到了西湖、看到西湖就会情不自禁地想起的诗篇：

水光潋滟晴方好，
山色空濛雨亦奇。
欲把西湖比西子，
淡妆浓抹总相宜。

林升的《题临安邸》是另一首关于西湖的著名诗篇：

山外青山楼外楼，
西湖歌舞几时休？
暖风熏得游人醉，
直把杭州作汴州。

杨万里的《晓出净慈寺送林子方》也是关于西湖的美诗：

毕竟西湖六月中，
风光不与四时同。
接天莲叶无穷碧，
映日荷花别样红。

唐朝温庭筠的《望江南》既写景，也写情：

梳洗罢，
独倚望江楼，
过尽千帆皆不是，
斜晖脉脉水悠悠，
肠断白蘋洲！

杨万里的《小池》对事物观察仔细，由此出现了著名的诗篇：

泉眼无声惜细流，
树阴照水爱晴柔。
小荷才露尖尖角，
早有蜻蜓立上头。

白居易的《长相思》的文字、思绪都是最美的：

汴水流，泗水流，流到瓜洲古渡头。
吴山点点愁。
思悠悠，恨悠悠，恨到归时方始休。
月明人倚楼。

温庭筠的《望江南》同样是思悠悠，情悠悠，悲悠悠：

梳洗罢，独倚望江楼。
过尽千帆皆不是，斜辉脉脉水悠悠。
肠断白苹洲。

一些著名诗篇把人的情感描述得非常真切，细腻，让人思绪万千。林逋的《长相思》是其中一首：

吴山青，越山青，两岸青山相送迎。
谁知离别情？

君泪盈，妾泪盈，罗带同心结未成。
江头潮已平。

康与之也有篇《长相思》诉说男女之情：

南高峰，北高峰，一片湖光烟霭中。
春来愁杀侬。

郎意浓，妾意浓，油壁车轻郎马骢，
相逢九里松。

王观的《卜算子・送鲍浩然之浙东》书写送别时的忧愁和期待、祝愿：

水是眼波横，山是眉峰聚。
欲问行人去那边？眉眼盈盈处。

才始送春归，又送君归去。
若到江南赶上春，千万和春住。

李清照的《一剪梅》是情诗中的经典之一：

红藕香残玉簟秋。
轻解罗裳，独上兰舟。
云中谁寄锦书来？雁字回时，月满西楼。

花自飘零水自流。
一种相思，两处闲愁。
此情无计可消除，才下眉头，却上心头。

苏轼的《江城子》写得满悲的，抒发着一种悲切的情感和思绪：

十年生死两茫茫。不思量，自难忘。千里孤坟，无处话凄凉。纵使相逢应不识，尘满面，鬓如霜。

夜来幽梦忽还乡。小轩窗，正梳妆。相顾无言，惟有泪千行。料得年年肠断处，明月夜，短松冈。

也有一些爱国主义的诗篇成为中国人一代又一代家喻户晓的名篇，是爱国主义最好的教材，也激发国人的爱国主义情怀。陆游的《示儿》就是其中之一：

死去元知万事空，
但悲不见九州同。
王师北定中原日，
家祭无忘告乃翁。

唐宋以后，好诗词没有唐宋时代多。近代以来，毛泽东的诗词是个高峰。其他的郭沫若的诗少数较好。近几十年来，海子的诗是大家认可、喜欢较多的，少数表达了真实的情感。笔者与很多人一样，认为海子的诗中最好的一首还是《面朝大海，春暖花开》：

从明天起，做一个幸福的人
喂马、劈柴，周游世界
从明天起，关心粮食和蔬菜
我有一所房子，面朝大海，春暖花开

从明天起，和每一个亲人通信
告诉他们我的幸福
那幸福的闪电告诉我的
我将告诉每一个人

给每一条河每一座山取一个温暖的名字
陌生人，我也为你祝福
愿你有一个灿烂的前程
愿你有情人终成眷属
愿你在尘世获得幸福
我只愿面朝大海，春暖花开

这首诗是人们最喜欢的海子的诗。因为它朴实，真挚，平常；诉说着平凡的感情，平凡的事情，是正能量非常强的一首人生正面、积极的诗篇。

可惜海子并没有按他这首诗说得那样去生活，活着，这使人想起海子、读起海子的诗就难过、难受。

中国、中国人还会有更多好的诗篇。

外国人对中国文化的理解和应用

有些外国人对中国文化，特别是诗歌的理解、欣赏和应用真是到了令人敬佩和吃惊的程度，往往超过我们这些学外语、外国语言文学的人对外国文化，特别是文学作品的理解、欣赏和使用的程度。

2012 年底，美国福特基金会北京办事处总代表、澳大利亚人约翰·费迈克先生的离任招待会在南池子附近的一个古色古香的四合院举行。这是东长安街大红墙北侧蒲河公园附近的一个庭院，北京人也很少去这一带，尽管在市中心。这几年笔者只有少数几次去这个幽雅、小河流水、绿树成荫的地方，都是因外国人或机构举办的活动。

会上最后一个项目是费迈克先生致告别词。他主要讲了这几年在中国工作的心得，对各方的支持表示感谢。最后他用了他改造的一首唐诗结尾：

迈克乘车将欲行，
忽闻路上踏歌声。
桃花潭水深千尺，
不及大家送我情。

一个老外对中国文化、特别是诗歌的欣赏、理解和应用令人难忘。我们这些学外语的，有些在国外留学很多年，虽然也有对一些外国文学作品、包括诗歌、散文、音乐的热爱和欣赏，但欣赏这么深入、可以用于自己的情感表达的还不多。因此我们对外国优秀文学、文化作品的态度应当学习外国人对中国文化、文学作品的样子，学会欣赏，能够恰好地运用它们表达自己的情感。

谈到中国诗歌的奥妙之处，忽然想到外文不具备中文方块文字、语言，能否有美妙押韵的好诗？想着想着，倒想起大学英语课本作业部分的一首英文小诗还真不错，也压韵。

Who has seen the wind?
Neither you nor I.
But when the trees waving,
The wind has gone by.

我把小诗翻成中文，诗的效果也不错，说明我翻译得也不错：

谁曾见过风？
你我都没有。
但当树叶轻轻摇晃时，
风就穿过了树丛。

大海的诗

这么多年来，笔者的朋友和学生都知道笔者有一个保留节目，就是一首关于大海的诗。每当笔者与新的朋友或新的学生到海边时，不管是中国大陆的海边，还是台湾的，美国的，东南亚等地的，笔者都要煞有介事地说要教给他们朗诵一首大海的诗。

没有听过笔者朗诵这首诗的人以为笔者真的要教给他们什么关于大海的诗，因为笔者毕竟是教师，朋友和学生们习惯地以为笔者真有什么好的东西要教给他们。这时他们就开始洗耳恭听。

于是笔者就深情地、用抑扬顿挫的语调朗诵从别人那听到的那首关于大海的小诗：

大——海——啊！
你全是水。

海——水——呀！
有点咸。

第一句和第三句，一定要像要朗诵一首非常正规的诗词，用非常高昂、真诚、深情的声调去朗诵。

第二句和第四句，要用非常平静、低音、小声、诙谐的语气去说，像说话一样，才能表达出一二句、三四句之间的反差。

这当然是个幽默，是个玩笑。但人生需要很多幽默和玩笑。这首小诗是笔者的保留节目，每当去海边，一定要给朋友和同学们展现一下。这也成为笔者的学生和朋友中都知道和能背诵下来的笔者的“名著”。听到过笔者朗诵这首诗的人一出门、一到海边时，他们立刻就开始朗诵第一句“大——海——啊”。后边不用说大家就知道是什么了，然后就是一通欢笑。

凡是能给别人带来快乐的东西都是好东西。不管是正规的、高雅的，还是非正式的，诙黠的小东西，都有价值。

“朗诵”这首不入流的小诗是为了消遣和逗乐，但笔者对大海的热爱是真心的、深情的、一贯的。

黑格尔曾在《历史哲学》中写了一段与大海有关的话：“大海给了我们茫茫无定、浩浩无际和渺渺无限的观念；人类在大海的无限里感到他自己的无限的时候，他们就被激起了勇气，要去超越那有限的一切……平凡的土地、平凡的平原流域把人类束缚在土壤上，把他卷入无穷的依赖性里边，但是大海却挟着人类超越了那些思想和行动的有限的圈子。”

大海带来了开放的心态和自由的想象力。

梁启超说：“海也者，能发人进取之雄心者也。”

小诗一首

记得在小学、中学时在学校语文、作文较好，受到老师和学校的肯定，担任过学校宣传组组长、板报组组长等。除了在学校发表作文外，好像也写过自己认为是诗的东西，但是是什么早就忘了。可见写得不怎么样，否则怎么会记不住？

近几十年忙于专业，文学的东西长期顾不上了。但前几年春节回东北老家，看到火车外辽阔的苍天下满地一望无际的白雪时，还起了点诗情，写了一首最近几十年来唯一一小首自己感觉可能是诗的东西。

列车一过沈阳北，
白雪皑皑雪不归。
踏行人生万里路，
天南海北皆可为。

触景生情，看到北方、东北不化的雪地，感到北方、东北也不像近年来国人认为东北、北方不行，没有希望。反而根据笔者本人几十年来行走世界 100 多个国家地区、世界一半多的国家和地区后的经历和观感，感受到只要努力，其实在任何地方人都是可以有所作为的。各地都有各地的风光、风景；人不必怨天怨地，其实各地都有机会，只要努力。

“漂泊的孤独”：在西贡想起三毛

前几年去越南的胡志明市住了几天。这个城市在 1975 年越南北方打败南方、统一之前叫西贡，是南越的首都。笔者更愿意继续叫她西贡，没有别的意思，只是西贡的英文发音特别好听：“Saigon”.

白天办完事，晚上没事在酒店房间看电视。当地越南语电视台看不懂，看了一段美国 CNN 的新闻，然后看中国中央 4 台，这个台是国外很多酒店都有的频道，特别是在亚洲。

赶上 4 台一个持续一个小时的文艺特别节目，题目是“漂泊的孤独”。内容是说台湾作家三毛的一生，尤其是她较为困难的方面，着重说她到处漂泊、同时很多情况下的孤独。

看着看着使笔者激动起来。一是平时就挺喜欢三毛，喜欢她的作品，她的游历，以及她的孤独。每个人一生都有很多孤独的时候，包括情感孤独的时候。看到别人的孤独，想起自己的孤独，感同身受，有时让人不禁凄然泪下。长期以来，总感到自己喜欢悲剧、悲情，看到、想到悲剧、悲情时就感到是真正打动了心灵，触动心灵中最深的地方，不知为什么？其实这一生还没有大悲的事情，基本还是较为顺利的，但不知为什么一直喜欢悲剧，不喜欢喜剧；认为喜剧就是让人快乐，一时的快乐，快乐很简单，没有什么深刻的东西，少有触及人的内心深处心灵的东西。

节目最令人激动的地方是说罗大佑与三毛的关系，说他写给三毛的歌曲。节目上介绍这些歌曲，演唱这些歌曲，特别是“滚滚红尘”，说是罗大佑特意为三毛写的，其实是为一部根据三毛作品改编的电影或电视剧写的。平时就喜欢这首歌曲，唱卡拉 OK 时几乎每次都要唱这首歌，因为喜欢歌的悲调和悲情。这会儿知道这首歌是罗大佑为三毛写的，更加理解悲情的来由和含义，更加喜欢这首歌。整个晚上，节目过后也心情久久不能平静，一直想着“漂泊的孤独”，想着三毛的生命，想着罗大佑为三毛写的“滚滚红尘”。坐起来，打开电脑，把当时的心情发给了在国内的两位朋友。

起初不经意的你
和少年不经世的我
红尘中的情缘
只因那生命匆匆不语的胶着
……
来易来去难去
数十载的人世游
分易分聚难聚
爱与恨的千古愁

于是不愿走的你
要告别已不见的我
至今世间
仍有隐约的耳语
跟随我俩的传说
滚滚红尘里
有隐约的耳语
跟随我俩的传说

梧桐梧桐

《梧桐梧桐》是20世纪90年代中后期电视台播放的一部电视连续剧，内容是写几个年轻人成长经历的事。笔者之所以对此印象深刻并觉得有必要写一段体会，是剧中一段话所反映的哲理。

剧中有一段是一位男主人公对别人说的话："以前大家各方面都差不多，但做着做着不知道为什么就出现差别了。"

这话是人间真理。是的，出生时大家可能都差不多，在学校时可能都差不多，刚开始在一个地方工作时大家可能都差不多，但后来人们各方面之间的差距就越来越大。

差距越来越大源于后天的努力。刚开始大家差不多，但一天一天的下来，每个人的努力不同，投入不同，力度不同，时间长了差距就越来越大了。

也可能是方法不同。有不少人很投入，很努力，很用功，很勤奋，但总是效果不明显，可能是方法不对，方法不好，是事倍功半。

还有一个原因是，这话原本不完全对。其实原来大家也不一样，只是刚开始差距不明显，程度不大。这就是人的先天禀赋不一样，兴趣不一样，这也是事实，要承认的。其实人出生时就有些不同，至少重量不一样；上学时也有不同，有学习好的，有学习一般的。当时可能差距不是特别大，但差距随着时间和后天努力的不同，差距就变得越来越大。

这不是说人不平等，而是说每个人的禀赋不一样。如果能较早认识到自己的优势和不足，相应地扬长避短，沿着发挥自己优势的方向努力，克服不足，那么也能不断前进。

当然也有机遇、机缘的因素，但这个因素是偶然的，是不能依靠的。人还是要靠自己，靠努力，这是最靠得住的，不能指望缘分，不能依靠凑巧，更不能靠天上掉馅饼。

令人感动的友谊

有些友谊令人感动。每个人多是经历自己的友谊。亲眼目睹其他人之间令人感动的友谊却不多。笔者在学校看到过一次。

那是2001年6月或7月的一天，当时国务院总理朱镕基来学校讲话，地点在学校体育馆，坐满了几千人。当时笔者已确定来这里工作，但还没有办手续，所在的学院通知来，笔者就来了。

朱总理当天讲了有两三个小时。前一半是国内经济，他主管；后一半讲中美关系，特别是当年中美南海撞机事件的处理。

讲到最后快要结束时，朱总理说这是他最后一次来学校讲话了，以后就不来了；经管学院的院长也不兼任了，并说他当时同意兼任院长时并不是党和国家领导人。笔者知道当时一些中央领导兼任大学学院领导的情况较多，成为风气；中央要纠正这种风气，朱总理带头，尽管他开始兼任时并不是领导人。

令人感动的一幕出现在朱总理讲完话后，校长王大中致辞时。王校长致辞不长，大体上是感谢总理今天给大家的讲话，感谢朱总理多年来对学校的关心和支持；讲着讲着，王校长讲不下去了，开始哽咽，甚至停顿了三五分钟，几千人的会场鸦雀无声，大家都在看着主席台，等着王校长接着讲下去，讲完；朱总理理解地拍拍王大中。过了几分钟，王校长恢复过来，把余下的几句话讲完了。

我们在场的人明白，王校长是知道朱总理不会再来清华时感情不能自已。令笔者感动的是，朱总理和王大中当时都是快70岁的人，这么大年纪的人有时还有这么深切的情感，甚至到了难以控制的程度。笔者猜想，他们之间肯定有些深深默契的东西，有着深沉的理解和友谊，否则两个近70岁的人不会在几千人的大庭广众面前不能控制自己。他们之间深厚的情谊可能来自他们当年在这所学校是同学，或上下级的校友；可能来自后来长期在不同岗位上为国家事业的奋斗之中；也可能来自在什么工作中的接触。笔者不知道到底是哪种原因，但笔者确定他们之间的友谊是真诚的、深厚的，看了令人感动。

人与人之间不论做什么，有多大的不同，这种真诚、朴实的友谊和关系是宝贵的，令人敬佩的，应当多些。

奇怪的事

笔者几十年的经历中，遇到一件明显不符合常规和常理的事就是与美国国务院一名中高级官员的见面。

记得那大概是1999年，笔者访问美国。按多年的惯例，访美时总是要找时间去白宫国家安全委员会、国务院和国防部等政府机构交流，有时也是美方政府部门知道笔者将访美时主动约见面交谈。在出访之前与相关政府单位联系，确定一个时间会见国务院负责亚洲事务的常务副助理国务卿。美国联邦政府助理部长的级别严格的说相当于我们的司局长，但也介于我们的司局长和副部长之间，因为他们没有负责地区的副部长，因此负责亚洲事务的助理国务卿相当于我们的副部长，常务副助理国务卿相当于我们的司长，是较高级别的政府官员。

临近访美前几天，该副助理国务卿通过电邮告诉笔者会见地点在白宫北面的一家豪华宾馆。这使笔者感到有些奇怪，因以前见他和其他美国政府官员都是在他们的办公室，这回怎么在宾馆？想到可能他那天在白宫有活动，就找附近的宾馆见面。反正客随主便，人家说在那见就在那见吧。

按约定的时间到达宾馆大堂，他已经在那等笔者。随后随他走进了一间会客室。房间较大、豪华，中间有一张大桌子，桌上摆着不少吃喝的东西。这又使笔者感到有些吃惊；因为过去即使与美国人在宾馆见面，也都是在大厅聊天的地方坐着谈，多数时候要一杯饮料而已，这次专门在这么豪华的酒店订一间豪华的小会谈室，不符合常规。但不管他，人家怎么定就怎么办吧。反正重点是与他交谈，不是环境。

坐下后最为奇怪的事情是，房间里还有一位女士，看上去是亚洲人面孔。这倒也不奇怪，会见时有时一方同时有另一同事参加是正常的，而美国各个机构有美籍亚洲人也是正常的。奇怪的是该副助理国务卿在会谈的自始至终没有向笔者介绍这位女士。这严重不符合常规，也不礼貌。有生人参加总是要介绍一下，这尤其是西方几百年来的习俗和礼貌。

笔者感到了不同寻常，但也没在意，反正笔者的主要目的是与该助理国务卿交谈，谈中美关系、美国对华政策，特别对中方不满的问题表达自己的观点，了解美方的考虑和说明。

会谈中有一位不被介绍的“神秘女士”的事一直在笔者头脑中徘徊。回国后向单位领导汇报时说明了这较为奇怪的事，但领导也没太在意。

约一年后，台湾和美国媒体都大肆报道该美国国务院常务副助理国务卿与台湾驻美机构一名女情报官员有男女暧昧关系。媒体报道登载了这位女情报人员的照片，看后令笔者大吃一惊，原来这位女士就是当时笔者与该副助理国务卿会谈时没有被介绍的“神秘女郎”。笔者感到有些生气，该助理国务卿为了他的情人对笔者违反常理，笔者后来与美方官员和学者提起这事，所有美方人都表示他这么做错误。大家也知道该副助理国务卿是给他的情人创造一次机会，看能否从大陆人员口中得到什么。但在会谈中的重点是笔者问美方的问题，该副助理国务卿也问过笔者关于中方的问题，笔者都是按公开的说法及个人观点说明了。笔者知道政府保密的规定，知道什么不能说，况且笔者也不知道多少秘密的东西。

媒体的报道使笔者想起当时想不到的插曲。那是与该副助理国务卿华盛顿会见后半年后，在中国青岛召开六国政府的非官方会议，六国是中、美、日、俄、韩和朝鲜，主要谈朝鲜半岛问题。说是非官方会议，但出席会议的六国人士多数是政府官员，少数是像笔者这样的专家学者。中方带队的是当时的外交部亚洲司司长傅莹，美方带队的正是美国务院负责亚洲事务的该常务副助理国务卿。

会议最后一天的晚宴上，笔者与该副助理国务卿坐在一起，问他开完会是直接回美国吗？他回答说不，要先去东京，然后回美国。笔者也没多问，美日是同盟，自然有很多事要谈要办。

但后来该副助理国务卿被美国法院判刑6个月。判罪的理由是该副助理国务卿与国外情报人员有暧昧关系、在东京访问期间不经批准擅自去了台湾。美国政府长期有明确的规定，政府官员不经批准不得去台湾，该副助理国务卿作为政府较高级的官员违反了这一规定。但笔者与美方官员和学者交谈时大家都认为，名义上是判该官员违纪违法，实际上还是因为他与台情报人员的关系。

把这件奇怪的事写出来的目的是提醒相关读者平时与人交往、特别与外国人交往时要小心，在任何情况下千万不能做出违法的事情，主要是保密，否则自己也会出事。

最令人痛心的事

每个人一生都有些令人痛心的事，而且可能还不少。有些是关于自己的，有的是关于亲人朋友的，有的是不认识的人的。

笔者关于自己的倒记不住。有遗憾、不顺利的事，但似乎想起来就心中难过、不时难以忘怀的难受的事不多。

是从媒体读过的几件事使笔者多年来念念不忘，想起来就很难受，但又做不了什么。

2012 年 11 月 16 日，贵州毕节市七星关区街头，5 个男孩因在垃圾箱内生火取暖导致一氧化碳中毒而死亡，年龄都在 10 岁左右。5 个孩子衣衫褴褛，脱离家庭和学校流落在街头，住在用塑料篷布、水泥砖和三合板简单围起来的窝棚里，为了避寒而躲进了垃圾箱，最终走到了幼小生命的终点。

2015 年 6 月 9 日晚，毕节市七星区田坎乡又有 4 个儿童在家中服毒自杀，最大的哥哥 13 岁，其他的是三个妹妹，最小的妹妹才 5 岁。4 个孩子的母亲前一年离家出走，父亲在外打工，留下上千斤粮食、几十斤腊肉，并寄回生活费。4 个孩子的爷爷奶奶已经过世，外公外婆住得很远。临死前孩子们烧毁了作业本和文具。

据《北京晚报》2013 年 7 月 3 日报道，2003 年 6 月某一日傍晚，成都市一个院子的居民发现了 3 岁女童李思怡的尸体。她的母亲被关押戒毒后，没有人去关照这个被锁在家中的小女孩。

10 年后的 2013 年 6 月 21 日，在南京江宁两个小小的孩子在紧闭的家中被发现，尸体已有些风干。当年 3 月，2 岁 5 个月大的姐姐曾侥幸打开了门，站在寒冷的楼道里求助，她的头上长满了蛆虫，狼吐虎咽地吃下好心人送来的包子；而 1 岁 3 个月的妹妹被发现时，正趴在抽水马桶里，满脸粪便……死在厕所大便池边，两个孩子嘴上还有大便。笔者想孩子们肯定是饿死的，最后饿得不行找一切能吃的，包括大便。

有报道说，孩子们的父亲因贩毒在监狱服刑，20 来岁的妈妈有吸毒史，但公安部门后来确认她精神、身体等正常。她经常不回家，把一个 2 岁多和 1 岁多的孩子留在家里自己出去好多天。这对小姐妹在被锁在家中 1 个多月的时间里，曾“迸发出柔弱但足够坚韧的求生本能”，而邻居、民警、社区和亲属也都曾救助过。孩子的亲属也曾向社区提出把女童送进福利机构，却遭到拒绝，因为女童不符合进孤儿院的条件。

令人难过的是孩子们的妈妈究竟是什么人？难道不知道两岁多、尤其一岁多的孩子是没有单独生活能力的、是需要亲人在身边的吗？如果精神不正常，那么其亲人、他们的父母干什么去了？难道不知道自己的孩子精神不正常，自己的孙儿们需要爷爷奶奶辈的关照吗？怎么两个孩子就是没有亲人照顾？

还不理解周围的邻居。据报道孩子死于单元楼内。那么孩子饿得不行时肯定痛苦很长时间，至少几小时，甚至几天，那么邻居们都干什么去了？难道该建筑真得那么隔音、孩子的哭声隔壁邻居听不到？听到孩子较长时间的哭声为什么没有人去看看、去过问到底发生了什么事？难道真的是老死不相往来吗？

后来又报道说其母亲受到法院的审判。但有什么用？两个幼小的生命没有了，再也没有了，而且是完全可以避免、不应该出现的悲剧。

民政部 2016 年 11 月份发布农村留守儿童摸底排查结果，显示全国农村留守儿童 902 万人，其中 36 万处于无人监护状态。《预防未成年人犯罪法》规定“未成年人的父母或者其他监护人，不得让不满 16 岁的未成年人脱离监护单独居住。”

另一件事是后来欧洲难民潮时世界媒体都报道的叙利亚那位三岁男孩脸面面向海滩永久死亡的镜头，令世界上所有的人痛心不已。有孩子的人都有自己孩子三岁的时候，正是天真活泼的时候却永远地面对海滩上，胖乎乎可爱的小男孩，身上穿着那个年纪男孩都穿着的可爱的儿童服装，就永远地趴在那里了。战乱剥夺了多少人的生命，特别是幼小儿童的刚开始不久的生命！发动战争的人，不管以什么名义，应该好好想想。

联合国2015年11月发表的一份报告说：儿童仍占世界贫困人口的近一半，全世界约有2.5亿名儿童生活在饱受战乱之苦的国家，2015年还有超过20万名儿童冒着生命危险前往欧洲寻求避难。

还有一个是最近的事。2017年6月1日国际儿童节，腾讯新闻报道9岁山西女孩张美艳自父母离婚后三年多来没有见过妈妈。志愿者听到这件事想办法，促使在内蒙一家饭店做服务员的妈妈请了两天假，但路途远、多次转车，最后在端午和六一假期回家与女儿待了半天。妈妈离开时，小女孩声嘶竭力地追着带着妈妈的摩托车跑了1000米，直到累瘫在地上。报道配了几幅女孩追赶坐在摩托车上的妈妈的图片。

这个相对好多了，没有死人的事。但孩子需要父母亲人在一起最基本最本能的愿望不能满足，也是生离死别的悲剧。但愿孩子的母亲、志愿者们能继续想办法，使女孩有更多的时间与妈妈在一起。

想想中国、天下还不知道有多少孩子因为各种原因，不能与自己的父母在一起，真是令人难过。包括多少在外地打工的农民工，每年只有春节几天能回家与自己的孩子在一起。希望这类问题能得到解决，这样的孩子越来越少。

另一件也是相比好多但也是令人难受的事。2015年12月21日的《大连晚报》报道三姐弟被救助的事。姐姐11岁，两个弟弟，一个10岁、一个7岁，在大连中山区港院街66号一处简陋的棚户屋。三姐弟已独自生活十几天了。父母离异多年，爸爸一个人去广州讨薪了，家里没有钱，米面也吃光了。12月15日，偷快递找食吃的7岁的孩子被逮住送往派出所，三个监护缺失的孩子被发现，被送到大连市救助站。“爸爸去广州要钱，走了十多天了，没说什么时候回来。爸爸走前没有留钱，家里米面都快没了。”姐姐告诉记者，平日都是她给两个弟弟做饭，因为马上没米了，弟弟才想到偷快递看看有没有什么吃的。姐弟三人已不止一次独立生活。在四川老家时，当时年仅9岁的姐姐就带着8岁和5岁的弟弟自己生活。“我们白天去老乡家吃饭，没钱时小弟弟就乞讨。”每当夜晚，空荡荡的房子没有大人在时，姐弟三人蜷缩在床上撑起一把大伞，“看不到外面，就不害怕了。”11 岁的小莲（化名）说。

想想这些令人难过的事自己也做不了什么，也不知怎么去做，当时没有信息，没法联系这些需要帮助的人，只是后来通过报道知道，也晚了，也觉得自己无能为力。

其他一些令人痛心的事是自然灾害对人的生命的损害。这些时候在悲痛之时也为一些人为了其他人的生命奋不顾身、在自己生命的最后时刻还在想着别人、为了别人，这类情景令人悲痛的时候也感动万分，感到人性、人的真善美的光辉。有些作品表达和记录这一生命的瞬间。其中 2008 年汶川地震后不久一首献给灾区的诗歌《孩子快抓紧妈妈的额手》就是这样一首诗，让人悲感交加：

孩子快
抓紧妈妈的手
去天堂的路
太黑了
妈妈怕你
碰了头

妈妈
我会记住你和爸爸的样子
记住我们的约定
来生我们一起走

最危险的事

在笔者的经历中，最危险的时候有过几次：在黎巴嫩的经历，“9·11”之后不久去美国等。但最直接发生在自己身上的可能是在美国国家安全委员会。

美国国家安全委员会是直属于总统的国家安全和外交最高决策机构，根据美国《1947年国家安全法》设立，英文简称为NSC。国家安全委员会负责人为总统国家安全事务助理，下设一些地区和职能机构，亚洲方面有总统亚洲问题助理兼国家安全委员亚洲部高级主任、主任等职务，高级主任、主任下有几名工作人员，包括中国主任等。

在中国政府和学校几十年工作中，笔者长期从事美国政治与外交、中美关系及中国外交政策的研究，过去近30年每年去美国访问几次，多数是参加国际会议或访问，经常去美国国务院、国家安全委员会亚洲部、国防部等政府机构和研究单位进行交流。

美国国家安全委员会办公地点在白宫西边的行政楼，美国总统直属机构多数在这栋楼中办公，与白宫有直接通道，实际是白宫的一部分。白宫东侧是财政部楼。

笔者可能最危险的经历是20世纪90年代后期的一次。事先与时任总统亚洲问题助理兼国家安全委员会亚洲部高级主任约好去他办公室见面交谈。那天按约定的时间到达旧行政楼，在接待室说明与谁有约、出示护照，办事人员查了记录确认有此约定，通知被约人员派人来接待室接笔者。不久，亚洲部高级主任派工作人员来接笔者，到主任办公室交谈。

那次在坐下交谈约十几分钟后，高级主任说他临时有事要出去一下，让笔者在办公室等他。他出去了有十分钟左右。他的办公室约十几平方米，他坐在办公桌后边，笔者坐办公桌的侧面，离办公桌约有一米的距离。他办公桌上摆满了几堆文件。

在等他回来的十分钟期间，笔者继续坐在座位上，有时看看对面，有时环顾下办公室内，但没有离开座位过。

可能的危险就在这里。笔者不敢确定，但一直怀疑对方是有意离开办公室十分钟左右，看笔者是否会站起来，去看他办公桌上的文件。如果笔者这样做了，那估计立刻就会有相关人员冲进办公室，以刺探美国政府保密文件的理由将笔者抓捕。

但笔者毫无此意。因为当时虽然笔者在政府部门工作，但完全是做研究工作，没有任何要刺探任何国家秘密的使命，一切都是按法律办事，没有违法的事情。因此在他出去的时候，笔者就自然按通常那样的情况等主人回来，再继续交谈，没有其他的想法。

说是可能的危险是因为不知道这是否真的是美方的设计，还是当时该高级主任确实有事有出去一小段时间。但后来与中美两国政府很多相关部门的工作人员和朋友谈及此经历，绝大多数人一致认为是美方设计的陷阱，因此是一次极其危险的经历。

遗憾的事

人生一辈子，留下遗憾的事很多。有些不断想起，觉得挺难受，但又无法挽回。

一件遗憾的事发生在美国留学时候。冬季的一天去住处附近的日杂店买点东西，买完出门口时感到有人与笔者说话，一看是一个白人中年妇女，她前面是台婴儿车，车里有个孩子。这名妇女实际上是在向笔者要钱。可笔者当时完全没有反应过来，因为当时在美国天天看到要钱的是黑人，几乎没有见过白人妇女要钱。等到在回家路上想到、确定她是在向笔者要钱时已晚了。

笔者急急忙忙吃了几口饭，又出去走到那家日杂店，准备好钱打算给她，可门口及附近已见不到她及她在婴儿车里的孩子。

这事笔者遗憾、后悔一辈子。遗憾和后悔的是笔者当时为什么反应这么慢？没有看出来她在向笔者要钱？后来在中国、美国、菲律宾等碰到有妇女带着孩子向笔者要钱的时候，都要立刻给些，免得以后又留下遗憾。因这类笔者认为是真正需要钱的应该得到点帮助。

至于平时经常从媒体、网络上看到令人难受的报道，同时又无法给予点帮助，查看报道上下左右也没有联系的信息，多数已经是过去的事情，就经常有不少遗憾。但愿那些人的情况能变好些。

另一件较为遗憾的事是最近 2018 年夏天去印度。走之前就听说印度乞丐多。到了德里和孟买看到不少乞丐，但当地印度陪同从第一天就与我们说不要给乞丐钱，包括孩子乞丐，理由是如你给了一个人，很多人就会围上来，无法应对。随乡入俗，要听当地人的。但每次在大街上、在寺庙前、在很多地方看着可怜的乞丐们，尤其是在盛夏大热天在大太阳下乞讨的孩子和家庭，总觉得不做点什么心中不安。但又不能不听当地陪同的，况且他说的也是事实。

有一次整个团队坐在中巴上，在一个红绿灯路口停了较长时间。看到一位约10岁左右的男孩在车流中乞讨，看到也没有人给他什么。他看我们坐的是较高的中巴，估计无法向我们要钱，所以并没有面向我们乞讨，而是向我们并排的一辆小车乞讨。笔者突然感到这是一个机会，是可以给点但又不会遭到其他乞丐们围上来的时候。但小孩并没有看我们。笔者立即拉开玻璃窗，敲玻璃，小孩子听到后转过身来看我，笔者把500元一张的印度卢比给了小孩子。他拿了后立刻跑了。

这是笔者有史以来给乞讨者最多的，按汇率应有8、9美元。但笔者觉得应该，是唯一能做点的事情。尽管知道也解决不了什么问题。

心中的仇恨

笔者活到现在60岁了，没有对谁记仇的事；有些当时的不愉快后来就过去了，没有什么是要长期记着、甚至耿耿于怀的。唯一不能忘记的仇恨是日本对中国人犯下的滔天罪行。

日本对中国的罪行怎么说都不过分。而且不止二战侵华战争期间，包括1904—1905年日俄战争。战争在中国辽东半岛打，日俄之间争夺让中国遭殃；日本在旅顺取得对俄国的胜利后杀害中国人，“屠城”、杀死一万多中国平民。所以日本杀害中国人、对中国犯下的罪行不仅是侵华战争期间。

日本人杀害中国人是残忍的、没有人性的。战争中军人之间互相攻击、杀害这没什么可说。日本人可恨的是在战斗后对手无寸铁的中国平民进行残酷的杀害、烧杀奸淫，包括对大量的妇女和儿童。日本对中国人犯下的罪行真是罄竹难书。二战结束来、包括近几年纪念抗日战争和反法西斯战争胜利70周年报道出来的只是冰山一角，包括日本战犯的交代和回顾。

南京大屠杀、大奸淫是人类历史上罕见的罪行。30多万中国人惨遭伤害，包括大量妇女儿童。日军侵占上海后，一位日本士兵用石头砸一位6岁中国男孩的头部，砸死了。一位6岁的男孩对日军有什么威胁？为什么要杀害一个6岁的孩子？还有没有一点人性？难道这位日本罪犯家里没有过6岁的孩子？难道日本没有6岁的孩子？难道他们日本人就这么杀害自己6岁的孩子？

在南京和中国其他地方，日本鬼子不知奸污了多少中国各个年龄段的女性，很多是奸污后残酷地杀害。日本和国际人士当时的照片显示日军在奸污中国女性后将其杀害，还把木棍插到该女性的会阴处。日本人是否这样对待自己国家的女性？包括对自己的母亲和姐妹？日军士兵还强奸9岁的中国女孩。

侵占南京后，两位日本军官进行杀人比赛，看谁先杀死一百位中国平民。这是日本攻占南京之后，不是在军人的战斗中，杀害的对象不是战场的军人，而是平民。这是当时日本自己媒体报道的。战后远东国际战犯法庭判决这两名罪犯死刑。但判他们死一百次都无法挽回他们给中国人生命带来的损失。

小学时去吉林辽源煤矿看过日本人留下的万人坑。前些年去满洲里，看日本为与苏联作战修筑的工事，从河南等地带来1万多名苦力，在工事修完后为了保密，把很多工人用铁丝在肩膀处穿透、一个一个连着押向特定地区杀害。731部队进行活人解剖……

日本与纳粹德国一样，是人类历史上残酷、野蛮、无人性、罪行犯得最多的国家，是集人类有史以来所有最残酷罪行的最大成者。

中国人、亚洲人、世界各国人民永远不能忘记日本的滔天罪行；如果他们一直否认他们的罪行就要让他们清醒，就要让他们为他们的罪行付出必须付出的代价。这才叫正义！法律就是伸张正义，就是对犯罪分子的惩罚。所以惩罚犯罪分子是天经地义的事。

令人难忘、难过、感动的事

人的一生总有些令人记忆深刻、难忘的事。有些是自己的，有些是别人的，见到的、听到的、读到的。

《光明日报》副刊发表过叶辉的文章“临海的招牌小吃”。文章写的是那个地方的小吃，笔者倒没有多少触动；倒是文章写的他（或她）一家20世纪50年代挨饿的经历，让笔者感到了痛，难以忘记。

文章说，我们一家5口原生活在西子湖畔，大学当老师的父亲在1957年“反右”中蒙难，全家被驱逐出杭州遣送回乡。父亲一介书生，母亲是县城里的大家闺秀，3个嗷嗷待哺的孩子，我们生活在死亡线上，我的记忆便从饥饿开始。红薯干成了家常主食，米糠、野菜、红薯叶干都成为日常食物。饥饿使爸爸一次次在田头晕倒，我们全家都得了浮肿病，医生给爸爸开出的药方竟是5斤米糠。

为了不被饿死，妈妈去县城的亲属家借钱。6岁的我陪同妈妈进城。因为饥饿，17千米路程娘俩几乎走了一天，我的腿像灌了铅一样，每迈一步，都需要付出艰苦的努力，就这样艰难地走进县城。

那天正是“醉夏”日，孤身的外婆包了两筒麦油脂，见到我们到来，她就把自己的食物省给我们，我几乎没来得及品味就把其中的一筒吞下，妈妈眼里含泪，把她的那一筒也给了我。

“大地”副刊另一篇文章写道，20世纪六七十年代，物质产品极度匮乏，一些农村家庭为买食盐缺钱发愁，作者家庭已有几天无盐，父亲在屋里转来转去，看着实在没有可变卖的东西，愁眉不展。母亲说：“我看见过城里有收头发的，要不就把我的头发剪了，卖几个钱，买两斤盐。要是还剩钱，再买一斤煤油，点灯的煤油也快用完了。”

还有一篇文章写道：“在一间有20多个孩子的农村学校教室里，老师在黑板上写着《妈妈》的诗：

妈妈是家里的星星

她的眼睛是那么明亮

……

我默诵着，目光扫过一个坐得格外端正的男孩，他的眼睛里飘过一丝丝颤抖的忧郁。我一眼认出，那是与我第一眼相遇的眼神。此刻他的思绪正往远处飘离，他的妈妈可能正在某个城市打工，他们只能在年关岁尾时短暂相聚。”

读过英国《泰晤士报》网站报道威廉王子在公开场合讲的“要是妈妈能见到我的孩子们该多好”的话令人难过。他说他的婚姻和孩子们的出生让他再次渴望见到自己的母亲。他说：“我希望得到她的教诲。我想让她看看凯瑟琳，看到孩子们都在长大。可她不会亲眼看到了，孩子们也不会与她相识了，这让我很难过。”

更令人悲痛、难忘的是多少人、特别是妇女儿童死于非命、死于战乱。白俄罗斯有个哈丁村，当时有26户人家。1943年3月22日，德国法西斯以搜查游击队员为名闯进该村，将149人、其中包括75个儿童全部杀害。

也有不少积极、正面、美好的事让人难忘。

《北京晚报》2008年4月一篇报道福建华南女院数十名靠捡破烂坚持学业的女生的事迹。原福建师大校长助理黄杰到女院工作后，不止一次流泪。黄杰说：“在餐厅里，我看到很多女孩就是买3毛钱的干饭，佐着紫菜汤吃一餐。特困生们改善生活，就是3个人合起来买一碟5毛钱的青菜。我掏出2000元资助4名最贫困的女生，想让她们吃得好些。哪里想到，她们或者是买了英汉辞典，或者寄回农村家里，给病重的父母买药吃。”一位同学来福州读书一年半，没有买过一件衣服。上一年冬天福州很冷，她既把春夏秋冬的衣服全部套在身上御寒。“不过，如果学校派我外出参与公益活动，我会去同学那里借一件合适的衣服穿。今天知道有记者来学校，所以我专门借穿了同学的一件衣服。贫困，不能成为我们不尊重自己、不尊重别人的理由。”

一进首山校区公寓304室，记者正好看见一位同学在弯着腰数凉台上搁着的一堆饮料瓶。她说：“凑够50个，我就拿去卖。在校园附近，一个大瓶子只能卖5分钱，但我拿到远一点的地方，一个可以卖到1毛钱。”

西班牙《先锋报》2017年3月27日报道，英国一对年仅4岁的双胞胎小兄弟挽救了因病晕倒在家的母亲的生命。

事情是这样的。居住在英国肯利的克劳蒂亚·夏尔玛女士在照看三个儿子——分别是4岁大的双胞胎罗曼与塞缪尔及2岁的卢卡斯时突然晕倒在地。罗曼和塞缪尔协作，用妈妈的手指将其手机解锁，然后使用语音助手拨打了求助电话并叫来了救护车，医护人员进入他们家中，对妈妈进行紧急救助，使其恢复意识并被送进医院。警方公布了罗曼与接线员之间的部分对话内容。罗曼在与接线员交流时异常镇定，准确地回答了接线员提出的每个问题。医护人员进入他们家时，发现罗曼怀中抱着弟弟卢卡斯，正在妈妈身边照顾她。

2016年11月10日温州发生民房倒塌事件，造成22人死亡。当救援队员掀开一块水泥板，看到一对父母已经死亡，但他们用自己的身体保护了自己的女儿。小女孩当时仰着头平卧着，她的父亲背部被压得弯曲了，但却挡住了坍塌下来的水泥板和石块；和父亲面对面的女孩的母亲，低着头挡住女孩身体四周。两人一起架出了一个十字，为女儿撑起了生命的空间。女孩名叫武凝汐，当年不满3周岁。孩子的父亲是河南周口市人，母亲是重庆人，夫妇俩都是26岁，在温州一鞋厂打工。

英国《独立报》2016年9月13日报道，美国芝加哥一名89岁的老人在街上奋力推车卖冰棒的照片引发大量网友关注。他的名字叫费登西奥·桑切斯，早年从墨西哥移民美国，在芝加哥卖了20多年冰棒。当年7月他唯一的女儿去世，留下了几名外孙由他监护，他不得不重操旧业，推车上街卖冰棒养活孙儿。网友为他募集了15万美元。但桑切斯说他将把大部分钱捐给教堂，将继续推车卖冰棒。

令人感动的事不止是人类，自然界、其他动物也有不少。《文汇报》笔会副刊登载过《黄狗谢二的孩子们》的故事。在呼伦贝尔草原一个人收养了很多条狗和狼，其中一条大母狗叫谢尔。它喂养好几条狗和狼仔。当谢尔老死时，主人把它埋在一个山坡上。第二天主人在附近坐着吸烟，看到谢尔生前一直喂养的一条小狗和小狼把墓坑扒开了一层，但无法挖出自己的母亲后，两条小狗和狼就无奈着冲着墓坑“汪、汪”地叫和“嗥、嗥”地嚎。主人看着情景，背着小狗、小狼，把母狗挖出来，放着一条麻袋里，放在河里水葬了。结果第二天，两条小狗和小狼，凭着气味寻到了河边，它们找不到母亲在哪里，就站在河边惆怅地向远处张望，很久很久地才失望地离开。以后很长时间，它们每天都这样来到河边等待自己的妈妈。

令人怀念的英烈们

一个国家、一个民族历史上总有一些人为了国家、民族、人民的生存与发展做出了牺牲，他（她）们永远值得人们敬仰与怀念。

因为是在东北长大，从小就知道“八女投江”的真实故事。后来读到：八女投江地点是在黑龙江省林口县乌斯浑河。八女年龄最大的23岁，最小的13岁，都是如花似玉的年龄。1938年10月中旬的一个早晨，东北抗联官兵被日伪军包围，为了掩护大部队突围，八名女兵从背后袭击敌人，把敌人引到了乌斯浑河边。她们背水作战，直至弹尽，毅然手挽手踏进了滚滚的江河…..

长征中中央红军有名叫曾玉的女团长，在老山界一带，在一个小村庄的一堆干草上，曾玉死去活来地生下了一个孩子。第二天凌晨出发号响了，只做了一夜母亲的曾玉虚弱地爬起来，一丝不挂的孩子就盖了几片树叶放在地上，一张写好的字条压在孩子身下。孩子的哭声还在继续，女战友架起欲哭无泪、一步三回头的母亲，走出那间屋子，继续赶路，长征。

《人民日报》大地副刊报道过淞沪会战时牺牲的中国军人29岁的雷龙，他远在重庆璧山的妻子一直不知道他牺牲了，没见过父亲的孩子出生后到5岁时，她带着孩子踏上了寻找夫君的路途。直到新中国成立前夕，她仍然没有打听到他的消息。去世时她拉着儿子的手留下遗言，一定要打听到父亲的下落。20世纪90年代中期，雷龙的儿子接到淞沪抗战纪念馆通知，才知道妈妈和他一直苦苦寻找的父亲早已英勇阵亡。

这样的英烈们有很多很多，我们永远不能忘记他们为国家和人民做出的牺牲和贡献。

令人动情的歌曲和音乐

音乐和文字不一样，文字的东西如书报、杂志、文章等都主要是在说理、说事，有时也表达情感，而音乐几乎都是在表达情感。人们喜欢音乐，离不开音乐就是因为音乐是表达感情的东西，人们要借助音乐表达、交流自己的各种情感，用文字、语言表达情感很多情况下受到各种各样的限制，而在这方面，音乐的限制少，表达得较为充分，所以人们喜欢音乐，用音乐表达各种感情。

笔者也经常用歌曲、音乐表达情感。一些情感、内心的东西不便、不能、不想通过语言、文字与别人诉说，在唱歌、唱卡拉 OK 时表达；经常自己一个人、包括夜深人静时，带上耳机，一遍又一遍听自己喜欢的歌曲和音乐，实际上是用这些歌曲和音乐来表达自己的各种感情，内心的东西。

有三类音乐笔者最喜欢，最能表达自己的主要情感，最能打动感情和内心的深处。

一种是欢快的音乐，听起来让人高兴、兴奋、激动。在这方面西洋音乐的优秀作品较多，特别是“波尔卡”类的，基本都是节奏快的快乐曲子，听起来让人兴奋。如《农夫波尔卡》《闲聊波尔卡》《冬趣快速波尔卡》《打猎快速波尔卡》等。一些节奏很快的音乐也属于这一类，让人瞬间激动、快乐。如《电闪雷鸣波尔卡》、《康康舞曲》等。

二是给人力量、给人以哲理的歌曲和音乐，如《歌唱祖国》《You Raise Me Up》（你使我成长）《拉德斯基进行曲》《激情燃烧的岁月》《红旗颂》《祖国不会忘记》《我和我的祖国》，日本歌曲《星》《过雪山草地》《明天会更好》等。

第三类最多，也是笔者最喜欢、最动情的，即比较悲伤的歌曲和音乐。不知为什么，笔者尤其喜欢这类歌曲和音乐。原因不是笔者有多少悲哀的情感要通过这类歌曲和音乐表达，而是认为悲的东西最能触及人心灵和感情的深处，最能使人动情，使人思考，使人深沉，使人冷静，使人长久。高兴、激动的东西都很短暂，激动、高兴一时就会过去，人多数时间的状态是低调、沉着、冷静。恐怕不仅笔者是这样。否则为什么悲的歌曲和音乐，好的、流行的悲的歌曲和音乐那么多呐?

笔者平时听的多是这些悲切、低沉的歌曲和音乐，其中听得最多、感受最悲伤的有两首歌曲。一是《罗密欧与朱丽叶》主题曲《我们的时光》。莎士比亚真不愧是世界文学、戏剧大师，写出那么多世界最高级的作品，几百年来长盛不衰。《我们的时光》是在说罗密欧与朱丽叶的爱情悲剧，整个歌曲深厚、深情、但又激昂、感人，听着让人难受，让人流泪，魂牵梦绕，悲痛不已。

中国较悲的歌曲是韩红在冯小刚导演的电影《芳华》中演唱的主题曲或叫片尾曲《绒花》。这首歌是40年前左右李谷一在电影《小花》中首唱，也一直流行，笔者当年看过这部影片。但韩红唱得更悲切。李谷一唱歌很动情，感染听众，但李谷一声音较尖；而韩红音域较低，唱起悲歌更为浑厚，更到位，更悲切，更打动人的情感。

其他喜欢的悲的歌曲和音乐很多。罗大佑的《滚滚红尘》、李谷一演唱的《心中的玫瑰》《乡恋》，宋祖英演唱的《映山红》，歌曲《三百六十五里路》《小草》《哭砂》，张靓颖演唱的《画心》，张学友的《情网》和《相思风雨中》，郑绪岚演唱的《飞吧鸽子》《大海啊故乡》，韩红、孙楠演唱的《美丽的神话》《十送红军》，俄罗斯歌曲《山楂树》《小路》等。

英文歌曲电影《教父》主题曲《Speak Softly Love》（柔声倾诉）、《The Phantom of the Opera》（歌剧魅影）是笔者经常听的歌曲。但英文歌曲笔者听得最多、最喜欢的是莎拉·布莱曼演唱的《斯卡布罗集市》(Scarborough Fair)。这首歌是奥斯卡获奖影片《毕业生》插曲，唱过去的感情、爱情。其中的主题、歌曲中反复唱的一句话“他（她）曾经是我真正的恋人”最使人不能忘怀。回忆中的东西、过去的东西、失去的东西最让人留恋，最让人动情，最让人难受。自己没有这样的经历、情感，也会理解这样深深的情感。

感谢音乐，使我们丰富、复杂的情感和深藏的内心世界得以有时能够以某种方式、途径倾诉和展现给自己。

心中向往的事

笔者到目前为止去过世界上一半多的国家和地区了。但有些想去的地方还没有去过，没有领略到其美丽，以后争取去。

国内西藏是唯一没有去过的中国省份，一定要找时间去趟西藏，领略世界最高处、雪域高原的风光。西藏 直是人们向往的地方。包括西藏东部的林芝。看到很多写林芝的美景和风土人情的文章：蓝天、白云、雪山、草原，林芝美得纯净空明。这是一幅绝美的风景画。从山顶远望，枝条纷披的杨柳绿得正好，成片的青稞嫩芽勃发，尼洋河从山脚蜿蜒流过，岸边鲜艳的藏式民居掩映于绿色之间。还有远处雪山皑皑，水灵灵倒影在清澈的河水中。

还有篇文章写林芝，说林芝的天蓝得让人恍若置身另一个星球，林芝的水清得如同明镜，尤其是林芝的桃花，妩媚娇妍而又苍劲。

去过中外不少古城，但湖南凤凰古城还没有去。有一篇文章说，“凤凰是一座美得让人心醉的古城”，“沱江涟漪阵阵，南华山草木茵茵。凤凰古城斑驳的石板路和老式建筑见证着江南千年的岁月。”

国外国家去过不少，但大多是去了该国的首都或几个地方，不少著名的地方还没有去过。

日本的京都和北海道是令人向往的地方。京都具有浓郁的日本风情，是日本人心灵中的故乡。日本纺织物、陶器瓷器、漆器、染织物等传统工艺品都在这里生产，又是日本花道、茶道的繁盛之地，被称为“真正的日本”。“只有京都的情感才是典型的日本式的情感，只有京都的风韵才是日本的风韵。”京都代表古色古香、过去的日本。铺着鹅卵石的花园，优美的庙宇屋顶，以及踏着轻快步子的艺伎，“只有京都还迷恋着旧日的记忆”。

沿着西伯利亚大铁路畅游俄罗斯一直令很多人心驰神往。

贝加尔湖位于俄罗斯西伯利亚南部，最深处1940米，储水量占世界全部淡水量的1/5，是世界上最深和蓄水量最大的湖泊之一，够50亿人用50年。长636千米，平均宽48千米，最宽处79.4千米，面积3.15万平方千米，平均水深730米。湖水透明度40.5米。

法国南部的普罗旺斯是令人向往的地方。“是个拥有充足阳光和名胜的度假地区，每年夏天全欧洲的人几乎都会涌向那里。”“普罗旺斯自身有不同寻常的魅力——寂寞的峡谷、苍凉的古堡、蜿蜒的山脉和活泼的都会。单是那缤纷的田野就让人心动。薰衣草、油菜花、苜蓿，给大地铺上一道道彩虹的外衣，在这片土地上演绎万种风情……薰衣草仿佛是一篇专为普罗旺斯地区而谱写的赞美诗篇，细说着这里无穷无尽的美丽色彩与芬芳。”“初夏的普罗旺斯是薰衣草的王国，一大片迎风摇曳的薰衣草，交织出紫色的梦境，叫人看得如痴如醉。”

苏格兰的北部大部分地区为山岭，地势高亢，是喜欢辽阔、苍凉地区的人向往的地方。北欧几国的最北部、北极地区令人向往，因为那里最自然，几乎没有人迹，是想看到自然本来面目的人向往的地方。

整个巴西亚马逊森林的面积是550万平方千米，比半个欧洲或半个中国还要大些，是世界上目前最大的热带雨林。如果不能深入其中，能从飞机上俯瞰也是令人向往和激动的。

加拿大东部的秋天是副油画。从魁北克，往西南经蒙特利尔、渥太华、多伦多、最后到尼亚加拉大瀑布，总长800多千米的“枫叶大道”，每年秋天被枫叶染得绚丽无比，红枫处处，景致非凡。

在挪威、瑞典、芬兰北部的北极地区旅行也是应该努力实现的梦想。那里人迹罕见，一定是最自然、最原始的地方。

人的一生梦想很多，向往很多。不会都能实现，但要努力实现更多的理想和梦想。

要有激情、深情、兴趣、爱好

本校在学生评价老师和课程时有一条，即教师是否有激情。笔者感觉有道理。因为人是情感的动物；什么事情要做好，就一定要对此有感情，有激情。

记得本科学英语的时候，有的老师就强调：要学好外语，一定要喜欢它、爱它。说得有道理。什么事情不喜欢，不爱，大概就很难投入，很难做好。

革命导师也说过："兴趣是最好的老师。"兴趣就是较为强烈的喜欢，就是爱好，就是情感。对什么东西没兴趣，就是不喜欢，不爱，没情感，就很难做好，尤其很难长期去做，去做好。

笔者一位十几年前指导过的学生有一天问笔者：你为什么几十年来对你的专业一直有这么大的兴趣和投入？笔者的回答很简单：因为我喜欢。

看到歌唱得好的人，如刘欢，都是非常投入的人。人只有打动自己，才能打动别人；如果自己都不为之感动，怎么让别人对此感动？

所以，对生活、对自己的亲人、对自己的工作，要做好的基础就是喜欢，爱，有深深持续的情感。没有这种情感就没有动力，就不会坚持持久，也就难以有成就或成果。

情感的东西不能勉强。勉强是一种痛苦，能做好一时，不会长期做好，不会好到哪去。

长期、一生喜欢一个人、一种工作、一个事业难吗？做不到吗？不难，能做到，只要你是真正的喜欢，对她（它）有真正的情感。真正的情感也会越来越浓，越来越有力量，不用担心它不会持久。

有篇文章说：有了长久的可行的目标，人才能保持一个良性的动力循环系统。而持久地保持一个激情的高度，甚至比才华还要重要。用目标来安顿内心，用目标来抵御日子里的波澜。有了目标，心就安定了，人就有了方向。要不迷失自己，保留本真。在物质丰盛的世界里，保持某种程度的寂寂自守，才能保持心里的那股子劲。

当然人的本性是求新求变，因此兴趣、喜爱也要有发展、有所变化和调整，但是在大的方向内的变化和调整，否则就是不再喜欢了。如研究国际关系、国际问题，你可以一个长时期内主要对这个国家的外交有兴趣、做很大的投入；久而久之，你可能觉得要研究它的内政、制度和社会文化，因为这是它外交的根源、来源；后来你可能又觉得在大的政治学理论、哲学上弄懂包括外交在内的政治行为很重要，很有意思。总之，兴趣也是要在一定范围内、一定程度上不断发展变化，否则也会有“审美疲劳”，也会觉得无聊，也可能出现根本性改变。

当然，如果一个人在一定的时期确实感到、发现自己对所从事的工作没有兴趣、不再有兴趣，那也要尽可能及时改变，调整。如果真的没有兴趣，不喜欢，又继续做，那只能是“混”。

同时也要认识到，无论家庭还是工作，都不可能是一个人所有的兴趣所在，不可能满足一个人各方面的所有主要需求。因此人要有爱好，要有“业余爱好”。如音乐、美术、摄影、旅游、文学等。这样人生才较为圆满，才较为平衡，真正的兴趣爱好也才能够得到弥补，才会持久。

人生和幽默

理想、幸福、有意义的人生应当是快乐的人生，是自己感觉有意义、有意思的人生。很多情况下，有意思意味着有意义，工作、生活的意义；没有意义的东西不会是有意思的东西。

意思、意义也还是兴趣。“没有兴趣，怎能快乐？”工作、学习都是如此，生活也是如此。

看到一篇短文说：“生命如一颗树，长满树叶，堆满生机。”

做自己喜欢的事，才是人生真正的人生之乐。无论是工作、学习，还是平时的生活爱好，渡过时间，做自己喜欢的事，才能感受到意义和快乐。

张少中写过：人生少年、青年、中年、老年各个时期各领风骚，难以互替；人生者，便是这几个阶段的组合也，几种美和谐地统一在一起，才是完美的人生。

有一首诗写道：

丽日，雨雪
苦乐，荣辱
同织就个个匆忙的人生

蒋雯丽有一次接受采访时说，有一次她见到张曼玉，问她为什么不演戏了。张曼玉说以前当演员的时候每天都在片场等着，觉得浪费了很多时间，其实生命中还有很多有意思的事情她想做，不一定只有演戏是最有意思的。是，只有自己觉得有意思的事才是使自己感到快乐的事。人最好找自己感到快乐的事、喜欢的事去做。

北京四中校长刘长铭写过：人生理想就是一个人生命的热度。那些获得成功或者获得幸福的人，几乎无一例外都是始终保持自己生命热度的人。生命的热度首先表现为对生命的珍惜和对生活的热爱。成功与幸福和时代无关，和科技发展水平无关，它取决于一个人的内心世界。北京四中提倡大家做一个幸福的人，提倡学生享受学习，提倡老师享受工作。当你们对学习、对工作充满激情近乎狂热时，学习和工作就成为你幸福生活的一部分。

美国大企业家、“美国历史上第一个 10 亿富翁”、美孚石油公司创始人洛克菲勒在给他的儿子写的一封信中说：他们努力工作是因为他们真正地喜爱工作。任何行业中往上走的人都是完全投入正在做的事情，且专心致志的人。衷心喜爱从事的工作，自然也就成功了。热爱工作是一种信念。这种人以工作为荣，以工作为乐，在他嘴里最常吐出的一句话是“很有意思”。如果你赋予工作意义，无论工作大小，你都会感到快乐，自我设定的成绩不论高低，都会使人对工作产生乐趣。如果你不喜欢做的话，任何简单的事都会变得困难、无趣，当你叫喊着这个工作很累人时，即使你不卖力气，你也会感到精疲力竭，反之就大不相同。事情就是这样。如果你视工作为乐趣，人生就是天堂；如果你视工作为一种负担，人生就是地狱。他说得是事实，非常有道理。

有一篇写郎平及中国女排的文章中说，郎平从自己当运动员的经历中悟到，一个没有很强个性的人很难取得成就。优秀的运动员必须具备强烈的个性和聪明的头脑，只有这样的运动员才能出成绩。

朱永新写道：一个人其实有三种生命：自然生命，即生命的长度；社会生命，是生命的宽度；精神生命，是生命的高度。人们在世界上看到三种风景：自然风景，好山好水；社会风景，人情世态；精神风景，只有通过阅读才能领略。阅读不可能改变人的生命的长度，但可能改变人的生命的宽度、厚度，阅读不可能改变人的容颜，但可以改变人的气质，改变人们对于生活和生命的态度。阅读成就美好生活。幸福最重要的来源是内心的宁静，阅读恰恰是通向内心宁静的一条通道，让人们真正感受到幸福。没有阅读就不可能有美好的精神生活。

有一篇文章评论赵丽宏的长篇小说《童年河》，题目是“天真比才华更重要”。这个观点值得思考和重视。文章说，作者非常珍惜童年生活对自己的馈赠，永远保持孩子的那种天真、单纯的心态。童年生活的回忆给作者以天真、稚气、灵感、激情。

俞敏洪说，不管社会如何变迁，很多本质的东西是不会变的，如善良和勤奋永远是好的。无论伟大的人，还是平庸的人，日子都是琐碎的。琐碎的日子就像水泥和砂石一样，既可以砌成伟大的建筑，也可以最终一事无成，永远是一堆水泥和沙石。成功靠的绝对不仅仅是你的智商，而是你对社会的理解、对人生的感悟和对困难坚忍不拔的态度。

有人说生命就是一个时间段中对于存在的体验。“人生本就是和那些事、那些人相遇的过程。”

《追忆似水年华》，厚厚的七大卷，作者马赛尔·普鲁斯特活了51年。最后10年基本上是在黄铜制的小床上度过。无尽的回忆让他完成了这部巨著。

快乐的人生也是幽默的人生。有幽默感，想幽默，想开玩笑，是因为感到有意思，感到快乐要表达出来。

人要幽默，人需要幽默。幽默的俗称就是开玩笑。一个幸福、快乐的人生应该是具有幽默感的人生，想开玩笑、会开玩笑、时常开玩笑的人生。

幽默、快乐其实是一种兴趣。是看到什么，想到什么后就情不自禁地觉得有意思，感到快乐，不能不表达出来。就像现在想到美国的特朗普，就感到有什么有意思的事情要说出来。

幽默也有不同的种类。有文章说《儒林外史》的作者吴敬梓是很幽默的。他的幽默简约而谈，不动声色，藏在白描的句子中。很多幽默都是这样。不是特意要幽默，而且存在和表现在平常之中。

心灵

以前读过一本书，叫《心灵的履历》，对书名好奇。心灵也有履历吗？心灵应该是摸不着，看不见的。但每个人的心灵世界也有过程，也有履历，或叫历程。有一本写毛主席的书叫《毛泽东的心路历程》，即写毛主席的精神和情感经历。

一位欧洲作家写道："人的心灵是个广阔的原野。"不少好的作品重在对人的内心世界的发掘和表现。赵丽宏说：心灵为什么博大？因为心灵在成长的过程中，经历了无数细微的情节，它们积累，沉淀，像种子在灵魂深处萌芽，生根，长叶，最终会开出花朵。

有一首诗说"人类社会是心灵汇聚的海洋"。

心灵也经常是孤独的，清净的。有文章写苏轼时写过他的一句话"人间有味是清欢"，有一种克制的淡然的美好，"清欢不仅是淡淡的喜悦与欢愉，更是平凡生活里的一丝诗意"。"人生的诸多路程，无人相伴，只有清风明月作伴，有许多时刻，那些隐秘的孤独、惆怅和欢愉，无人可诉，无人能懂，也并无期待，只有一个人在这明月下清风中默默感受和咀嚼。"

心灵的深处很多时候要通过情景表达出来，即触景生情，生出内心的情感。

看到文章描写北方寒冷冬季也会产生出心底里的温暖之心情：皑皑白雪覆盖了田野山川，近处的一幢茅草房几乎被大雪淹没，然而屋顶却升腾着一股炊烟，丝丝缕缕，袅袅娜娜，渐次化入苍茫的天际。

心灵是人的本质，只是很多时候自己的心灵究竟是什么不容易清楚，因为人的内心世界很微妙、很复杂、很细腻。乔布斯认为真正重要的东西是"追随内心"，"勇敢地去追随自己的心灵和直觉，只有自己的心灵和直觉才知道你自己的真实想法，其他一切都是次要"。

有一部诗集叫《心迹》，没有读过，但感到名字很好。写心是最深厚、最有底蕴的了。有人说："好诗就是人的一种共有情感的释放。共鸣越多，其诗越好。"

读书的作用和意义就是与自己的心灵对话。李陈续说："读书关乎内心，有书的地方便是心灵的瑶台，看一本书人生就迈前一步，书房的景物藏着独有的人生经历。"

心灵是人的本源，人的一切最终都要回到心灵，看内心的感受。马可·奥勒留在《沉思录》中说："只要你不断地恢复到本真的自己，你就能获得内心的和平与安宁。"白岩松在他的随笔集《幸福了吗?》中说，平静才能幸福。如果没有闲呆着的时候，就不会有好的创意。

达·芬奇说：优秀的画家应该描写两件主要的东西：人和他的心灵。

想到心灵，想起孩子，想到童心，想到中国和亚洲的孩子。很赞成中国青少年研究会一位专家的观点，中国孩子不快乐是一种普遍现象。因为孩子身心压力过大以及由于儿童自由天性被剥夺产生的压抑感。中国多数孩子的成长轨迹是被父母眼中和社会普遍的成才标准规约的，孩子没有选择的主动权，包括读什么样的书、上哪种兴趣班，始终按照学校和父母制定的路线来学习、生活、成长。这是一个普遍现象。而在一些发达国家，大学阶段的竞争较为激烈，但基础教育阶段孩子是快乐的，因为他们的基础教育阶段的教学资源相对均衡。

笔者经常对学生说，选择专业、职业、事业等，归根结底是要听从自己心灵的召唤，不要听从别人心灵的召唤，包括父母的，因为只有自己才知道自己心中的意愿，每个生命终究是自己的，最终是每个人自己承担自己选择的结果和后果，不是别人。

但每个人在任何时期都能总是明了自己的心灵是件不容易的事。

重拾文学生活

自2001年8月到大学工作后，由于不方便，不是每天都去办公室，不能再到办公室看报纸，不得不开始自己订报纸，以保持几十年来（至少是1985年以来）天天看报纸的生活。英文报纸是1985年开始工作时看的，因为单位订有很多英文报刊。从那年开始，每天上班都看《华盛顿邮报》《纽约时报》《华尔街日报》《时代周刊》《新闻周刊》《美国新闻与世界报道》等英文报刊，直到2001年8月离开原单位。离开原单位后开始在网上看，但到最近几年则越来越困难了，因为中国国内网上也无法阅读美国报刊了。

每天中文报纸看得更多。但由于忙于专业等事务，每天订的6份中文报纸只能看正版的内容。体育版基本不看，除非有自己喜欢的重大赛事等报道；文艺副刊想看没时间看，就只能先留下，以后有时间时看。偶尔读读诗歌、散文集等。

到2011年1月所撰写的《美国政府和政治》最后一稿交稿后，笔者长期以来计划撰写的学术著作就都写完了，这时开始把十几年来留下的中文报纸副刊找出来，开始阅读和欣赏。11年的《人民日报》《光明日报》《文汇报》《环球时报》《北京晚报》和《中国电视报》所载的文学作品加在一起，有数千近万张，用了两年多的时间读完。重新阅读非专业的文学作品，重新开始有文学的日常生活，感觉这才是人的正常生活，应有的生活。没有文学的生活是干枯的生活。

每个人的生活中都不可能没有文学艺术，包括诗歌、散文、小说、绘画、音乐、舞蹈、电影、电视作品等。不同的是不同时期不同的人选择文学艺术的形式不同。有些人看电视、影视文艺作品多，包括使用手机看；有些人阅读传统形式多，如纸质的书籍、报刊等。

文学艺术作品对于人的生活，如同吃饭、穿衣、睡觉一样必不可少，不同的人是数量多少的问题，即经常每天花多少时间用于文学艺术生活。

文学是什么？有人说："文学是无限上网，是万有引力，是缩地术，心灵和心灵之间，总有千回百转犹通的机缘在。"

很多人在人生的两个时期花大量的时间接触、欣赏文学艺术作品。一个时期是青少年时代，即从中学到大学的年代里。人生中阅读大量中外名著都是在这个时期。这些阅读给青少年打开了世界，包括情感世界。读过一篇文章说："在我们年青时代，文学，几乎就是一切！"对此完全理解和羡慕，因为几乎每个人都有过"文学就是一切"的时光，即大量、甚至疯狂读中外小说等文学作品的时代。对笔者来说，这是青少年时代，更集中和突出的是大学时代，尤其是大学一二年级时。

另一个时期可能是老年时期。工作结束了，从事的专业也基本完成了，剩下的时间和经历又更多的用于非功利的、不是必须的文学艺术上了。阅读、欣赏文学艺术作品也应是老年生活的主要内容。

《人民日报》上一篇短文说：人之为人，总要有那么一点跳脱于世俗生活的精神支点，它可能是一种情绪、一种愿景，也可能是一种未来。无论以何种形式出现，它都承载了我们内心深处最宝贵的诗意。生活越不容易，就越要拥抱它。

写作随想

2015年1月11日上午8：16，维也纳。

本书写完维也纳这篇时，突然想到，以前没有计划写维也纳这座城市，至少没计划单写她。但写完之后突想：这就是行动、思想和写作的奥妙，突然想法一来就做了，有时有人甚至还做了了不得的事，如伟大的发明和流传百世的经典。当然这绝不是十拿九稳，不是笔者，但会有别人。

又想到如果笔者或某一个人，一生去过一百或数百上千的城市和什么地方，如每到之处都细心观察，有所心得，把它认真写下来；如果一个地方写一篇，一篇写几百到一千字，那么一百、数百、上千个地方会写出多少文字？当然不是为写而写，至少自己不能写成无意义的垃圾，而是一个人对世界的观察、体验和心得，与己与人交流。

这时突然感到人生的力量，写作的力量。每个人的人生都经历很多，其中不少经历、观察、思想、体会是有意义的，有价值的。如果很多人把这些有益的经历、观察、思想、体会都通过写作表达出来，那该是多少有些意义、有些价值的东西啊，世界该是多么丰富多彩，充满故事、画卷和意境啊！

有时有些人的写作是不寻常的，但也有意义。有报道说，《蒙马特遗书》是台湾26岁的女研究生的信件汇集，叙述了一个年轻人的情欲，披露了人前无法启齿的心声。据说该书轰动了台湾，获得1996年文学类最佳书奖。该书被认为是一种设定死亡后的绝对写作，“只有当设定了自己的死亡之后，才会这样写”。

有篇短文说，平时去的地方多了，心心念念惦记着美。看见大自然中的某一个画面，就在脑子里形成了图像，心中有一种冲动，这是个好画面，可以画下来。

也有人说："写作的人一定也是伟大的观察家"。伟大不伟大很难说，但笔者认为写作的人一定要注意观察，留意观察，建立在观察的基础之上。"处处留心皆学问"。

著名作家李瑛也说："我就是这样怀着难以抑制的创作欲望，观察、倾听和抚摸这个瞬息万变的世界并描绘它们的。"

《人民日报》大地副刊编辑虞金星写道：说到底，写作是用来沟通和传承的，过分的矫饰恰恰是它的大敌。我们总是把那些夸夸其谈、内里无物的文章贬为"苍白"，视之为病态，正是因为觉得其中没有作者的真心实意，不值得读。文如其人，言为心声。"我手写我心。"

写作多数是写作者的经历、阅历和心路历程。《人民日报》大地副刊另一编辑王子潇说："用情和用心，是最简单的创作要诀，也是最可贵的真诚坚守。"马涌编辑强调"写你熟悉的"：细究起来，那些耳熟能详的文学巨著，也几乎都是一些作者自传的影子；那些令人读之惊心的虚构，往往都在作者的生平中有所对应。所以说大多数创作者写来写去，最终还是绕不出自己最熟悉的亲身经历。经历的越多，笔下的世界就越丰富、越开阔。写你熟悉的，写你了解的，写你真实所见所感的。因为它赋予作品一种宝贵的特质——"真实"。

有些人的写作经历满奇特的。曹景行写过"姜奶奶"的事。姜奶奶大名姜淑梅，2017 年时 80 岁。她 60 岁开始识字，75 岁开始写作。有人称她"笔下故事篇篇精彩传神，每个字都'钉'在纸上，每个字都'戳'到心里"。有报道说，她就是因为看了那位山东老乡的《檀香刑》《娃》和半本《红高粱》感到"这个我也能写"，于是就产生了一位新作家也是老作家。

曹景行说：认的字多了，就可以看书；看得书多了，就有了把自己经历和知道的事情写出来的冲动。

写作之难

一次与国内一位著名、资深的美国问题和国际问题专家交谈写书。他说：我总是想工作日每天写两千字，一年下来三四十万一本书应该没问题，可是总是做不到。

笔者理解他的困惑和无奈。因为所有从事写作的人，无论是小说、散文等文学创作，还是写学科专业书籍和文章，都痛感写作之难。笔者时常对别人说：学者最想和最不想做的事就是写作，尤其写书。最想做是因为做学问总要著书立说、立文，这是必须的，也是想做的；最不想做是在学者的所有工作中，写作是最难、最头痛的。

写作之难首先难于时间和精力。学者的生活、工作也不单纯，也要做很多其他事情，要开会，出差，见人，要参加与工作有关和无关的各种活动，所在单位的事要参与，也要生活和谋生。这样下来，每天、每周、每月、每年能真正坐下来、静下心来从事写作的时间并不多。而写作的要求是必须安心、静心，专心致志，心无旁骛。这需要整块的时间。写作思绪不但需要安静，而且需要连续，一定时间内的连续性。写作不可能是有几分钟时间就写几分钟；很多事可以随时做，插空做，但写作不行。写作至少需要半天的时间没有其他事去想去做，安心写作，而一个人一个半天只做一件事的时候不多。

写作另一难处是要有东西可写。这要求作者对要写的东西有较多的、充分的了解；要有一些见识，要有阅历，甚至要有一些亲身经历和体会，要在自己的领域及相关方面“见识多广”，才有东西可以写出来。

写作，特别是学术写作，不但要有知识、内容，对情况了解，而且要有思想、观点、看法、见解，要有一定的深度和独立的思考、见解。写作不是把情况、事实摆一摆，写下来就行，必须用思想、观点、看法、逻辑把情况和事实组织起来。在很多情况下，情况、事实只是个基础，不是写作中最重要的，最重要的是要表达作者个人的思考、思想、观点等。

写好文章的关键首先在于广泛的阅读，要有较丰富的人生经历和情感记忆。

写作之难在于它是创作、创新。写作是要把不存在的东西创造出来，写作出来。写作不应是重复已有的、现有的东西，必须是自己独立创作出的东西。而要把别的地方不存在、只存在自己头脑中、思维中、想象中的东西变成大家看得见的东西，这个创作、创新过程是较难的，包括语言文字方面。

因此，很佩服那些能写、常写、写得多、写得好的人。像美国的基辛格博士、中国的杨绛女士等，80 多岁、90 多岁、100 多岁时还在写作，还在写出高质量的作品。

也佩服著名作家、文化部前部长王蒙先生。他说他坚持每天写两千字，看来他是做到了。即使 80 多岁高龄时仍然笔耕不休，不时地写出、发表新的作品。每次在《人民日报》《光明日报》《文汇报》副刊等处看到他的新作品时都感叹到：这老家伙又发表新作品了，真行！

希望自己也多少能做到这点。但笔者不想写到 80 岁，能写到 70 岁或 65 岁就应该行了，够了。

曹景行先生说他父亲曹聚仁一生发表4000 万字。《文汇报》大地副刊也发表过文章说 1985 年 8 月，梁实秋先生的厚达 4000 多页的《英国文学史》与《英国文学选》由协志工业丛书出版。这样的写作量可是像笔者这类普通人做不到的。

橙橙的心事

2016年5月21日下午，外孙橙橙的房间，笔者在倒时差，半睡半醒躺在橙的床上，4岁的橙无奈，只好自己在地板上玩，一边玩一边一遍一遍地自言自语：

我要回中国，
中国在哪里？
我要回中国看姥姥，
姥爷不在美国工作。
在美国工作累，
在中国工作不累。（这是笔者回答他为什么不在美国工作考虑他可能接受而编的一个理由）。

离开中国后，橙橙总是想姥姥。每次我出差去美国访问看他时，他总问姥姥为什么没有来？得到以后会来的回答后也总是对笔者说的理由不满意。他想姥姥，希望姥姥能来与他在一起。目标不能实现时，他就经常在玩玩具时自言自语地说唱他自编的上述的“想姥姥歌”，用孩子特有的方式表达他思念姥姥的心情。

笔者不知有多少次被一个小小孩子对自己亲人的深情而感动，对孩子不能见到自己亲人的不解和无奈感受到痛苦和无能为力。

人生充满了无奈。特别令人难受的是在真挚的情感方面的无奈和无能为力，这种时候真是欲哭无泪。

有一天问他喜欢中国吗，他回答说“喜欢”。笔者问“喜欢中国什么”，他说：“中国好，中国有姥姥家。”问他美国好不，他说“美国好”。上次7月份来美国时，有天笔者问他：你喜欢美国吗？他回答说“喜欢”。我问：“喜欢美国什么？”他说“美国人少、车少，树多”。这可能是从大人口中听说的，也可能是自己的感觉。

5 岁多外孙的不寻常之事

对成年人来说，小孩子的世界是个新奇的世界，是个不寻常的世界。成年人经过了儿童时期，自认为很懂孩子，其实不尽然。

2017 年 2 月刚过完春节，趁着放假，笔者去美国十几天，看看已去了美国一年半的女儿及她一家，特别是大外孙。他在中国出生后，头两年半工作日的白天都在我们家，可以说一半是我们带大的，孩子极可爱，我们与他、他与我们感情极深。

这次十几天在一起，发现几件小事表明通常我们认为了解的孩子有些对我们成年人来说不太寻常的事。

那天周六上午去超市买下一周的食品。女儿开车，让笔者与两个外孙坐在后排。后排两边是两个儿童安全座椅，中间的空间就小些。外孙知道这一点，所以在开车后的十几分钟内，不断地问笔者挤不挤，坐着是不是不舒服。不论笔者一直回答不挤，挺好，没有不舒服，大外孙就是反复问同样的问题，表明孩子内心的担心。一个 5 岁多的孩子，对别人有这么深深的挂念，令人感动和吃惊。

大外孙还一直用他的左手使劲把安全椅靠笔者这一侧向他的方向扳，试图给笔者更大的空间，笔者一再说不用，空间够大，但他不听笔者的。几十分钟后，他把手拿起来，看着自己手指头都红了。

在超市内，女儿和她先生带着两岁多的小外孙选购食品。笔者带着大外孙逛了逛后，外孙选了两个小玩具，一个给自己，另一个说给小弟弟。我们先出来，等女儿她们选好后一起结账。笔者带着外孙在一个收款台的外侧的椅子上坐着等着女儿她们。但刚坐下不到一分钟，外孙就什么也不说走了起来，拿着选好的小玩具，回到收款台里侧。笔者跟着他进去，对他说："我们在外边坐着等妈妈，她们选好后会过来，我们一起结账。"但无论笔者怎么说，外孙就是不动，站在那里。笔者说了几遍，走出去等，他就是不听笔者的。但当笔者把他手中的玩具放在收款台上，表示要付账时，他却没拒绝，跟着笔者交款，走出收款台，重新在收款台外的椅子上坐着等她们。

当天晚回家后笔者与老婆视频，说起这段经历，然后说："他可能是以前妈妈与他说过，没交过钱的东西不能拿出收款台外，所以才这么坚持。"坐在身边的外孙听到笔者与老婆这样说，频频点头。

在超市时，当我们与女儿她们走到卖水的地方，外孙双手拿起一箱装有20几瓶饮用水的箱子，放在购物车下部。当他拿起那箱水时，笔者及女儿立即说太重，不要拿，但说话的同时他已把一整箱水拿起，放在车上了。然后说："我就是想让你们看看我有很大的劲。"20多瓶水的箱子，成人拿起都有些吃力，一个5岁多的孩子一下子就拿起，真是令人难以置信。

孩子就是有这么多我们成年人不了解的东西。孩子不简单，有他们的内心，有他们的理念，有他们的行为，有他们的世界。

爱之痛

2015年11月17日下午16：32在中国驻美国纽约总领馆。

爱别人，爱得特别深时，有时会很痛。相信所有人都有过这样的经历，这样的情感。笔者有过几次。

1988年6月，离开中国去美国留学时，爱人、孩子当时不能一起去，要长期分离了，而且第一次是两国的长期分离，不是国内两地。爱人带着2岁多的女儿到北京机场送行。

当时首都机场还只有一号航站搂，设施也远没有现在这么好。已记不得什么样了。只记得当与爱人女儿告别，进入安检区，送行的人不能进，马上就看不到送行的人了。当时回头看最后一眼时，看到爱人把2岁的女儿举起，放在双肩上；爱人和女儿同时向较远处的笔者举起手，示意再见，这时说话已太远听不到了；笔者也不停的挥手再见，然后走进安检区，告别了送行的亲人。这一幕从此永远停留在心目中，脑海中；每每想起就无名的痛。

其他痛苦的时候是在美国留学5年多时间内，有3年多爱人在国内，没有与笔者在一起，女儿则几年内一直在国内。那3年多，每次想到远在远方、太远的另一个国家的远方家人，就深深的痛，心灵深处的痛，无奈的痛苦，可有什么办法？

另一次难以忘怀的就是这次的痛。这几天无论是在室内，还是走在纽约的大街上，无论做什么，满脑子都是外孙子橙橙。橙橙随父母和一岁多的弟弟当年9月22日离开北京到美国华盛顿。隔了一个多月笔者去美国开会，提前几天先到他们的住处住几天，看他们。几天后去纽约办事，还要去亚特兰大开两天会，然后再回华盛顿看女儿一家。

仅仅刚离开女儿家、离开橙橙，就觉得难受得无法忍耐，无法忘怀，莫名的悲痛。想想橙橙一切都好，不需要担忧：身体很好，每天玩得欢；生活无忧；妈爸爱他；上了个很好的幼儿园，幼儿园对孩子们很好；在家就是玩和快乐。没什么可忧虑的，而且过几天又会再回来见到他，再与他们在一起两天，然后回国。不应该有什么难受的。

可就是心痛。橙橙有时候淘气，4 岁的男孩么，但很聪明、懂事。难受的是那天他发烧了，笔者却全然不知。带他去银行和商店，一出家门还在楼内，他就让笔者抱着，笔者没抱；出了楼后，抱了十几米，抱不动，就让他下来走，不知道他得病了，身体虚弱。一路走路时也不太像平时，步伐较慢，笔者就不断地催他。到了商场内，把他抱上购物车坐着。离开商场后他走路更慢，笔者又不断催他，感到生气，怎么这么不懂事，不听话，走个路慢慢腾腾的，不像个样子，还说你要这样我再也不带你出来了。

到家后，橙橙只玩了一会儿刚买来的新玩具，就说累，自己上床躺着了。这时笔者才感觉不对：一向白天从不睡觉、不休息，逼着都不睡的孩子怎么自己要上床休息了？笔者一摸躺着的橙橙的头部，感到烫手，这才知道他发烧了。一边安慰他，照顾他，一边说："橙橙，姥爷对不起你，姥爷不知道你病了，发烧了；还错怪你。"病着、发烧 39 度的橙橙用微弱的声音说："姥爷你不用说对不起。你感到了吗？当时（走路时）我把开心的小纸片贴在你身上，就是让你不要生气，开心些。"这时笔者才想起橙橙是在走路时把商场服务员贴在他身上的圆纸开心脸从他身上拿下来贴在笔者身上，笔者当时只顾生气训斥他，没有在意他的动作。

多么懂事、可爱的孩子！在自己生病发烧时面对大人的生气训斥没有生气，还把快乐的标志从自己身上拿下来放在大人的身上，以此表达希望大人不要生气、要快乐的愿望和心情，而且当时只是默默地这么做，并没有说什么。人间多么真诚的情感！来自几岁的儿童对长辈的无言的真情！

这是笔者余下的一生永远不会忘记的、刻骨铭心的经历和情意。

联想橙橙这几天说的其他真情的话，真是让人难以忘怀：

和他在一起时，他多次说"姥爷这回还走吗？"过去在北京笔者和爱人去女儿家看他们时，他也每次都说“你们今天还走吗?”这次当笔者如实说“要走”时，他总是说：“为什么不能总在美国?”笔者回答说：“姥姥在中国，我要回去陪她”；橙橙就说：“姥姥可以来美国呀”，笔者只能说，“姥姥过几个月来”。

其他时候他问笔者能不能不走时，笔者有时说：“姥爷有工作，要回中国工作”，橙橙则说：“你可以在美国工作啊。”笔者无言以答。是的，笔者可以在美国工作，笔者不能对橙橙说不能。

记得9月底第一次与在美国的女儿一家视频时，橙橙就说：“我想你们都想得快哭了。”这次在美国几天在与在中国的姥姥视频后，橙橙总是问：“姥姥明天来吗?”他是有意无意地把姥姥说的“明年来”总是说成“明天来”，笔者总是纠正过来。他也就不说什么了。

从美国回来后的几次视频时，橙橙说：“我做梦时想到我一睁开眼睛就看到你们俩都在我眼前时我就快疯了。”孩子语言词汇有限，不知道应该用什么词汇表达非常激动的心情。听到孩子这么说，我们真不知能想什么，能说什么。

真是爱得痛，刻骨铭心的痛。

离别

2016年8月14日上午8；30女儿家。

昨天说好的：老婆14日早8点从酒店到女儿家，与外孙子这次最后在一起半小时，8点半我们离开女儿家回酒店，9点退房，9点半朋友来车送我们去机场。

老婆14早7点半就来到女儿家，不是头一天说好的8点。她没有钥匙，在门口给笔者发微信，但笔者手机静音，没有听到，她很是生气，一直在门口等到快8点笔者去门口开门时她才进屋。

进屋后来到橙橙房间，橙橙在睡觉，女儿她们在另一个房间也在睡觉，是星期天。过了几分钟橙醒了。看到姥姥在他房间很是高兴，说了"我不知道你在我房间里"。

我们帮橙穿好衣服，整理了一下房间，让他吃点东西，就快到8点半了。我们与橙说：我们要去机场了，你用小凳子，站在上面，在我们出去后带好门上拉链。女儿家里有人时总是上好拉链，反锁好房子，为了安全。

橙橙知道我们今天要走了、要回中国了。一年来笔者来美国看他有5次，每次每天他都问"姥爷你这次住几天？能住10天吗"每次笔者回答"住5天"时，他都会说"能住6天吗？"他总是希望你多住一天。说6天、7天时他就会说"能住10天吗？"在他并不清楚的时间概念中，10天看来是个较长的时间。

其他问的最多的就是"你明天走吗？"每次来、包括这次住一个月，不管时间长短，他几乎天天要问一次这样的话。不知是什么时候，有时在白天突然问这话，有时是晚上睡觉时，有时是早上醒来时。

有时还说希望我们住"100天"。小孩不知100天是多久，但认为100天就是最长的时间。

橙橙不时说些有意思的话、提问题。如“听话是什么意思?”他让你选电视上的动画节目时，因都是英语，又是小孩子的片子，我们都不熟悉，他说的英语节目题目我们也不懂，只能问他是第几个节目，这时他会说：“你怎么什么都不知道”。

一天晚上笔者在他房间睡觉。他手中的一个玩具有点破了，他让笔者缝补。笔者说我不会缝，等明天姥姥来时让她缝。这时他就说：“姥爷，你得学东西。”

橙听着我们的话，与我们一起向门口走去。快到门口的时候笔者看到老婆一边走在一边抹眼泪，不让别人看见。但走到门口要开门时终于忍不住哭出声来。

4 岁多的橙橙还不是很明白事，不知道是怎么回事，感到吃惊，问笔者“姥姥怎么了?”

笔者赶紧说：“姥姥想你，舍不得你，快和姥姥抱抱。”

橙橙走向姥姥，与弯腰下来的姥姥抱着。

我们又说，把凳子拿过来，我们出去后你就踩着凳子把拉链带上。

我们出了门口，与橙说再见，然后把门带上，在门外与橙说“把拉链带上”。

在门口等着，听到橙把拉链带上的声音后，我们走向电梯，下楼，回到酒店。

头一天与女儿说好，因她们早上要去办事，就不用她们送我们去机场了，朋友送。所以以为离开女儿家时，就是这次离开她们了，离开了橙橙，又一次的离别。而且对笔者爱人来说，是女儿一家离开中国后近一年后的第一次见面，现在又要离开了，下次见面可能又要一年之后。因笔者爱人公务人员退休，出国要经过单位批准，单位一年大体上也就批准一次去美国探亲。

回到酒店后女儿给笔者电话，说她们 9 点半到酒店，一起送我们去机场。

9 点半时，朋友的车来了，女儿的车也来了。我们把行李放在朋友的车上，笔者坐在朋友的车上，笔者爱人坐在女儿的车上，这样能与外孙及女儿一家再在一起一段时间，约半个多小时。

半个多小时后到了机场。爱人下了车，笔者下车弄好行李后走向女儿的车，与两个外孙和女儿一家告别。

人生就是这样，亲人之间分分合合；相聚时幸福欢乐，离别时难舍难分，令人难过，真是聚少离多，但又有什么办法？不是所有的亲人都是能长期在一起的。

2017 年 8 月 1 日至 9 月 3 日早，我们又去美国看女儿一家，特别是两个外孙。这次女儿在美国买了房子，我们住在她家里，住了一个月另三天，是较长的了。

两个外孙很高兴，每天都想要与我们在一起。特别是大外孙橙橙。他晚上在自己房间睡觉，只要是醒了，不管什么时候，都跑到一楼我们的房间，躺在我们中间继续睡。后来他父母不让他这样，他只好早上七八点醒来后从二楼跑到我们一楼的房间，与我们在一起。

与以前来时一样，这次来的头几天橙橙还是每天都问我们“你们明天走吗?”他是担心我们明天走。在得到我们肯定的否定回答后，加上天天我们都在，都没有走，过几天他知道我们这次不会很快走，就不再问了。

但临近我们要走的前几天，不知他有什么感觉，知道我们要走了，又开始时常问“你们明天走吗?”其实这几天我们没人提走的事，也没有收拾行李。是他有感觉。

这次他不但问你们什么时候走，而且总是说“我不让你们走”，一边说一边难受的样子，眼睛含有眼泪。特别是要走的前一天上午，他一边说一边哭哭啼啼约有半个小时。我们说“要回中国工作”，他又说以前的话：“你们可以在美国工作。”我们说“我们明年再来看你”，他说“那会很长时间”。我们说“我们在中国时可以与你视频”，他说“视频不是真的”。

其实我们安慰他时心里也难受极了。可有什么办法？人生聚聚离离很多时候是我们无法决定的。可他还小不懂这些，他只知道难过和不解。他不明白我们为什么不能与他永远或更长时间地与他在一起?

但多少让笔者感到奇怪和不解的是：几年来每次分别的最后时刻，无论是笔者一个人去看他的时候还是与爱人一起，他在每次分别的最后时刻表现的却是无比平静。坐车到机场时，他每次都说要送笔者或送我们到机场里面，但他父母每次都不允许，因车无法停；在家里离开或在家前面上车离开时，他都表现出出奇的平静，既没有难舍难分的难受，也没有告别时的热情，更没有哭闹喊叫等。一个几岁的孩子在分离时表现出的平静令人难以理解，甚至远远不同于分别前一天前几天提起要走时的流泪和要求我们不要走的情形。笔者估计是因为他清楚：这是必然要发生的事，无论他说什么、做什么都无法改变；所以他认为他最好平静地接受、面对这一现实。

但无论他是怎么想的，笔者都痛苦、难受极了！这是自从他 3 岁多离开中国以后笔者生命中、生活中最大的痛苦。但笔者也无法改变，因这由不得笔者和笔者的爱人；当然也由不得我们小小的外孙橙橙。

刻骨铭心的亲人之间的长时间离别是人生最大的痛苦。